浙 江 省 社 科 规 划 课 题 成 果

中世纪西班牙
世俗文学的人本走向

杨　骁　著

ZHEJIANG UNIVERSITY PRESS
浙江大学出版社

前　言

　　中世纪西班牙世俗文学，本身就是一个横穿世界东西方各国，纵贯十多个世纪版图的课题，而其中的人本思想的研究，则又是涉及哲学、文学、人学、文化、社会等诸多领域的话题。虽然勉强将其作为一个科研课题，而笔者却意识到，这仅仅是一项庞大课题的开端。要理清西班牙中世纪世俗文学人本思想所留下的印迹及其发生发展的过程，需要无数学者倾尽全力的研究。而笔者从人本思想之荣誉、爱情、自由等表征方面的粗浅梳理，不过是该课题研究的沧海一粟。

　　西班牙中世纪也可以看成是欧洲中世纪的重要组成部分，按照史学界的流行说法，五世纪到十五世纪中叶是欧洲封建社会时期，也被称为"中世纪"。这个历史文化发展时期，大致又可以划分为三个发展阶段：从五世纪到十世纪之前，被称为"早期阶段"；从十一世纪到十三世纪，被称为"中期阶段"；从十四世纪到十五世纪，被称为"晚期阶段"。同时，十五世纪至十七世纪初，由于思想文化领域发生了根本性的变革，所以又被称为"文艺复兴运动时期"。本书大致遵从了这一划分原则，但又将西班牙中世纪世俗文学人本思想涉及的九部代表性作品，一以贯之形成一个体系。纵向上，以九部作品代表的三个历史阶段为大纲；横向上，以九部作品问世的时代背景、作家生平、体裁、人物、主题、结构等为手法；内容上，重点围绕体现人本思想的荣誉、自由、爱情等三个主题为主线。通过分析九部作品中的人本思想的产生与发展，表现与特点，进而形成分阶段的中世纪西班牙世俗文学人本思想的沿革与基本特征。

　　全书共分为四编十章。绪论概述了西班牙中世纪世俗文学及其人本思想的发展。第一编"中世纪西班牙世俗文学早期代表作——人本思想的萌芽"评析了英雄史诗《熙德之歌》中初步显现的个人荣誉与个人情感。第二编"中世纪西班牙世俗文学中期代表作——人本思想的发展"分别评析了古谣曲《囚徒曲》中从维护个人荣誉到追求自由解放的转向,诗体巨著《真爱之书》中从爱情的世俗性转向爱情的自然属性的变化,短篇小说《卢卡诺尔伯爵》中情感价值取向由社会性转向自身的特点。第三编"中世纪西班牙世俗文学后期代表作——人本思想的繁荣"评析了抒情诗《悼亡父》中基于人生荣耀永存的个人荣誉,骑士文学《骑士蒂朗》中基于彼此相依的荣誉与爱情,伤感小说《爱情牢房》中基于名誉至上的爱情与相思,人文戏剧《克里斯蒂诺与费耶阿》中基于现实的自由、恋爱与激情,对话体小说《塞莱斯蒂娜》中基于人之本性的爱情与情欲。第四编"中世纪西班牙世俗文学思想发展趋势与特征"对九部作品的时代变迁与历史沿革进行了梳理,总结了中世纪西班牙世俗文学人本思想之"荣誉"的沿革趋势,中世纪西班牙世俗文学人本思想之"自由"的沿革趋势,中世纪西班牙世俗文学人本思想之"爱情"的沿革趋势。进而,纵向梳理概括出中世纪西班牙世俗文学的人本思想的走向。最后简述了中世纪西班牙人本思想与欧洲文艺复兴的相互影响。

　　书中,笔者并没有将处于文艺复兴初期的作品单独作为重点,加重笔墨,也没有将更多的反映西班牙中世纪世俗文学的代表作品都拿来一一分析论述。综观学界,至今也还没有将这么多作品一起分析,来呈现一个与哲学、与文学、与文化、与史学都联系密切的命题——人本思想的先例。在中世纪这个不仅是西班牙,即使是欧洲,其文化、文学、史学、哲学都还未完全成熟的历史时期,其人本思想也只是在不同文学作品中隐含着,并没有直接的定义和明确的表述,因此相关的课题和论文也并不多见,这自然也给笔者的课题研究和专著撰写带来了困难与挑战。客观上,资料的欠缺不同程度影响了本书的质量和水平。加上笔者身为青年教师,尽管在西班牙留学多年,获得博士学位,若仅靠所学所知,也是略显皮毛,而笔者力图进一步探究的缘由,一是为国内同行提供对西班牙中世纪文学作品研究的视角,二是为广大读者理解阅读西班牙语言文学作品提供借鉴和参考。

本书所研究的人本思想主题,虽然距今已有几百年,甚至上千年的历史,但对于已进入二十一世纪的人类而言,仍是一个非常现实而有价值的问题。习近平新时代中国特色社会主义思想,以及党的十九大报告和党的十九届四中和五中全会都明确提出了以人为本,以人民为中心的治国理念,其中从国家、社会、个人三个层面践行社会主义核心价值观的理念,已深入到社会的各个方面。当今社会人们正在提倡和追求的正能量、荣誉感、现实爱情观、自由平等理念,可以说在一定程度上借鉴和传承了中世纪社会所表现出的人本思想特质。

总而言之,自古以来,西班牙在欧洲文学乃至世界文学史上都具有重要的地位;同时,各个历史时期,包括中世纪的欧洲乃至世界多个国家的文学文化发展,都对西班牙文学产生了重要的影响。中世纪欧洲的宗教文化、哲学思想、人本思潮都是西班牙文学发展过程中不容忽视的重要因素。为此,本书在研究中世纪西班牙世俗文学人本思想的同时,也通过以人为本的理念和人本思想的发展脉络,为人文主义的核心思想在文艺复兴时期的中兴奠定了基础和条件。这正是本书的另一价值。

目　录

第三编 中世纪西班牙文学后期代表作
　　——人本思想的繁荣

绪　论　中世纪西班牙世俗文学渊源与人本思想

一、中世纪欧洲世俗文学的人文内涵

中世纪西班牙世俗文学是欧洲中世纪文学的重要组成部分。首先,我们有必要对中世纪欧洲世俗文学有一个整体的把握,特别是要对中世纪欧洲文学中的人本思想和人文内涵进行梳理,进而为接下来的中世纪西班牙世俗文学的人本走向研究奠定理论基础,提供系统框架。可以这样说,中世纪人本思想的渊源离不开欧洲古代文化与哲学的影响。

古希腊文学中蕴含着原始形态的"人"的观念,它经由古罗马文学,对后来的西方文学产生了深远的影响,成为中世纪欧洲世俗文学人本传统的主要源头之一。重视个体的人的价值的实现,强调人在自己的对立物——自然与社会——面前的主观能动性,崇尚人的智慧和在智慧引导下的自由,肯定人的原始欲望的合理性,是古希腊文化的本质特征,也是西方古典人本主义的原始形态。[①] 这种人本观念大大有别于希伯来文学中蕴含的一种张扬个性、放纵原始欲望、肯定人的世俗生活和个体生命价值的世俗人本意识。

古希腊文学中的世俗人本意识,在古罗马文学中得到了再现,并通过古罗马文学广泛流传于后世的欧洲文学、西方文学。不过,

---

① 蒋承勇.西方文学"人"的母题研究.上海:华东师范大学出版社,2018:33.

古罗马人自身独特的文化性格,又使他们的文学带有独特的文化要素。他们崇尚文治武功,常常表现为对政治与军事之辉煌业绩的追求,由此又演化出对集权国家和个体自我牺牲精神的崇拜。但古罗马人本观念的主体依然是古希腊式的世俗人本意识。

亚里士多德关于"人是理性的动物"的概括,正好表达了古希腊"人是万物的尺度",人高于万事万物的主体精神、价值追求和人的理想境界。所以,古希腊和古罗马文化在肯定自然的人、感性的人和原欲的人的同时,也十分崇尚理性的人。

希伯来—基督教文学是西方文学的又一源头,其中所蕴含的"人"的观念,经由中世纪基督教文学对后世的西方文学产生了深远影响,成为西方文学人本思想传统的又一源头。希伯来民族信仰上帝,认为世间的一切都是上帝创造的,上帝是宇宙的主宰,人对上帝必须绝对服从。人类要获得救赎,就得仰仗上帝,这种宗教宇宙观、自然观与人生观,直接影响着希伯来文化与文学中的人本观念。它强调人对上帝的服从,尊重精神与灵魂,主张人的理性抑制原始欲望,轻视人的现世生命价值与意义,重视来世天国的幸福与永恒。

希伯来—基督教文学中的人本观念有别于古希腊—罗马文学,其中蕴含的是一种理性型宗教人本意识。费尔巴哈认为,宗教是人的本质的异化:人把自身的本质属性——理智、道德、善等集中起来,变成一个在人之外、之上的对象,即上帝,而人则在自己的创造物面前变得渺小和卑微。因此,在希伯来精神中的英雄们,都是追随上帝的,以上帝之神性价值为标准,表现由人向神的提升,但从内在情感欲望上,又表现出神向人的还原,重视人的精神与灵魂,重视对价值世界的追求,强调理性对原欲的限制。这也是希伯来—基督教文化价值观念的主观倾向。这种尊重理性、群体本位、崇尚自我牺牲和忍让博爱的宗教人文意识,是后世西方文学文化内核的又一层面[①]。

----

① 蒋承勇.西方文学"人"的母题研究.上海:华东师范大学出版社,2018:47.

英雄史诗、骑士文学、市民文学属于中世纪世俗文学的范畴,但由于各自不同的产生和发展背景与环境,而且产生的时间先后也有差别,它们的人文内涵除了在总体走向上基本一致外,又有各自的差异性。

欧洲的英雄史诗是古希腊—罗马史诗传统的直接继承与发展,但是,在由口头文学发展到书面文学的过程中,不断地融入了体现着各自民族意志的集体无意识,同时也不同程度地融入主流文化——基督教文化。因此,中世纪欧洲的英雄史诗既部分保留了古希腊—罗马文化的传统,也吸收了欧洲其他各民族的文化内涵,同时又接纳了基督教文化的成分。

多元文化的融合,使中世纪欧洲英雄史诗中的英雄形象,既不同于古希腊—罗马史诗的英雄,也不同于希伯来—基督教文学中的英雄。如果说古希腊—罗马文学中的英雄形象注重个人荣誉、追求个体生命价值的实现、放纵自我,具有明显的个性主义特征的话,那么,欧洲中世纪英雄史诗中的英雄,则往往是以国家和民族利益为重,表现出忠君爱国的品质,有克制自我乃至牺牲自我的理性品格和献身精神。因此,中世纪的英雄们既传承了古希腊—罗马文学中英雄们的勇武善战、威力无比的英雄品格,又在扬弃了其个性主义特征的同时,接纳了希伯来式的英雄摩西的品格,即有民族忧患意识、富于自我牺牲精神和坚忍不拔的意志,从而显得更完美,更符合人们的理想。

不管是早期还是中晚期的史诗,都不同程度地受基督教文化的影响。一方面,史诗口头流传的过程是基督教文化在欧洲传播的过程,因而不可能不受基督教文化价值观念的影响。另一方面,史诗从口头文学转换成书面文学的过程常常由神职人员完成。

在宗教理性精神的影响下,中世纪史诗中的英雄一般少有受个人欲望驱使的强烈的个体意识,而有较强的自我克制精神和民族责任观念,有广阔的胸襟和宽厚仁慈的情怀。

中世纪史诗中的英雄,又因其宗教理性而有类神的一面。正是这种神向人的趋同和人向神的趋同,构成了中世纪特定宗教文化背景下的人对理想君王与大臣的特殊文化心理期待,这样的英雄才合乎他们的理想。此外,基督教文化对中世纪欧洲的渗透是强有力的,可以说,中世纪欧洲社会走向稳定和强盛的过程,正是欧洲社会基督教化的过程,教权与王权达到了某种程度的默契。所以,英雄史诗中的英雄,作为理想的世俗封建君王的形象,不可能不拥有上帝的神性,也就是说,人间的"英雄"必须向上帝趋同才能真正成为英雄,中世纪英雄史诗中的"人"也就拥有了双重人文内涵。①

骑士是中世纪欧洲特殊的封建阶层,属下层封建主,所以,骑士文学中的骑士形象,尽管有史诗中英雄们的勇武精神,却没有史诗中英雄们的崇高地位,但又有自己特定的文化与人文内涵。

骑士文学是骑士制度的产物。骑士是从大封建主的"封臣"发展而来的,后来成为大封建主的武装力量。中世纪的欧洲封建国家,是由于战争,也是为了战争而被创造出来的,其整个结构和社会风气都是军事化的。骑士则是维持社会稳定的中坚力量。

骑士文学中的骑士形象,一般都表现出忠君、护教、行侠、尚武的骑士精神,主要描写的是骑士为宗教信仰而战的虔诚,保卫国家或城堡的英勇,对君主的效忠,征战中的冒险经历和奇遇,以及对贵妇人的保护、崇拜和效忠,由此表现出骑士的三种美德:作为武士的忠诚、作为基督教徒的恭谦、对理想中的女性的优雅的爱情。骑士的形象如史诗中的英雄一样,虽然有因被理想化而掩饰的好斗、残忍和为封建主无情镇压外族人和异教徒等阴暗的一面,但忠诚、勇敢、锄强扶弱等优秀品质和侠义品格也是十分突出的。骑士身上的这种精神品格,显然有古希腊—罗马,尤其是古罗马式英雄的勇武和豪气,但基督教"教士文化"的"软化"作用,又使其具有希伯来英雄的坚韧、无私和奉献精神,在这个层面上,他们是与中世纪欧洲英雄史诗中理想的英雄有相似的文化与人文意蕴的。特别引人注目

---

① 蒋承勇.西方文学"人"的母题研究.上海:华东师范大学出版社,2018:93.

的是骑士爱情,它表达了与古希腊英雄相近而与基督教文化不一致的人文取向。

无论是骑士抒情诗、骑士叙事诗还是骑士传奇,都广泛涉及了骑士的爱情。如果从对基督徒的要求看,以效忠基督教为崇高道德之一的骑士应该奉行禁欲主义,但在中世纪,骑士却因其特殊的身份和社会作用,可以不恪守禁欲的条规。这说明骑士文化并非完全地接纳了基督教文化。骑士精神在道德和理想中依然留有古希腊—罗马和北方民族的文化品格。

总体而言,骑士文学中表现的骑士爱情主要是一种克制的、典雅的精神之爱,而非古希腊神话史诗中的英雄们的那种放纵的、自然的情欲之爱。这说明,骑士爱情虽有背叛禁欲主义的因素,但同时又渗透着精神至上的唯灵主义思想,因而这是一种既有古希腊—罗马文学中的自然之爱的成分,又有别于古希腊—罗马文学中的情欲之爱;既有基督教文学的对自然之爱欲的抑制,又有别于基督教禁欲主义的情爱观。但是,不管怎么说,这种优雅的骑士爱情,毕竟萌动着发于人性的自然欲求,其中表现的是世俗的倾向。

市民文学是中世纪欧洲迥异于教会文学、英雄史诗、骑士文学的一种文学形式,是与主流文化相距甚远的一种文化现象,它表现出更强的与中世纪离异的倾向,因而也表现出人本观念上的相对独立性。

市民文学往往以揭露封建主和僧侣的愚蠢与贪婪,歌颂市民的机智和勇敢为主要内容,表现手段也通常是嬉笑怒骂的讽刺。这就从基本内容与形式上表现出了与教会文学、英雄史诗、骑士文学的崇高、优雅、严肃等不同的审美品格和艺术趣味,这在根本上又是文化品格和人本取向的差异所致。

中世纪社会是尚武的民族凭借战争建立并稳定下来的,在冷酷的军事争斗、连年不断的战争动乱及由战争带来的贫困面前,基督教的至少在表面形式上的仁慈、博爱、恭谦、克制、乐贫等伦理原则与人生理想,在与尚武族精神的对立中起到一种互补与心理安抚的作用,从而"软化"了尚武文化的强硬、刻板与冷酷的品性。在这种情形下,基督教文化却因其特有的人文韵味,显示出了人性之温和与滋润的一面,这无疑有助于封建社会走向和平、稳定与繁荣。在这个意义上,基督教是封建社会重要的精神支柱;武力与基督之爱,是构筑中世纪封建大厦的两大基石。

到了中世纪中后期,西欧在相对稳定之后,经济得到了发展,城市的兴起标志着社会形态,特别是经济形态的变革,人们的价值观产生了变化。在长期抑制欲望的宗教文化精神氛围中生活的人,自然有一种文化与人本取向上的求异心态。

市民文学中表现出的唯实原则,是人的自我意识觉醒、个性主义兴起的标志,与古希腊世俗人本意识相呼应。这种人本意识,是对古希腊文化精神的继承。

中世纪市民文学是在有别于教会文学、英雄史诗、骑士文学的文化方向上指向于文艺复兴人文主义的。市民文学中那种嬉笑怒骂、蔑视崇高的讽刺风格,那种视狡诈为机智的道德观,那种高雅与粗俗倒置的审美情绪,在一定程度上表现出这种文学在道德上的失落,审美观上的变异,但又预示着新的价值观、文化观的兴起,并在文艺复兴人文主义文学中得到了发扬光大。

总之,在中世纪时期,古希腊—罗马文化和希伯来—基督教文化在互相对立中共存共生,在交互融合中为新的时代又孕育着一种新的人文思想。

由此可见,中世纪欧洲的世俗文学,虽然相对于教会文学有明显的世俗性特征,但是,英雄史诗、骑士文学、市民文学又有各自不同的文化内涵和人文意蕴,它们在走向新时代的过程中,有特定的人文指向,因而也有各自不同的历史作用与贡献。

二、中世纪西班牙文学的历史背景

传统上,人们认为中世纪始于五世纪,即日耳曼人入侵和西罗马帝国灭亡的时候。随着美洲大陆的发现,天主教君主统治的开始以及奥斯曼帝国手中的拜占庭首府君士坦丁堡的陷落,这一时期一直持续到十五世纪末。"中世纪"一词是在文艺复兴时期出现的,它被认为是一个过渡的时期①。按时间顺序,可以将其划分成两个时期:一个是封建前和封建时期,直到十一世纪中叶为止;另一个是商业和工业时期,从十一世纪中叶直到十五世纪。通常,五世纪到九世纪被称为中世纪早期,十世纪到十三世纪被称为中世纪中期,而十四和十五世纪被称为中世纪晚期②。

但是,要谈论西班牙文学,我们必须从十世纪开始,因为此时出现了罗马语族语言的书写。在 1469 年(天主教君主通婚)和 1492 年(格拉纳达被重新征服,美洲大陆的发现和犹太人被驱逐的年份)之间,确定了中世纪文学的终结。更多专家普遍认为,从文学上应该将其推迟到 1499 年,即《卡利斯托和梅莉贝娅悲喜剧》(Tagicomedia de Calisto y Melibea)的出现之日,这是一部极其重要的作品,意味着中世纪到文艺复兴时期的过渡③。

要了解中世纪西班牙的文学现象,必须了解其历史背景,就西班牙文学而言,这意味着要了解西班牙在欧洲文化和历史景观中具有的独特性。实际上在 711 年,穆斯林到达伊比利亚半岛时,西哥特人(罗马化程度最高的日耳曼人)的生存状态和犹太人文化(在西班牙中世纪将经历其特殊的黄金时代)的出现——他们把半岛变成了相互影响和联系的大熔炉——也反映在文学中。笔者在后文中不仅会谈论交往的语言(阿拉伯语、希伯来语和罗马族语言),而且会谈论一系列文化结构,这些文化结构通常会成为罗马族语言作者

---

① C. G. MÍNGUEZ. *La construcción de la Edad Media: Mito y realidad.* Dialnet: Universidad de la Rioja, 2006.

② Á. PALENZUELA. *Historia de España de la Edad Media.* Barcelona: Editorial Ariel, 2011. J. M. MONSALVO ANTÓN. *Atlas Histórico de la España Medieval.* Madrid: Editorial Síntesis, 2010.

③ F. B. P. JIMÉNEZ, M. R. CÁCERES. *Las épocas de la literatura española.* Barcelona: Editorial Ariel, 1997.

的范本。①

中世纪西班牙的文学是作品、作者、影响等的集合。这些作品并不是因为时间联系在一起，而是由不同先验文化主演的共同生活经历整合而成。阿梅里科·卡斯特罗致力于史学和文学史，他认为，文学是"以一种生活的质感和预期的视野存在的经验，它是可以穿透集体生活的一种最直接的方式"②。

（一）穆斯林统治下的西班牙

随着瓜达莱特战役的胜利（711年），阿拉伯将军塔里克战胜了最后的西哥特国王唐·罗德里戈（Don Rodrigo），穆斯林开始征服半岛领土，并将其并入伊斯兰帝国，使其成为新的省（酋长国）——安达卢斯（Al-Ándalus）。阿拉伯军队的征服意味着欧洲首次出现了一种新的信仰——伊斯兰教。

在首次胜利九年后，穆斯林已经统治了几乎整个半岛领土，除了坎塔布里亚北部的阿斯图里亚斯王国，这里建立了西哥特人和西班牙裔罗马人最后的避难所。半岛上的埃米尔（伊斯兰国家的酋长）是由遥远的帝国首都大马士革任命的。由于首都与该省之间的距离，酋长自行决定将西班牙的穆斯林安达卢斯设置为伊斯兰帝国中的一个特殊省份。

随着东部乌马亚德王朝的沦陷，帝国首都迁至巴格达，一位名叫阿卜杜勒·拉赫曼（Abd al-Rahman）的乌马亚德王子设法逃脱了大屠杀，在安达卢斯避难，并在此创立了独立于帝国的酋长国（756年）。尽管如此，安达卢斯仍然承认巴格达哈里发的宗教力量。在占领了半岛领土之后，阿卜杜勒·拉赫曼必须克服内部和外部的不稳定，最终建立统一的国家。在阿卜杜勒·拉赫曼统治酋长国期间，柏柏尔人和阿拉伯人之间的内部斗争不断，基督教徒利用了这

---

① J. M. MONSALVO ANTÓN. *Historia de la España Medieval*. Salamanca：Ediciones de la Universidad de Salamanca，2014.

② 转引自：J. RODRÍGUEZ PUÉRTOLAS. "En los ochenta años de Américo Castro". *Revista Hispánica Moderna*，1966，32(3/4)：235.

一弱点,开始向南部扩张。

阿卜杜勒·拉赫曼三世(Abd al-Rahman III)于 929 年宣布自立为王,并建立了科尔多瓦哈里发国,从而失去了与帝国的联盟和对帝国的依赖,在他和他的儿子哈肯二世(Al-Hakén II)统治期间,科尔多瓦成为当时最强大国家之一,能够与加洛林帝国和拜占庭帝国抗衡,科尔多瓦哈里发国对北方基督教王国不屑一顾,这些新建的基督教王国很年轻,还处于发展阶段。由于不断的起义和政治动荡,科尔多瓦哈里发国在 1031 年消失了,虽然也有人以为哈里发国的消失是受阿尔曼佐的军事行动影响。

在此之后,哈里发国的领土被分割成一系列小王国,这些小王国被称为泰法。泰法之间经常互相争斗,因此基督徒设法在征服中前进,泰法不得不向北非的阿尔莫维德人寻求帮助。阿尔莫维德人能够暂时阻止基督教王国的前进,但随着时间的推移,阿尔莫维德人又分裂成新的泰法。

阿尔莫哈德人也来自非洲西北部,拥有强烈和不妥协的宗教信仰,他们再次控制了半岛上的泰法。面对基督教王国联盟,阿尔莫哈德人在 1212 年的纳瓦斯·德·托洛萨战役中被击败后被迫离开半岛。

从那时起,半岛上穆斯林势力的衰落已经不可避免。基督教王国逐渐征服了半岛,直到击败了控制格拉纳达王国的穆斯林。这些穆斯林抵抗天主教君主代表的统一力量直到 1492 年[①]。

(二)基督教统治下的西班牙

在穆斯林进入半岛后(711 年),部分贵族和基督教徒在坎塔布里亚地带日益强大,唐·佩拉约(Don Pelayo)在那里建立了阿斯图里亚斯王国抵抗穆斯林的进攻,穆斯林鲜有到达。随着科瓦东加战

---

① E. GONZÁLEZ FERRÍN. *Historia general de Al-Ándalus.* Córdoba: Ediciones Almuzara, 2016.

役(722年)的胜利,基督教徒征服穆斯林的收复失地运动拉开了序幕①,基督徒开始建立其领土,在半岛的特定地区形成了不同的王国。

在坎塔布里亚地区,最初有阿斯图里亚斯王国,阿方索三世在加利西亚和莱昂的领土上扩张,成为莱昂王国国王。在十世纪初,基督教王国的实力十分强大,但由于王位继承人之间的不同冲突而被削弱。卡斯蒂利亚郡(Castilla)开始在费尔南·冈萨雷斯(Fernán González)的统治下获得更强的统治地位,并且在费尔南多一世(Fernando I)的统治下成为王国。1037年,卡斯蒂利亚国王费尔南多一世兼并莱昂王国,卡斯蒂利亚—莱昂联合王国正式建立,这促进了其对托莱多泰法的征服。这一征服要归功于卡斯蒂利亚—莱昂联合王国的国王阿方索六世。在整个十二世纪,王国因为皇室内斗不断,局势非常不稳定,没有任何一位继任者可以改善,直到阿方索·亨雷克斯(Alfonso Henríquez)成为卡斯蒂利亚王国的一个伯爵。

在十三世纪,卡斯蒂利亚以牺牲泰法为代价扩张了领土,居住在北方的基督教人口重新获得了权力。十四世纪,在阿方索十世(Alfonso X el Sabio)的统治下,卡斯蒂利亚占领了穆尔西亚(Murcia)的泰法,并为重新征服阿拉贡(Aragón)王国铺平了道路。随着阿方索十世王朝的开始,内部危机导致了持续一个世纪的社会和政治动荡。随着亨利二世坐上达特拉斯塔马拉的王位(1369年),他开启了政治集中和增强王室权力的进程,但遭到贵族的强烈反对,进而导致社会和政治的不稳定和冲突,这使卡斯蒂利亚的国力在十四世纪和十五世纪大大削弱②。

---

① En la actualidad existe cierta polémica y revisión sobre el concepto de "reconquista". Vid. F. GARCÍA FITZ. "La Reconquista:estado de la cuestión". *Clio & Crimen*, 2009(6):142-215.

② MOXÓ Y ORTIZ DE VILLAJOS, S. De. *Historia medieval de España*. 3ª ed.,2. V. Madrid: UNED, 1991.

比利牛斯山区受到加洛林帝国的强烈影响,该帝国试图夺取领土以避免受到穆斯林的袭击,从而创建了"西班牙边境",这些领土是穆斯林发展的"阻碍",后来这里产生了纳瓦拉(Navarra)和阿拉贡王国。最初,阿拉贡是纳瓦拉王国的一部分,但 1035 年,在拉米罗一世(Ramiro I)的统治下,它成为一个独立的王国。十一世纪初,纳瓦拉在桑乔三世(Sancho III el Mayor)的统治下成为强大的基督教王国,暂时将卡斯蒂利亚并入其领土。后来,在十二世纪,阿拉贡在阿方索一世(Alfonso I el Batallador)的统治下获得了独立。在随后的几个世纪中,纳瓦拉王国努力保持独立于卡斯蒂利亚、阿拉贡以及法国。纳瓦拉王国热衷于扩张领土,并通过联姻政策与这些地区保持关系。

在东部,一些郡从加洛林人手中获得了自治权。巴塞罗那郡获得了权力,拉蒙·贝伦格三世(Ramón Berenguer III)确立了霸主地位,而其他郡向其贡赋。在十三世纪,阿拉贡王国的政治和经济十分稳定,海梅一世(Jaume I el Conquistador)征服了马洛卡和瓦伦西亚。当时,王国联盟将阿拉贡王国与巴塞罗那郡合并在一起,形成了新的阿拉贡王国(1137 年),并将工国的军事和经济政策转向地中海。阿拉贡王国也开始了国际扩张,占领了西西里岛和撒丁岛,后来又占领了那不勒斯(十五世纪)。

在十四世纪和十五世纪,阿拉贡经历了严重的内部危机,这是由于王国采取的不利于贵族利益的政治和经济措施引发了起义,并在胡安二世(Juan II)统治时期引发了内战。在与卡斯蒂利亚合作赢得战争后,阿拉贡的局势稳定下来,费尔南多二世(Fernando II)成为阿拉贡国王。而十四世纪末,伊莎贝尔一世(Isabel I)的兄弟亨利四世去世(1474 年)后,她宣布自己是卡斯蒂利亚女王。卡斯蒂利亚的伊莎贝尔与阿拉贡的费尔南多的婚姻实现了两个王国的统一。他们作为天主教君主进入历史,一起开始了一系列改革,奠定了半岛现代君主制的基础。

尽管伊莎贝尔和费尔南多的婚姻实现了两个重要王国的统一,

但两个王国仍是自治的,两国的法律和制度都应被尊重。国王和宫廷在卡斯蒂利亚(在阿拉贡设有总督),阿拉贡的政策由卡斯蒂利亚的顾问指导。天主教君主的政府形式为君主专制,因此加强了君主的权威,增强了他们在大贵族和教会面前的权力,削弱了后者的特权,但后者并没有被激怒。国王召集了几名宫廷朝臣以避免冲突,并向贵族和教会完全信任的人提供了政府和教会最重要的职位。

同时,国王创建了神圣兄弟会(1476年)以打击土匪,设立了裁判法院(1478年)以起诉和惩罚任何违反信仰、道德或制度的罪行。此外,在1492年,随着王国成功征服格拉纳达,他们驱逐了穆斯林和犹太人,并开始在格拉纳达传播福音。此后,还形成了一部法律(1502年),根据这项法律,穆斯林可以选择皈依或被流放。这一事件在西班牙历史上具有极其重要的意义,意味着一类在西班牙文化和文学中有不小的反响的人物的出现,即皈依者。

卡斯蒂利亚继承战争之后,天主教君主开始扩大君主制国家的版图:他们在征服格拉纳达时(1492年)结束了收复失地运动,并迫使格拉纳达的最后一个君主博阿卜迪尔(Boabdil)离开半岛。他们一方面与法国争夺纳瓦拉,使纳瓦拉成为卡斯蒂利亚的一部分,另一方面,他们也开始扩张海外领土。

为了发展与地中海地区的商业关系,天主教君主占领了那不勒斯(1504年),并获得了梅利利亚(1497年)、奥兰和阿尔及尔(1510年)的领土,以避免柏柏尔海盗威胁阿拉贡人的贸易。

与此同时,在大西洋,他们结束了对加那利群岛(1484—1496年)的占领,并将其作为殖民地。在天主教双王的统治下,王国与克里斯托弗·哥伦布签署了《圣塔菲协定》,委托他绘制与印度群岛的新贸易路线。哥伦布于1492年10月发现了美洲大陆。所有美洲领土都成为卡斯蒂利亚王国的一部分。为了巩固国王的权力,天主教君主利用其子女的婚姻与葡萄牙结成同盟,巩固其在欧洲的政治利益,从而孤立了法国。

当伊莎贝尔去世时(1504年),她的女儿"疯女人胡安娜"继承了卡斯蒂利亚的王位,并由她的丈夫"美男子菲利普"执政。1506年菲利普去世,因为女儿没有统治王国的能力,费尔南多开始担任摄政王。费尔南多去世(1516年)后,他的孙子查尔斯(之前一直生活在佛兰德斯)回到母亲胡安娜身边,成为卡斯蒂利亚和阿拉贡的国王。在查尔斯抵达西班牙(1517年)之前,由西斯内罗斯枢机主教执政。

中世纪的结束和西班牙文艺复兴的开始与天主教君主专制的历史政治演变息息相关。天主教双王的出现展现了告别先前国王们的中世纪思想和政策的决心:削弱之前弱国君主统治时期强大且不安分的贵族权力,建立了一个君主王权至上的封建制度。天主教双王执政使文艺复兴时期的美学被引入到宫廷的官员和神职人员中,这一全新的美学与本土的伊比利亚风格混合,中世纪时期至此画上了句号。

以半岛统一、文艺复兴开始、美洲大陆发现、卡斯蒂利亚王国和阿拉贡王国的统一等事件为标志,半岛完成了从中世纪向现代时期的过渡,西班牙开始向民族国家转型。①

三、中世纪西班牙文学的社会背景

与中世纪早期的其他欧洲国家一样,中世纪的西班牙社会是一个非常稳定的社会,其居民依社会阶层组织起来。在收复失地运动的鼎盛时期,社会进步为渴望加入特权阶层的下层阶级提供了机会。

这个时期,社会的金字塔顶点被皇帝和国王占据,其次是高级贵族(公爵、侯爵、伯爵,总之所有封建领主)。等级制度的最底层是低级贵族,也就是那些享有贵族头衔,但没有自己的领地,资源很少的贵族。在低级贵族里,最低的阶层是一种地方贵族也叫骑士。由

---

① M. A. LADERO QUESADA. *La España de los Reyes Católicos*. Madrid: Alianza Editorial, 2014.

贵族和高级神职人员组成的特权阶层免税，他们几乎不用对法庭做出回应，显然享有更高的社会地位。中世纪社会中最有权力和最富有的人几乎都属于特权阶层，但这并不意味着其所有成员都具有权力和财富。

贵族按照家庭、血统或贵族氏族分组。当时的理论家经常指出，贵族阶级的社会职能是发动战争来扩大疆土和治理国家。通常，贵族身份是生来就有的(血缘贵族)，国王也可以授予某人贵族头衔作为对其所提供服务的奖励。正如阿尔瓦拉多·普拉纳斯指出的那样：

> 我们必须考虑到，中世纪后期的贵族萌芽(就像历史上其他贵族的出现一样)，其特征是四种情况通常依次出现：1. 尽管承认某种特定的特权法律地位，但是历史学家讨论了这些特权必须达到的定义程度和同质性。2. 承认通过血缘世袭特权的法律地位的权力……3. 社会、政治或经济权力，即财富、土地、牲畜的积累被垦殖者利用，用来资助随从、武装代表团或自己的军队，构成了世袭制……4. 存在某种骑士文化……①

如果我们想了解这些贵族的日常生活，可以从他们生活的地方入手。城堡是典型的贵族住所，贵族拥有城堡和其周围的土地。由于贵族阶级的职能是通过发动战争来扩大疆土，他们在闲暇时会通过狩猎或比赛等体育活动为战争做准备。他们身边还围绕着许多追随者，为了维持个人的关系网络，他们常常以自己的社会地位为参考，拜访其他贵族。②

---

① J. ALVARADO PLANAS. "Orígenes de la nobleza en la Alta Edad Media". *Anuario de Historia del Derecho Español 76* ,2006：439-459.
② 贵族又分为高级贵族和低级贵族，这里是指前者，他们曾经是皇家法院的成员，其职能是陪同君主，判断和指导君主的决定。直到十五世纪，皇家法院通常没有固定的住所，而只是位于跟随君主所在地。

教士把教会的所有职务分组归类。① 教会的社会功能是祈祷，维护道德秩序，并确保其他阶层的人的灵魂得救。这些教士被纳入宗教秩序，他们受制于共同的生活规则，他们可能是修道院的院长、修士、修女。没有教职的教士管理着修道院。

修道院是修士和修女集体居住的地方。这是一个在带有门廊的中央露台周围的建筑物群，其中的走廊被称为回廊，它周围的分会室是修士和修女们讨论并做出重要决定的地方。餐厅是他们吃饭的地方，僧房是他们睡觉的地方，院内还有教堂。从理论上讲，修道院应该是进行精神修养的偏远地方，但随着时间的流逝，它们最终变成了分配给神职人员作为领地的广阔土地的中心。这就是修道院周围出现村庄，而他们都住在城镇内的原因。中世纪的修士和修女还承担了在普通百姓中传道的工作。修道院规定，神职人员的时间应该用于祈祷和工作。修士在这片土地上"劳作"，但他们最典型的劳动是手工抄写书籍并用珍贵的细密画装饰书籍。

教区的负责人是祭司。部分教区组成了一个主教区，其首领是主教。一群主教的首领是大主教。大主教的上方是枢机主教，他负责为教皇提供建议，并在他死亡时选择新教皇。在顶端的是教皇，即天主教的最高元首，他被认为是基督的代表。

教会的力量虽然常被运用在精神理论中，但它也是一种非常真实的尘世力量。事实上，教皇、主教等修道院的神职人员都是在捐赠甚至战争后分配的领土上作为封建领主。神职并非天生就可以获得的，而是从其他阶级转变而来的。教会的上层神职人员通常由贵族的儿子，特别是小儿子或次子担任，因为他们无法继承家族封地。

下层神职人员是那些没有任何俸禄或特权的人。他们通常要缴纳很多税款，社会地位较差，司法待遇也较差。他们的社会职能

---

① 　J. A. CALVO GÓMEZ. *El clero y los religiosos en la Edad Media*. Madrid：Editorial Síntesis，2017.

是工作和维护贵族和上层神职人员①。大多数人属于这一群体。他们过去一直处在最低的地位,尽管可以凭借功绩晋升。无论如何,他们中的许多人都是出于必要而成为教会人员,因此他们的文化水平并不高。

第三阶级是平民,这是一个非常多样化的群体,包括富商、银行家,甚至是贫穷的农民和乞丐,后者几乎没有自己的生计。最初的村庄和后来的城市是平民的居住地。贵族,教会人员和农民也住在这座城市,但使他们与众不同的是居住在这座城市的其他群体:商人、货币兑换商、银行家、教师、医生等,特别值得一提的是工匠。在中世纪,从一座庄严的城堡诞生的城市被称为自治市镇。因此,城市居民开始被称为资产阶级。随着时间的流逝,资产阶级一词被保留给最富有的商人,银行家或工匠使用,这一新的阶级开始在城市获得权力和影响力。

尽管资产阶级已经产生,并获得了权力和影响力,但是自治市镇的大部分人口原先都是农民,是封建领主的仆人。尽管他们有一定的自由,但是还是封地的一部分,没有封建领主的许可,他们不可能离开居住的土地甚至结婚,还必须付给领主房租和税金,并服从他的命令。那些少数自由的农民和地主也要缴税并屈服于领主。

四、中世纪西班牙文学的文学体裁

研究者们通过十一世纪至十五世纪创作的一系列著作对诗歌话语的发生和演变进行研究,指出了文学在不同文化背景下从中世纪到文艺复兴时期的发展道路:从知识的口头传播到书面传播,罗马语族语言随之发展并反映在多种文学体裁中,最后随着印刷机的出现得到更广泛的应用。

在中世纪,文学和文人诗是两个概念,这两个概念有着不可避

---

① M. LADRÓN DE GUEVARA ISASA. "La Hidalguía. Su origen y evolución. Las reales chancillerías". *Ascagen*, 2011(6):35-47.

免的联系:文学源于文人诗,文人诗来自拉丁语 *ministerium*(文学创作)。在中世纪文学中,对平民、神职人员和贵族阶层的创作划分十分严格。这就是为什么我们要深入挖掘神职人员和吟游诗人的文人诗。

神职人员文人诗被称为由"牧师"组成的中世纪文学[1],"牧师"指受过教育的人,他们不都是有教职的教士或基督徒[他们可能是贵族,例如佩德罗·洛佩斯·德·阿亚拉,犹太人例如塞姆·托布·德·卡里昂,或穆斯林例如尤瑟夫(Yusuf)诗集的匿名作者],并且他们所受的教育不是由三艺,即语法,修辞学和辩证法组成的基础教育,而是当时由四艺(数学、算术、音乐、几何和占星术或天文学中的任意四种的组合)组成的高等教育[2]。

但是,神职人员文人受到过良好的教育,特别是教会和宗教领域的知识,包括常识、经文等。因此他们在作品中使用了广泛、文雅的词汇和修辞格调,如有规律和等音节的经文以及要求更高的辅音押韵。作品主题不是战事,而是宗教和道德。通过作品,读者可以清楚地意识到这些人想要做一些与传教士不同的事情,尽管他们经常采取传教士的文风格式。这些神职人员文人已经建立了某种文学传统,有助于丰富通俗语言的文学。

神职人员文人诗有两种含义,一种是狭义上的,并且是同型的,而另一种则是广义上的、异型的。[3] 从狭义上讲,它仅指一组具有明确定义特征的作品。从更广泛的意义上讲,它与使该模式适应其他

---

[1] Un estudio sobre el estado de la cuestión en: E. GONZÁLEZ-BLANCO GARCÍA. "Las raíces del Mester de Clerecía". *Revista de Filología Española* (RFE), 2008,88(1):195-207. La historia de la evolución del término se encuentra detalladamente recogida en: ISABEL URÍA MAQUA. *Panorama crítico del mester de clerecía*,Madrid:Editorial Castalia,2003:19-36.

[2] 四行诗(cuaderna vía)就是从这个名字来的。

[3] Un estudio detallado en: FRANCISCO LÓPEZ ESTRADA. "Mester de clerecía:las palabras y el concepto". *Journal of Spanish Philology*,1978(2):165-174;FRANCISCO RICO. La clerecía del mester. *Hispanic Review*,1985,53(1):1-23.

社会条件和思想的所有后续派生有关。

其主要特征有：

(1)它们是由具有扎实修为的作家和古典艺术鉴赏家精心制作的作品，创作者使用文雅的词汇和修辞格调。

(2)绝大多数主题是宗教的或圣徒传的，主要基于拉丁传统。

(3)这些作品的目的是双重的：娱乐和教导人们，并提高他们的品德和虔诚度。

(4)它们用规则的诗节书写，一般是亚历山大体或十四个音节，分为两个等长的半句诗，每半句诗有七个音节，并由强烈的停顿或中止分隔，这与吟游诗不同，后者使用不规则和不等音节的半诗书写。

(5)与使用押韵的吟游诗相比，它们使用协韵。

(6)它们使用单韵律四节诗作为首选的诗歌形式，并已在十四世纪使用其他长度来改变诗节的单调性，主要有塞赫耳(西班牙摩尔人的诗歌体)或四行诗的变体，代表诗人有森托(Sem Tob)。[①]

与吟游诗人不同，神职人员写作的主题为宗教故事、圣徒传记、虚构故事(例如《亚历山大之书》《复律体特洛伊木马历史》或《阿波罗尼乌斯之书》)，而目前只有一部作品(《费尔南·冈萨雷斯诗歌》)选用了一个史诗般的主题。从十四世纪起，尽管形式上还是文人诗，神职人员文人诗的主题不再是单一的宗教主题，世俗主题开始出现在胡安·鲁伊斯(Juan Ruiz)，洛佩兹·德·阿亚拉(López de Ayala)等作家的作品中。

神职人员文人诗的主题和形式上的演变反映了当时社会的演变。从最初严格的书写层面的沿袭，翻译或强调资料来源，在所有诗节中，强音节总是占据相同的位置，神职人员文人诗在十三世纪发展成从主要的宗教和道德主题出发，成了更独特和自由的创作；

---

① N. SALVADOR MIGUEL. "'Mester de clerecía', marbete caracterizador de un género literario". en *Teoría de los géneros literarios*. Madrid：Arco Libros，1988：343-374.

在十四世纪则强调教义主义或难以辨识的世俗主题的多重测验和开放性。最终，神职人员文人诗中对日常现实、恶习、时下风俗的讽刺不断增加。

吟游诗人肯定比神职人员更受人们欢迎，他们创作的叙事诗考虑到口头传播的需要，专门针对文盲人群。但是，这些吟游诗人传播的以战士为主题的叙事诗，是由有文化的人，即史诗民歌的真正作者创造的，游吟诗人致力于将这种诗歌传播给城镇广场中各种各样的，而不是精心挑选出的听众。这类叙事诗的特色是韵律不规则且使用连串的单音节协韵，诗中多用简单的修辞，具有幽默感。

关于史诗的出现，有各种各样的理论。① 正如梅嫩德斯·皮达尔所指出的那样，考虑到西哥特人等日耳曼人民对史诗的品位和喜爱，史诗的根源可能是来自日耳曼民族。②

因此，中世纪的西班牙在此方面有大量的例证：日耳曼的传统，上古的长诗以及他们生活中动荡的历史时刻。史诗便是模仿这些例证，讲述关于某些英雄功绩的叙事诗。这些史诗普遍带有创造一个神话人物的意图——这些诗颂扬了英雄，他们代表了民族的美德和愿望，趋向于一个民族的统一。

史诗的特点之一是吟游诗人的口头传播。吟游诗人是具有各种能力的真正艺术家。他们会杂耍，在演唱抒情歌曲的时候经常伴随着乐器。但是，史诗中最负盛名的是游吟诗人创作的叙事诗。③吟游诗人来历不明，没有受过教育，他必须把长诗背诵下来，再根据他的记忆和公众的接受情况来修改作品。文化程度较高的牧师和文人模仿游吟诗人创作的一些著名的史诗，他们都会再次修改，可

---

① 　Un recorrido por las diversas teorías en：C. A. EZQUERRA. Cincuenta años de estudio de poesía épica medieval(con una nota sobre los estudios de épica románica en España)，*Revista de Literatura Medieval*，2006(8)：87-112.

② 　R. MENÉNDEZ PIDAL. *Orígenes de la epopeya española. La epopeya castellana a través de la literatura española*. Madrid：Espasa-Calpe，1959.

③ 　E. LACARRA LANZ. Juglares y afines，en *Historia de los espectáculos en España*. Madrid：Castalia，1999：405-418.

能是改正那些撰写时的偶然错误,也可能是出于个人口味故意为之。对于没有受过教育且没有交流手段的人民,史诗可以为社区提供信息,也可以传递最近发生的事件或与他们生活相关的事件。

但是这些诗也有明确的宣传意图,民族英雄是集体价值观的象征。在史诗中,英雄遭受的失败被最小化,这使其显得英勇而必不可少,诗中同时呼吁他们在国王或大君主周围团结一致,通过这种方式,叙事诗有助于塑造一种民族心态,即将人民归属于同一民族,使其具有政治性的共同目标。

对于中世纪的公众来说,吟游诗人的表演不仅是信息的来源,而且无疑是一种分散注意力和愉悦的手段,他们在听到吟游诗人的朗诵后会要求其重复自己最喜欢的片段,然后将其这一部分散布到他的熟人中。因此,这些诗歌的作者对大众来说是未知的,最多可以推测出一些个人特征(出身,职业,影响力等)。尽管现在这些诗歌都被认为某一位作者的作品,但这些诗歌在很大程度上是历代的朗诵者和听过并重复它们的人们的集体作品。因此,布莱瓜强调:

> 这类诗是匿名的并且很流行,尽管今天承认每首诗都是单独作者的作品,在某些情况下是一位出色的诗人的作品;但被吟游诗人朗诵时常常伴随着乐器,对原始歌曲进行各种修改并不困难。

> 另一方面,这种口头传播导致保存下来的文本资料不足,只有少数作品流传下来。①

值得强调的是西班牙史诗的另一个重要特征:主要被记录在十三世纪和十四世纪的编年史中,在十四世纪和十五世纪收集的歌谣仅有只言片语。由于史诗常被作为中世纪编年史的素材使用,我们才能得知其他诗歌的存在:《拉腊王子之歌》《桑乔二世之歌》《贝尔纳多·德尔卡皮奥》《叛国女伯爵》等。

---

① J. M. BLECUA. *Las flores en la poesía española*. Madrid: Editorial Hispánica, 1944: 15.

西班牙中世纪史诗的其他特征如下。

(1)不规则的格律和协韵:史诗是由长度不定的系列或连串诗组成的,单音节的诗句通过强烈的居中的辅音停顿而被分成半句。或共鸣韵占据主导地位,或协韵占据每个连串诗主导位置。

(2)现实主义特色:西班牙中世纪史诗与法国和德国史诗的区别在于缺少奇幻元素,而且对地点、人物和习俗的某些描述很准确。[①] 英雄似乎是人性化的,并且在没有超自然元素的情况下充满了情感。但这并不意味着其中不会出现虚构或被夸大的事实。

(3)在后世文学中的广泛使用:西班牙中世纪史诗的人物和主题在后世文学中一次又一次地出现(在歌谣集,在十七世纪、十九世纪和二十世纪的抒情诗歌和戏剧中,甚至在现代小说中)。[②]

(4)独特的语言组织手段:史诗语言基于一些口头资源,如重复主题,重复情节(如不同方式的战斗);吟游诗人运用重复的词语和表达方式,并将其附加在作品中的人物身上。这些手段的使用增加了作品与观众的联系。[③]

五、中世纪西班牙文学的宗教因素

中世纪的人首先是一个宗教的人,宗教也已经渗透到各行各业。中世纪文化首先是以神为中心的文化,一切都围绕着上帝,上帝与任何领域的人类决策都息息相关。人类的观念里,教会是与上帝沟通的直接渠道。就教会而言,教会发挥其对欧洲基督教徒的精神力量,这一作用使精神力量与尘世力量之间的界限显得模糊。教

---

① R. MENÉNDEZ PIDAL. *Poesía e historia en el Mío Cid* en *De primitiva lírica española y antigua épica*. Madrid：Espasa-Calpe,1968.

② Precisamente uno de los últimos éxitos editoriales del novelista del momento, Arturo Pérez-Reverte, es la novela *Sidi*(Madrid：Alfaguara, 2019), inspirada en la figura de Rodrigo Díaz de Vivar, el Cid.

③ R. MENÉNDEZ PIDAL. *Poesía juglaresca y juglares*, Madrid：Espasa-Calpe, 1969. A. D. DEYERMOND, de F. RICO. *Historia de la Literatura española. La edad media*. Barcelona：Grijalbo, 1980.

会,更具体地说是传教士,将成为基督教和古希腊拉丁文化遗产的传播者。古代文学和圣父的著作被保存并复制在本笃会的大修道院中,它们也是亚里士多德和柏拉图主义的重要组成部分,其思想在整个中世纪都没有受到明显影响。恰恰是教会支配着文化的演变,并且承担了中世纪文化的双课程(三艺和四艺),将其设计为上层阶级的高级培训。此外,塞维利亚圣伊西多罗的百科全书式的《起源》也是为解释《圣经》服务,还成为中世纪的必修课。

十二世纪初,中世纪社会发生了巨大的变化,完全影响了神学:由教堂资助的学校出现在城市的教堂中,在那里,为圣职做准备的神职人员可以在修道院之外进行研究。因此,文化向中世纪社会的更广泛圈子——城市平民——蔓延。

通过亚里士多德哲学的阿拉伯语译本所获得的进步知识也在很大程度上做出贡献,父权和柏拉图—奥古斯丁的传统为神学的后期发展让路,从而实现了新的创造性融合。城市中的学校将带来一种新的神学风格,在短时间内产生了所谓的学术神学或经院神学,这是一个新的思想阶段,神学家试图用古典哲学来解释基督教的真相。这一过程将伴随着一个新的历史因素:第一批大学[①]的诞生。这些地方除了教学之外,还致力于研究。这时,对于文化运动,尤其是对神学而言,一个决定性的事实发生了:托莱多翻译学校进行的对亚里士多德所有作品的翻译(在此之前对其作品的认识仅限于逻辑学部分)。此外,托莱多翻译学校还翻译了阿拉伯和犹太作家(如阿维森纳,阿维罗伊斯,迈蒙尼德斯)的许多评论。由此,神学家有了完整的哲学,即对事物的本质以及人类心理学的理性认识。所有这些丰富的哲学工具可以用来建立神学,其理性要求正在增加。

但是,由于作为第三种等级的平民百姓不了解神学问题,因此他们坚持所谓的大众宗教信仰,即人们对宗教事实的理解和解释,

---

① A. BARCALA MUÑOZ. "Las universidades españolas durante la Edad Media". *Anuario de Estudios Medievales*, 1985(15):83-126.

并使其适应他们的生活方式。① 实际上,很多牧师没有受过教育,悟性很差,因此自然而然地认为一切看起来像是宗教活动的行为都是遵循天主教的神学规范,但实际上,这些活动是异教风俗、迷信和大众信仰的混搭,往往类似于魔法或玄幻。毫无疑问,西班牙中世纪文学将反映出这种中世纪普遍流行的宗教信仰。②

朝圣带来遥远国家或地区的朝圣者们不同的文化,朝圣者的目标是到达重要的基督教圣所。在中世纪的西班牙,朝圣者在十世纪变得普遍。当时,有关使徒圣地亚哥墓的传说起源于一个世纪之前,这一传说传遍了整个欧洲,圣地亚哥·德·孔波斯特拉(Santiago de Compostela)的朝圣活动通过旨在证明和突出犹太人信义的作品得以巩固。从这个意义上讲,有许多诗歌演唱了圣地亚哥的事迹和奇迹。它出现在与《费尔南·冈萨雷斯诗歌》(十三世纪)相关的作品中,以及直接或间接受雅各布动力学影响的文本中,尽管它们的主题不同。《圣母玛利亚诗》(十三世纪)就是这种情况。而且朝圣之路将成为中世纪半岛抒情诗的传播途径之一。这条路线的活跃促进了法国和西班牙之间的交往,并且对自十二世纪以来加利西亚—葡萄牙和半岛抒情诗的发展起了决定性作用。除了合乎逻辑的宗教后果外,朝圣之路还使中世纪的西班牙得以分享知识、技巧、思想和习俗等,并在其各个王国之间,建立了前所未有的传播和文化统一体系。③

---

① O. GIORDANO. *La religiosidad popular en la Alta Edad Media*. Barcelona: Gredos, 1995.

② G. DE BERCEO. *Milagros de Nuestra Señora*, Madrid: edición de M. GERLI, 1997. J. MARTÍN RODRÍGUEZ ["Iglesia y vida religiosa", en *La historia medieval en España. Un balance historiográfico* (1968—1998), Pamplona: Gobierno de Navarra, 1999: 442] encuentra en las obras de Berceo un canal de difusión de las creencias y ritos por medio de textos literarios, cuyo objetivo promover en los fieles el cumplimiento de las obligaciones religiosas.

③ J. C. CONDE SILVESTRE. "De la peregrinación medieval al viaje imaginario: La evolución literaria y estética de un género como prefiguración del hecho turístico". *Cuadernos de Turismo*, 2011(27):227-245.

从基督教的角度来看,死亡是灵魂与身体分离而失去尘世生命的时刻。但是对于中世纪的人来说,死亡却意味着更多,因为来世的永生和命运之类的概念正在发挥作用,即定罪或救赎,天堂或地狱。在天使与魔鬼之间为死者的灵魂所进行的争执,即救赎(好行动)与定罪(坏行动)之间的争执之间,上帝不是法官,而是仲裁者或另一位旁观者。直到十三世纪为止,人们都知道灵魂的归宿有天堂或地狱,这取决于生活中的行为,但是,从十三世纪开始,炼狱成为第三位的观念开始流行。在炼狱中,需要净化的灵魂由于世俗生活中虔诚的行为,获得神圣的荣耀。

中世纪末期,死亡被视为向天堂的中转,现在则被视为生命的终点,所以如希塔大祭司为乌拉卡呐喊时所说的那样,它是恐惧的象征。在十五世纪,"垂死的艺术"①开始传播,在中世纪产生了一种关于死亡的心态转变,从对死亡的顺从态度(认为死亡是自然的事物)到极度的恐惧,再到对寻求灵魂救赎的关注。这导致希塔大祭司更加执着于教会,因为其被认为是上帝在地球上的代表。在这方面,阿尤阿-特耶多尔指出,"在这些世纪中,中世纪的西班牙文学不仅反映了这种演变,也反映了教会精英们对信徒生活控制的更大效力的探索"②。

在中世纪,死亡被视作一个神圣的计划。尘世生命是上帝的恩赐,从死亡开始,便是另一种新的永恒的生命,但前提是在尘世生命中,死者的所有行为均符合基督教的教义,也就是说,尘世生命被认为是过渡到永恒的前一步。出于这个原因以及人们的深切信念,中世纪的人将死亡视为必须发生的正常自然现象。为此,他必须认真

---

① T. G. ROLÁN, P. S. SUÁREZ-SOMONTE, J. J. PÁREZ. "Ars moriendi. El Ars moriendi en sus versiones latina, castellana y catalana: introducción, edición crítica y estudio". *Ediciones Clásicas*, 2008(19): 215-217.

② D. AÑUA-TEJEDOR. "A matter of timing: The relevance of the lapse of time between death and the celebration of the fina judgment in the middle ages". *STVDIVM. Revista de Humanidades*, 2017(23): 14.

生活,良好地工作,克服诱惑和罪恶,接受圣餐等,以便上帝不谴责自己,从而享有比尘世更好的永生,因为尘世生命十分短暂,必须要克服犯罪和诱惑,必须为之后做好准备。①

但是,尽管承认死亡是自然的一部分,是"日常活动"的一部分,并且在天堂里能过更好的生活,但中世纪的人仍然害怕死亡,因为他热爱生命,生命是上帝的礼物。恐惧并不是因为自己死了,而是因为信徒们将对其平生所表现的行为负责,而好基督徒应该为这些行为做好准备。引起恐慌的正是不确定的东西。正如米拉·米拉莱斯所指出的:"在文学、肖像和传教士的布道中,死亡开始以痴迷的方式成为主角,这带来了对死亡的恐惧,更具体地说,对罪孽、判决和地狱思想的日益普遍的态度。"②

为了确保死者在永生中的幸福,留在这个世界上的家人和朋友将竭尽全力庆祝并奉献虔诚的祭品,但这取决于死者及其亲戚的经济能力。这就是为什么尽管中世纪的作家负责在他的作品中强调死亡的平等主义力量,但它却最终导致了明显的社会分化。

在中世纪,随着战争和大流行瘟疫的出现,死亡是中世纪生活的一个常见现象,这意味着在文学中,它成了另一个文学"角色"③。

六、中世纪西班牙独特语言与文化共存现象

中世纪的西班牙是一个巨大的熔炉,西方三大文化人群在其中生活和共存:犹太人、基督徒和穆斯林,这一观念经常被强调。很显

---

① D. AÑUA-TEJEDOR. "A matter of timing:The relevance of the lapse of time between death and the celebration of the fina judgment in the middle ages". *STVDIVM. Revista de Humanidades*,2017(23):13-42.

② I. MIRA MIRALLES. "'Muerte que a todos convidas':La muerte en la literatura hispánica medieval". *Revista de lenguas y literaturas catalana*,*gallega y vasca*,2008—2009(14):301.

③ I. MIRA MIRALLES. "'Muerte que a todos convidas':La muerte en la literatura hispánica medieval". *Revista de lenguas y literaturas catalana*,*gallega y vasca*,2008—2009(14):291-326.

然,中世纪生活的许多方面都形成了相互推论、联系和影响的广泛网络。① 但是理想化共存的思想在现代史学中已经让位于一个新的视野,我们更多地谈论共存和权力关系,以及支配文化与被允许或经常受到迫害的少数民族之间的斗争。

在安达卢斯,我们首先要关注莫扎拉比人,即西班牙哥特族裔基督徒,他们生活在穆斯林的领土上,有自己的立法,有权保留他们的宗教信仰。② 作为一个独特的民族实体,莫扎拉比人有自己的文学作品,与半岛上的其他宗教人士接触。他们对北方基督教王国产生了巨大文化影响。在这方面,加西亚·阿雷纳尔指出:

> 莫扎拉比对九世纪新生的基督教文化的影响非常重要,特别是在这个世纪末。他们提供伊西多里亚科学,这是神职人员和修士所保存的。向北迁移的莫扎拉比人开始填补涉及更大责任和知识的职位。这些莫扎拉比人已经变得非常阿拉伯化的生活方式,语言和艺术的影响,他们能够传达给一个封闭和孤立的西方。③

莫扎拉比人的最大贡献是哈尔恰或缀诗,这是希伯来人或安达卢西亚阿拉伯人保存和编写的第一批罗马式诗歌,是原始欧洲抒情诗的最古老样本。

---

① L. PÁRAMO DE VEGA. "La España de las tres culturas: la convivencia entre judíos musulmanes y cristianos en la edad media". *Alcalibe*, 2011(11): 157-188. Aznar, F. *España medieval: Musulmanes, judíos y cristianos*. Madrid: Anaya Educación, 1990. Suárez, L. *Los judíos españoles en la Edad Media*. Barcelona: Rialp, 1980.

② M. GARCÍA ARENAL. "Los mozárabes o el problema de las minorías en el Islam". *Encuentro Islamo-cristiano*, 1972(6):1-19.

③ M. GARCÍA ARENAL. "Los mozárabes o el problema de las minorías en el Islam". *Encuentro Islamo-cristiano*, 1972(6): 14.

　　在北部的基督教王国中,我们发现了穆德哈尔人①,即被基督徒征服后仍留在自己土地上的穆斯林。他们通常生活在基督教社会中,他们的社区,莫雷里亚或奥加玛斯都不是封闭的犹太人居住区,因此很快出现了语言同化:尽管他们仍然保留阿拉伯语,但他们也开始使用罗曼语。十四世纪,一位穆德哈尔作家用卡斯蒂利亚语写了一首四行诗,讲述了《圣经》中先知何塞(José)的生平。可能早期这些文字是用拉丁字母书写的,但是穆德哈尔人也使用阿拉伯字母在西班牙书写文字,以维护其文化特征。这就是所谓的奥加玛斯写作,即用阿拉伯字母在西班牙语中书写的文本,其语音值已更改为能够描述西班牙语的音素②。现存的奥加玛斯文本是穆德哈尔的罗马语族文学具有一定生命力的示例。

　　最后,我们发现在基督教王国和安达卢斯都有犹太人,犹太人社区也有自己的立法,并在基督教王国和穆斯林社会受到重视。正是在中世纪,希伯来文学进入黄金时代,耶胡达哈勒维,伊本·加维罗尔或迈蒙尼德斯都是有代表性的作家。与莫扎拉比人和穆德哈尔人不同,犹太人在安达卢斯和基督教君主的宫廷中发挥主导作用,并在中世纪翻译中扮演重要角色③。西班牙犹太人在西班牙文学中非常重要,无论是作家(森托·德·卡里翁,科普拉斯德约塞夫

---

　　①　M. A. LADERO QUESADA. *Los mudéjares de Castilla en tiempo de Isabel I*. Valladolid: Instituto Isabel la Católica de Historia Ecleseística, 1969; "Los mudéjares de Castilla en la Baja Edad Media". *Historia. Instituciones. Documentos*, 1978(5): 257-304; "Los mudéjares en los reinos de la Corona de Castilla. Estado actual de su estudio". *Actas del III Simposio Internacional de Mudejarismo*, Madird: Teruel, 1986: 5-20; refundidos en el volumen: *Los mudéjares de Castilla y otros estudios de historia medieval andaluza*. Granada: Universidad de Granada, 1989: 11-99.

　　②　X. CASASSAS CANALS. "La literatura islámica castellana: siglos XIII—XVII(catálogo de textos mudéjares y moriscos escritos con carácteres latinos)". *Al-Andalus Magreb*, 2009(16): 89-113.

　　③　P. DÍAZ-MAS. *Huellas judías en la literatura española*. Biblioteca Gonzalo de Berceo Primeros encuentros judaicos de Tudela, 1984. http://www.vallenajerilla.com/berceo/diazmas/huellasjudiasliteraturaespanola.htm.

等匿名作家),还是文学名著(一直被传颂的从《熙德之歌》《真爱之书》等很多著书一直到著名的《争端》)。此外,我们还应该突出皈依者在西班牙文学中的重要地位,甚至包括 1492 年被天主教君主驱逐的西班牙犹太人后裔的文学作品。这群塞法迪人,原是十五世纪的西班牙犹太人,他们将中世纪西班牙文学的主题和形式保留至今。[①]

中世纪的西班牙人是一群相对共处的民族和信仰的集合,他们每个人都有自己的神圣语言和文化:拉丁语用于基督教徒,希伯来语用于犹太人,阿拉伯语用于穆斯林。这就是为什么,随着罗曼语族文学的诞生,伊比利亚半岛仍见证了拉丁语、希伯来语和阿拉伯语文学的非凡发展。

罗曼语言是拉丁语演变的结果,受半岛的多民族的影响,它将成为三大文化人群唯一的共同语言。罗曼语的原发语言是半岛北部的加利西亚语、莱昂语、阿斯图里亚语、卡斯蒂利亚语、纳瓦罗—阿拉贡语和加泰罗尼亚语。在它们当中,我们还须添加南方的莫扎拉方言,这是一种拉丁文,深受阿拉伯语的影响。第一批文本来自十世纪,即所谓的西洛斯注释(西洛斯修道院,布尔戈斯)和米兰注释(圣米兰德拉科戈拉修道院,拉里奥哈),一个修士用某些拉丁语词在文本之外写的注释,以澄清它们的含义。

两个世纪后,正是在拉里奥哈的同一地区,第一位西班牙著名作家冈萨洛·德·贝尔塞奥(Gonzalo de Berceo)现身。卡斯蒂利亚语在莱昂王国的坎塔布里亚出现,卡斯蒂利亚王国的发展和演变使卡斯蒂利亚语成为中世纪西班牙最重要的语言,特别是当阿方索十世使用它进行散文创作,并在其王国中提高语言水平后。安东尼奥·内布里贾(Antonio Nebrija)的卡斯蒂利亚语语法(1492 年)出现,西班牙语逐渐成熟。这样,卡斯蒂利亚语,即如今的西班牙语成

① S. SANTA PUCHE. *Introducción a la literatura de los judíos sefardíes.* Valencia: Palmart, 1998.

为了拉丁语族的重要组成部分。①

　　最后,我们还必须提及阿尔哈米亚语文学,它是罗曼语言的文学,但用阿拉伯语书写。卡里玛·布拉斯这样定义它:阿尔哈米亚是一个名词或形容词,它指居住在摩尔人或犹太人的奥加玛斯的男女,或那些讲其语言的人,也指语言本身。②

七、中世纪西班牙人本思想的产生

　　人本思想是以"类的个体"为关注焦点的,并以此为理论基础基点和逻辑起点,衍生出对人类普遍价值的颂扬。基于对个体利益和权利的重视,人本思想才为更多的人所认可和接受,其理论才得以逐渐传播、发展和完善。人本思想的核心内容是以人为出发点和以人为中心,人文主义、人本主义、人道主义在西方用同一个词(Humanism)来表示,主要是指一种以人为出发点和以人为中心的哲学理论,最初是针对神本主义提出来的。

　　在中世纪早期,西欧是以基督教教义为统治思想的。西罗马帝国灭亡之后,基督教完整地保留下来,几乎成为所有"蛮族"国家的国教。1054 年,以罗马为中心的西部教会和以拜占庭君士坦丁堡为中心的东部教会正式宣告决裂。决裂后的西部教会以罗马教皇为首,称罗马公教,在中国统称天主教;东部教会以君士坦丁堡大主教为首,称希腊东正教。到教皇英诺森三世统治时期,罗马教廷的势力达到了顶点。随着世俗王权的逐渐强大,教廷的优势地位逐渐衰落,到十六世纪终于爆发了动摇天主教神圣权威的宗教改革。

　　西欧基督教会采用教阶制为组织原则,教会的基层组织是乡镇的教区,还有由集体隐居修行的修士组成的修道院。基督教圣礼是教会掌控群众的重要手段,圣礼主要有弥撒和洗礼。教会规定教徒

---

　　① R. MENÉNDEZ PIDAL. *Historia de la lengua española*. Madrid: Fundación Ramón Menéndez Pidal y Real Academia Española,2005.

　　② K. BOURAS. "La wassiya de Ali del manuscrito aljamiado 614 de la Bibliothèque Nationale de Argelia". Madrid: Universidad Complutense,2009: 59.

应交什一税,即把收入的十分之一交给教会。中世纪西欧基督教会对思想文化的垄断,主要表现在排斥古典文化、控制教育、精神奴役、迫害异端。

中世纪的哲学和神学是两位一体的,哲学或神学的论证完全脱离实际统治,故被称为"经院哲学"。随着工商业的发展和同阿拉伯世界的交往,西欧人逐渐接触了先进的科学文化知识,大学开始兴起。虽然中世纪的大学没有摆脱神学的影响,但是却促进了中世纪西欧文化的发展。在十一世纪到十三世纪,骑士文学随着骑士制度的流行开始兴起,十三世纪时,城市的兴起使城市文学开始出现。

城市的兴起和发展使大量农民纷纷逃入城市,如能在城市住满一定时间,原来的领主便无权再占有他们,从而使他们摆脱对领主的依附关系。从农奴转变为市民,实际上提高了这些人的社会地位,使他们成为"国家的自由民而不是依附民"。

城市中市民间的关系原则上平等。城市中的主要居民是工商业者,他们以同业行会的形式组织起来,尽管不同行会间成员们的经济收入各异,但法律地位是平等的。在作为城市基本生产单位的作坊中,匠师、帮工、学徒之间的关系也明显有别于领主与农奴的关系。

这种生产关系已不同于领主和农奴间的剥削、依附和超经济强制关系,在人身地位方面具有一定的平等性。

城市中所形成的社会环境为新思想的产生提供了温床。城市的空气使人自由。这种现象与工商业者各方面利益要求有关。市民阶级最不可少的需要就是个人自由,没有自由,那就是没有行动、营业与销售货物的权利。他们获得了农奴所不能有的自由,他们可以自由结婚,自由支配自己的财产,可以随意迁出,随意往来。另外,自由环境必然带来相应的民主氛围。市民从自身安危和利益出发,对本市的政治生活十分关注,加之城市建设和各项费用所需均来源于市民的纳税和捐献,增强了市民参与城市政治生活的意识,使城市的政治生活具有民主特征,特别是自治权力较大的城市,经选举产生的市政府官员制定的方针政策必须立足于本市的集体利益要求,不能像领主管理庄园那样独断专行,为所欲为。

城市中相对的自由、民主,为生活在其中的人们依据新的现实生活提出新要求,形成新思想提供了有利环境。而且,在这环境中所产生的新思想必然与建立在封闭式的农业庄园基础上的大一统的基督教思想相冲突,最终形成具有世俗性质的人本思想。

城市产生后,随着社会对知识和科学需求的迅速增加,出现了对古希腊、罗马和阿拉伯等国文化学习和研究热潮,古希腊、罗马时代的著作和阿拉伯人著作被大量翻译成拉丁文以满足社会需要。当时西班牙的托莱多和西西里的巴勒莫成为将阿拉伯语作品翻译为拉丁文的重要中心。此外,叙利亚、君士坦丁堡等地的古希腊、罗马以及拜占庭和阿拉伯人著作也大量传入西欧。像亚里士多德、西塞罗、维吉尔、包伊夏斯等人的著作以及一些阿拉伯思想家、科学家的著作引起当时西欧社会的普遍欣赏和广泛重视。这些都为新的人本思想的形成提供了极大帮助。

人本思潮的核心是强调人的地位、价值和尊严,但是在当时西班牙对基督教汪洋大海似的信仰之中,对人的地位和价值等方面的强调最初不会超出这种信仰的局限,带有时代特征。对人的强调是在信仰上帝、肯定上帝恩泽之下的强调,即使到文艺复兴时期,人文主义者们的思想也都没超出对上帝的信仰,正如彼特拉克所说:"我的心灵的最深处是与基督在一起的。"然而,十二世纪末以后出现的在肯定上帝基础上对人的地位、价值、尊严的重视,已明显改变了进入中世纪以来教会视人为渺小、罪恶的观念。

进入中世纪以后,基督教成为西班牙社会占绝对统治地位的宗教,教会严格地把持对教义的解释权。在教会的思想观念中,人与上帝的关系异常疏远,教会把上帝描绘得威严、冷酷、高不可攀,人已被上帝摒弃并受着上帝的惩罚。人来到世上就是要赎罪,只有忍受各种苦难,向教会捐献财产,弃绝尘世享乐转入僧侣生活等行为才可减轻罪过,挡开上帝的怒气。上帝难以亲近,人必须通过教会才能与上帝沟通。

十一世纪末,特别是进入十二世纪,西班牙文学中展开了对上帝与人的友善和亲密关系的热烈探讨,十二世纪后的许多著述的主题就是歌颂上帝的慈悲、友善,歌颂上帝与人的亲近关系。人们开始普遍认为上帝对人是友好的,祂把自己的相貌特征以及某些智慧和能力都传给祂的创造物——人。

在重视人与上帝关系的同时,人在宇宙中的地位以及人与自然界关系也得到新的认识。十一世纪前,人们普遍接受教会的宣传,认为宇宙是混沌而神秘的境界,人在其中无论肉体还是精神都是渺小且有罪的,必须克制自己,屈服于超自然的力量,祈祷并感激奇迹的帮助。十一世纪末以后,越来越多的人认为,宇宙是宏大而有秩序的体系,上帝在创造宇宙万物时把他的理性和智慧贯穿于每个环节,人在这庞大的体系中占中心地位。人们从而认识到上帝创造的宇宙是有秩序、有规律的。而人在整个宇宙中的地位处于自然万物与上帝之间相互沟通的中心环节。康彻斯的威廉的《哲学世界》是十二世纪二十年代这一思想的代表作。人之所以居于宇宙的中心地位是由于人与上帝有着亲族关系,并具有上帝的某些特征。因此,人在自然界中高于万物及任何动物,还能与上帝形成默契。

此时,人们还认识到,由于人具有上帝的某些特征,人也有理性和意志力,而且这方面能力可通过学习得到培养和加强,给人增添光彩,使人变得尊贵。这种光彩和尊贵在于通过学习,人不仅能弥补原罪所造成的堕落,还可认识到自然万物。

人与上帝的关系及人在宇宙中的地位和所具有的理性能力,使人们认识到,人向上可与上帝沟通,向下可认识自然万物,同时也有能力对自身社会进行管理和改造。因此,人与上帝的关系问题不单单是宗教问题,实际上也成为哲学问题,对这一问题的重新认识必然要在现实生活中指导人们的行动,使人们增强对自身的价值和能力的信心。

对人的价值、地位和能力的重新认识不单单表现在直接论述人的理论之中,而且也表现在当时社会现实生活中的方方面面。

十一世纪后,西班牙出现了大量的自传和传记作品,从这时期传记作品的数量和内容看,人,特别是现实的人得到了重视,这是一种新的变化。十一世纪前的中世纪,教会指导人们在禁欲、苦行、赎罪中忘我地信仰上帝,在文化作品中很少客观地表现现实生活中的人,为数不多的作品大都是关于圣徒们的圣迹。作品表现得公式化、说教性十足,充斥着神灵感化色彩;很少表现"人的本性"。就是少数几个帝王的传记也受到基督教伦理标准的层层框定,把他们描绘成十全十美的英雄。十一世纪后不仅自传和传记作品的数量大大增加,而且其中许多是反映当时普通人的作品,并比较客观地记述现实社会中一些人的行为举止、脾气秉性、内心世界和缺点毛病,具有反传统《圣经》传记风格,带有人情味。

十二世纪初,被认为是"勇敢的"自我认识的开端。有的自传作者以写历史著作的方式把自己作为社会历史过程的一个角色。这种传记形式的自我认识和对人真实、具体的记录和描写,实际是对人在现实生活中价值和作用的肯定,是对现实的人及其人格的一种承认,这种现象到文艺复兴时期得以进一步发展。

人们重新认识和肯定自身地位、价值的同时也显现出对自身能力的自信,这种自信表现为人们开始不满基督教对现实事务的理论说教,并通过自己的理性对社会进行观察和思考,逐渐形成了摆脱宗教思想束缚的新的世俗理论。

中世纪基督教对人们学习知识、探索真理持否定态度,教会认为世界万物是神秘的,人无法认识它们,人只有在虔诚的信仰中得到神的启示才能得到真理。人们自信心的建立,增强了其对周围事物进行观察、了解和研究的意识,尽管当时人们对周围的事物及自然界的认识还十分肤浅,但已出现了对未来的乐观主义态度:最有价值的事莫过于研究消除愚昧黑暗的学问。

对人的地位、价值和尊严的提倡,也包含对人的天性和自然要求的肯定;这与基督教宣扬的禁欲苦行,追求来世天堂相抵触和冲突。这种冲突在爱情、婚姻及现世享乐观念方面表现得尤为明显。

十一世纪以前，文学中的情爱描写是无足轻重的。教会把男女间的爱情看成是洪水猛兽，竭力让人们摈除这方面的欲念。进入十二世纪，描写爱情和男女间真实情感的诗歌和其他文学作品大量涌现，抒发对爱情的赤诚追求和渴望，有的作品还反映出为了爱情不惜冲破基督教伦理的层层禁锢，甚至是对婚外恋和性爱的追求。

婚姻观念也出现了新变化，表现出对传统婚姻观念的反抗。基督教传统观念认为：两人一旦结婚，无论其中任何一方怎样，即使是病人或有各种恶习，也不得离婚。另外，教会极力贬低妇女的地位，使徒保罗说："造丈夫不是为了妻子，而造妻子是为了丈夫。"由于妇女地位的低下，她们常常成为父母为追求金钱和地位进行包办婚姻的牺牲品。创作于1100年左右的一位妇女反对包办婚姻的作品，反映了主人公被嫁给一个麻风病人后的强烈愤怒，甚至把矛头指向上帝。有些文学作品对巴结有钱有势的贵族而牺牲爱情深恶痛绝，女主人公埋怨她父母为了钱财把她嫁给一个恶棍："我宁愿有微小的爱情和欢乐，也不愿有上千的银马克和眼泪！"

这时期的文学作品中也出现了蔑视来世幸福，只求今生快乐的内容。这类作品以隐喻、讽刺风格写出。有作品以《福音书》口吻告诉读者，如果你被基督的贫穷和拒绝享受世间幸福的做法所感动，你也应被我的情形所感动，我享受这世间的生活，赐给我"供大量花销的钱财和没有葡萄酒的死亡——阿门"。还有作品把金、银尊奉为两个"圣人"，并用颂扬圣徒的诗句歌颂这两位圣人。也有作品直接提出对现实幸福和享乐的渴望。总之，这时期的人们已开始从教会宣扬的禁欲主义、来世天堂观念中解脱，人们从仰仗上帝的拯救转为重视现世幸福和追求现世享乐。

中世纪初期，由于战争不断，自然经济占主导地位，日耳曼贵族热衷于战争，对世俗文化教育不感兴趣，以及基督教本身具有排他性等，西班牙中世纪早期的文化和教育牢牢地掌握在教会手中，基督教思想一统天下。但是，到了十一世纪城市大规模迅速发展起来后,在城市新的社会环境中,市民们依据自身利益要求和社会现实需要产生新的思想观念,并且在社会生活的方方面面构成一股社会思潮,它具有明显的人本性质。人本思潮的出现不仅对西班牙和西欧当时的社会产生重要积极影响,而且为后来的文艺复兴运动做了思想准备,文艺复兴人文主义是这时期人本思潮的新发展和继续。

第一编　中世纪西班牙世俗文学初期代表作——人本思想的萌芽

第一章 英雄史诗《熙德之歌》

——初步显现个人荣誉与个人情感

第一节 《熙德之歌》作品梗概与价值意义

一、西班牙文学史上的首座丰碑

《熙德之歌》是西班牙文学史上最古老的作品,是第一座丰碑。从诗中描写的风俗、使用的武器和语言来看,《熙德之歌》属于十二世纪中期的作品,它的写作年代约在 1140 年。当然,在《熙德之歌》以前,西班牙可能有过其他史诗,但由于各种原因没能保存下来,有一些史诗只剩下散文形式的简述或别的形式的残篇断简,不足为据。

《熙德之歌》是唯一保存下来的较为完整的一部卡斯蒂利亚人民的英雄史诗。其原稿至今未被发现,保存至今的是 1307 年 5 月由一个名叫佩德罗·阿巴德的人由原稿誊写下来的一部手稿。因为这部手稿里有一些明显的抄写错误,使后世的人可以认出它并非原稿。

1779 年,西班牙皇家图书官托马斯·安东尼奥·桑切斯编纂《十五世纪之前卡斯蒂利亚诗歌选集》一书时,《熙德之歌》被列为首篇并第一次印刷出版。同时它也成了第一部付诸印刷的欧洲中世纪史诗。《熙德之歌》全诗分三章,包括 152 节,3730 行,作者不详。

根据作者对地理环境的熟悉情况,专家们判断:作者应为今天西班牙索里亚省梅迪那塞里一带的吟游诗人。

众所周知,从八世纪初到十五世纪末,来自北非的摩尔人占领了西班牙大面积的领土,西班牙人民进行了长达八百年的收复失地运动,直至1492年,也就是哥伦布发现新大陆的同一年,才把摩尔人彻底赶出了西班牙的领土。熙德就是在这场反抗外族入侵的斗争中产生的英雄人物。他的原名叫罗德里戈·迪亚斯·德比瓦尔(1043?—1099),熙德一词源于阿拉伯语,意为"主人",这是摩尔人对他的美称。应当指出的是,历史中的熙德与史诗里的熙德是有很大出入的。德比瓦尔出生于卡斯蒂利亚王国的一个小贵族家庭。1065年,卡斯蒂利亚国王桑乔二世任命他统帅皇家军队。1067年,桑乔二世攻打其弟阿方索六世获胜,他起了重要作用。1072年,桑乔二世被杀,阿方索六世继承王位,他虽留在宫中,但显然不会得宠。1081年,由于他擅自出兵攻打处在阿方索六世保护下的托莱多王国而遭放逐。在这种情况下,他只好投奔萨拉戈萨的穆斯林王国,为穆塔明国王及穆斯塔因二世效命达十年之久,因而对西班牙境内穆斯林的政治、军事、法律和习俗非常熟悉。在此期间,他曾多次打败基督教徒的军队,人称常胜将军。1086年,西班牙又遭到北非穆斯林的入侵,阿方索六世不计前嫌,召他回国抗敌。但他因另有打算,率兵至卡斯蒂利亚后又返回萨拉戈萨。1094年5月,他施巧计攻克瓦伦西亚并入主该城。1099年,熙德逝世,阿方索六世认为瓦伦西亚城难于固守,便纵火烧之,并将他的遗体带回卡斯蒂利亚,建陵墓供人瞻仰。综观熙德的一生,他不愧为一个才能出众的军事统帅,也不失为一个手腕灵活的政治人物,然而把他作为一位民族英雄,至少是历史学家所难以接受的。但在他死后,却出现了许多关于他的传说和谣曲。《熙德之歌》就是其中的一部杰作。人们充分发挥想象力,把自己心目中的英雄塑造得更加完美和高大。史诗的原稿至今尚未发现,马德里国立图书馆的现存手稿(共74页)是佩德罗·阿巴德于1307年的手抄本。

《熙德之歌》三章的题目分别是"流放""婚礼""葛尔贝斯橡树林里的凌辱"。第一章写熙德因遭政敌诬陷而被阿方索六世从布尔戈斯流放到阿拉贡。熙德打败了阿拉伯人卡斯特洪和阿尔科维尔,占领了萨拉戈萨和特拉埃尔,后来又降服了巴塞罗那伯爵拉蒙·贝伦格尔。他边战斗边安抚降敌,并把战利品献给阿方索六世,以求得他的谅解。第二章歌颂熙德征服瓦伦西亚的功绩。在攻克该城之后,熙德派遣侄子阿尔瓦·法涅斯再一次向阿方索六世献上了贡品,并获准与囚禁在修道院里的妻子和两个女儿相见。瓦伦西亚恢复秩序之后,熙德任命了一位法国人作主教,使基督教活动重新开展起来。但摩尔王尤瑟夫不甘心失败,再次举兵进犯,被熙德打得狼狈不堪。他第三次遣人敬献贡品,使阿方索六世深受感动。此时的熙德已名声显赫,卡里翁家族的两个王子别有用心地向他的女儿求婚,国王认为这是一门体面的婚姻,便出面极力撮合。尽管熙德厌恶这两位王子,但因碍于国王的情面,勉强答应了婚事。婚礼在瓦伦西亚隆重举行。第三章描述熙德两位女婿的懦弱、卑鄙与无能。他们碌碌无为,贪生怕死,成了人们讥笑的对象。然而,熙德对他们的情况一无所知,非但没有责怪之意,反而同意他们偕妻子回家省亲,并将缴获来的两把名剑——"科拉达"和"蒂松"——送给他们。当省亲的队伍走到科尔佩斯橡树林时,两位卡里翁王子将随从们支走,然后便凶相毕露,把各自妻子的衣服剥光,将她们痛打一顿,并抛弃在那里,妄图以此对熙德进行报复。幸亏熙德的侄子赶到,搭救了她们。熙德向国王提出控告,阿方索六世也感到懊悔并同意解除婚约。熙德索回两把宝剑,并提出与两名女婿决斗以恢复名誉。在此期间,纳瓦拉和阿拉贡两国的王子又遣特使来向熙德的女儿求婚,国王和熙德都表示同意。卡里翁家族在决斗中一败涂地。熙德女儿们的婚礼比第一次更加体面和隆重。

从上面的简短介绍中,我们不难看出历史真实与艺术真实的差别,人民是按照自己的理想来塑造自己心目中的英雄的,尤其像《熙德之歌》这样在民间流传下来的史诗更是如此。熙德是一个查理大帝式的完美无缺的人物,而且与阿喀琉斯、齐格弗里德、罗兰等英雄人物不同,他没有高尚的旗鼓相当的敌人。至于阿方索六世,熙德一直把他看作国家的主宰,即使遭到流放,对他也忠贞不渝。这种精神符合时代的要求和人民的利益,因为当时主要的社会冲突是西班牙人与阿拉伯人之间的民族矛盾。

二、基于史实的史诗巨著

《熙德之歌》问世之后,史学家如获至宝。经过研究考证,诗中除个别历史事件与人物属于作者杜撰之外,基本上都与史实相吻合。如熙德与卡斯蒂利亚国王阿方索六世的关系,加西亚·奥多涅斯对熙德的嫉妒,熙德被国王阿方索六世流放,巴塞罗那伯爵拉蒙·贝伦格尔被擒之后和熙德结成莫逆之交,萨拉戈萨地区、莫莱亚山区及瓦伦西亚周围的几次大战役,瓦伦西亚的收复和摩尔王尤瑟夫的反扑以及熙德女儿和纳瓦拉王子结亲等。文学家们对这些具体史实是不大重视的,然而史学家们对此却如数家珍。他们对《熙德之歌》所做的考证论著,早已超出这部英雄史诗很多倍,这里无须赘言。

史诗中一些细节的描写上也有不少与史实一致的地方,这里仅举一例。历史上的熙德有点迷信,作战时常靠某种征兆预言吉凶。诗中写道,当他的女儿即将离开瓦伦西亚城时,熙德预感到女儿此去凶多吉少,立即决定派其侄子前去护送她们。结果两个女儿在科尔佩斯橡树林中果真遇险,险些丧命。

史诗中除少数人物无从稽考或属于杜撰外,与熙德在诗中同时出现的人物几乎都有史料可供证实。如此显著的历史特点使得许多历史学家和考古学家至今仍把《熙德之歌》作为研究中世纪某些历史事件的不可多得的宝贵资料。

虽然《熙德之歌》有许多地方的记述与史实相吻合,但不能说它就是一部史书。除了它的诗歌艺术形式以外,无名作者还运用了许多艺术技巧,如戏剧化语言和幽默手法。熙德是这部史诗的主人公,作者在塑造他的形象时,在性格和事迹方面基本上根据其原型,但也将古代别的人物的优秀品格和才智集中到他的身上,虚构了一些动人的情节,以使其形象丰满而典型。历史上的熙德是一位粗鲁的武将。作者经过艺术加工将其描绘成理想的智勇双全、运筹帷幄的英雄形象。作者通过生动的细节描写,在典型的环境中塑造了熙德这样一位典型的中世纪传奇性的英雄人物。

通过《熙德之歌》,我们还可以明显地看出中世纪西班牙的社会阶级划分,从中可以分析出与阶级关系和家族关系紧密联系在一起的封建社会关系的特征。如果自上而下地划分人的阶级成分,大致是这样:国王—贵族/富户—伯爵/诸侯—骑士—农民/农奴。封建王国中的国王高踞于金字塔形等级制度的塔顶,其权力至高无上,一道御旨即可将臣属流放或没收其财产,甚至可以决定他人的生死。熙德的流放即是典型事例。贵族/富户是皇家的近人,多为世袭权贵或是皇亲国戚。诗中的卡里翁王子即属于这个阶级,他们飞扬跋扈,不可一世;他们可以和国王攀亲,拥有一定数量的骑士作为下属;国王从这些贵族/富户当中分封伯爵、诸侯、地方总督和其他高官显贵职务。骑士是最低等的具有一定固定财产的阶级,一般说来是指不从事生产劳动的地主和绅士。养活下至骑士上至国王的是广大的农民和农奴,他们受压迫剥削最深。国王的圣旨与宗教的戒律是套在他们头上的两道枷锁。因此,这个阶级最具反抗精神。

在中世纪,除封建领主与农民和农奴之间的基本阶级斗争以外,还存在王权与教权的斗争,中央集权与地方诸侯的斗争。后者虽属统治阶级内部矛盾,但常常导致连绵不断的内乱。占有自给自足的庄园和戒备森严的城堡的封建领主,独霸一方,各自为政。他们有时相互争斗,有时联合反对君王。这样的混战对社会生产破坏极大,人民深受其苦。更为严重的是,这种分裂混乱状态给外族入侵创造了可乘之机,阿拉伯人占领西班牙长达八个世纪之久,和西班牙人民长期不能联合起来共同抵御外族侵略是有直接关联的。《熙德之歌》从不同的侧面反映了以上所提及的矛盾和斗争。实际上,这正是《熙德之歌》的创作者运用现实主义艺术手法的成功之处。

三、时代英雄的集合体

《熙德之歌》还在我们面前展现了一群与王子、伯爵、犹太人的声音、相貌、走路以及生活方式截然不同的英雄人物。如果说作者在描写王子、伯爵、摩尔国王时用笔谨慎,惜墨如金,那他在刻画熙德及其周围的英雄人物时却不吝笔墨,振笔疾书,文思泉涌,一泻千里,总觉意长纸短。这位十二世纪的西班牙民间诗人把一群形象不同、性格各异的时代英雄集合在读者面前,给读者以一种呼之欲出的感觉。

作者塑造出来的英雄人物的眼睛都注视着一个中心首领。作者在这个人物身上倾注了他的全部心血,使他成为史诗的指导性人物。作者对于他的一举一动都描写得十分细腻。这是一位神圣的英雄形象,他装饰着受难者的光环,他被涂上宗教色彩,他被家庭的爱所神化,他有一颗为祖国为国君效劳的赤诚之心,这就是蓄着任何人都不曾触动过的长须秀髯、胜利后嘴上常带微笑的熙德。但他是确实存在过的人,而不是神,他所率领的这支游击队伍所获得的一切胜利靠的都是人的力量,尽管他们把每次胜利都归功于天神造物。711 年,阿拉伯人开始入侵西班牙以后,统治半岛长达八百年之久,给生活在伊比利亚半岛的西班牙人民带来无穷灾难。自十一世纪开始,西班牙各族人民反对阿拉伯人的统治、争取收复失地的斗争逐步发展壮大。熙德正是在这个时候涌现出来的一位杰出的民族英雄。熙德长期和阿拉伯人作战,大长西班牙人民的志气,大灭侵略者的威风。西班牙人民至今仍把熙德作为民族的骄傲。熙德对外族侵略的抵抗代表全体西班牙人民,他进行的战争是正义的战争。正义的战争终将赢得最后的胜利。西班牙人民所以能在十五世纪末彻底完成收复失地运动,正是依靠像熙德这样的英雄人物和广大人民的共同英勇作战。

　　国王阿方索六世听信谗言将熙德流放,但是熙德却把那种世俗的君臣怨恨置之脑后,以反抗外族侵略的大局为重,不去计较国王在这件事情上的不仁不义,仍表现出对国王的爱戴。在这里,作者一方面使熙德的英雄形象更加高大,另一方面也表达了作者的心愿:收复失地、统一国家需要有权威的国王。

　　熙德之所以能成为顶天立地家喻户晓的民族英雄,主要是因为其崇高的爱国主义精神。史诗开始部分告诉读者(和听众),面临外族的统治和蹂躏,熙德对于维护阿方索六世所统治的王国的内部团结一直非常重视,他把内部团结看作是纯洁的基督精神。他凭着维护国家团结的信念去消除内部矛盾,去抵抗阿拉伯人的侵略。面对几乎占领西班牙全境的外族敌寇,熙德率领为数不多的将士,驰骋于西班牙卡斯蒂利亚和瓦伦西亚之间,转战于哈龙河两岸,前后历经大小战役近百次。北至萨拉戈萨,东至瓦伦西亚,在被阿拉伯人占领的国土上,他东拼西杀,喋血虏廷,尽屠外敌。每战之前,熙德常临戎誓众,言及灭敌之决心。士卒感怆,皆欣然听命。① 英雄熙德总是奋不顾身,临敌必身先士卒,摧坚挫锐,不破不止。威名遐迩的熙德军旅之所以能克敌制胜,还在于他与西班牙人民心心相连。五万摩尔大军兵临瓦伦西亚城下,熙德临危不惧,泰然自若,他首先想到人民,派出将卒四处求援兵,得到西班牙人民的支持。他的爱国主义精神是与人民息息相通的。

　　熙德以他豪壮的爱国主义精神战胜了外族的侵略,赢得了人民的爱戴,成为永垂青史的民族英雄。

　　在英雄熙德身上,我们还可以发现西班牙民族高贵的灵魂特征:庄重的举止言词,高尚直率、彬彬有礼的待人态度,深邃而不放荡的夫妻柔情,对君王的忠诚和对不仁不义行为据理力争的刚毅果敢精神。

---

　　① 佚名. 熙德之歌. 段继承,译. 北京:中国文联出版公司,1995:21.

四、写实主义的艺术风格

《熙德之歌》是西班牙文学史上的第一部著作,但在这样一部题材严肃的史诗中,无名作者却不时运用恰到好处的幽默技巧,使全诗生动活泼,显示出高超的艺术风格。

在艺术形式方面,《熙德之歌》有如下几个特点:一是采用写实主义手法。尽管史诗中的熙德与史实有很大出入,但许多具体事件,如熙德与国王的矛盾、熙德与国王宠臣加西亚伯爵的宿怨、熙德在流放中的遭遇、瓦伦西亚的收复与敌人的反扑、大主教的任命以及熙德女儿的婚礼等都是与史实相符的,甚至连某些行军路线和战场布局也与史实相吻合,这使作品具有极强的历史真实性。二是史诗的作者在表现人物性格时善于选取典型的场景和典型的事物,这不仅节省了大量的笔墨,而且给读者留下了不可磨灭的印象。例如,当熙德被流放时,作者选择了一个九岁的小姑娘与他对话,仅用十行诗就把熙德与人民的鱼水之情表达得淋漓尽致。又如,作者着意刻画熙德的胡须和宝剑,用前者表现英雄的阳刚之美,将后者作为权力和荣誉的象征。三是作者善于用简洁的笔触刻画人物的不同性格,往往是寥寥数笔,便使人物跃然纸上,有时还颇富幽默感。此外,作者对景物的描写也很细腻,如对科尔佩斯橡树林的描写就很好地烘托了当时的气氛。四是虽然全诗的情节都是围绕着"荣誉"问题展开的,但却一波三折、起伏跌宕,使人读起来饶有兴味。此外,它的结尾也不落俗套,它没有像同时代的史诗那样采用悲剧性的结局,"白刀子进去,红刀子出来",也没有让奸佞身首异处,而是让他威风扫地,臭名远扬,从而表达了人民要求伸张正义、惩治邪恶、驱除外敌、统一国家的愿望。

西班牙的《熙德之歌》虽不像法国的《罗兰之歌》那样"歌唱了查理个人身上所体现的法兰西的统一——一个还不存在的、理想的封建王国"。(恩格斯:《法德历史材料》)但它强烈的民族主义色彩具有更广泛、更实际和更持久的意义。德国著名学者、诗人弗德里格·施莱格尔对此说过一段入木三分的评论：

> 西班牙，以她拥有伟大历史意义的史诗《熙德之歌》，比其他许多民族有其特殊的优越感：因为这种诗歌形式的文艺作品，可以迅速有效地把全民族的精神、品德传播出去。对于一个民族来说，像《熙德之歌》这样的珍品，要比一栋装满缺乏民族内容而只是天才产物的文学作品的图书馆更有价值。①

第二节 贯穿作品中的荣誉元素

一、作品中荣誉的概念及基本含义

要准确定义《熙德之歌》作品中荣誉概念的构成并不容易。在笔者的研究中将尝试澄清这个概念，正如《熙德之歌》诗中所出现的那样：用来表示荣誉的词是"onor""ondra"和"ondrança"；而耻辱用的是"biltança"。史密斯在《熙德之歌》末尾的词汇表中将"onor"定义为"heredades""feudos""tierras"；而"ondrança"则表示"honor"，相当于"ondra"。形容词"ondrado"被理解为"有价值"，"诚实""良好""优秀""精妙"。此外，在诗的导言中，他所提到的"onor"和"ondra"的概念没有区别。②

当细致阅读《熙德之歌》后，笔者觉得"onor"比"heredades""feudos""tierras"具有更广泛的意义。虽然史密斯没有在他的词汇表中定义"ondra"，但"honra"这个概念放在诗的阅读过程中去体验时，与"honor"的概念是有关的。

诗歌中通过许多不同的词来提及荣誉。荣誉的含义根据其使用时的上下文而有所不同，并非所有人都将荣誉称为与名誉或美德

---

① 佚名. 熙德之歌. 段继承，译. 北京：中国文联出版公司，1995：25.
② C. SMITH. *Estudios Cidianos*. Madrid：Cupsa Editorial，1977：82.

相关的事物,尽管这是最常见的用法之一。

例如,在第 289、887 和 2565 行中,史密斯以及帕夫洛维奇注意到,在土地或继承的意义上使用了"onor"。[①] 个人荣誉,公共荣誉以及作为个人物质财产的荣誉都加以区别。富恩特斯指出,这些物质财产也可能具有象征性的价值,指的是荣誉的其他含义。这可以从第 1888、1905、1934、2198、2495 行中看到:"onor"和"ondra"的用法有些模棱两可,尚不清楚诗人是指土地还是诸如名望之类的无形资产。第 3413 行("ca creçe vos i ondra e tierra e onor")更有趣,因为可以假定作者通过使用三个不同的词来区分"tierra""ondra"和"onor"。如果比较第 2015 节 ("recibir lo salen, con tan grand onor")和第 3111 行("a grand ondra lo reciben,al que en buena ora naçio"),可以看出"onor"和"ondra"可以等价。当国王阿方索六世出去迎接熙德时,使用"onor"和"ondra"的情况相同。

在第 1604、1647、2187 行中,作者使用形容词"ondrado"或"ondrada"(视情况而定)来指代熙德的妻子堂娜希梅娜("mugier ondrada")。在诗的开头,诗人和某些人物也使用这两个词来指代熙德和国王阿方索。犹太人雷切尔要求熙德向他展示"一张摩尔的雕花红皮"(第 179 行),这里也使用了这个词。在最后一个示例中,该形容词的用法显然与之前的情况不同,是指穿着所述雕花红皮的人获得的名望。

在"onor"和"ondra"的所有用法中,超越土地和遗产这些物质财产时,荣誉被认为是一种精神财富,必须捍卫,即便因他人的行为丧失。其与声誉或好名声在某种程度上是不同的。

---

① M. N. PAVLOVIC. "The Three Aspects on Honour in the Poema de mio Cid". en *Textos épicos castellanos*:*problemas de edición y crítica*,David G. Pattison, ed. London:Department of Hispanic Studies,Queen Mary and Westfield College,2000:104-106.

二、作品中荣誉的相关要素

在《熙德之歌》中,关于荣誉的描述贯彻始终,涉及荣誉的要素,也有很多。

(一)荣誉类似自豪感与名声,是一个可以拥有的非常宝贵的资产

史密斯曾说,在《熙德之歌》中,荣誉没有性质的细微差别(如卡尔登·德拉巴萨的戏剧,或《千年一夜》中的一些故事),而是指等级或社会地位。[①] 他补充道,这也与每个人的优越感自豪感有关。

荣誉可以扩展到家庭领域。正如"尸体的冒犯"一节中所见,蒙塔纳尔在提到熙德与他的追随者时曾说,荣誉象征性地存在着,并提到这些荣誉是如何获得的。[②]

在诗的第 14a 和 14b 行中,熙德对阿尔瓦·法涅兹(Álvar Fañez)说:

> 勇敢些,阿尔瓦! 咱们被迫离开咱们的土地;但是咱们决心满载荣誉再回卡斯蒂利亚城。

第 14b 行是梅嫩德斯·皮达尔的修改版,在史密斯版本中并未出现。假设梅嫩德斯·皮达尔的修改是正确的,熙德被流放时损失了一些东西,并希望将其恢复。熙德说,他将带着更多的"ondra"重返卡斯蒂利亚,但尚不清楚这个词到底指什么,也许就是个人荣誉与名声。

科雷亚从国王阿方索和熙德之间的主从关系中分析荣誉。他的观点是,既然荣誉来自国王,那么当国王逐渐恢复对他的信任时,熙德就恢复了失去的荣誉。在这首诗的结尾,熙德获得了这样的

---

① C. SMITH. *Poema de Mío Cid*. Madrid: Cátedra, 1998: 82.

② A. MONTANER. "El simbolismo jurídico en el Mío Cid". *Actes du Colloque Cantar de Mio Cid*. Paris: Presses Universitaires de Limoges, 1994: 29.

荣誉。①

科雷亚并未定义荣誉是什么。在他的论文中,对 honor(或 honra)的首次提及是在描述熙德的流放时。正如拉卡拉提到的,熙德失去国王的信任,招致王室愤怒,也失去了土地、个人财产和荣誉。科雷亚指出,诗里并不只在国王阿方索和熙德之间的主从关系中才存在着跟荣誉相关的事件,但这些事件恰好可以帮助扩展和更好地理解荣誉的概念及其内涵。②

其中,有一个事件是这样的:熙德击败巴塞罗那伯爵和两个对手(第 1000—1075 行),伯爵因被熙德击败并成为熙德的俘虏而受辱,他坚持求死,并拒绝进食。为此,拉蒙·贝伦格尔伯爵在第 1021—1023 行中说出了一些与荣誉相关的台词:

> 就是给我全西班牙的财宝我也不尝一丁。
>
> 被这些穿破鞋烂靴的人打败,
>
> 我真不如毁掉躯壳,抛弃灵魂。

显然,屈辱——输掉战斗的耻辱——比死亡更严重。在这种情况下,荣誉是一项非常宝贵的资产,与自豪感非常相似,它不仅仅是一个人的好名声,更是一个人可以拥有的最重要的资产。不过,熙德并不想羞辱拉蒙·贝伦格尔,熙德需要战利品才能生存,仅此而已(第 1041—1045 行)。拉蒙·贝伦格尔连续三天没有尝过一口吃食了。熙德鼓励伯爵吃饭,不希望他被冒犯。为了换取伯爵的进餐,熙德向伯爵保证伯爵自己的和两个随从的自由。因惊讶于熙德的宽容大度,巴塞罗那伯爵同意进食,并且和两个随从离开(第 1049—1076 行)。

在此可以辨别出两种荣誉:一种是直接的荣誉,荣誉指向具体

---

① G. CORREA. "El Tema de la Honra en El Poema del Cid". *Hispanic Review XX*,1952:185-199.

② M. E. LACARRA. *El Poema de Mío Cid:Realidad Histórica e Ideológica*. Madrid:Ediciones José Porrúa Turanzas, S. A.,1980:14-16.

的主题;另一种是间接的荣誉,被他人剥夺的荣誉的部分。伯爵感到沮丧,即使熙德没有击败他的意图。这场战斗没有个人对抗的特征(不像诗结尾的决斗)。在战场上被打败会带来耻辱,因此伯爵感到羞辱才想寻死。这表明伯爵是一个高傲,且同时又具有高贵性格的人,对他而言生活不是他至高无上的福祉。而荣誉对伯爵而言,却不可或缺。

熙德不希望伯爵自我毁灭,也不希望他感到耻辱。可以说,通过鼓励拉蒙·贝伦格尔吃饭与生活,熙德告诉他并非一切都消失了,进而恢复了他的荣誉。正如诗人在第 1011 行告诉我们的("我为这场战斗祝福或为他的胡须而战"),熙德在这场战斗中受到尊敬,拉蒙·贝伦格尔却位于较低的位置上。

(二)荣誉应当受到尊重,这种尊重是通过具体的行动换来的

没有付出,就没有回报,荣誉也是如此,它不会轻而易举地获得,获得了一定荣誉的人,理应受到大家的认可和尊重。《熙德之歌》的故事很好地诠释了这一点。熙德之所以被尊重,主要是通过具体的行动,即赢得了一场场战斗。如果是基督徒对基督徒的战斗,被征服者将失去荣誉;如果对战的是摩尔人,胜利者便受到尊敬。

熙德逐渐重新获得他的荣誉——再次受到国王的青睐,因为在摩尔地区取得胜利,他最终被塔古斯河岸上的国王原谅。在这个情节中,熙德在主人面前表现得非常谦卑(第 2021—2024 行):

> 他们屈下双膝,双手着地,
> 并把田野里的草用牙齿衔起,
> 他们欢欣的泪水簌簌下滴;
> 熙德就这般向他的主公表示恭顺之意。

该情节可以与诺曼·罗隆在宣誓效忠法国国王时拒绝亲吻国王的脚对比。他命令一个仆人这样做,该仆人没有弯腰就抬起了国王的脚,亲吻他,导致法国国王仰面跌倒。对罗隆来说,在国王面前折辱自己是不可想象的,因为这违背了他的高傲,他的荣誉。这与诗中所提到的一样,熙德是一个很好的大臣(如第 20 行:"主啊! 如果主君贤明,他该是多好的辅相佐卿"),在他的国王面前谦卑并不会夺走荣誉,相反,这是一种美德,因为赋予荣誉的是国王。萨利纳斯说:"国王是这个荣誉社会的元首,他给予和拿走荣誉。尽管人民给予熙德良好的评价,但只要国王没有公开恢复其地位,在荣誉的秩序中,他本人仍然是不完整的。"①

科雷亚还指出,熙德的行为是"光荣的行为,行为本身就是荣誉的创造者,但只有行为被主人承认和认可时,才获得其必不可少的意义"②。在诗歌的第 2034 行,国王原谅了熙德("我对您宽恕,我还给您恩宠"),熙德恢复了他在诗歌开头就失去的荣誉,或者说,他在英勇行为中获得的荣誉被国王合法化。当熙德重新融入社会时(重建宗藩联结时),他的荣誉也是如此。

(三)荣誉是有得有失的,人与人之间没有平等的荣誉

诗中熙德的敌人,有不同的荣誉观念。对于卡里翁的王子来说,荣誉是家世遗传的东西,是与生俱来的。这种荣誉观念并非完全错误,因为在当时的社会中,荣誉是可以分享和传递给家庭成员的。但很显然,光有家世是不够的。卡里翁王子是一个重要皇室家庭的成员,他们不是熙德那类贵族,他们骄横并且充满恶习。他们是懦夫,就像关于狮子的情节(第 2280—2310 行)里表现的;他们是叛徒,因为他们策划了摩尔人阿文加尔班的死;他们是熙德的朋友,在去卡里翁的路上护送他;他们还贪婪,因为他们渴望通过摩尔人的死亡获得财富(第 2659—2664 行),并通过娶埃尔维拉和索尔(熙德的两个女儿)来增加他们的财富。他们是熙德最突出的对立面,与熙德的勇气、忠诚和慷慨形成鲜明对比。他们认为自己有优越的

---

① P. SALINAS. "El 'Cantar de Mío Cid', Poema de la Honra". *Ensayos de Literatura Hispánica*. Madrid: Aguilar, 1958: 35.

② G. CORREA. "El Tema de la Honra en El Poema del Cid". *Hispanic Review XX*, 1952: 198.

家世(第 3296—3300 行):

> 我们是卡里翁伯爵的后裔,
>
> 我们应同国王或皇帝的女儿结婚,
>
> 而不应同一般的贵族女儿联姻。
>
> 我们有权抛弃她们,
>
> 这样我们就会更高贵而不会降低身份。

尽管如此,诗人让我们清楚地看到,熙德的荣誉比王子们的荣誉高。此外,诗人在诗的结尾中说到熙德的这类敌人是十分可耻的。

这些卑鄙人物的言行有助于更好地辨别《熙德之歌》中的一些荣誉特征。如上所述,如果没有可敬的事实,并且没有丢弃恶习,来自家世的荣誉就不值一提了。如果熙德获得荣誉,他的敌人的荣誉就会减少,用加西亚伯爵的话(第 1860—1861 行)来说:

> 熙德的声誉惊人地增长。
>
> 他的荣誉越高,就会使咱们越沮丧。

伯爵所指的这一荣誉与国王的恩宠直接相关。如果熙德受到青睐,他的敌人将蒙羞。似乎人与人之间没有同等的荣誉,这是合乎逻辑的,因为如果将荣誉与名望联系起来,那么很难有两个同样出名的(或受尊敬的)人:一个总是会超过另一个。

应该指出的是,熙德的敌人也能够以玷污他的荣誉的方式侮辱英雄。这就是著名的"科尔佩斯橡树林的暴行"的情节。我们在这里也可以看到荣誉在不同人、不同环境条件下的得与失。熙德的女儿们被她们的丈夫——卡里翁王子虐待,但正是因为熙德受到这种侮辱,国王也蒙羞,因为是他建议了这场糟糕的婚姻,如在第 2950 行,熙德告诉国王"要说受辱,国王蒙受耻辱比我们更甚",那些作为熙德随从的人,尤其是他的侄子,也受到了耻辱。

熙德在审判(托莱多议会)和诗尾的决斗中重获荣誉。在审判中,国王对熙德进行了正义审判:熙德是一个战士,而不是一个法学家,所以他必须用战斗来彻底澄清他的荣誉。拉卡拉指出,"挑战是解决攻击荣誉或荣誉所造成的问题的正当办法"①。与巴塞罗那伯爵和熙德的战士们不同,卡里翁的王子们更希望逃生,于是向熙德的战士们投降。他们的胆怯与战士们的英勇形成鲜明的对比,在第3529 行英勇的战士们对主公说:"您可能听说我们牺牲,但听说我们屈服却不可能。"

在重新获得荣誉之后,诗人在第 3725 行中没有继续讲述熙德的其他功绩,他说:"都因那在好时辰出生的人而增加荣光",然后宣告了熙德的死亡(第 3726—3728 行)。一旦他的荣誉得到恢复,甚至提高,熙德在这一生中就没有遗憾了。

在第 3725 行中,我们再次看到如何向社会成员传递荣誉。用科雷亚的话说:"熙德被置于地球上最受尊敬的人物的旁边",认为"国王在最高的阶级上,在荣誉上比地球上的其他所有人都优越"。②可以看到"熙德的荣誉辐射有了更大的规模,我们在诗的最后几节中看到了他转化为内在的荣誉原则。从他身上散发出来的荣誉,庇护了他的子民"③。

三、荣誉可以是象征物,胡须是诗歌中个人荣誉的象征

在现实中,表达和象征荣誉的手段、形式是多种多样的,不同时代、不同历史环境背景下,不同国家、地区,不同民族、民俗,不同职业的人们用来说明和证明荣誉的方式有所不同,既有显性的,外部看得见、摸得着的,也有隐性的,喻义所体现的,既有感性的,可感知的,直接表达的,也有理性的,需人们去思考和理解的。

---

① M. E. LACARRA. *El Poema de Mío Cid : Realidad Histórica e Ideológica*. Madrid: Ediciones José Porrúa Turanzas S. A. , 1980: 79.

② G. CORREA. "El Tema de la Honra en El Poema del Cid". *Hispanic Review XX*, 1952: 188

③ G. CORREA. "El Tema de la Honra en El Poema del Cid". *Hispanic Review XX*, 1952: 199.

直接明了的荣誉证书、荣誉勋章、荣誉称号,间接隐喻的头冠、帽子、服饰、佩饰,甚至"烈士墓""纪念碑""纪念馆"等,尤其在中世纪,发型乃至胡须,都是与荣誉息息相关的象征物。

在这首诗中,与荣誉有关的另一个重复出现的要素是胡须。除第 1011 行外,该诗中至少有 20 种关于胡须的提法。梅嫩德斯·皮达尔说,拉扯对手的胡须是一种非常严重的侮辱,表示极大的敌意。拉卡拉指出,拉扯胡须的惩罚等同于阉割的惩罚。① 在熙德被流放之前,他拉了纳耶拉伯爵的胡须,这一部分内容也提到了胡须的意义。胡须是诗歌中个人荣誉的象征,任何侮辱胡须的行为都是非常严重的,因为荣誉比生命更宝贵。熙德是一个非常忠诚的人物,留着长胡子,没有人捋过(第 3186 节)它,这象征着他的伟大荣誉。史密斯指出,这一特征是中世纪男子气概、荣誉和权威的象征。②

《熙德之歌》中多次提到的胡须,不仅从长短这一静态特征角度象征主人公的个人荣誉,更从周围人们重视胡须,珍惜胡须,不能随便碰触、拉扯等行为角度象征个人荣誉的伟大和神圣不可侵犯。同时,将胡须与个人荣誉联系起来的文学手法,也展现了该史诗的独特魅力。

第三节 《熙德之歌》作品中的荣誉之人本特征

在历史上,人本主义是十四世纪下半期发源于意大利并传播到欧洲其他国家的哲学和文化运动,它构成现代西方文化的一个要素。人本主义也指承认人的价值和尊严,把人看作万物的尺度,或以人性、人的有限性和人的利益为主题的任何哲学。实际上,从十一世纪到十三世纪,西欧便已出现人本思想并表现在意识形态的各

---

① M. E. LACARRA. *El Poema de Mío Cid*: *Realidad Histórica e Ideológica*. Madrid: Ediciones José Porrúa Turanzas S. A. , 1980: 91.

② C. SMITH. *Estudios Cidianos*. Madrid: Cupsa Editorial, 1977: 261.

个领域。《熙德之歌》是西班牙中世纪早期的产物。自然也出现了人本主义思想的萌芽,其贯穿作品始终的"荣誉"主题无疑是早期人本思想的真实写照。

荣誉作为一个独立的概念或范畴,具有显著的特征。其一,具有一定的主观性。荣誉感作为一种自我感觉的心理体验,是一种在人的认识中形成的意识。其二,具有一定的系统性,荣誉感构成的要素与产生的环境是复杂的,是个体与集体、社会、国家相互作用的结果,也是一个人的自尊心、荣誉感、好胜心、光荣感、自我感、集体感等综合而成的。其三,具有一定的多样性。荣誉感不是一个单个或特指的某一领域才具有,其类别与生成领域是多样性的。从领域上看,不同的职业就会产生相对应的荣誉感。从层次上看,可以划分为个人荣誉、集体荣誉、国家荣誉等。其四,具有一定的发展性。荣誉感作为一个道德范畴,不是抽象永恒不变的,也不是统一的,其具有历史阶段性,是与时俱进而不断发展的。观之《熙德之歌》作品,其中所呈现和表达的荣誉,也是具有一定的鲜明的特征性。

一、主人公荣誉之个体需要的追求

对《熙德之歌》人本思想的挖掘,单从荣誉这一主题来说,最能支撑的理论莫过于马斯洛的"需求层次理论"。马斯洛认为,人的需要是由生理的需要、安全的需要、归属与爱的需要、尊重的需要、自我实现的需要五个等级构成。马斯洛需要层次理论是关于需要结构的理论,是人本主义科学的理论之一,不仅是动机理论,同时也是一种人性论和价值论。

马斯洛需要层次论基本观点有以下几点。其一,五种需要是最基本的,与生俱来的,构成不同的等级或水平,并成为激励和指导个体行为的力量。其二,阐明了低级需要和高级需要的关系:需要层次越低,力量越大,潜力越大。随着需要层次的上升,需要的力量相应减弱。高级需要出现之前,必须先满足低级需要。其三,低级需要直接关系个体的生存,也叫缺失需要,当这种需要得不到满足时会直接危及生命;高级需要不是维持个体生存所绝对必需的,但是满足这种需要使人健康、长寿、精力旺盛,所以也叫生长需要。高级需要比低级需要复杂,要满足前者必须具备良好的外部条件、社会条件、经济条件、政治条件等。其四,要满足高级需要必先满足低级需要,但在人的高级需要产生之前,低级需要部分的满足就可以了。其五,个体对需要的追求有所不同,有的对高级需要的追求超过对低级需要的追求。马斯洛提出人的需要有一个从低级到高级发展的过程,这在某种程度上是符合人类需要发展的一般规律的。该理论指出了人在每个时期,都有一种需要占主导地位,而其他需要处于从属地位。从人本主义心理学角度而言,人的内在力量不同于动物的本能,人要求内在价值和内在潜能的实现乃是人的本性,人的行为是受意识支配的,人的行为是有目的性和创造性的。

观之《熙德之歌》的主人公熙德。首先,他对荣誉的追求,对应于马斯洛的需求层次,应属于比较高层次的个体需要。他想得到国王阿方索的认可,希望有一种归属感,想进入贵族阶层,希望被人们尊重,想通过战斗赢得荣誉,希望自己活得更有价值。但同时,熙德毕竟是一个臣民,是一个人,他有女儿,有家庭,需要生存和生活得更体面,故而也将其对荣誉的追求与对财富追求联系在一起。对女儿的婚嫁,他也希望她们有一个更好的归宿。

《熙德之歌》作品中围绕着国王阿方索和臣民熙德之间的关系,向世人展现了臣民为个人荣誉而成为英雄、成为骑士的心路历程。熙德是"民主的"卡斯蒂利亚的原型,是基于忠诚的个人主义美德的象征。"《熙德之歌》为我们提供了相互的义务和特权系统,在这种系统中,国王是每个人的主人,而每个人都将自己视为一个大家庭的成员,享有自治权……以及与国王接触的直接可能性。"①这种直接可能性就是通过立战功得到国王的认可,从国王那里获得个人荣

---

① M. HARNEY. "Movilidad Social, Rebelión Primitiva y la Emergencia del Estado en el Poema de Mio Cid". en *Mythopoesis*: *Literature*, *Totalidad*, *Ideología*. Joan Ramón Resina, ed. Barcelona: Anthropos, 1992: 79.

誉。熙德为此做出了个人英雄主义的壮举,同时,也换来了国王给予他的职位和地位。

《熙德之歌》基于其社会政治经济的历史背景,向我们揭示了个人荣誉与获得财富之间的相关性,表明了个体需要的人本性。英雄不能靠着精神荣誉而存在。对于熙德而言,他通过立下战功,而获得许多战利品,通过向国王和贵族呈上贡品,拉近了自身与贵族之间的关系,进而成为贵族,最终成为国王的忠臣和附庸,财富便成为获得荣誉的中介。荣誉又能使熙德不断获得更多的财富。

《熙德之歌》还向我们披露了个人荣誉可以提高其社会阶层及社会地位的可能性。如果就其自身身份和姓氏而言,熙德很难与达官贵族相提并论。当他受到国王青睐和重用,被赋予了一定的权力和职位后,因为英雄的荣誉称号,他加入了"贵族"的行列,加之国王允诺其女儿与贵族的婚姻,最终实现了熙德个体需要的蜕变。

二、荣誉感是社会道德价值观的组成部分

作为社会的一分子,每个人的社会价值通常是以他所获得的荣誉来衡量的。个人道德荣誉感是社会道德存在和发展的基础与防线。道德价值一般是指个人行为对他人和社会所具有的道德上的意义。道德价值是指导社会必不可少的元素。每个家庭、每个社会都有属于自己的道德价值。虽然不同国家、不同民族的道德价值观不尽相同,但属于人类的道德价值观是不变的,如爱国、恩德、仁爱、慈悲、谦卑、文明、和谐、礼貌、友谊、协作、责任心、诚实、正直、自由、平等、荣誉、廉耻等。这些道德价值观在社会中有非常重要的地位,如果说社会好比人的身体,道德价值观就是人的灵魂。如果说社会好比一栋大楼,那么道德价值观就是它的基石。基石不稳的一栋大楼注定要倒塌。土耳其作家埃尔索伊说过,一个国家最令人恐惧的就是该国家道德价值的恶化,如果一个国家失去了道德价值,那么将无法保持这个国家的独立性和社会性。可见,道德价值观在一定国家、一定领域,是共同存在的。荣誉感作为个人和社会的道德价

值观的重要组成部分,对国家和社会的发展也起到一定的推动
作用。

对《熙德之歌》一书中荣誉特性的研究表明,个人荣誉不是孤立
存在的,个人道德价值观也不是独立形成的,而是受到时代的、社会
的政治经济的影响,又同时作用于当时社会的社会道德价值观。

从《熙德之歌》中我们看到,熙德作为英雄的举动及其与臣民的
关系,以及他女儿与贵族的婚姻等,不仅使熙德成为民族英雄,而且
使其地位达到与国王同一水平。在德·斯蒂芬诺的著作中,当时的
议会认为罗德里戈不仅享有君主的绝对青睐,而且还堪称与国王的
美德平等。能够把熙德的个人荣誉与国王的美德相提并论,可见在
当时,作为民族英雄的熙德,是受到社会高度认可和欢迎的。

从《熙德之歌》的主题来看,寻求精神和社会道德价值意义上的
荣誉感,已超出了寻求财富为主要目标的荣誉感。"他的军事成就
是对不幸命运的英勇回应,而不是雄心勃勃的野心的表达。"①首先,
熙德恢复了荣誉;其次,他恢复了被没收的遗产;最后,他为自己的
女儿赢得了贵族丈夫。一方面,作品展示了荣誉可以从经济和社会
方面衍生而来,可以影响到西班牙整个社会的阶层划分;另一方面,
作品中描述的对荣誉的追求,已成为当时英雄主义特征和社会道德
价值力量的重要组成部分。我们可以像赫利希一样确认:"中世纪
欧洲在很大程度上是一个形成的世界。它的历史提供了一个宝贵
的机会,可以识别和观察在很长的一段时期内在最根本的层面上塑
造和重塑社会的力量。"②

荣誉感本是个体所具有的,但荣誉一旦与国家、民族、社会道德
规范等联系起来,荣誉就成为可分享、可流动、可影响的道德价值元

---

① M. HARNEY. "Movilidad Social, Rebelión Primitiva y la Emergencia del
Estado en el Poema de Mio Cid". en *Mythopoesis: Literature, Totalidad, Ideología*.
Joan Ramón Resina, ed. Barcelona: Anthropos, 1992: 100.

② D. HERLIHY. "Three Patterns of Social Mobility in Medieval History".
Journal of Interdisciplinary History 3.4(Sping, 1973): 625.

素。由于《熙德之歌》创作年代的局限性,其中荣誉与道德价值的联系并不明显,但作品中荣誉的概念及内涵是极为丰富的,与当时社会、政治、经济、文化、伦理、道德的实际状态是相匹配的。更主要的是,这种荣誉所带来的英雄主义精神成为中世纪骑士精神和道德价值观的内核之一。

一提到中世纪,经常看到诸如"漫长的""黑暗的""野蛮的""愚昧的"这样的定语。中世纪是基督教统治欧洲的漫长时期,教会成为欧洲世俗社会的统治者,宗教意识形态成为道德价值观的主流。"骑士"就产生于欧洲中世纪,本义是骑手或骑兵,有"虚张声势""盛气凌人"的意思,后经常用于出身高贵而没有获得封地称号的人,现在是一种荣誉称号。从十一世纪末期到十三世纪中叶,骑士爵位渐渐失去了它的军事意义。到十六世纪,它已经变成可以由君主随意授予的荣誉爵位。《熙德之歌》中勇武和高贵的精神,为骑士传奇塑造了富于个性特征的英雄,这些英雄有共同的核心精神,即正义精神,相信正义终将战胜邪恶。骑士精神的基本内容是忠君(忠于君主),护教(维护基督教),行侠(见义勇为)。这些精神在熙德身上都是显而易见的。这种英雄主义史诗中的"荣誉"发展成为骑士精神,并成为与封建社会有关的道德规范,被人们所崇尚,所追求,所传承,所共享。

三、荣誉感之现代启示

荣誉感和耻辱感是个体道德情感的两种重要形式,是保证个体心灵安宁和社会关系和谐的两个重要的道德卫士。荣誉感是指主体对自己的业绩、贡献、品德与德性的社会价值的自我意识和体验。羞耻感是指因对象道德内涵的卑劣而引起的羞愧,耻辱的感觉,是自我意识,自我谴责的道德情感。高尚的思想、行为使主体意识到自己与之形成的反差或可耻的思想、行为使主体意识到自己与之有相类似的特征,都可使主体在自省中惊醒,产生耻辱感。耻辱感以一定的道德准则为基础,是产生自尊感的前提。

　　荣誉感和羞耻感都是一个社会化的人所必需的品质,是人类进步文明的结果,是比法律约束更高境界的伦理道德层面。《熙德之歌》,虽然诞生于欧洲中世纪的西班牙,其主人公熙德的人物刻画,侧重于荣誉这一主题,向世人展示了当时人们对于荣誉和耻辱的朴素认识和行为表现。并将其上升为与生命一样宝贵的东西。可见,无论是过去还是现在,荣誉感对于一个人来说都是十分珍贵的品质。

　　不同的作者讨论了荣誉在《熙德之歌》中的地位。佩德罗·萨利纳斯在他的文章中说,《熙德之歌》的主题是荣誉[①],而科林·史密斯认为这首诗主要是关于权力的[②]。无论是不是主题,荣誉在这个作品中无疑是重要的。整篇文章中有70处提到荣誉或耻辱。尽管诸如萨利纳斯和史密斯之类的作家的立场不同,但他们的观点并不是完全无关,因为荣誉和权力是相关的概念,无论是在现实中还是在诗歌中。这一点在托莱多议会的最后出现,当时熙德的荣誉部分地被权力所恢复。

　　首先,即使荣誉不是《熙德之歌》的主题,它也很重要。熙德开始感到耻辱并以可以想象的最高荣誉去世,而且整首诗中都�到荣誉。

　　其次,我们可以说《熙德之歌》中的荣誉是一种可以被拥有的东西(可以被描述为属灵的东西),就像土地和其他物质商品一样真实。此外,荣誉是最重要的财产:其价值不仅仅在于物质性。荣誉与一个人的名誉有关(与他的名声有关),因此也取决于他人(这是一种社会事务),但首先取决于国王,即国王可以给予也可以取走。同样,一个人的荣誉可以传达给与他亲近的人。荣誉可能会因不同程度的侮辱而丧失或玷污,也可能会因为伴随着主体的耻辱感的增强而拥有和放大。

　　① P. SALINAS. "El 'Cantar de Mío Cid', Poema de la Honra". *Ensayos de Literatura Hispánica*. Madrid: Aguilar,1958:42.

　　② S. COLIN. *Estudios Cidianos*. Madrid: Cupsa Editorial,1977:65.

最后,如前所述,荣誉是道德价值与精神层面的东西,但行为比获得的荣誉更重要。只有英勇的行为才能获得荣誉(没有它们,就没有任何价值),而国王则确认了史诗般的壮举所获得的荣誉。毫无疑问,与战争中的西班牙国王一样,只有英雄壮举才能获得荣誉,认识到这个问题至关重要。为了荣誉而献身的行为在当时的战争年代也是必需的。

如今,进入了和平年代,但仍需具有强烈的荣誉感和耻辱感的国民和公民。《熙德之歌》中的荣辱感给我们现代人的第一点启示是荣誉感是一个人个体道德发展不可或缺的要素。在一个人的社会生活中,影响道德发展的要素有三:一是社会和个人关于什么是道德的、什么是不道德的意识和观念,即道德意识;二是社会生活中规范、调整人们的行为的道德规范;三是人们所进行的可以用道德与否来进行判断的行为,即道德实践行为。人们有了荣辱感,就知道哪些该做,应该怎么做才是道德的、积极向上的、正能量的。有了荣辱感,才能知道哪些不该做、不能做,以及怎样去避免这些不该做不能做的行为。第二点启示是荣辱感是一个社会道德发展应该倡导的品德。道德是一种社会意识,归根到底是由社会生活的实际状况所决定的。社会生活尤其是经济生活的变化必然引起社会的道德意识的变化。

《熙德之歌》所提及和倡导的荣誉与耻辱,虽然受到当时社会经济环境的影响而更多与财富、社会阶层、家庭地位相关,但作品所呈现的英雄主义、民族精神、荣辱观对于当时社会道德观念的形成,起到了一定的积极作用。今天,通过荣辱观的建立,可以更好地开展爱国主义教育,弘扬民族精神、奉献精神、牺牲精神,营造将国家荣誉、集体荣誉、个人荣誉有机整合的良好社会道德氛围。因为,荣誉既是精神需求,也是行为实践,更具有共享性和影响力。

第二编　中世纪西班牙世俗文学中期
代表作——人本思想的发展

第二章　古谣曲《囚徒曲》

——从维护个人荣誉到追求自由解放

第一节　古谣曲的源起及基本特征

一、歌谣集及体裁表征

根据西班牙皇家语言学院词典(DRAE)2001 年版中的描述,歌谣集"romance"一词来自"romanǐce""románico"(拉丁语以及用该语言撰写的文字),因此歌谣作为一种文学体裁可以与人们所说的语言相提并论,它将逐渐发展成现代西班牙语。

歌谣作为一种文学体裁,是起源于半岛的一种韵律组合,包括在所有偶数诗行的末尾重复相同的押韵,而使奇数诗行没有任何押韵。它在西班牙文学中十分重要,何塞·玛丽亚·瓦尔维尔德等作家都将歌谣视为"西班牙诗歌历史的支柱"[①]。歌谣是一些史诗般的诗歌,常常抒情,无论是短篇还是长篇,最初都是为了演唱或被市政广场上的吟游诗人吟诵而创作的,大多听众是那些可能没有受过教

---

① J. M. VALVERDE. *Breve historia de la literatura española*. Madrid: Guadarrama, 1969: 51

育的听众。尽管可以假定十三世纪有更早的歌谣传统[①]，但现存最古老的歌谣属于十四世纪末，主要来自十五世纪。这些作品被归类为旧歌谣，属于具有该类型所有特征的流行和传统文学。[②] 因此，笔者将做出双重区分：称其为十五世纪兴起的匿名中世纪旧歌谣，而不是十六世纪和十七世纪伟大诗人所创作的新歌谣。克维多、贡戈拉、塞万提斯、洛佩·德·维加等著名作家就是受此韵律形式的感染而进行创作的。

旧歌谣由十四世纪中叶和整个十五世纪的吟游诗人和百姓传唱的几百部谣曲组成，代替了听众在过去两个世纪中喜欢的传奇诗歌。与传奇诗歌不同，歌谣是短小的，使它得以被记忆并得到更好的保存。从那以后，它们继续存在于西班牙歌谣传统中，并通过各种方式表现出来：(1)手稿歌集：印刷的选集，例如埃尔南多·德尔·卡斯蒂略编写并于 1511 年出版的《歌集》。其中有许多选集，包括当前我们研究的《囚徒曲》，《歌集》恰好收集了该流行歌谣的第一个印刷版本。(2)歌谣集：完全由印刷商收集的歌谣组成的书卷，其售卖行为确保了歌谣的保存和在集体和大众记忆中的传播。(3)活页：流行的出版物，它们利用了某些歌谣的暂时流行进行销售。这些是折页小册子，在农村集市和城市里以非常低的价格出售，其目的是以低成本达到最大的社会利益；由于这种类型印刷品的脆弱性，这些活页绝大部分已经丢失，保存下来的很少。(4)现代口头传统：流行的民间传说继续以歌谣的形式演唱，这使研究人员能够在二十世纪，在西班牙、拉丁美洲以及塞法尔迪犹太社区中收集大量歌谣及其版本。此外，这些谣曲还引起了现代音乐学者对它们的重视，以及现代乐队和歌手创作者对音乐的众多定义。

从文体的角度来看，歌谣集这类体裁表现出极大的资料简洁

---

① R. MENÉNDEZ PIDAL. *Romancero hispánico (Hispano-portugués, americano y sefardí)Teoría e historia*, 2 vols. Madrid: Espasa-Calpe, 1953: 10-94.

② P. BENICHOU. *Creación poética en el romancero tradicional*. Madrid: Gredos, 1968.

性:对现实主义的简单描述,叙事元素中明显缺乏奇妙元素,缺乏伟大的人物以及对形容词和隐喻的限制。然而,我们必须指出,在这些作品的目标观众中,歌谣集实现了非凡的叙事生动性和最多样化的诗意效果。值得注意的是其中的词汇重复,作品通过重复的文学图形(重复、照应、平行、串联)吸引读者的注意力。同样,我们注意到,由于现代民谣作家试图模仿吟游诗人,因此新的谣曲呈现出一种古老的语言风格。

歌谣根据音节的数量提供可变的韵律标准:尽管大多数由不定数量的八音节诗节和成对韵律组成,但也有些在八到十六音节之间。在整个乐曲中偶数诗行始终保持相同的韵律,而奇数诗行保持自由。这是由于将不同的诗节写成传奇诗歌的两个半句时,诗行趋向于十六个音节,并且是单音。

歌谣强调人物呈现,以尽可能逼近现实的方法以及擅于将听众的注意力吸引到主题核心的技术,继承并发展了吟游诗人的艺术。因此,叙事和对话是交织在一起的。抒情主题的表达方式与传统诗歌相同。

动词时态(现在/过去)的变化是一个重要特征,时间视角的变化(从遥远的过去到近距离甚至现在或反过来)使叙事生气蓬勃。这些变化使叙事从一种情况转移到另一种情况,从而使故事更加生动。

另一个非常重要的特征是谣曲由不同的源自传奇诗歌的片段拼凑而成。歌谣通常侧重于动作的特定时刻。此外,通过使听众陷入神秘和情感之中,并使听众以自己的想象力参与到故事中来,作品产生了令人难以置信的诗意效果。

概括起来,谣曲集的主要特征如下:(1)独特的叙事结构,其中的叙事和对话是旧谣曲作品中最重要的结构元素。(2)由不同的传奇诗歌片段拼凑而成,常常导致诗节突然开始和结束。诗歌结尾的模糊性制造出戏剧效果。(3)明显使用古风,即使编译了过去的版本,也要使用过时的词语。(4)公式化,使用在相同韵律标准条件下经常使用的词组来表达固定的思想。(5)象征性和可理解元素的运用,在谣曲中,明确表达的内容与典故、符号、象征所暗示的内容一样重要。(6)两个或多个歌谣的互文性,合并两个或多个歌谣以产生新歌谣。(7)明显的口头特征,具有与口头特征相关的风格特征以及一种唱歌风格的事实:平行,重复,不存在隐喻,词形变化。

二、歌谣的起源

梅嫩德斯·皮达尔在对从中世纪的第一部歌谣文献到当代口头传统所进行的调查中,对文本方法以及文本类型和变体的历时性研究进行了首次方法学尝试。关于歌谣的起源,有各种理论试图解释。[①] 但仍然很难辨别歌谣的真正起源,并且经常会遇到一系列相互矛盾的理论:米莱·丰塔纳尔斯认为古代传奇诗歌中衍生出了歌谣。[②] 而在梅嫩德斯看来,难道这种英雄主题的歌谣与十至十五世纪传奇诗歌是相同的,所有的传奇诗歌变成了歌谣,就连史诗也成了民谣?[③]

面对歌谣理论,人们认为这些作品是"人民的灵魂",是一个没有特定作者的集体创作。但如今,梅嫩德斯·皮达尔认为它们是个人作品的想法已经被接受。歌谣里包括许多作者的元素,这些作者依次对它们进行个人解释,从而产生了大量的版本,这一事实在《囚徒曲》中得到了很好的体现。《囚徒曲》的版本数确实令人惊讶,而且它们仍传播在半岛和美国,甚至是东欧的塞法尔迪社区。皮达尔称这种形式为"众多作者"集体创作,每个作者都在作品中留下自己的印记,这导致数百年来同一歌谣的版本很多。因此,根据梅嫩德

---

① L. Díaz Viana. "Sobre el origen del Romancero. (Algunas reflexiones y un documento ignorado)". Revista de Folklore, 1983, 28: 134-141.

② M. MILÁ Y FONTANALS. *Romancerillo catalán, canciones tradicionales*. Barcelona: A. Verdaguer, 1882: 235-237.

③ R. MENÉNDEZ PIDAL. *Romancero Hispánico, Teoría e historia*, vol. I, Madrid: Espasa-Calpe, 1953: 31-54.

斯·皮达尔的观点,史诗传统的歌谣是对某些选定的传奇诗歌片段进行重制的结果。在吟游诗人的演出中,公众常要求他们背诵传奇诗歌中最感人的片段,这些片段经过不断地重新吟诵后,获得了更多公众的喜爱。根据皮达尔的说法,此过程主要包括:(1)公众要求重演,或者由吟游诗人选择有吸引力的传奇诗歌片段。(2)吟游诗人改编情节,使诗自说自话,并添加感性的成分。(3)诗人不断调整,产生新的变体。

十五世纪的政治形势更容易接受前几个世纪的传奇诗歌中没有抒情或戏剧性贡献的说法。这也许能够解释梅嫩德斯·皮达尔表述的歌谣中史诗与抒情混合的特征。一部分当前批评并没有否认皮达尔关于大量歌谣的假设,但是尽管如此,仍有可能并非所有歌谣都直接源于传奇诗歌,歌谣还可能与半岛和欧洲的抒情传统有关。还有一些研究人员则为卡斯蒂利亚史诗前的歌谣传统辩护。个人主义理论认为,个人创作的歌谣不一定与传奇诗歌联系在一起。歌谣集的根源在于原始歌词,这可以解释歌谣与其他曲风的相似之处,例如挽歌(也结合了抒情和史诗内容)或圣诞节颂歌。[①] 同样重要的是歌谣诞生的时间,这也是一个很有争议的话题。尽管有先前的文献,但从胡安·德·梅纳和桑蒂拉纳侯爵那里可以肯定地知道,歌谣是十五世纪存在的一种叙事诗,意在唱歌。但是,如今的唱歌和歌谣之间的区别还不如中世纪时清晰。原则上,歌谣被理解为英雄们的叙事诗,虽然《熙德之歌》有时在文本中记录,有时在歌谣中被演唱。这也表明了术语上的混淆,至少在书面层面上。

三、中世纪歌谣集的主要类型

有许多对西班牙歌谣集进行分类的尝试,其中以按时间顺序为

---

① L. BELTRÁN ALMERÍA. "Las formas simples del Romancero hispánico". *Revista de Filología Española*, 2015, 95(1): 25-44.

基础的分类占主导地位。① 梅嫩德斯·皮达尔严格依据这些标准进行分类,并侧重于传奇诗歌的传统起源理论。② 因此,梅嫩德斯·皮达尔将歌谣集分为:(1)旧民谣。包括堂·罗德里戈,贝尔纳多·德尔·卡尔皮奥,费尔南·冈萨雷斯,拉腊七公子,熙德,对萨莫拉的围攻,残酷的佩德罗一世国王,边疆,查理和布列塔尼主题以及抒情和浪漫的主题。(2)新民谣。写于 1530 年至 1640 年,旨在复制和模仿旧民谣。(3)通俗歌谣。也被称为盲人歌谣,并且更为流行。它们被印刷成单张活页,这导致它们难以保存下来。③

戴耶蒙德赞同恩特维斯提出的主题分类,指出史诗对歌谣集的巨大贡献,因为史诗为歌谣提供了一套通用的知识体系,其中包括许多主题,内容要更详细一些。因此,戴耶蒙德将它们分类为:(1)历史歌谣:受历史事件启发。第一个时代是圣人费尔南多三世和费尔南多四世;第二个时代是所谓的残酷的佩德罗时代;第三个时代讲述格拉纳达的战争,被称为边境时代。(2)文学史上的歌谣:以民族史诗为基础,例如罗丹的传统或各种编年史。它们出现在十五世纪下半叶。(3)冒险歌谣:浪漫而抒情的歌谣。爱、复仇、神秘等主题十分常见,它们将冒险歌谣共同的主题传播到欧洲叙事歌谣。

就迪亚兹·德·维亚纳而言,他提出了三个划分标准。④

按时间顺序排列:旧歌谣集(在十六世纪下半叶之前组成)和新歌谣集(在十六世纪下半叶之后组成)。

按主题分:(1)历史:民族歌谣,将涉及英雄事迹和事件的各种

---

① Vid. *Romancero*. edición, prólogo y notas de Paloma Díaz Mas; con un estudio preliminar de Samuel G. Armistead. Barcelona: Crítica, 1994. Biblioteca Clásica, vol. 8, publicada bajo la dirección de Francisco Rico.

② R. MENÉNDEZ PIDAL. *Romancero Hispánico*, *Teoría e historia*, vol. I, Madrid: Espasa-Calpe, 1953: 60-94.

③ A. DEYERMOND. *Historia y crítica de la literatura española*, I: *Edad Media*. Barcelona: Crítica, 1980: 28-56.

④ L. DÍAZ DE VIANA. *El Romancero*, Madrid: Anaya, 1990: 5-100.

循环归为一组。(堂·罗德里戈国王的主题,贝纳多·德尔卡皮奥的主题,费尔南·冈萨雷斯的主题,熙德的主题)(2)边境:收复失地运动期间处理边界上基督徒与阿拉伯人之间的小规模冲突。(3)传奇:主要是查理大帝主题,布列塔尼主题的欧洲民俗材料。(4)受过洗礼的摩尔人:在古老的歌谣中,阿拉伯人是失败者和对立者,而在新的歌谣中,对阿拉伯人有一定的评估和欣赏(例如洛佩和贡戈拉)。(5)小说:抒情和想象力比内容更重要。(6)抒情:爱的主题。(7)《圣经》和古典作品。

按文体分:(1)文学或艺术作品:由遵循某些文学习俗的受过教育的作家创作。(2)口头传统:口头传播的歌谣。(3)通俗作品:歌谣创作完成后,先供城市大众所使用继而流传到乡村大众。

第二节　《囚徒曲》的爱与自由

一、匿名诗集的代表作

《囚徒曲》是旧歌谣集中最著名和最受欢迎的作品之一,正如先前指出的那样,这组匿名诗集创作于十四世纪至十五世纪,兼具史诗与传统的抒情诗的特点,与它们有着许多类似的风格特质。《囚徒曲》可以被视为混杂歌谣,因为它包含了抒情和小说两种元素。在这样的歌谣中,主题通常是被发明的(它不是来自历史事件,史诗或骑士传说),而抒情有时在叙述中占主导地位。这种歌谣的盛行可以通过其在整个西班牙语世界中大量的汇编版本来证明。在这方面,佩德罗萨指出:"毫无疑问,《囚徒曲》是整个泛西班牙歌谣曲目中最美丽、最有趣和最著名的曲目之一。"[①]它也是留下最多书面

---

① 　J. M. PEDROSA. "Tradiciones orales y escritas del romance de El Prisionero: de la canción de la audiencia a la Poesía de Rafael Alberti, Justo Alejo y Antonio Burgos". *E. L. O.*, 2001(7-8): 1.

反响和文学思考的作品之一,因为它被收录在宫廷音乐剧《歌曲集》《总歌集》和《诗歌选》的加长或残缺的版本中,或放在注释中或简单提及,如《英雄的装饰花环》、喜剧《海湾》、《歌谣集》、安特卫普歌谣集、萨拉戈萨的第一首自由体诗、希腊的阿马德斯、阿尔法拉奇的古兹曼以及十六世纪的戏剧作品。它也有一些巴洛克式的延伸,如洛佩·德·维加的作品《绿色的圣地亚哥》。但仍有一些学者,例如麦迪指出了专门针对该歌谣的研究的稀缺性:"根据评论家的一致同意,被称为《囚徒曲》的短篇爱情歌谣是该类型中最成功的爱情歌谣之一。但是,针对它的研究很少,也许是因为它的简洁性。"①

《囚徒曲》的文本有许多版本,评论较多的文本主要是:

> 到五月,天气热的时候,当小麦开始拔节,田野繁花盛开时,云雀唱歌和夜莺回应时,当恋人去恋爱时,而我,悲伤、悲痛,我住在这所监狱里,我甚至不知道什么时候是白天,也不知道什么时候是晚上,但是有一只小鸟在黎明时向我唱歌。弓弩手杀死它,上帝给他坏下场。②

该文本属于旧歌谣,十五世纪前都属于流行的抒情诗。这个旧歌谣集流传下两个版本。长版本的歌曲集(罗德里格斯·莫尼诺)和简短版本的歌曲集(梅嫩德斯·皮达尔)。在笔者选择的版本中,这首诗属于梅嫩德斯·皮达尔所谓的歌谣场景,因为它没有用讲故事的方法设置开头、高潮和结尾。笔者找到了第一人称独白:囚犯通过描述他的处境并叙述一件小事(一只鸟的死亡)来表达由于缺乏自由而引起的痛苦。因此阿索林总结了歌谣的抒情情节:"这是五月份。大地呼吸着生命力和性感。树木已经被新树叶覆盖。光

---

① D. MACGRADY. "Misterio y tradición en el romance del prisionero". en *Actas del X Congreso de la Asociación Internacional de Hispanistas*: *Barcelona 21-26 de agosto de* 1989, Antonio Vilanova Andreu, ed. Barcelona: PPU, 1989: 273.

② Utilizamos la versión recogida por: R. Menéndez Pidal. *Flor nueva de romances viejos*. Madrid: Espasa-Calpe, 1955: 213-214. La trudacción al chino es nuestra.

线具有前所未有的生动感。阴影——屋顶屋檐的阴影,旧墙的阴影——具有难以察觉的颜色:红色阴影、紫色阴影、蓝色阴影。水流的声音像从未有过似的吟唱,我们感到无法抑制的渴望,要在清澈、新鲜的水源中伸手。昆虫嗡嗡作响,即将被埋在玫瑰花怀里的笨拙的鸟很快在空中飞过……一个囚犯正在他的监狱里。他无法享受热烈觉醒的自然。他的监禁极为严厉,残酷,野蛮。他的地牢里完全黑了,没有阳光进入。囚犯感叹地说,我不知道白天是什么时候,晚上是什么时候。如果说他知道,倒不如说猜对了。鸟的歌声传到地牢;当这只小鸟唱歌时,囚犯知道世界已经是白天了,除了他以外的所有人,植物,事物都享受着阳光。这只鸟(就像另一位著名囚犯的蜘蛛一样)是他唯一的安慰。这只自由快乐的小鸟是如何来到他痛苦的灵魂!囚犯再也听不见这个小鸟了:弓弩手杀死了它。上帝给他不好的奖励!"[①]

这首诗的主题是囚犯的哀叹,这与春天的盛景形成鲜明的对比。通过仔细阅读这首诗,我们发现其中的次要主题是春天(第1—8节),这正是诗人认为炎热的时期,小麦即将成熟,田野鲜花盛开,云雀和夜莺在歌唱。囚犯唤起的这种气氛使他的忧郁感得到了更大的增强,从牢房的孤独和黑暗中可以察觉到。

二、内外结构的彼此呼应

从《囚徒曲》外部结构或形式上看,这首诗是由16行八音节诗句组成。偶数诗行最初是七音节,但当以最后一个音节的重读词汇结尾时,会增加一个音节。元音连续比比皆是(例如第1节和第4节)。在第2节中,"cuando hace la calor"是一个例外情况,为了保持音节计数的规律性,避免了"cuando hace"的同音词,从而可以朗读八音节的诗节。韵律是成对的,奇数诗行是自由的。它的结构

---

① J. M. R. AZORÍN. *Al margen de los clásicos*. Madrid: Residencia de Estudiantes,1915:122.

(一a—a—a—a)表明这是歌谣。这首诗运用了一系列有趣的修辞手段和文体手段,以增强文字的文学性。实际上,确实有一些适合背诵和语音学的手段。我们一定不能忘记歌谣的口头特征。因此,节奏和戏剧性的张力是通过在开头(2、3、5、7)重复"cuando canta la calandria"时的c—a声音(第5节)或重复的"cuando canta la calandria"时的照应来实现的。如"cuando hace la calor / cuando los trigos encañan... cuando canta la calandria... cuando los enamorados"或第10、11、14节中"que"的照应"que vivo en esta prisión / que ni sé cuándo es de día... que me cantaba al albor"。为了对听者产生明显效果,作者运用了倒置法,并产生了最初的重复"Que por mayo era por mayo"。对仗(canta la calandria / responde el ruiseñor)有时会被回环格(偶句中的交错配列)打破(los trigos encañan / están los campos... cuándo es de día / cuándo las noches son)。连接词省略"sino yo, triste, cuitado"增强了最初的、更欢快的诗句与后期诗句最悲伤的表情和语气的对比,符合诗歌的内部结构。"夜莺反应"的人格化(第6节)以及对动物角色(云雀,夜莺,鸟)的重视,突出了一个只能与鸟交流的人的孤独感。而讽刺的是,鸟类是世界上最典型的自由象征。

总之,与囚徒周围的春天形成对照的是《囚徒曲》的哀叹,尽管是盛春,但他仍无法享受。小鸟给他带来了有关白天和黑夜的基本信息,但它却被杀死,这使罪犯感到悲伤。这是流行文学中非常典型的主题,其他歌谣(例如《阿纳尔多斯伯爵》)中也有类似主题:对自由的向往。自由鸟和爱情鸟的形象与弓弩手的残酷武器和被囚禁的孤独形成鲜明对比。春天向我们讲述了爱情,鸟象征着自由,囚犯既没有爱也没有自由,无法享受春天的美丽。

反观诗的内部结构,主要有两大部分。第一部分(第1—8节)讲述了春天唤起的气氛:天气很热,在即将收获的麦田之前,小麦蓬勃地生长,田地开满了花,云雀和夜莺都在唱歌,而恋人则更加强烈地感受到彼此的爱。诗人把我们引向一个田园诗般美丽的环境。

第二部分(第9—16节)展现了囚犯的哀叹,并掀起了他痛苦的高潮,即告诉他白天或黑夜的那只小鸟的死亡。囚犯因此哀叹,最后希望杀死那只鸟的弓弩手获得"不好的奖励"。小鸟既是自由的象征,也反衬出囚徒对自由的向往。

无论是《囚徒曲》简短的诗句所表现出的朗朗上口、抑扬顿挫的韵律,还是诗中描绘的自然界的鸟语花香,都为人们的心境做了铺垫。一方面,恋人们都能感受到春天的气息、爱的气息;另一方面,形成鲜明对比的是囚犯的哀叹、孤独与痛苦。失去了爱,没有了自由,哪里还有人生的意义,还不如外边的动植物。残酷的现实,表明了自由和爱情这些人类最基本的生存生活元素,已成为当时为民族、为国王而战的荣誉观之下的个人的现实追求。

三、不同版本的同质异构

《囚徒曲》作为歌谣的代表作之一,是一个独特的诗种一直并具有旺盛的生命力,在西班牙文学史上源远流长,有多种版本在民间流传。虽然各版本的语句略有不同,结构不一,但反映出的囚徒的心境、思想、希望是	致的。

伊比利亚半岛上发现的歌谣版本的多样性,清楚地表明了这种作品在以歌谣形式创作之前就已经非常流行。我们发现的大多数版本来自卡斯蒂利亚地区,几乎每个主要城市都能找到不同版本。加泰罗尼亚地区和葡萄牙也有版本记录,表明它在阿拉贡和葡萄牙王国的歌谣中也很流行。在半岛上发现的一系列的版本,可以根据两个标准进行分类:首先是歌谣长度方面(我们可以找到歌谣的长版本和短版本);其次是其区域组成部分(桑坦德、塞戈维亚、莱昂和加泰罗尼亚的版本不同)。这一地区性因素在很多情况下是由于歌谣后来(主要是二十世纪)的改编造成的。[①] 此外,半岛范围内明显

---

① F. J. GRANDE QUEJIGO. "Un ejemplo de evolución literaria: Romance de El prisionero." *Tejuelo*, 2008(2): 7-12.

表现出对短版本的偏爱,短版本比长版本要多得多。在这方面,卢娜·罗德里格斯指出:"《囚徒曲》是许多有短篇和长篇(解释故事的结尾)版本的歌谣中的一首诗。但是读者更喜欢它的短版本吗?大概是的,而且显然也更符合现代口头传统,因为在大多数情况下,该版本具有更多的情感和象征意义。就其本身而言,葡萄牙语版本也记录了简短版本,并且一定是在十三世纪葡萄牙王国与西班牙王国进行广泛互动时到达的。"①

示例1:到了五月,当天气炎热,当恋人去恋爱时,而我,却是个躺在这所监狱里的倒霉蛋,我甚至不知道白天是什么时候,更不用说晚上了,但是有只小鸟在黎明时对我唱歌:弓弩手杀死它,上帝给他坏下场!(布尔戈斯版)

示例2:五月,炎热的时候当公牛发胖而马狂奔时,当面包还是小麦,葡萄还只是一朵花;年轻的男人身穿华丽礼服,年轻的女人身着紧身外套,而我这个悲伤的人,一个人关在这所监狱里;我看不到天亮或太阳何时升起,只有三只小鸟在树上唱歌:一只是云雀,另一只是夜莺,还有一只是小雌斑鸠,它独自徘徊,没人怜爱,它不栖息在绿色的草地或有花的树上却栖息在犁头和土块的阴影下。一个路过的猎人开枪杀死了它。如果是吃肉的话,它还不到一个夸尔特隆。如果是为做支金笔,我会给他一支。如果是出于嫉妒,请上帝不要原谅他。如果是为了报仇,请不要原谅他,不要。(莱昂版)②

示例3:五月,炎热的五月,大麦结粒小麦开花时,当恋人陷入自己的爱河时;一些用绿色的橘子讨好,另一些用酸的柠檬,还有一些用甜言蜜语打动人心。我一个人在这里,被困在这监狱中,不知道什么时候是白天,不知道什么时候是夜晚,仅有在

---

① R. L. RODRÍGUEZ. "Tres calas sobre el romance de El Prisionero". *Letras*, 2011, 55(88): 63.

② C. DIEGO et al. *Romancero General De León. Antología* (1899—1989). Madrid: Seminario Menéndez Pidal/Diputación Provincial de León, 1991.

树上歌唱的鸟儿陪伴；一只是云雀，另一只是夜莺还有一只是小雌斑鸠，是鸟类中最好的。(塞戈维亚版)

尽管《囚徒曲》在半岛上广为流传，但在拉丁美洲歌谣中却鲜有记载。迪亚兹·罗格引用了四个国家(委内瑞拉，哥伦比亚，秘鲁，阿根廷)的四个版本，强调了每个地理区域内版本的多样性。例如：迪·斯特凡诺发表了两个拉丁美洲版本，一个简短的版本和一个长的版本。十五世纪和十六世纪，注释家和讽刺诗人大多研究歌谣，为当时的创作做出了贡献。

而在塞法尔迪版中，塞法尔迪人民非常喜欢保留传奇诗歌和歌谣，他们保留着被驱逐前在半岛上所熟知的简短版本，并且正如他们所期望的那样，他们根据自己的喜好对其进行了修改。曼努埃尔·阿尔瓦收集了以下在萨洛尼卡普及的版本：

> 当白天而不是夜晚时，当英俊的年轻人恋爱时；或用橙讨好，或用柠檬讨好，也用苹果讨好，苹果是爱情的果实。真可悲，我说，我这个卑微的人住进了这所监狱。我不知道什么时候是白天，也不知道什么时候是夜晚。我有三只鸟，夜莺为我唱歌，一只在清晨，另一只在午夜，它们中最小的鸟在黎明时对我唱歌。现在因为我的疏忽，我不知道是谁把它们带走。如果好国王把它们带走，他有成千上万的理由；如果女王把它们带走，让上帝做出审判；如果狱卒杀死了它们，那他就会有坏下场。①

这些同一歌谣的不同版本、不同变体，反映了不同时期、不同地区对相同人物、故事的不同感受。它们的形态生动自由、风格简洁朴素，且大都短小精悍，脍炙人口，充满了艺术魅力。这些歌谣与缀诗哈尔恰、其他谣曲共同缔造了西班牙的早期文学。

---

① M. ALVAR. *El romancero viejo y tradicional*. México：Porrúa Edition，1971：217.

第三节　承前启后的人本主义倾向

一、具英雄史诗色彩的"谣曲"

"谣曲"是一种故事性的诗歌。它是从民间口头文学发展而来的,其题材比较宽泛,有的咏唱历史事件和神话传说,有的传唱文学作品和现实生活中的故事,大多表现的是劳动人民的思想感情,在民间广为流传。

古典"谣曲",又称古罗曼集,是在西班牙"收复失地运动"期间,涌现出的许多英雄史诗的基础上产生的。比如前文所述的《熙德之歌》就是一部流传最广、保存最完整、欣赏价值和文献价值极高的作品。同时,受到阿拉伯文化的影响,一种被称为哈尔恰(Jarcha)的抒情谣曲应运而生。它简洁明快,短小精悍,一改西班牙歌谣原本冗长沉重的风格。由于这些谣曲一直在民间(主要通过行吟诗人)流传,许多作品都有几种甚至几十种"唱法"。就内容而论,它们主要有:(1)历史谣曲,以抗击摩尔人的英雄人物、英雄故事为题材;(2)骑士谣曲,以十三、十四世纪的传奇故事和十字军事迹为题材;(3)边境谣曲:以战争时期的趣闻轶事为题材。这些谣曲多采用八音节、偶句押韵的形式,节奏明快,朗朗上口。从某种意义上说,谣曲是西班牙诗歌的摇篮,对西班牙诗歌的发展产生了极其深远的影响。

由于谣曲与英雄史诗、历史传说等有一定的渊源,它也或多或少地展示和表现了西班牙人民同仇敌忾、抗击摩尔人侵略的英勇气概。因其题材的丰富性,使得多数谣曲都有一些变体,反映了不同时期、不同地区对相同人物、故事的不同感受。由于它们的形态生动自由、风格简洁朴素,一直受到后世诗人和读者的喜爱。

十五世纪,朴素自然的谣曲再度兴盛。这也许是对前一时期宫廷和僧侣诗风的一种复兴。尤其是民间抒情谣曲的"宫廷化",给以叙事为目的的传统谣曲形式带来了新的活力。这种抒情谣曲又被称作"艺术谣曲"。它们比古典谣曲更生动,讲述的故事更精彩,表达的感情更丰富,流传更广泛。梅纳、曼里克、恩西纳等后起的宫廷诗人也尝试过这种抒情谣曲,虽然他们大都羞于署名、羞于留存或者根本不敢署名、不敢留存,但他们的相当一部分作品还是以佚名的形式被编入了十六世纪初的《谣曲总集》。

胡安・波斯坎和加尔西拉索・德・拉・维加是最先大胆地将民歌民谣风格"冠冕堂皇"地引入宫廷的诗人。他们这么做的原因至少有两个:一是他们接受的人文主义思想使他们较早就自觉地着眼于田园生活,这也是风气使然;二是他们善于博采众家,在艺术形式上不拘一格。换言之,由于他们接受了人文主义思想,他们不仅着眼于田园生活,而且还创作了大量田园牧歌。反过来,由于他们要创作田园牧歌,他们不仅要引进意大利诗歌的精气神韵,而且还要积极借鉴并吸取活生生的民歌民谣。这就使得他们的作品既具有崭新的外来形态,又不乏鲜明的民族文化底蕴。

二、愈发明显的《囚徒曲》影响力

以《囚徒曲》为代表的出自吟游诗人的歌谣,被证明是一种受欢迎的体裁,能够保留在听众的集体记忆中。[①] 也许,这种受欢迎的体裁是使其起初与上层阶级以及与博学的诗人相脱节的原因。这种情况从十五世纪开始有所改变,当时歌谣集吸引了这些博学的诗人的注意力。在整合了中世纪吟游诗人口述传播的一系列主题和观点之后,在十五世纪末期,歌谣集获得了宫廷圈子的支持,并得到了完善和丰富:不规则的音调固定在诗节中,并出现了更严格的规范。在十六世纪,歌谣集作为一种流派获得了热烈的欢迎:谣曲的数量

---

① M. VÉASE ALVAR. *El Romancero. Tradicionalidad y pervivencia.* Barcelona：Planeta，1970.

激增,并创造了一种真正的歌谣时尚,从而催生了新的歌谣集。然而,在十七世纪,这种类型开始走向衰落,歌谣也不再出版,只继续在口头传统中生存。正是在这个时候,它们中的许多被合并,并被卖歌谣集的人演唱,他们几乎没有将它们保留下来。在偏远地区(例如农村地区)中流传的民谣充斥着盗贼、宗教主题和乡村故事。后来,由于对浪漫主义作家的热爱,这一体裁重获生机,十九世纪出版的一些选集使歌谣再次流行。二十世纪初,歌谣集再次进入文化圈,引发了由九八年一代[①]和二七年一代[②]组成的艺术浪漫史,并为艺术发展做出了杰出的贡献,代表人物有马查多、阿尔贝蒂和洛尔卡。这一时期还催生了对歌谣进行语言学研究的兴趣。歌谣是西班牙文学传统最典型的表现形式之一,其重要性已超越半岛的边界,吸引了来自世界各地的学者的关注。一个很好的例子是泛西班牙文歌谣集项目,华盛顿大学制作的歌谣集书目数据库,以及梅嫩德斯·皮达尔基金会的歌谣集数字化和传播项目。这些研究使《囚徒曲》的影响变得越来越明显。这首歌谣的许多诗节经其他作家的引用而变得著名。歌谣的影响在欧洲文学中也得到了体现。这段歌谣被翻译成很多主要的欧洲语言:洛克哈特用英语翻译的《俘虏之夜和黑鸟》,由盖贝尔用德语翻译的《囚犯》,海纳德用法语撰写《囚徒曲》,丹麦人雷尔·兰格翻译的民谣《抓住》等。此外,我们还发现了同类主题的作品。例如,引起囚犯忧郁的鸟类的主题:拜伦勋爵的《西庸战俘》,托马索·格罗西撰写的《马可·维斯康蒂》中的《囚徒的哀叹》等等。

三、多重意义的人本主义倾向

首先,《囚徒曲》来自民间,佚名作者不断用多种文字多个版本

---

① "九八年一代"是 1898 年一代作家群的简称,是西班牙文学史上重要的流派。他们提出要创造具有民族风格的西班牙艺术。

② "二七年一代"是 1927 年一代作家群的简称。他们从民间文学中汲取养料,吸收外来的新风格和新方法,是西班牙文学发展的重要流派之一。

加以改写,并被众多的百姓所接受,其读者群都是生活在现实中的人群,人们可以通过各种方式阅读和理解它,它自然而然有了取之于民、用之于民的人本特征。

其次,《囚徒曲》的内容反映了当时世俗生活的场景:春天、茂盛的田园、鸟儿的鸣唱、热恋的人儿……展现在人们面前的是一幅充满生机、充满生命活力和张力的画面。但后几句的突然转折,引出了诗中的“我”——一位被关进大牢的囚徒,不知道什么时候是白天,什么时候是夜晚,仅有一只常常在黎明唱歌的小鸟陪伴。可小鸟也没能继续陪伴,被射手杀死,这是对当时被压迫、被囚禁的犯人现实生活的描述。这些对生活的描写也流露出人们追求现实美好的人本思想。

再次,《囚徒曲》采用隐喻、拟人的手法,把具有人本特征的自由和爱情与动植物结合在一起,可以让读者与诗中的主人公产生一种情感上的共鸣。牢狱外的世界,是如此的美好祥和,万物都自由自在地生长,相比之下,囚徒的生活是如此的痛苦,连基本的时间都不得而知。他何时能像鸟儿一样自由飞翔和鸣唱?从诗句中,我们也能感觉到,那位囚徒是年轻人,也渴望像正常的年轻人一样去谈情说爱,去享受爱情。然而,这一切又怎么可能呢?没有自由,一切都无从谈起。这些情感来自常人朴素而简单的需求,并不是虚无缥缈的。

最后,通读《囚徒曲》,看不到英雄史诗中的壮举和为国为民的情怀,也许这位囚徒只是一位普通平民。与之前的文学作品相比,《囚徒曲》更具人本主义和现实主义的特质。之前英雄史诗的情怀大多与民族、国王、宗教联系在一起,《囚徒曲》所表达的情感则趋向于个人——个人的自由、个人的爱情。当然,也不乏欧洲中世纪西班牙收复失地运动时期的纷乱战争下,人民期待和平、崇尚自由解放的呐喊。这也是人本主义的延伸和发展。

第三章 诗体巨著《真爱之书》

—— 从爱情的世俗性转向爱情的自然属性

第一节 《真爱之书》的成就与影响力

一、出身教士的作者其人

《真爱之书》的作者名叫胡安·鲁伊斯,是学界公认的西班牙最著名的文学大师之一。曾有人将其与被恩格斯称为"中世纪的最后一位诗人,同时,又是新时代的最初一位诗人"的意大利诗人但丁相提并论。

除了诗人自己在书中讲到的一些情况外,人们对这位伊塔大祭司的生平几乎一无所知。伊塔大祭司确切的译法应该是"伊塔的大祭司"。伊塔是西班牙瓜达拉哈拉省的一座叫作阿尔卡拉的小城,大祭司是该城的教会中地位仅次于主教的牧士的首领。他名叫胡安·鲁伊斯,这在《真爱之书》第 19 节已有明确交代,1283 年生于阿尔卡拉·德·埃纳雷斯,和《堂吉诃德》的作者塞万提斯是同乡。胡安·鲁伊斯青年时期曾在托莱多教会学校就读,受到古罗马文学和东方文学的影响。已无可稽考胡安·鲁伊斯从什么时候开始任伊塔大祭司。从他自己写的《关于塔拉贝拉教士的诗》中可以看出,他曾一度受托莱多大主教堂·希尔的信任,携带教皇的信件,去塔拉贝拉教士会对教士们进行宣读。堂·希尔任托莱多主教的时间是在1337年到1350年之间。因此,宣读信件这件事应该在1337年之后。不久,胡安·鲁伊斯写了《关于塔拉贝拉教士的诗》。也许这首入木三分的讽刺诗深深地刺痛并得罪了那些教士,他们在堂·希尔大主教面前对诗人进行诬告,说诗人诬蔑大主教,引起大主教的愤怒,判诗人入狱,时间可能在1339年。凑巧的是,两个半世纪后的《堂吉诃德》也是在狱中构思的。《真爱之书》的大部分是在狱中完成的,这在书中第1709节后传抄者写的那段文字中已有明确的说明。关于成书年代,在第1634节里诗人交代得很清楚:"这本诗集于一千三百八十一年成书。"这里的时间是古代西班牙历法时间,相当于公元1343年。由此可以推知,伊塔大祭司在牢内花了三四年时间写完这本诗集。他一生写过不少谣曲和颂歌,留下来的只有《真爱之书》一部。胡安·鲁伊斯的卒年不详。一说1348年,一说1351年,或更晚一些时间。

二、多维题材的诗集

十三世纪后,随着生产力的发展,西班牙卡斯蒂利亚地区的卡斯蒂利亚语渐渐取得优势,中世纪通晓拉丁文的教士和文人学士便开始用卡斯蒂利亚语进行写作。教士或学士们用卡斯蒂利亚语写成的诗篇被称作学士诗。与此同时,还出现了另一种形式的诗——游唱诗,它由在街头广场上卖艺的吟游诗人口头创作、吟唱。和游唱诗相比,学士诗的创作经过诗人较多的思索、推敲,用词较精当,韵律也要严谨一些。但是,游唱诗也有自己的特点,它长期在民间吟诵,不断得到修正,变得越来越生动、形象,越来越口语化。《真爱之书》的主体部分属于学士诗范畴,但它同时也被吟游诗人吟诵,因而,也兼有游唱诗的一些特点。学士诗的韵律比较严格,每小节由四行同韵诗组成,每行14个音节。伊塔大祭司在创作过程中在格律上已有所突破、创新。《真爱之书》除遵守四行同韵这一规则外,在音节方面显得比较自由,每小节少则12音节,多则18音节,音节多的诗行又被分为两部分。这样，表达手段就更灵活，不呆板。

胡安·鲁伊斯将学士诗与游唱诗融为一体，是中世纪西班牙学士诗的杰出诗人。其作品《真爱之书》，内容庞杂，缺乏内在统一，只是依靠杜撰将全书的素材连接在一起，成为恋爱主题的代表作之一。

该书涉及八种素材：一是韵文体的流浪汉小说，主人公为作者本人；二是 32 个寓言、短篇故事；三是对中世纪罗马诗人奥维德的《爱情的艺术》所宣扬的放荡享乐生活加以释义或改编；四是讽刺内容与严肃内容相间的诗文；五是诙谐的诗文或模仿法国式的、嘲弄性的叙事诗；六是表现宗教和世俗内容的一系列抒情诗；七是将十二世纪流行欧洲的戏剧《潘菲卢斯》加以改编，写成爱情故事；八是很多关于伦理道德、禁欲苦行等的题外话。综观全书，题材上，包罗万象，集寓言、山歌、古诗、圣母颂于一体；主题上，宗教内容与凡俗题材混杂，嬉笑怒骂，带有讽喻色彩；内容上，作者装扮成一个喜欢泡妞的花花公子，不停地换对象，从村妇到贵妇人，从黄花闺女到有夫之妇。作者夹叙夹议地阐明他的爱情观，有恬不知耻的，有忏悔型的，有精神上的，也有满足性要求的。他认为世界上存在两种爱：对上帝的真正的爱和男女疯狂的爱。他借此开始传播实用主义哲学，大肆宣扬人性。

三、"高耸入云"的文学巨著

《真爱之书》自 1343 年问世以来，学界一直褒贬不一，有人将其曲解为"拉皮条的书""教士们进行淫乱的书"，也有人将其视为"西班牙文学三座高耸入云的高峰之一"。西班牙学者胡里奥·塞哈多尔写道："西班牙文学作品中，拥有三座高耸入云的高峰。在小说方面是《堂吉诃德》，戏剧方面有《塞莱斯蒂娜》，在讽刺诗和抒情诗方面有《真爱之书》……孤独的诗人在一个野蛮而战乱不休的社会的寂静中发出了最强音。"①

《真爱之书》全书共 1728 节(每节一般 4 行,少数不是 4 行,另有一部分超过 4 行达 7 至 8 行),大体分两部分:第一部分是诗人以第一人称叙述的若干次恋爱经历,第二部分阐述堂卡尔纳尔和堂娜瓜莱斯玛之间的争斗。"卡尔纳尔"在西班牙文里的意思是"肉体"或"食肉的欲望",而"瓜莱斯玛"的意思是"四旬斋"。"肉体先生"和"四旬斋女士"之间的斗争实际上是食肉的愿望和享受与斋戒、苦行之间的斗争。

书中这两部分的内容,表明了作者是一个具有理性的现实主义者。身为教士的作者并没有深陷宗教思想和禁欲主义的束缚,而大肆提倡以"人"为本的人本主义精神,而人本主义精神正是后来文艺复兴时期资产阶级思想体系的核心。

《真爱之书》杰出的艺术成就已为世人所公认。诗中塑造的艺术形象栩栩如生,其中尤以堂梅隆和堂娜恩特莉娜恋爱故事中那位从中牵线的老妇人给人的印象至深。这位平时走街串巷、挨家挨户兜售小药、小饰物的老太太头脑非常灵光,伶牙俐齿,随机应变,堂娜恩特莉娜原本疑虑重重,全凭这位老太太的三寸不烂之舌,她才层层解除顾虑,婚事终于圆满成功。一般认为,这位"拉皮条"的老妇人是 1499 年问世的在西班牙文学史上占有重要地位的剧本《塞莱斯蒂娜》中塞莱斯蒂娜的灵感来源。这个人物形象和堂吉诃德、唐璜一样,成为世界文学宝库中的不朽典型。

《真爱之书》中,诗人借诗中人物之口讲述了 20 多个寓言故事。这些寓言多数源自《伊索寓言》,少数来自东方文学。例如,《狐狸和乌鸦的故事》和《农夫与蛇的故事》等都是我们熟知的。大量寓言故事的使用既增加了情趣,使诗歌在吟唱的过程中更具有吸引力,更受听众的欢迎,也使诗中人物的言谈更生动,更具有说服力。

---

① J. CEJADOR. Introducciōn//J. RUIZ. *Libro de bue amor*. Madrid:Espasa-Calpe, S. A. ,1963:1.

第二节 《真爱之书》的恋爱课堂

一、"爱情先生"的恋爱经

《真爱之书》全书共 1728 节,7000 行。除对上帝和圣母玛利亚进行祈求、歌颂或进行宗教说教的宗教诗外,还有描述诗人山区之行的《山里女人之歌》,以及结尾的《与命运抗争的诗》和《盲人的诗》等,而诗集的主体有两部分。第一部分是诗人以第一人称叙述的若干次恋爱经历,恋爱中的男主人公也是一位大祭司,但显然不是如某些人认为的那样是诗集的作者在叙述个人的"风流往事"。经过几次恋爱失利后,男主人公和堂阿莫尔(阿莫尔在西班牙文中的意思是"爱情")相遇,将自己满腹牢骚发泄到这位"爱情先生"的身上,大骂他"无耻、虚伪,欺骗了许许多多人",说自己内心苦闷,形体"消瘦、憔悴",全都由于他"放箭伤害了人",他连"一个人也教不了,却害死了千百名"。[①] 堂阿莫尔听了男主人公的一番谩骂和指责,并没有生气,"言谈很有分寸"。他劝书中主人公息怒,不要一个劲儿地说爱情的坏话;几次恋爱失败的原因还在于他自己,是他自己出的差错。接着,堂阿莫尔便具体地传授他恋爱经验,告诉他应该选择什么样的女子作为恋爱的对象,他应该如何巴结她,为她效劳,博取她的青睐。同时,堂阿莫尔还告诉他,婚事要成功,必须找一个合适的人送信,替自己牵线搭桥。后来,男主人公又请教了堂阿莫尔的夫人堂娜维纳斯,得到了她的一番忠告和教诲后,便开始了又一次,也是最完整、描写得最精彩的一次恋爱活动。这次的男主角换了一个名字,叫堂梅隆·德·拉乌埃尔塔,女方叫堂娜恩特莉娜,即有名的堂梅隆和堂娜恩特莉娜的爱情故事。女主角是个年轻漂亮的孀

---

① J. RUIZ. *Libro de buen amor*. Madrid: Espasa-Calpe, S. A., 1963: 17.

妇,家境富裕,门第高贵,为人颇为稳重。堂梅隆和她初次接触,谈及婚事,便遭到她的拒绝。后来,堂梅隆物色了一位老妇人替自己送情书,从中撮合。堂娜恩特莉娜开始时有顾虑,怕受骗上当,毁了自己的名声。这时,那位老妇人便发挥了自己的特长,终于说服了年轻的寡妇,让她去老妇人开的小商店里和堂梅隆幽会,一对有情人终成眷属。写完这个故事后,诗人又以第二人称的形式叙述了几次恋爱过程,但这些恋爱均由于种种原因而告失败。

二、"享受"与"苦行"的人性之争

诗集主体第二部分阐述堂卡尔纳尔和堂娜瓜莱斯玛之间的争斗。根据西班牙人的习惯,斋戒期间不能吃禽肉、兽肉,但能吃鱼虾和蔬菜。堂娜瓜莱斯玛率领着一队由鱼、虾、蟹组成的大军对由牛、羊和鸡、鸭等畜禽组成的堂卡尔纳尔的军队发起夜袭。经过一场天昏地暗的大混战,堂卡尔纳尔手下的人马伤亡大半,他几乎成了光杆司令,还身负重伤,被堂娜瓜莱斯玛的将士生擒活捉,关进牢里,让他在神甫面前进行忏悔。神甫罚他每天只吃一点儿素食,苦行赎罪。复活节即将来临,堂卡尔纳尔伤口愈合。他借口去教堂听弥撒,逃出牢狱,重新召集旧部,和堂娜瓜莱斯玛再次交战,将她打败。堂娜瓜莱斯玛偷偷从海上逃走。堂卡尔纳尔和在四旬斋期间曾一度受人们冷遇的堂阿莫尔会合,他们俩像两位皇帝一样坐着豪华的马车,驾临全国各地。堂卡尔纳尔受到牧人们和屠夫们的热烈欢迎;堂阿莫尔则在复活节后鲜花怒放、万物复苏的春天里受到了飞鸟、树木、花卉和演奏着各种乐器载歌载舞的人们的欢迎,就连教士和修道院里的修士、修女也像举行宗教游行一样大批地出来,为他高唱赞歌,欢迎"爱情先生"。教士、修士和修女齐唱"我们赞美你,阿莫尔!""来吧,我们同乐!",还争相邀请堂阿莫尔去他们那儿做客。人们的热情邀请弄得堂阿莫尔无所适从。他为了表示公正,谢绝了任何一方的邀请,决定住在自己命人搭建的帐篷里。

三、世俗疯狂的男欢女爱

《真爱之书》第 10 节后,刊载了诗人用散文写的一篇文章。文中说,人世间的爱有两种:一种是对上帝的爱,另一种是世俗的爱,即男欢女爱。从宗教的角度看,第一种爱,即对上帝的爱才是真爱,后面一种世俗的爱是疯狂的爱,是罪孽。作者写书的目的就是奉劝人们具有良好的悟性,消除"人世间疯狂之爱这种罪孽"。但同时文中又说,"对所有的男人和女人,不管是头脑清醒的,还是糊涂的;不管是悟性好的,选择爱上帝,做好事,使自己的灵魂得救的,还是喜欢疯狂的爱的,我这本书完全可以说是在他们行程中的'对他们的启示'"。① 胡安·鲁伊斯青年时期起便受宗教思想的熏陶,后来又担任高级神职,在书中宣扬对神的虔诚是可以理解的。但他同时也是一个理性的现实主义者,他不把自己看作神的代表,坦率地承认自己和别人一样,自己是个平平常常的人;有时也会对女人产生强烈的感情。他在诗集中一次又一次地用生动的笔触对恋爱过程进行描述,不但颂扬了爱情,甚至还称颂了为恋人牵线的老妇人,为她唱挽歌,写墓志铭,充分表现了作者对现实生活的热爱,这对中世纪的禁欲主义和来世思想来说是强烈的冲击。诗集中叙述的堂卡尔纳尔和堂娜瓜莱斯玛之间的斗争实际上也是现世享乐和苦行主义之间的斗争。作为以神为中心的宗教观和禁欲主义的象征的"四旬斋女士"最后被堂卡尔纳尔和堂阿莫尔战胜,意味着现世享乐和爱情取得了胜利,获得了统治地位。他们所到之处,万物欢腾,男女齐声歌唱,连平日在修道院内苦苦修行的教士和修女也高歌齐颂"爱情先生",这一切足以表明《真爱之书》的基调是反对神的权威,提倡以"人"为本的人本主义精神,而人本主义精神正是文艺复兴时期资产阶级思想体系的核心。

---

① J. RUIZ. *Libro de buen amor*. Madrid: Espasa-Calpe, S. A. , 1963:6-13.

四、"品尝"与"遭遇"的民俗爱情

打开《真爱之书》，贯穿作品始终的唯有胡安·鲁伊斯的人本思想。作品在一番冠冕堂皇的祷告和说教之后切入正题：主人公的三次爱情冒险。经人穿针引线，主人公勾搭上了一位其名不详的夫人，但很快遭到了拒绝。之后，他又结识了面包店女老板并且证实自己命犯金星，天性风流。于是，他变本加厉，把目标锁定在一位品貌兼优的夫人身上，但仍未如愿。初涉爱河就无功而返，主人公沮丧万分。这时，作者安排了他与"爱情先生"的一次邂逅。作品假借这一插曲对"爱情先生"大加鞭笞，称它是万恶之源。然而，"爱情先生"反唇相讥，末了又面授机宜。主人公听信"爱情先生"之言，很快找了一位虔婆。在虔婆的撮掇下，主人公轻松赢得了寡妇堂娜恩特莉娜的信任。两人结婚后，主人公隐退，或谓摇身一变成了堂梅隆之后，同样是在虔婆的安排下，主人公又猎取了一位夫人，只不过后者不久就溘然病逝了。

为了"品尝一切"，主人公离开城市，来到瓜达拉马山区。从书中叙述大祭司在山上和几个相好见面时的情景之"第一位山里女人"到"第四位山里女人"再到重复说明的四首"山里女人之歌"，主人公先后"遭遇"了四次爱情。头两次是纯肉欲的，对方是两个剽悍的村妇。第三个村妇得到了结婚的允诺后，却没了下文。第四位最为凶悍，她见主人公囊中羞涩，就一脚将他踢开了。[①]

看似主人公是在山区，对不同牧羊女展开一次次爱情追求，诗中之情境和对山里女人的描述，也向我们展现了世俗生活中的民俗风情、民俗爱情。第一位山里女人是一位年轻女子，从开始把守"渡口"要过路费，到"根据山里人的习性"留男人到家中以美味招待，也许是年轻牧羊女的情窦初开和酒后青春荷尔蒙的驱使，孤男寡女品尝了情欲滋味。第二位山里女人是一位大姐，她豪爽而直率，在放

---

① 陈众议. 西班牙文学——黄金世纪研究. 南京：译林出版社，2007：37.

羊的过程中,山坡的美景,诱发了她"外遇"的冲动。她支走了丈夫,只想有一次艳遇,这正合主人公下怀,两人如愿以偿。第三位山里女人,是一位想嫁人的女士,打扮得比较妖艳,还把主人公当成了牧羊人,并心急地进行了自我介绍,夸赞自己贤良能干、能歌善舞,同时,也毫不顾忌的向男人要彩礼,男人口头应允,她却扬长而去。第四位山里女人是一位长相粗糙丑陋、性格剽悍的牧羊姑娘,她视主人公如绅士,在家中招待贵客,酒足饭饱后,便直奔主题,要付酬金才提供住宿,当得知男人身无分文时,便主动赶走了主人公。

　　四位山里女人,形象、生动地呈现了当时社会底层妇女的生活和追求爱情的真实状态。牧羊女生长、生活在牧民山区,虽然,周边的大自然环境是美丽的,牧民们的生活也算自给自足,但是她们世世代代在这座大山里,不知道山外的世界多精彩,她们也渴望爱情,希望得到男人的宠爱,享受人性自然之爱。她们善良与好客,会见义勇为,也会倾其所有款待贵客。她们也需要钱,想穿得更加漂亮,想嫁得风风光光。她们代表了当时妇女的朴实无华,但也流露出"金钱能使鬼推磨"的拜金主义思想。她们在纯真之爱与世俗之爱间徘徊。如下诗所言:

> 你是贵客,
> 吃饱喝足
> 身体有劲;
> 烤火取暖
> 别冻成病。
> ……
> 请给带子一根,
> 要非常、非常红;
> 一件漂亮衬衣,
> 需十分合我身;
> 颜色是红彤彤。
> 给我几件锡制品

质量一定要上乘；

请再给一件首饰，

质量高，价值不菲；

再给一块薄羊皮。

给我一块头巾，

上面要有条纹；

给我一双皮靴，

号码大，要高跟，

皮要精制而成。

……（第 1032 至 1038 节）[1]

由于作品一直处在"临界"状态，即"出世"的布道和"入世"的狂欢之间，各路评论家众说纷纭，莫衷一是。有评论家认为《真爱之书》是一部劝喻诗，其中的爱情描写无非是一些反面教材。但多数人认为伊塔大祭司追求纵欲狂欢才是真。何况胡安·鲁伊斯有言在先："没有无谓之言，唯有理解之谬。"[2]同时，作品大肆表现世俗生活，甚至毫不避讳粗俗俚语。虽然卡斯蒂利亚语早在阿方索十世时期就得到了宫廷的认可与推广，但惯性使然并碍于罗马天主教教规，多数僧侣，尤其是高级僧侣仍以拉丁文为首选书写文字。而胡安·鲁伊斯却大胆使用"俗语"并将笔触伸向世俗生活的各个层面，反映中世纪末期西班牙僧侣阶层的矛盾心态。正因为这种矛盾心态，作品难免具有"瞻前顾后"，徘徊于明暗之间的含混效果。主人公与山里女人的四次爱情遭遇也确实反映了这一点。

---

[1]　胡安·鲁伊斯. 真爱之书. 屠孟超，译. 北京：昆仑出版社，2000：218-219.
[2]　陈众议. 西班牙文学——黄金世纪研究. 南京：译林出版社，2007：37.

第三节 《真爱之书》的讽喻内核

一、充满世俗精神的讽喻诗

讽喻,一是作为一种修辞方法,指带有讥讽风格的比喻,可以有多种讽喻的方式,如"直喻""隐喻""类喻"等。二是作为一种语言方式,指用比喻进行讽刺,可以有多种目的,如谴责、启示、明理等。它也是把另一层次含义隐藏在故事之中的文学技巧。通常,神话和寓言都是讽喻性的。讽喻也可以理解成为扩大的隐喻,或是连续的形象化比喻,这种形式有各种不同的解释,常用于有宗教或政治含义的作品。

《真爱之书》的创作时间正值西班牙收复失地运动胜利,西班牙以其庞大的骑士队伍,称雄欧洲,不可一世。西班牙宫廷礼仪和斯文行为、优越的教士生活就是在这个特殊的历史时期形成的,并出现了一大批宫廷诗人和骑士诗人。作为伊塔大祭司的胡安·鲁伊斯,就曾创作过大量的富有宗教色彩的赞美诗,但流传下来的却只有《真爱之书》和少数几首抒情诗。翻开此书,既有洋洋洒洒,从从容容表述世俗生活及爱的艺术、爱的形态,被欧洲称为第二部《爱经》的内容,也有极具讽喻意味的讽刺诗与寓言故事,这使《真爱之书》成为抨击宗教的资产阶级早期人文主义作品之一。

《真爱之书》不但是一部讽喻诗集,其中有不少诗篇对某些表面上道貌岸然,实际上却荒淫无耻的教士进行了无情的揶揄和嘲弄。这方面最突出的是《关于塔拉贝拉教士的诗》。诗中描述大祭司受大主教的派遣,向当地的教士们宣读教皇的命令:塔拉贝拉的教士中凡有情妇者将被逐出教门。全体教士听了这道命令,一片恐慌。整个教士会的人,上至教长,下到侍僧,一致表示抵制教皇的命令,并要向西班牙国王进行上诉。年迈的教长还表示宁可放弃教长的职位和全部年薪,也不能要他放弃奥拉布埃娜! 多么辛辣的讽刺!

《叙述金钱的功能》也是一首绝妙的讽刺诗:

金钱有威力,怎不讨人爱
笨伯变伶俐,谁个不崇拜;
跛子迈步走,哑巴金口开;
即便缺双手,见钱搂进怀。
莫看痴呆呆,村夫愚鲁相,
有钱身份变,位高学问长。
只须钱货满,立即增声望;
家中空无物,命贱随风荡。
金钱握掌心,便是有福人,
欢愉乐融融,教皇来赐恩:
乐土买一方,天国享安稳。

所至有金钱,处处均可心。
我曾去罗马,教廷本神圣,
却见亦拜金,个个颇虔诚;
折腰又屈膝,哀哀齐供奉,
何人不顶礼,如将帝王迎。
天天跑教堂,日日串小巷,
绕颈玻璃球,恒言警迷惘,
薏苡为念珠,口出圣贤腔。
谲辞施巧计,得心且应手,
老妪善捭阖,入户穿堂走,
立誓指上苍,拳拳将心叩,
满腹怀不端,耆老市井游。
可寻此老媪,尤擅炼春药;
走家串户忙,接生不可少,
携带香粉盒,兼售胭脂膏。

少妇易受骗,目眩飘云霄。①

作者对处于资本主义萌芽时期金钱的作用进行形象的描述:"它能使坏人变好人,受人尊敬爱戴;它能使跛子奔驰,能使哑巴把口开。"②对口头上咒骂金钱,实际上却对它进行膜拜的教会人士进行了揭露,而且矛头直指罗马教廷:"我在教皇所在的罗马教廷里,见到众人面对金钱都很自卑;他们很庄严地对它表示敬意,人人像对教皇那样对它顶礼。"③

二、西方男尊女卑思想的催化剂

被喻为欧洲文艺复兴初期人文主义精神催化剂的《真爱之书》,其中也隐约流露出当时的厌女思想,并将基督教神学中的人人平等原则染上了男尊女卑的色彩。从某种意义上说,厌女思想的存在或复兴,是中世纪晚期西班牙封建社会,甚至资本原始积累时期意识形态的反映。

在基督教神学家看来,人人平等并不取决于世界秩序或人类社会的理性因素而是基于人与基督的关系。所有受洗的基督徒在上帝面前完全平等,并没有民族、种族或"自主的、为奴的、男或女"之分。④ 教会原则上或理论上坚守这一教义,它在早期吸收信徒的过程中起了重要作用,在之后的男女平等观念形成中同样发挥了作用。因为依此原则,包括奴隶或女子在内的所有人都具有等同价值。它不仅是中世纪西方男女平等的理论由来,也为卢梭等启蒙巨人提供了法理依据。

然而,厌女思想一定意义上成了西方男尊女卑思想复苏的催化剂,西班牙文艺复兴运动早期出现的《真爱之书》亦是这方面的一个

---

① 董燕生. 西班牙文学. 北京:外语教学与研究出版社,1998:18-19.

② 胡安·鲁伊斯. 真爱之书. 屠孟超,译. 北京:昆仑出版社,2000:108.

③ 胡安·鲁伊斯. 真爱之书. 屠孟超,译. 北京:昆仑出版社,2000:109.

④ 宗笑飞. 阿拉伯安达卢斯文学与西班牙文学之初. 北京:当代中国出版社,2017:221.

明证。作品中的叙事对社会各阶层的男女关系进行了一次既大胆又矛盾的演绎。作品以大祭司和老虔婆之间的交易为主线,引出作者或时人对爱情,尤其是女人的看法。在反复论述什么样的女子可爱、什么样的女子不可爱之后,大祭司通过虔婆结识了各种各样的女子,这其中既有修女,也有大家闺秀;既有村妇,也不乏不谙世事的少女。作品虽然表面上客观公允,并写两面(如圣洁之爱与世俗之爱,在世俗之爱中又有善爱与恶爱、大女人与小女人之分),但本质上却充满了厌女倾向。比如在"商人的妻子"一则中,商人为了预防太太红杏出墙,在她下身画了一只羔羊。商人离家后,太太与人鬼混,羔羊也就不复存在了。得知丈夫将回,女人让情夫在原先的位置上重新画了只羊。商人回家一看,发现此羊非彼羊,遂怒斥道:"我画的明明是只小羊羔,如何成了一只大公羊,还生出了一对犄角?"女人答道:"谁让你走了这许多日子,小羊自然长成大羊了。"又比如在"大祭司称心如意"一则中,虔婆凭借三寸不烂之舌巧设机关,让"最正经的女子"投入男人的怀抱。再比如在"虔婆说合祭司与修女"一则中,作品借虔婆之口,说出找个修女最好,她不会要求结婚,且能守口如瓶,谈情说爱还很在行。奇怪的是,大祭司面对摩尔女子时却无法如愿。摩尔女子为了敷衍大祭司,提出了"唯一的要求",那便是他必须证明自己的善良。结果可想而知,大祭司努力证明自己善良的经过恰恰成了他不能再染指对方的原因。

这种厌女倾向一发而不可收,直至演变为尼采等现代西方哲人对女人的诸多不屑。而尼采的不屑正是源于《真爱之书》所隐含的观点,比如"女人生来就有一共同之处,你越是禁止,她越要干某件事"或者"要让女儿变得正经、平静和安宁,指责、辱骂、伤害、羞惭是唯一途径"等等。这也是"寓言性事例"引出意义或教训的写法。①

综观《真爱之书》,厌女倾向有三大来源。一是东方文学,这其中除了阿拉伯文学,应当还包括安达卢斯作家的有关作品;二是两

---

① 胡安·鲁伊斯. 真爱之书. 屠孟超,译. 北京:昆仑出版社,2000:114.

希文化传统及相关民间传说;三是生活,毕竟文学、宗教、法律是一回事,日常生活是另一回事,不能完全等同,大男子主义在西方可谓源远流长。①

阿拉伯四大诗人之一的伊本·哈兹姆也曾在其著述中批评阿拉伯妇女,尤其是安达卢斯妇女,称她们"毫无精神追求,实属下半身支配的动物"②。

当然,女人或雌性动物有时也以正面形象出现,这与古印度及东方文化对女人的多重看法有关。再则,寓言与现实的关系好比阿拉伯及相关东方文学与西班牙寓言或寓言体文学的关系,其影响有时鲜明,有时也不尽然。这归功于寓言本身的多义性和隐喻性,同时也是由文学借鉴的多类别多层次性所决定的,不能一概而论。而本节涉及的影响也罢,互文也罢,是显性的,它们从一个侧面见证了中世纪晚期至文艺复兴初期的东西方文化和思想的交融。

从这个意义上说,尽管《真爱之书》描述了男人如何掌控女人,如何与各种女人周旋,玩弄女人的各种行为,其厌女思想并不是要拒女人于千里之外,相反,是想通过各种手段与方法,得到自己心爱之女人。这也是充满世俗之爱、人性之爱的结果。

三、宣传世俗情怀的训诫手法

《真爱之书》所谓真爱,是指圣爱,即对上帝的爱。作品也以说教的形式开始,但迅速转向世俗爱情。换言之,它也是以训诫和圣爱的名义表现世俗爱情的。诗人一边宣扬空灵、纯粹的真爱(圣爱),一边细致而又津津乐道地描写男女之爱。譬如,作者在"前言"中写道:"'我要教导你,指示你当行之路。我要定睛在你身上劝诫你。'先知大卫通过圣灵在《诗篇》第三十一篇第十节对我们每个人说了上面写的这番话。对这一小节,我的理解有三点:有些哲学博

---

① 克伦克·哈梅尔. 人类性文化史. 张铭,译. 北京:中国妇女出版社,1988:39.
② 转引自:宗笑飞. 阿拉伯安达卢斯文学与西班牙文学之初. 北京:当代中国出版社,2017:224.

士说,这三点都存在于心灵,完全属于心灵。它们是悟性、意志和记忆。我说,如果这三点都很好,那么灵魂就能得到安慰,躯体的生命得到延长,并能有效地得到荣誉和美名。因为有了良好的悟性,人就能认清善恶。所以,为了领会上帝的戒律,大卫对上帝的几个要求之一就是'请你赐我悟性'。因为人的悟性好,就能敬畏上帝,而这是全部智慧的开端,就像先知说的那样:'敬畏耶和华是智慧的开端。'凡是敬畏上帝的人都有良好的悟性。"①

　　而随后,作者对主人公的十余次求爱遭遇进行了细致的描写,并随之引出肉欲先生和守节太太的寓言,详尽地展示了各种世俗之爱,其中还夹杂了大量东西方世俗观念和民间传说。这种多元倾向反映了西班牙文化的多元混杂性,尤其是虔婆的出现,不能不让人联想到西班牙—阿拉伯文学。在毫不隐讳地描写世俗之爱时,作者甚至"放荡不羁"地写道:

　　　　亚里士多德说得有道理,

　　　　世人为两件事忙个不停;

　　　　忙的第一件事是为生存,

　　　　另一件是找愉快的女性。

　　　　……

　　　　智者之言属真理,这已清楚证明,

　　　　人类、鸟类、兽类、所有穴居的动物,

　　　　喜欢寻找新的伴侣,这是其本性,

　　　　人类的这个特性我们看得更清。

　　　　(第71—73节)②

　　作品将诗歌融入散文,在叙述中穿插诗歌。其叙述部分,语言骈俪;诗歌部分,韵律灵活。《真爱之书》堪称一篇朗朗上口的诗韵文,且其押韵形式也呈一定规律的变化。而在主题和内容上,书中

---

① 胡安·鲁伊斯. 真爱之书. 屠孟超,译. 北京:昆仑出版社,2000:3-4.
② 胡安·鲁伊斯. 真爱之书. 屠孟超,译. 北京:昆仑出版社,2000:21.

对爱情的描述也透露出其本质。

宗笑飞在《阿拉伯安达卢斯文学与西班牙文学之初》中写道，"爱情使怯懦者勇敢，粗鄙者温柔，苍老者年轻，同时也有众多对于拉皮条者的描述和譬喻"①。

此外，《真爱之书》还穿插了大量寓言，这恰恰又是阿拉伯作家的拿手好戏。这些寓言大都批判贪婪、嫉妒、虚伪、懒惰等。其中，有一则写到两个懒汉的故事。有两个懒汉同时看中了一个姑娘，姑娘为了摆脱他们的纠缠，便机智地谎称自己喜欢懒惰的男人，让他们比谁更懒惰。甲因腿有伤，故称自己比乙懒惰，理由是有一天他在河边偷懒，口渴了想喝水，结果宁可渴得嗓子冒烟说不出话来，也不愿低下头去喝口河水。这还不算，他连走路都懒得挪两只脚，所以一只脚上楼，从楼梯上摔了下来，结果成了跛子。乙摇摇头，说自己才是世上最懒的人，有一天感冒了，鼻涕流下来他都懒得去擦拭一下；另一天，下着大雨，屋漏了，雨水正好滴到床上，他眼看着那水不断滴在眼睛上，结果眼睛受伤了，成了独眼龙。②

《真爱之书》问世之时，阿拉伯人在安达卢斯地区的统治虽然已经式微，但仍对南部格拉纳达等地保持控制权。此时，阿拉伯人在伊比利亚半岛上已经生活了六个多世纪，其生活方式、语言、文化等各方面都与地区文化的血脉相融合。诗歌、散文、寓言等叙事文学不能不对西班牙本土文学产生巨大影响。诚如西班牙学者阿梅里科·卡斯特罗所说的那样，欲了解伊比利亚文学，必先了解西班牙—阿拉伯文学。

再说彼时鲁伊斯作为博览群书的教皇信使，很难想象他从未读过阿拉伯文学作品，由于在中世纪的漫长岁月里，文学作品的作者大多没有署名习惯，一些所谓的著者常常将所阅文学作品据为己有，采取"拿来主义"的态度，且从不标明出处，甚至以原创者、首创

---

① 宗笑飞.阿拉伯安达卢斯文学与西班牙文学之初.北京:当代中国出版社，2017:193.
② 陈众议,宗笑飞.西班牙文学:中古时期.南京:译林出版社,2017:482.

者自居。这种情形可谓司空见惯,因而给文学作品的影响研究带来了诸多困难。

　　由此可以看出,《真爱之书》才是真正描写爱情的:既有对爱情本质的探究,也有对爱情形态的刻画。这帮助大祭司化解了原罪说和世俗之爱水火不容的矛盾冲突。而大祭司赖以解嘲和嘲讽的老虔婆,则是阿拉伯文学中经常出现的形象。这个老虔婆最终被写进《塞莱斯蒂娜》,从而在世界文学长廊中增加了一位出彩的喜剧人物。因此,笔者认为,《真爱之书》也是东西方文化交流的成果之一。

第四章　短篇小说《卢卡诺尔伯爵》

——从情感价值取向的社会性转向自身

第一节　《卢卡诺尔伯爵》作品的创作风格

一、题材广泛的民间文化遗产

《卢卡诺尔伯爵》是十四世纪西班牙最伟大的散文作家堂·胡安·马努埃尔最具代表性的作品,成书于 1335 年。全书由 51 个故事组成,以卢卡诺尔伯爵和他的谋士帕特罗尼奥两个人物作为轴线贯穿始终,以他们两人之间的谈话为主要叙事形式。小说中讲述的故事,题材广泛,内容多样,以刻画人的品德、操行、举止为主,涉及的对象有国王、商人、农夫、女人、贫民等,对动植物也做了拟人化的生动描述。在这部作品中,作者的叙事技巧与写作风格得到了完美的体现和充分的发挥。

综观《卢卡诺尔伯爵》一书的 51 个故事,既充满了人生哲理,又充满了人文气息,无不显现人与人之间,人与事之间,人与动植物之间的道德教义,辩证思想,人本人性之内涵。51 个故事,51 种人生体悟,虽是久远的中世纪故事,简洁明了的语言,生动、有趣、有教益的故事让读者懂得生活的艺术,明白人生的道理。应该说,这部作品具有相当的现实主义色彩,在故事的叙述上也超越了原有的狭隘说教,紧张的节奏,简练而准确的描写,不易察觉的讽刺,都给人留下深刻的印象。其中,《故事一》(一位国王与其宠臣之间发生的事)教人如何驱凶避祸。《故事二》(一位老好人与其儿子之间发生的事)是一则有名的寓言,讲述父子二人听从路人的议论,不知该父亲还是儿子骑牲口。《故事五》(一只狐狸和一只衔着奶酪的乌鸦)也是一则有名的寓言,写虚荣的乌鸦经不住狐狸的吹捧,丢了到嘴的奶酪。《故事六》(燕子看见播种亚麻后与其他鸟之间发生的事)劝人要未雨绸缪。《故事七》(堂娜特鲁阿娜的一场空欢喜)写农妇梦想拿头顶的一罐蜂蜜发大财,结果却打碎了蜜罐。《故事十二》(狐狸与公鸡)教人怎样遇事不慌。《故事十四》(圣多明戈显奇迹的故事)是个不折不扣的苦肉计。《故事十八》(堂·洛尔索·苏阿莱斯摔断腿的故事)是一段劝慰,类似于"塞翁失马,焉知非福"的典故。这些故事明显受到阿拉伯文学,尤其是《天方夜谭》(即《一千零一夜》)的影响。同时又直接受益于《伊索寓言》和伊比利亚及欧洲的民间传说。除了这些故事,该作品还附有一百多条谚语和警句。不仅是对上述故事的补充和说明,也是当时普遍存在于文人作家之中那种急于整理民间文化遗产的表现。[①]

　　同时,《卢卡诺尔伯爵》一书中,还有诸多故事从人本思想和人性特点出发,深刻揭示了西班牙中世纪受到基督教道德观和阿拉伯人的文化影响下的追求:荣誉、忠诚、尊重与善良。例如:《故事二十三》(有关蚂蚁的故事)称颂勤劳,赞颂有生命力的生活,告诫人们"不要坐吃老本,死时也有尊严"。《故事三十八》(扛着珠宝过河的人)告诉人们要凭自己的行为赢得尊重,人之所以受人尊敬,不是因为他有自尊,而是因为他的行为赢得了他人的敬重。《故事四十》(卡尔卡索纳管家丧失灵魂的故事)告诉人们"若想得到救赎和永恒,要做好事儿且心地要善良"。《故事四十三》(善与恶,健康与疯癫的故事)描写了"善总以善行战胜邪恶"。不仅仅上述几个故事,

---

　　①　陈众议,王留栓.西班牙科学简史.上海:上海外语教育出版社,2006:36-37.

整部书,都贯穿着追求人之本善,才会受人尊重,才能获得荣誉,才能使生命、身心都得到永恒的人生哲理。

二、集于一身的"多家"作者

这里所说的"多家"作者,是指胡安·马努埃尔,他不仅是西班牙文学家,也是西班牙最著名的政治活动家和军事活动家,也是中世纪西班牙最伟大的散文家、教育家。胡安·马努埃尔创作的《卢卡诺尔伯爵》中,卡斯蒂利亚散文得到了新生。在十三世纪的众多作家当中,他是非常难得的使西班牙的民族语言丰富起来并且定型的优秀作家。

《卢卡诺尔伯爵》所收集的 51 个故事,除了少数为马努埃尔自己创作之外,大部分来源于古代印度、阿拉伯等东方国家。胡安·马努埃尔是阿方索十世的侄子。作为王亲国戚,他自幼习文练武,接受良好的教育。据说他 12 岁就开始参加"收复失地运动"。长大成人后,又不可避免地卷入残酷的宫廷争斗,但他吉人天相,总能逢凶化吉。他当过卡斯蒂利亚和莱昂王国的摄政王,同时与固守东南一隅格拉纳达的摩尔人首领保持了令人费解的似友非友,似敌非敌的关系。后来,他又出人意料地急流勇退,在世袭领地上建造了一座修道院并从此专心写作,不问世事。[①] 但他的这一作品恰恰又诠释了有关世道人心的一系列问题。

除了《卢卡诺尔伯爵》之外,胡安·马努埃尔的其他著作还有《编年简史》《武器书》《教子书》《狩猎书》《歌集》《行吟规则》《骑士与盾矛手》《国家书》等。遗憾的是这些作品大都失传,流传下来的很少。但是,作者对中世纪人性及人类的看法具有明显的人文主义色彩。[②]

---

① 陈众议、王留栓.西班牙文学简史.上海:上海外语教育出版社,2006:36.
② 宗笑飞.阿拉伯安达卢斯文学与西班牙文学之初.北京:当代中国出版社,2017:199.

三、短篇小说的开山之作

《卢卡诺尔伯爵》是西班牙短篇小说的开山之作,是西班牙叙事文学的一座丰碑。由于作品创作于 1335 年,而十四、十五世纪正是西班牙人文主义从晨光走向阳光普照的过渡时期,胡安·马努埃尔从拉丁文化、阿拉伯文化和希伯来文化中汲取养分,进而铸就了该作品独特的写作风格。

其一,该作品对阿拉伯口语文学和文化影响比较大。对《卢卡诺尔伯爵》的研究中有许多关于其对阿拉伯语影响的论文,特别是其对阿拉伯语言的影响及阿拉伯文学对其叙事风格的挪用的分析[①]。这些论文都强调了阿拉伯口头文学在中世纪的开放性、世俗性和流行性,还提供了胡安·马努埃尔对阿拉伯文化广泛涉猎的原因。

这种开放性的特征在这部作品中有所体现。尽管胡安·马努埃尔作为一名军人和政治家对收复失地运动做出了巨大的贡献,但他也在《卢卡诺尔伯爵》中接受了传统的叙事文化和安达卢斯多元文化的历史。[②] 这些故事传达了占据伊比利亚半岛北部的激进基督教政治的宗教信仰和政治意识形态,传达了安达卢斯日常生活中复杂多样的现实。此外,笔者认为,"框架故事"作为这部作品的结构特征,也是其开放性的基础。胡安·马努埃尔用卡斯蒂利亚语写成《卢卡诺尔伯爵》,首次采用传统的安达卢斯叙事模式;在采用阿拉伯模式时,他部分模仿了框架故事形式。这种受阿拉伯文化影响的叙事形式适合"边界写作",强调思想的灵活性和开放性,而不是保

---

① D. MARÍN. "El elemento oriental en D. Juan Manuel: Síntesis y revaluación." *Comparative Literature*, 1995, 7(1): 1-14.

② P. LINEHAN. "*At the Spanish Frontier*": *The Medieval World*. London: Routledge, 2001: 53.

守的意识形态。① 彼得·邓恩指出,《卢卡诺尔伯爵》的叙事结构导致了作者和读者之间以及现实与小说之间的相互交流。以相应的开放式结构激发对非传统叙事的渴望。② 如果我们考虑到巴赫金的对话理论,特别是复调理论,作品缺乏专制独白的目的将变得更加清晰。

在巴赫金的分析中,小说作为一种"复调"类型,是各种社会语言之间冲突和对话的场所。③ 小说中的所有叙事线索,甚至看似不重要的人物都有自己的声音,形成了小说传达的更大、更复杂、更独立的部分。正如金卫东所描述的那样:

> 形成某一小说语言的个体元素是由叙述者的现实声音,字母或其他事物所属的从属文体单位决定的,无论是否与人物的文体个性对话。……话语的对话方向性是所有话语的一个属性,是所有生命话语自然追求的。所有的词语都必然会以各种方式与目标相遇,而这种相遇则是在充满张力的生动互动中形成的。④

该作品验证了与"经典"中世纪宗法思想非常不同的多层次、多义性价值体系的存在及其影响,并通过说明故事中存在着与之相关的叙述,探讨对故事进行各种解释的可能性。从作品的序言中可以得出:卢卡诺尔伯爵和帕特罗尼奥之间的对话以及各种帕特罗尼奥寓言中的不同角色的声音创造了一个不同价值观之间的对话平台。

其二,该作品继承了阿拉伯文学的框架结构或叙事方式。

---

① W. D. MIGNOLO. *Local Histories/Global Designs*: *Coloniality*, *subaltern Knowledges*, *and Border Thinking*. Princeton: Princeton UP, 2000: 266.

② P. D. DUUN. "Framing the Story, Framing the Reader: Two Spanish Masters." *The Modern Language Review*, 1996, 91(1): 95-96.

③ M. BAKHTIN. *The Dialogic Imagination*. Trans. Carly Emerson and Michael Holquist. Austin: U of Texas P, 1981: 220.

④ W. D. KIM. *Bakhtin and Dialogism*. Seoul: Nanam Publications, 1990: 296.

罗恩·巴凯指出,《卢卡诺尔伯爵》通过采用从开放和动态的阿拉伯风格传统叙事中模仿的框架叙事形式,使围绕其作品的宗教和政治意识形态复杂化。① 在研究跨国和在伊比利亚的超帝国主义非殖民化文化时,他提出了语言制度霸权的问题。巴凯认为,框架叙事形式是从传统的阿拉伯文学中学到的。

如前所述,《卢卡诺尔伯爵》的开放性和动态性的另一个原因可以从传统的阿拉伯文学形式——口头叙事中找到。一篇分析马格里布和西班牙口头文学特征的论文认为,莫里斯科人的口头文学,通过在摩尔人故事的结尾添加谚语或警句来表达道德教训,正如在《卢卡诺尔伯爵》中所读到的那样。② 这些箴言总结了上述故事或帕特罗尼奥对卢卡诺尔伯爵的建议,但其内容非常世俗,因为胡安·马努埃尔引用了源自阿拉伯口头文化传统而非基督教或西方世界的谚语,使作品显示出强烈的个性和创造力。③

可以这样说,胡安·马努埃尔是最早受到阿拉伯安达卢斯叙事方法影响的西方文人,他的名字理应在"框架叙事"范式中占有一席之地。在《卢卡诺尔伯爵》中,这种框架结构或叙事范式被完全继承下来。在作品序言中,胡安·马努埃尔就写道:"序言到此结束,后面开始正文。本书以一位大领主与其谋士谈话的形式写就,这位领主叫卢卡诺尔伯爵,谋士叫帕特罗尼奥。"而正文的开篇又是这样写的:"有一次,卢卡诺尔伯爵与其谋士帕特罗尼奥交谈,伯爵对他说:'帕特罗尼奥,(陈述问题……),我希望听取您对此事的意见,并给我出谋划策。'"或说:"一日,卢卡诺尔伯爵在密室中对其谋士帕特罗尼奥说了如下一番话。"诸如此类,而且每则事例均由谋士进行总

---

① R. BARKAI. *Cristianos y musulmanes en la España medieval : el enemigo en el espejo*. Madrid: Rialp, 1984: 89.

② K. JOUINI. "Las Fórmulas de apertura y clausura en los cuentos populares magrebíes y españoles."*La Revista de Educación*, 2006(2): 21.

③ D. MARÍN. "El elemento oriental en D. Juan Manuel: Síntesis y revaluación." *Comparative Literature*, 1995, 7(1): 2.

结,道出个中意蕴。卢卡诺尔伯爵听后便会感到心情舒畅,抑或对结果十分满意。并且每篇结尾均有作者的评议或"有诗为证",有时甚至引经据典,与我们通常所谓的子曰诗云有几分相似。①

问世于十四世纪的《卢卡诺尔伯爵》的故事比较简约,短小精悍,长不过三千字,短则三五百字,且对嵌套叙事模式也没有更多借鉴。这是因为当时罗曼语短篇小说正在形成之初,《卢卡诺尔伯爵》作为西班牙乃至西方的第一篇俗语短篇小说集,作者具有明显的补偿意识,故而有意回避嵌套式叙事模式的"节外生枝"。这多多少少也印证了小说由简单明了到繁复丰富的发展轨迹。但胡安·马努埃尔的写作目的有所不同,作为皇亲国戚及曾经的摄政王,作者不仅要寓教于乐,规劝君主约束自己的行为,告诫臣子谨慎行事,还要兼济天下,故而辑录大量格言寓言。同时,作者似乎并未拘泥于刻板的叙事方法,而是将故事写得生动活泼。由此可以说,《卢卡诺尔伯爵》的故事并不单纯以精彩示人,而是立足于内容,例证丰富,关注故事背后的教育意义。它以饱含哲理的归纳总结阐明观点,这才是每篇故事的核心所在,也是《卢卡诺尔伯爵》作为西班牙和罗曼语俗语小说开山之作所表现出的东西方学界公认的经典之处。

第二节 《卢卡诺尔伯爵》的道德观与婚姻观

随着十三世纪至十四世纪西班牙收复失地运动的进行,人们努力将阿拉伯安达卢斯的文化融入基督教地区。胡安·马努埃尔的《卢卡诺尔伯爵》并没有灌输基督教的意识形态或道德观念,而是传达了西班牙南部普遍和世俗的人类事务,那里伊斯兰教和基督教共存。笔者根据基督教价值观和伊斯兰教婚姻观来把握《卢卡诺尔伯爵》叙事的目的,重点关注 51 篇故事中的两篇:《故事二十七》和《故

---

① 陈众议,宗笑飞.西班牙文学:中古时期.南京:译林出版社,2017:457-458.

事三十五》。第一篇讲述了两个故事：一个不听话的女王的故事和一个妻子盲目相信丈夫所说的一切的故事，而第二篇讲述了一个阿拉伯丈夫驯服一个女人的故事，以揭示男性主导女性的父权幻想。同时，由此可以看出基督教的道德观与阿拉伯人的婚姻观对当时的婚姻、恋爱、家庭生活影响极大。

一、父权制婚姻

《卢卡诺尔伯爵》的序言指出了作者写这本书的动机，以及它将如何影响作者。作者在明确阐述他创作《卢卡诺尔伯爵》的动机之前表达了基督徒对世界的看法。胡安·马努埃尔巧妙地暗示他不希望读者的解释大大偏离基督教教条。

> 此书系堂胡安所编撰，堂胡安乃是极其尊贵的堂马努埃尔亲王之子。编撰此书之目的，是愿天下男儿们在世上轰轰烈烈干一番事业，建大功，立大业，名声显赫，如此则更贴近拯救自身灵魂之路。书中罗列最为有益的事例，以利诸君仿效。若有人未能发现他人发生的事与自己可能发生的事有丝毫的联系，则为咄咄怪事。①

根据《创世记》，女人是从男人的身体中创造出来的，以抚慰他的孤独；正如胡安·马努埃尔的读者所熟悉的那样，人类的第一位母亲夏娃受到蛇的诱惑，犯下傲慢的罪，导致人类的堕落。此外，《箴言》清楚地表明妻子应该如何对待她们的丈夫："最好住在屋顶的一角，而不是与一个争吵的妻子共用一间房子"(《箴言》21：9)；同样地，"一个争吵的妻子就像在暴雨中滴漏的屋顶；限制她就像用手遏制风或抓油一样"(《箴言》27：15—16)。

尽管如此，从卢卡诺尔伯爵的绝望和帕特罗尼奥的暗示中可以看出丈夫当时也遭遇到了不听话的妻子。特别是《故事二十七》中

---

① J. MANUEL. *El Conde Lucanor*, *Biblioteca Virtual Miguel de Cervantes*. Madrid：Biblioteca Nacional，2006：28.

一个不听话的女人的故事显示了对抗丈夫权威和尊严的鲁莽行为。

在序言所暗示的基督教道德观中,《故事三十五》显示了一个年轻人如何与来自不同宗教和语言群体的暴力女人结婚,成功地"驯服"她并将她融入自己的文化中,以及妻子如何表现服从的美德。这些故事都给人留下了这样的印象:作者支持基督教的父权制观点,即妻子应该跟随丈夫,并默许男性主导的文化。有一种观点认为,这种对不听话的妻子的驯服意味着将君主制巩固为基于基督教观念的扩展的父权制。① 卡尔德拉说,在胡安·马努埃尔生活和写作期间,穆斯林政权的无能和腐败或对安达卢斯的批判性观点等负面刻板印象被用来支持收复失地运动的合法性。②

《故事三十五》讲述了一个年轻的丈夫驯服妻子的故事,该女性曾经由于性格暴力而无法成婚。相比之下,《故事二十七》的上半部分讲述了(神圣罗马)皇帝法德里克的妻子顽固而不服从丈夫的故事;她最终被涂上了有毒的药膏并因此死亡。下半部分讲述了阿尔瓦发涅斯强迫他的妻子在他的侄子面前同意他的荒谬陈述。这两个故事表明,在《卢卡诺尔伯爵》中,男人拥有女人且女人是由男人支配的;事实上,甚至阿尔瓦发涅斯的婚姻也是通过他妻子的父亲和他自己的协议安排的。

在《故事三十五》中,富有的阿拉伯人的女儿不能自由决定自己的婚姻;相反,她的父亲和父亲的朋友,决定了自己的婚姻。从这里可以看出,在父权制社会中的女性只是男人的财产。这是一种封闭的文化,在这种文化中,自我表达和成就不对女性开放。然而,基督教封闭的父权制文化范式框架不足以完整地分析这个故事,因为人物不是基督徒,而是穆斯林。基督教婚姻和伊斯兰教婚姻之间的一个重要区别是阿拉伯世界的嫁妆制度,它使得妇女成为一种财产形式。

---

① P. LINEHAN. *History and Historians of Medieval Spain*. Oxford: Clarendon, 1993: 506-507.

② E. CALDERA. "Arabes y judíos en la perspectiva cristiana de Juan Manuel." *Salina: Revista de Lletres*, 1999(13): 37.

二、嫁妆制度

在《故事三十五》开始时,年轻人结婚的动机是经济利益;尽管有他人的忠告,这个可怜的年轻人还是决定接受悲惨的婚姻来维持生存。此外,他的岳父是他父亲的朋友。因此,这种情况与资产阶级婚姻游戏完全不同。

有一篇论文根据当代资产阶级婚姻观分析了莎士比亚的《驯悍记》,认为凯瑟琳娜的父亲和他的女婿彼得乔鲁在权衡新娘的嫁妆时,好像讨价还价一样。[①] 因为年轻的男子的岳父和他的父亲是朋友,他们之间没有这种讨价还价的过程。相反,包括岳父在内的其他人更担心年轻人的处境。这位年轻人向他的岳父保证,他将通过驯服妻子来维持婚姻,并选择"有益婚姻"(matrimonio ventajoso)[②]。

伊斯兰社会中的婚姻既是社会义务,也是宗教义务;《古兰经》和圣训,或穆罕默德的谚语,鼓励和推荐在人类之间建立爱和同情,维护人类美德。因此,婚姻被视为男女之间的契约和承诺。[③] 由丈夫或丈夫的家庭提供给新娘的嫁妆因男方的社会地位和财富以及妇女的社会地位而不同;《古兰经》指出嫁妆是根据男人的能力来确定的。

男人要为妻子提供各种各样的嫁妆,并将最低金额设定为铁环。那些不能给予这么多钱的穷人可以把《古兰经》教给他们的妻子作为嫁妆。[④] 此外,极少数情况下,嫁妆不是物质财富而是劳动;

---

① M. G. KIM. "Bourgeois Marriage and the Taming of the Shrew: The Taming of the Shrew." *Humanities Research*, 1996(3): 320.

② J. MANUEL. *El Conde Lucanor*, *Biblioteca Virtual Miguel de Cervantes*. Madrid: Biblioteca Nacional, 2006: 136.

③ H. S. LEE. *Islam*. Seoul: Chunga Books, 2002: 102.

④ H. S. CHO. *Understanding Islam Women: Beyond Misconception and Prejudice*. Seoul: Sechang Publications, 2009: 139.

如果新娘是奴隶,丈夫可以给她自由,而不是支付嫁妆。^① 换句话说,嫁妆的数量可以根据新郎的经济能力进行调整;此外,没有嫁妆的婚姻没有法律效力,因此嫁妆是伊斯兰社会婚姻的一个基本要素。故事中的年轻人非常贫穷,以至于无法按照《古兰经》的指示支付嫁妆,这使得结婚变得困难;然而,根本不结婚也是不可接受的,这使他做出了必要的选择。此外,从妻子的角度来看,她必须得到丈夫的嫁妆,但正如她父亲所承认的那样,没有男人想和她结婚,因此她无法要求嫁妆。

在新婚之夜,故事中的年轻丈夫无礼又暴力,无视妻子的个性;虽然他没有直接向她施加武力,但他间接地恐吓了她:

> 新娘见他把自己唯一的一匹马杀死,并声称无论谁只要不服从他的命令,他就把他宰掉,这时她已吓得魂不附体,心里想这可不是闹着玩的。新郎怒气冲天,咆哮如雷,全身血迹斑斑,就这样重新坐到餐桌边,并发誓说,无论家里有多少匹马、多少男子或妇女,只要不执行他的命令,都同样处死。^②

妻子曾经生活在一个富裕的家庭中,从来没有乞求任何人做过任何事情,从未有机会被社会规范所驯服;但作为一个妻子,她的服从是必要的。丈夫的暴力行为间接针对妻子,使她意识到自己是丈夫的奴隶;通过驯服妻子,丈夫在不支付嫁妆的情况下赋予了婚姻合法性。

三、不同宗教的共存兼容性

在《故事二十五》中,丈夫的残忍和暴力曾被解释为安达卢斯穆斯林的暴力本质,但这种解释源于中世纪西班牙狭隘的意识形态氛

---

① D. JUNG. "El elemento oriental en D. Juan Manuel: Síntesis y revaluación." *Comparative Literature*, 1995, 7(1):13-14.

② J. MANUEL. *El Conde Lucanor*, *Biblioteca Virtual Miguel de Cervantes*. Madrid: Biblioteca Nacional, 2006: 112-113.

围,它是强加给阿拉伯人的负面刻板印象,以证明基督徒文化的支配地位。① 相反,熟悉伊斯兰社会和文化的胡安·马努埃尔在他的故事中描写了不少穆斯林,使其产生了一种混合的文化身份,在穆斯林和基督徒之间"跨越边界"(adelantado de la frontera)。② 有一个术语描述了中世纪西班牙历史的混合:morada("至关重要"或"重要的居住地")。这个术语表示不同文化共存的现实在伊比利亚半岛开垦之前,卡斯特罗对穆斯林、犹太人和基督徒和谐共存的时间感到怀念。

正如玛丽亚·罗莎·丽达所指出的那样,胡安·马努埃尔对安达卢斯这个以阿拉伯人为主导但多文化的世界的消失感到遗憾,并对他们的习俗和文化持积极的看法。她认为胡安·马努埃尔对阿拉伯人的遭遇感同身受,钦佩他们的军事技巧并对阿拉伯国王表示尊重。她指出马努埃尔在写一个接近基督教文化核心的概念,如《圣母升天》时也引用了阿拉伯谚语。③

阿拉伯人对《卢卡诺尔伯爵》的影响可以从其抒情和自传的特征中看出,这些特征是阿拉伯文学的共同特征,与教条和史诗类作品形成鲜明对比,是出现在中世纪西方的普遍性特征,与这些教条类、史诗类作品相比,第一人称偶尔会在阿拉伯作品中使用。

《卢卡诺尔伯爵》中的这些特征描述是为了构成自身与周围环境之间"存在总体"的世界观,从而产生一种实用的、世俗的思维。《卢卡诺尔伯爵》表达了对阿拉伯世界与安达卢斯的穆斯林文化一

① D. A. WACKS. "Reconquist Colonialism and Andalusi Narrative Practice in the Conde Lucanor." Diacritics 36. 3-4:87-103. Project MUSE. Web 21 Jan. 2011. http://muse.jhu.edu/.

② M. R. LIDA DE MALKIEL. *Juan de Mena, poeta del prerrenacimiento español*. México:Publicaciones de la Nueva Revista de Filología Hispánica, 1950:155-194.

③ M. R. LIDA DE MALKIEL. *Juan de Mena, poeta del prerrenacimiento español*. México:Publicaciones de la Nueva Revista de Filología Hispánica, 1950:178.

致的世界观——以一种劝告的意义,结合上述巴赫金所描述的框架叙事的使用,用以说明伊斯兰教与基督教世界之间的更大兼容性。

四、周边语言形成价值观的冲突与对话空间

《卢卡诺尔伯爵》作品中的箴言就像故事一样,是对巴赫金对话理论的应用。巴赫金的对话理论观点,即人们交流接触的语言形成了各种世界观和价值观之间的冲突和对话空间。最初在故事中并不重要的人物都有自己的声音,通过相互影响或交谈,进而形成小说所展示的价值观。《故事三十五》的主题是丈夫对不听话的妻子的驯服过程。由于这位男士的岳父也试图驯服自己的妻子,几天后,他的岳父想和女婿做同样的事,为此岳父杀了一只鸡;但岳父的妻子告诉他说:"老头子,你这是放马后炮,杀死一百匹马也不顶用;你早这么干呀? 现在咱们都彼此互相熟悉了,还有什么用。"①在中世纪,男性占主导地位的父权意识比较严重,正如《故事三十五》中出现的两次女性的声音。第一次是在婚礼后的第二天早上,新娘对父母和关心新郎的亲戚们大喊大叫:"你们都疯了吗? 怎么敢走到门口来吵吵嚷嚷? 住口! 要是让他听见你们这么吵闹,他会把咱们都宰了的。"②

相比新娘,新娘母亲的声音提出了一种新的解释框架,可以减轻甚至推翻男性沙文主义。她大胆地向试图用暴力来驯服她的丈夫宣称,这种伎俩现在对她不起作用。这表明了一种通过暴露男权的中世纪意识形态来削弱和破坏男权的隐秘意图。女儿和母亲的抵抗声音是文艺复兴时期出现的多重、多层次、复调挑战的先兆。岳母的话被添加到帕特罗尼奥的故事中,揭示了在中世纪和文艺复兴这一时期可能发生的男女之间以及几代人之间的文化冲突。此

---

① J. MANUEL. *El Conde Lucanor*, *Biblioteca Virtual Miguel de Cervantes*. Madrid: Biblioteca Nacional, 2006: 114.

② J. MANUEL. *El Conde Lucanor*, *Biblioteca Virtual Miguel de Cervantes*. Madrid: Biblioteca Nacional, 2006: 113.

外,帕特罗尼奥最后对卢卡诺尔伯爵的警告信息也暗示了当时父权制中的复调运动。

　　爵爷,如果您的男仆像我刚才讲的那个小伙子那样善于治家,您就建议他娶那个女子;如果他不像那小伙子那么能干,对这桩婚事他必须三思。此外,不才还要提醒您,无论同谁打交道,一开始您必须让他明白,同您不可任意胡为。①

这种开放性使得对妻子的驯服变成了虚构的,通过暴力实现父权成为男性统治的幻想。在《性政治》(1970)中,性别处于支配和从属的政治权力关系中,这种关系被父权意识和父权文本在社会中的运用所掩盖。根据米莱特的观点,历史上的社会制度依赖于一个"内部殖民"的过程,这个过程建立得最为迂回,比任何种族歧视都更为顽固,比阶级歧视更为严格、更为统一、更为持久;在这种理解中,性支配是指文化中最基本的权力概念。

五、不同语言支配下的女性婚姻身份

在西方帝国主义话语中,女性的身份被表现成人为的和虚构的,就像被殖民者的身份一样。父权制扭曲了女性的身份,使之符合男性的欲望。男人提出女人在生理上不如男人的话语,然后将其作为女性性的本质,灌输到女人的身份中,被顺从的女人表现为程式化的自卑。《卢卡诺尔伯爵》的《故事二十七》以夸张、滑稽的方式表达了这种捏造和干预。

《故事二十七》的两部分在某种程度上发生了冲突。前者讲述的是一位王后因为不听皇帝的话而丧命的故事,而后者讲述的是堂娜娃斯库尼阿娜成为堂阿尔瓦发涅斯的宠儿,通过听从他获得了信任。

前一个故事中的女人脾气暴躁,所以她的丈夫法德里克决定和

---

　　①　J. MANUEL. *El Conde Lucanor*, *Biblioteca Virtual Miguel de Cervantes*. Madrid: Biblioteca Nacional, 2006: 124.

她离婚,并去教皇那里获得必要的许可。但是他不能离婚,因为这违反了法律;因此,他决定驯服她,但是他越努力,他妻子的脾气就越坏。当皇帝去猎鹿时,他在诸侯面前建议她不要使用毒药草制成的药膏。但王后以为皇帝在骗她,尽管诸侯含泪劝阻,她还是用了药膏,然后死去。她悲惨的死亡是因为她不服从,忽视了丈夫的权威和名声。

相比之下,堂阿尔瓦发涅斯娶了佩德罗·安苏瑞斯的第三个女儿堂娜娃斯库尼阿娜,她欣然接受了他的求婚,而不像她的两个姐妹那样害怕。莫妮卡·卡宾斯卡说,在《创世记》中,亚当失去了天堂,是因为他拥有了女人,亚当被逐出了花园,因为美丽女人对男人的诱惑必须由婚姻制度来控制,所以在婚姻中,女人是被定义的。在基督教的观点中,女人拒绝婚姻意味着拒绝父权制的社会规范。因此,堂娜娃斯库尼阿娜接受婚姻意味着服从这些规范。堂阿尔瓦发涅斯是一个暴力的酒鬼,所以女人都害怕嫁给他;但尽管他有缺点,堂娜娃斯库尼阿娜承诺绝对服从,以便在别人面前维护她丈夫的荣誉。

在他的侄子面前,他测试堂娜娃斯库尼阿娜是如何绝对地相信和服从他的。他顽固地坚持说,这头牛不是一头牛,而是一匹牝马,堂娜娃斯库尼阿娜对此表示同意。当他坚持说河水倒流时,她也同意。

堂娜娃斯库尼阿娜听他说完后,她也看出那些牲口是母牛,但是正如侄子所说,叔父硬说那是牝马,她便认为自己和侄子都错了,因为既然堂阿尔瓦发涅斯肯定那是牝马,那它就是牝马,绝不会是母牛了……别人把叔侄俩争论的事告诉她,她心里想,侄子是对的,嘴却说她的丈夫是正确的,而且还摆出了一番道理,说得在场众人都认为是侄子错了。从那以后,就有了"夫说河水向上流,贤妻连声相附和"①这句俗语。

故事中说虽然她不这么想,但她相信丈夫说的是实话,所以她忙着找借口说服侄子。堂娜娃斯库尼阿娜不相信她的所见所闻,而是依丈夫的话歪曲了事实。堂娜娃斯库尼阿娜的真相是由外部权威人为捏造的,并由另一个人强加给她。堂阿尔瓦发涅斯说,他娶他的妻子是因为她无条件地相信并服从他的话,并吹嘘说:"她从不追求她自己的名利,心里只想着我,只做令我喜欢的事。"②在这里可以看出,堂娜娃斯库尼阿娜正在确立一个女性身份,这是男性主导的社会要求她扮演的。一个不服从、任性、反对男人的支配和自以为是的女人是父权制警惕的对象。堂娜娃斯库尼阿娜担心的是,即使她拥有一切,如果她拒绝接受父权社会要求的女性模式,她也会被它孤立。这种情况反映了法德里克的妻子是如何因为不相信丈夫而死去的。

在父权文化中,女性美德只有在不偏离男性所调节的价值结构时才可能存在;当它发挥作用时,对妇女的消极态度和压迫就会获得合法性。因此,妇女的从属关系不是必然,而是源于社会化过程。妇女的从属关系是一种人性化形成的过程,遵循促进男性统治的社会规范。

重要的是,堂娜娃斯库尼阿娜自愿结婚,但从堂阿尔瓦发涅斯的陈述中可以看出,她仍然不得不面对围绕着她的女性言论的负面言论。堂阿尔瓦发涅斯对妻子的期望是服从和沉默;他体现了男性对女性健谈的负面看法以及限制女性言论的愿望。

卢斯·伊里加拉曾说过,人的幻想变成了法律,在把幻想变成

---

① J. MANUEL. *El Conde Lucanor*, *Biblioteca Virtual Miguel de Cervantes*. Madrid: Biblioteca Nacional, 2006: 88-89.

② J. MANUEL. *El Conde Lucanor*, *Biblioteca Virtual Miguel de Cervantes*. Madrid: Biblioteca Nacional, 2006: 90.

法律的过程中,"言语功能"随之而来。① 人类是无意识地被语言所支配和决定的,语言是人类社会的表达手段。然而,受限制的语言是根据统治阶级的意志而确定或扭曲其意义的语言。当堂阿尔瓦发涅斯顽固地坚持认为母牛是牝马时,不管她的经验如何,堂娜娃斯库尼阿娜同意她丈夫不合理的论点;堂阿尔瓦发涅斯在这里的暂时权威导致了"顺从"。堂阿尔瓦发涅斯的侄子对他的叔叔和阿姨提出的不合理的世界观感到恐惧,这使他对实际情况的判断蒙上阴影。

在父权社会中,女性被系统地排除在意义的创造之外,语言已经成为一种对世界进行分类、引入秩序和行使权力的手段。男性系统地传播了他们优于女性的观点;语言已经成为在父权社会中维护男性权威的一种手段,并使这种权威看起来自然和公平。雅克·拉康把无意识描述为一种语言结构,就像一种语言一样。② 身份和自我是通过一个动态的语言过程来表达的。没有一种语言是由一个单独的主体发展出来的,所以对个体的作用是有限制的。因此,女人接受并模仿男人的声音,因为她们必须用男人创造的语言来表达自己。

在《故事二十七》中,堂娜娃斯库尼阿娜失去了对堂阿尔瓦发涅斯的声音,堂阿尔瓦发涅斯通过语言体现了父权思想。堂阿尔瓦发涅斯向他的侄子吹嘘他妻子有多相信他,有多服从他,这一部分揭示了身份形成的意义,这一点在堂娜娃斯库尼阿娜采纳堂阿尔瓦发涅斯荒谬的言论中得到了例证。堂娜娃斯库尼阿娜对堂阿尔瓦发涅斯来说,仅仅是一种让自己的名声和地位得到认可的手段;同样,社会上有权势的男人形象的创造也依赖于女人。③

---

① L. IRIGARAY. *This Sex Which is Not One*. Trans. Lee Eun-min. Seoul: Dongmunsun, 2002:115.

② J. LACAN. *Desire Theory*. Trans. Gwon Taek-young, Min Seung-gi, Lee Mi-sun. Seoul: Moonye Publishing Co., Ltd., 1994:11.

③ C. KAHN. *Man's Estate: Masculine Identity in Shakespeare*. Berkeley: U. of California P, 1981:117-118.

无论我做什么事,她都不会生气,她心里总是认为,凡是我做的事,都是最好的,她也该那么做;凡是我交代她做的事,她都尽力做好,同时维持我的威信和利益,让人们都知道我是主子,凡是我的意愿都必须实现。①

六、男性统治女性的婚姻幻想

在卡斯蒂利亚的阿方索国王统治期间,中世纪狭隘而单一的世界观中出现了某种自由,它伴随着多元主义、宗教和文化宽容,但这种自由并没有随着父权制的限制而消失。安达卢斯文化虽然是阿拉伯人主导,但不是阿拉伯人或穆斯林人导致了现实与单一宗教理想之间的差距。接触阿拉伯文化的胡安·马努埃尔接受甚至重视它,只要它没有违背基督教原则。此外,十四世纪的卡斯蒂利亚贵族和皇室之间也发生了政治冲突,这也是一个社会转型和经济困难的时期。② 在这种情况下,强大的父权制减弱了,在某种程度上允许接受安达卢斯文化,最终将其作为基督教吸收和征服伊斯兰教的一部分。

作品中我们还应该注意堂阿尔瓦发涅斯微妙的言辞,他说,倘若穆斯林相信并服从他,他也可以尊重和爱他们,在某种意义上,穆斯林与女性处于同一从属(但有价值)水平,处于男性和基督教主导的父权制中。故事结尾处帕特罗尼奥的话让人怀疑,堂娜娃斯库尼阿娜是否真的在堂阿尔瓦发涅斯的控制之下,这一消除父权制焦虑的尝试是否成功?

尽管,对堂娜娃斯库尼阿娜的征服是一个残酷的事实,她不可能拒绝她丈夫的法律、习惯和机构的权威,也愿意接受他的所有要求。当堂阿尔瓦发涅斯向她求婚时,她对堂阿尔瓦发涅斯提出的三

---

① J. MANUEL. *El Conde Lucanor*, *Biblioteca Virtual Miguel de Cervantes*. Madrid: Biblioteca Nacional, 2006: 90.

② J. M. VALDEÓN BARUQUE. *Feudalismo y consolidación de los pueblos hispánicos*(*siglos XI-XV*). Barcelona: Labor, 1980: 53-81.

个问题的回答也显示了她的顺从。当被问到堂阿尔瓦发涅斯是不是很挑剔，容易发脾气，她回答说："只要不让他生气就不会发生问题。如果他将她打伤，她会忍受疼痛，一声不哼。"①

堂阿尔瓦发涅斯对堂娜娃斯库尼阿娜的回答很满意，他娶了她，因为他一直在寻找一个愿意在其他男人面前保护丈夫脸面的女人。堂娜娃斯库尼阿娜不仅在侄子面前相信并服从她丈夫的无理争辩，而且还劝说侄子接受她丈夫的想法，挽救了堂阿尔瓦发涅斯的脸面。堂阿尔瓦发涅斯的声音在堂娜娃斯库尼阿娜盲目相信自己的话语中获得了力量；但是，如卢卡诺尔伯爵讲述这个故事时所说的，帕特罗尼奥关注的是堂娜娃斯库尼阿娜的智慧。"她十分聪明贤惠，做什么事都干净利索，而且任何对丈夫不利的事不做，对丈夫不利的话不说，因此堂阿尔瓦发涅斯对她喜爱有加。"②

正如帕特罗尼奥所指出的那样，堂娜娃斯库尼阿娜的智慧源于她意识到与男人战斗是一种非理性的游戏，但也仅仅是一种语言游戏。在男性统治的幻想中，堂娜娃斯库尼阿娜给了她丈夫盲目的信仰和服从，正如丈夫所希望的。女性服从背后隐藏着一种颠覆性的力量，它构成了男性统治的基础。堂阿尔瓦发涅斯确信自己能够控制自己的妻子，沉溺于妻子盲目相信他的幻想中。荒谬的妻子驯服游戏，以及丈夫对女性的支配的整个幻想，都是以妻子对丈夫的依赖为前提的；通过假装顺从，她保持了某种程度的女性的主体性。

堂阿尔瓦发涅斯对女性和穆斯林处于同一水平的提法具有象征意义，而戈伊蒂索洛对中世纪伊比利亚历史的看法消除了这一点。戈伊蒂索洛拒绝以西方为导向的观点，将中世纪历史视为开放，混合和动态力量的拼接。

从戈伊蒂索洛的角度来看，《卢卡诺尔伯爵》的《故事二十七》和

---

① J. MANUEL. *El Conde Lucanor*, *Biblioteca Virtual Miguel de Cervantes*. Madrid：Biblioteca Nacional，2006：86.

② J. MANUEL. *El Conde Lucanor*, *Biblioteca Virtual Miguel de Cervantes*. Madrid：Biblioteca Nacional，2006：87.

《故事三十五》展现了男性统治的幻想,同时也展示了在当时单一的基督教意识形态下,中世纪伊比利亚半岛多样化和混合的文化身份的幻想。

本章参照巴赫金的复调理论,分析了《卢卡诺尔伯爵》中的两个故事。其中,阿拉伯丈夫驯服妻子的故事,以及一个妻子盲目相信丈夫的故事,展现了当时男性主导的社会规范。《卢卡诺尔伯爵》有一个开放、动态的叙事结构,模仿传统的安达卢斯阿拉伯文学形式,它反映了流行的阿拉伯口头文学传统中的世俗、宽容的实用性,而不是当代欧洲文学特有的道德教训。胡安·马努埃尔虽然是收复失地运动的主要人物,但他非常重视安达卢斯的混合、多元化。

在《故事三十五》的最后一部分,岳母对她丈夫说,她的女婿用来驯服女儿的伎俩对她不起作用;这表明,征服不服从的女性的男性沙文主义可以得到缓解或翻转,同时也可以通过复调文艺复兴来预示对中世纪父权制的挑战。《故事二十七》对根据男性对解构女性身份的积极欲望来判断女性语言的社会规范进行了负面的阐释。由于统治阶级的意志决定和扭曲语言的意义,男人(性别背景下的"统治阶级")限制和扭曲了女性的言论,仿佛只有男性才有权成为话语的自主主体。这清楚地表明了一个人的社会身份是如何由主导话语或统治权力以一种本质上虚构的方式形成的,正如堂阿尔瓦发涅斯的话所反映的那样。然而,面对这种情况,堂娜娃斯库尼阿娜的盲目信仰和顺从也传达了堂阿尔瓦发涅斯对语言统治女性的幻想。男性统治女性的幻想象征性地表达了这样的警告:不要陷入单一意识形态可以支配多元文化的中世纪西班牙社会的幻想之中。

第三节　《卢卡诺尔伯爵》故事的人本思考

自八世纪起,阿拉伯人进入伊比利亚半岛,并且统治这片土地近八百年。在此期间,阿拉伯文明在经济、政治、文化、科技、医学、数学、天文学、几何学、哲学、文学等各个领域均臻于成熟,达到了一个新高度。这对西班牙文明以及早期世俗文学的发展起到了至关重要的推动作用,使得西班牙文化在诞生之初就不可避免地具有浓厚的阿拉伯色彩。尤其在人文领域,此时还开启了史上有名的"百年翻译运动"。大量在中世纪埋没的古希腊经典得以重现和传承,从而为西方人文的发展,乃至文艺复兴运动奠定了最初的基石。阿拉伯的抒情诗、叙事诗,催生了具有东西方混血特色的西班牙文学。《卢卡诺尔伯爵》作品就是其典型代表之一。

一、众多故事中现实生活面面观

《卢卡诺尔伯爵》堪称西班牙第一部"俗语"小说。其中既有寓言故事,也有历史传说,可谓虚构与写实并重。小说由五部分组成:第一部分为 51 个事例,系作品主体;第二部分为"堂·胡安因感谢赫赫里卡领主堂哈伊梅的厚爱而作的解释",主要内容包括 100 条谚语和警句;第三部分是"帕特罗尼奥向卢卡诺尔伯爵致歉",即 50 条谚语和警句;第四部分为"帕特罗尼奥向卢卡诺尔伯爵所作的解释",是 30 条谚语和警句;最后一部分为"关于圣体和其他道德方面的说明",是关乎神学的说教或解脱"罪责"的辩护。[①]

小说以卢卡诺尔伯爵与其谋士帕特罗尼奥对谈的方式展开,所涉事例包括为人处事、治国理政、道德伦理等诸多方面,是一部警世通言、醒世名言,可谓寓教于乐、开卷有益。譬如,《故事三十二》是一位国王与谎称能织出奇妙布匹的骗子们之间的故事,这个故事成就了安徒生的《皇帝的新装》。这是《卢卡诺尔伯爵》中最耀眼的一颗明珠。故事中,三个骗子自告奋勇,要替国王织布,并称他们织出的布匹只有光荣的婚生子可以看见,而私生子是断然看不见的。而且,为了打消国王的疑虑,他们主动要求在完成工作之前受到监管。布匹织好后,国王为慎重起见,先命待从前去打探。侍从听了三个

---

① 堂·胡安·马努埃尔. 卢卡诺尔伯爵. 刘玉树,译. 北京:昆仑出版社,2000.

骗子如此这般一翻蛊惑,只能回去说是那匹布如何的精美。当国王亲自驾临织坊时,那三个人只顾摆弄。国王当然什么也没看见,但慑于人言可畏,且生怕因"血统不纯"而丢了王位,只好硬着头皮赞美一番。大臣们听到国王的赞许,哪敢直言?他们一个个明哲保身,阿谀之情溢于言表。节日临近,三个骗子替国王量身定做的新装制成了。适值盛夏酷暑,国王穿上新装,骑马上街,好不惬意。市民早就听说私生子看不见新装,自然三缄其口。只有那个一无所有、傻里傻气的"黑人"(应该是"摩尔人")实话实说,大声对国王嚷嚷:"陛下,您是光着身子哪……"如此等等。① 这些故事大都采撷于民间,其中不少篇章明显受到阿拉伯文学尤其是《卡里来和笛木乃》及《一千零一夜》的影响,同时又受惠于《伊索寓言》。

当时,安达卢斯处在多语言、多文化并存杂糅的非常时期,阿拉伯的许多故事早已在民间流传,人们耳熟能详。而他作为博览群书,又十分熟悉和关注安达卢斯的一代文豪,必然对其中的许多故事了然于心。② 难能可贵的是,贯穿《卢卡诺尔伯爵》整部作品最后的总结提炼之笔,都是反映人生百态的哲学思考,从《卢卡诺尔伯爵》(杨德友、杨德玲译)一书中的每篇故事中,都可以看到关于信仰、法律、善良、忠诚、救赎、诚信、尊严、荣誉等的训诫和警句,窥视出当时的人们现实生活的人本特性。故事带给我们的教训,已不像中世纪早期和中期作品那样多为宗教讲述,而是直面现世的人的生活,面向更为现实的人。从这些故事中,我们隐约感受到文艺复兴之人文主义来临的脚步声和西班牙黄金时代文学特有的脚步声。

《有关蚂蚁的故事》写道,"蚂蚁虽然小,都表现出智慧和勤劳,您应该相信,对任何人,尤其是对那些身处高位,管理别人的人而言,守着储备吃饭是不对的……您要是想享清福,就不要忘记尊严,还要考虑到明天,要保证永远不受穷;如果您富有,又想要一切顺

---

① 陈众议,宗笑飞.西班牙文学:中古时期.南京:译林出版社,2017:325.
② 陈众议,宗笑飞.西班牙文学:中古时期.南京:译林出版社,2017:451.

利,就要把钱用好,以维护好的声誉"①。这个故事告诉我们,尊严和好的声誉不能靠吃老本,必须持续不断地经营好自己的生活和工作,智慧和勤劳是维护好名声的必备品格。

《费尔南多·冈萨雷斯伯爵对下属的回答》向我们讲述了一位伯爵为了保卫国家和荣誉而不顾疲倦,带领部下乘胜追击,继续战斗,最后取胜的故事。"为了保卫您的领土,您的臣民和您的荣誉,不要怕疲劳和危险,而要行动,现在的劳累会让你忘记以往的劳累"②,将个人的荣誉与国家的荣誉和臣民的荣誉联系在一起,并付诸行动,勇往直前,就没有打不赢的战斗。可见,荣誉已成为人们在关键时刻的选择和为之付出的目标。人总是要有点精神的,这种精神更多是与个人的荣誉、国家的荣誉、人民的荣誉密不可分的。

《扛着珠宝过河的人》告诫人们"人之所以受尊敬,不是因为他有自尊,而是因为他的作为赢得了敬重。您要知道,有价值的人会珍惜自己的生命,不会因为贪财或者利益去冒险;但是在确实需要承担风险的时候,有价值、有自尊的人会心甘情愿地,适时地主动承担风险"③。作为一个现实之人,生命是最珍贵的,通过受人尊重的行为去博得人们的尊重,也体现出生命价值所在,但真正有价值和自尊之人,在需要付出生命之时,也会毫不犹豫,因为其生命价值就是这样体现出来的。

《卡尔卡索纳管家丧失灵魂的故事》则向我们传达了保有荣誉和好的名声必须要做善事和施舍,不是喊在口头上的,必须要亲自去做,而且要在活着的时候去做,要不讲任何代价和条件去做,一切施舍和善事都是美好的,凡这样做的人都应该得到赞扬。一切善事

---

① 堂胡安·马努埃尔.卢卡诺尔伯爵.杨德友,杨德玲,译.太原:北岳文艺出版社,2015:94.

② 堂胡安·马努埃尔.卢卡诺尔伯爵.杨德友,杨德玲,译.太原:北岳文艺出版社,2015:66.

③ 堂胡安·马努埃尔.卢卡诺尔伯爵.杨德友,杨德玲,译.太原:北岳文艺出版社,2015:166.

都是有益的,心怀纯正和美好去做善事,灵魂和心灵上将得到安宁。这是日常生活中的处事之道。

书中的多个故事都围绕着荣誉与人生价值,深入浅出地教导人们,在我们的现实生活中,有许多值得人们去遵循的品德、道义,需要我们用行动去践行,去发扬光大,不仅是在战斗中,不仅是在关键时刻,即便在平常,也要在一言一行中日积月累。这样的人生才有价值,这样的生命才是荣耀的,才会留下好名声,其荣誉会永恒存在。

二、精炼诗句中人本思想可借鉴

《卢卡诺尔伯爵》作品中的语言对后世影响是巨大的,不仅在故事内容的语言风格上,更在其每篇故事最后的两行诗句上,其诗句的语言文学价值是显而易见的,其诗句中的人本思想内涵价值也是不言而喻的。如表 1 中列出的每个故事与其提炼出的警世诗句,从多个维度向人们展示了为人处事之道。(摘自杨德友、杨德玲译《卢卡诺伯爵》每个故事标题及故事后赋诗)

表 1　《卢卡诺尔伯爵》故事中的警句与人本思想

故事名称	赋诗诗句警句	本书笔者释义
国王与他的近臣	不要指望有谁为了朋友,情愿自己损失一丝一毫	有难要自己扛
农夫和他的儿子	不怕批评,不要稍停对你最为恰当的行动	行动之前预想后果
理查德国王纵马跳海的故事	要做一位真正的骑士,就应该学习这次跳海,请不必关在修道院里,仅在高墙内效劳上帝。	忏悔不要沉溺世间名利
一个热那亚人与自己灵魂的对话	谁坐得安稳,就不必起身	生活平安,不必冒险
狐狸和乌鸦的故事	若有人称赞你的所无,请防备失去你的所有	提防赞美背后的用意
亚麻地里的燕子	免除突发的灾难,防微杜渐在始端	不能因小失大
特鲁哈娜女士	心思专注于切实的事项,一定要防止空洞的幻想	务实更重要

续 表

故事名称	赋诗诗句警句	本书笔者释义
关于生病洗肝的故事	不善于恰当给予,必定是损人害己	给予要适度
关于两匹马的故事	各种灾难都没法避免,外人的歹毒必须提防	防人之心不可无
潦倒中吃扁豆的人	别让贫困搅乱你的心情,你要看到人比你更穷	常与比你低的人比
圣地亚哥副主教与托莱多巫师的故事	凡是知恩不报的人,越是高升心就越狠	人应该知恩图报
狐狸和公鸡的故事	不要无端恐吓自己,你要自卫提高勇气	善于和敢于自卫
捕鹧鸪的人	要经常提防坏人,他作恶却又道歉	认清人之本质
圣多明我显奇迹的故事	发财致富要光明磊落,不义之财乃奇耻大辱	名誉比钱更重要
堂洛仑索·苏阿莱斯在塞维利亚的故事	不必因恐惧而开始进攻,善于等待时机者必得胜	时机属于善于等待者
费尔南多·冈萨雷斯伯爵的回答	图休息求安逸而损害名誉,恶名会终生传播羞辱自己。	奋斗之人青史留名
一个饥饿至极的人	有需要就不必太过客气,不要让朋友第二次请你	好意相求可接受
堂佩德罗·梅嫩德斯摔断腿的故事	不要对上帝的安排啧有烦言,上帝的意旨乃是对你为善	顺其自然,水到渠成
乌鸦和猫头鹰的故事	你如果想要永远保有平安,就别信赖化为朋友的敌人	不能轻信所谓的"朋友"
国王和炼金术大师的故事	莫要听信穷汉的黄金诺言,为发财却先破财上当受骗	做有把握之事
大哲人和青年国王的故事	对青年不可苛责,要好言好语劝说	宽以看人学会包容
狮子和公牛的故事	不可任谗言摆布,而痛失一位益友	信赖来自亲身感受
有关蚂蚁的故事	不要坐吃老本,死时也有尊严	保持尊严靠智慧勤劳
国王和他的三个儿子	听其言更观其行优劣,可预知青年能否成材	言谈举止见真才实学
撒拉丁的忠言	要嫁给正直能干的好人,既招财又进宝美名远传	良好品行之人方得美满婚姻
真理与谎言的故事	凡说谎者都没有好下场,避开谎言当如逃离虎狼	真理永远战胜流言
费德里戈皇帝和堂阿尔瓦·法涅斯的故事	丈夫在婚礼第一天之后,要告诉妻子该这样生活	新婚下的男尊女卑

续　表

故事名称	赋诗诗句警句	本书笔者释义
堂洛仑索在格拉纳达的故事	有些事显得没有道理，细察则道理确凿无疑	细微处明事理
狐狸在街上装死的故事	先要尽其可能大度忍受，迫不得已之时方才报复	忍让有限度，荣誉不可辱
阿贝纳贝特国王和洛美吉亚王后的故事	他对你的帮助不知感激，你不必再为他破财费力	不懂感知之人，不必为之付出
巴黎教士和方济各修士的故事	如果一件事值得去做，不要拖延让机会错过	不放过值得做事的机会
国王和三个骗子的故事	凡是让你对朋友保密的人，那骗人话比无花果蜜更甜	甜言蜜语不可轻信
猎鹰、老鹰和苍鹭的故事	如果上帝已经赐予你信诚，想到死亡时可以想到永恒	为上帝效劳，荣誉永存
关于盲人引路的故事	避免危难才是最大的安全，这是亲朋不能提供的保险	安全之念要自己确信
摩尔青年与坏脾气的新娘	如果开始时不显示出你的本色，以后再表现也不会有什么效果	先前好印象胜过后表现之人
价值一个多布拉的建议	怒火中草率做出决定，真相大白后悔无穷	决策不能太过草率
费尔南多·冈萨雷斯伯爵对下属的回答	荣誉与休闲势不两立，这是百试不爽的真理	荣誉来自奋斗不止
扛着珠宝过河的人	贪财贪利拿生命冒险，到头来还是过路财神	不能贪图小利拿生命冒险
与燕子、麻雀为邻的人	如果不能避免和邻居的冲突，先攻打近邻再把强者来对付	对付人、事要先近后远先弱过强
卡尔卡索纳管家丧失灵魂的故事	若想得到救赎和永恒，活着做好心要纯正	好人好心永常在
科尔多瓦国阿尔哈金的故事	如果你所做的成绩不够宏伟，就努力完成青史留名的业绩。	活着发扬光大，死后青史留名
一个虚伪的女信徒	要看行为不看表面伪装，这是生活重要教训一项	行为中见真人
善与恶、健全与疯癫的故事	善总以善行战胜邪恶，容忍恶难有什么结果	善有善报，恶有恶报
堂罗德里哥·弗朗哥和他的骑士	虽然会有人要对你使坏，你做的好事却不会磨灭	好事磨灭不了使坏无用
和魔鬼交朋友的人	凡是不信赖上帝的人，都不得好死终遭厄运	信赖上帝得好报
误入烟花柳巷的哲人	好事要常做并且要避免让天下人怀疑你的意愿	做好事要出于真诚

续 表

故事名称	赋诗诗句警句	本书笔者释义
害怕听喝水声的姑娘	在你需要时他不给帮助,若你帮他等于自己蒙羞	永远不做有损名誉之事
"真正朋友"的考验	人最好的朋友就是上帝,他用自己的血为人免罪	危难之中见朋友真情
一个当了海岛总督的人	这尘世是为过眼云烟,把握永生才是真是善	财富和荣誉易失真善才是永恒
撒拉丁与骑士之妻的故事	知羞知耻乃是善行善思之源,能为所欲为多亏耻辱之感	羞耻感是一切美德的依据
一个强大而傲慢的基督徒国王	上帝十分称赞谦恭的人,要把狂傲者一个个打翻	谦恭者功德无量

观之上述 51 篇故事的标题和 51 个匹配的警句,每个故事和警句的内容与内涵是一致的,字里行间流露出的是散发着人性光辉的治国治家,自警自省之意。从每一句的字面意义来看,又是对前面故事内容与内涵的高度凝练,是让人们引以为戒,举一反三的做人、做事之道理。从吸引人们眼球的故事名称到朗朗上口的警句概括,到引发思考的人本内涵,让读者有了更多跨界的认识。

一是跨文化性。《卢卡诺尔伯爵》中的 51 篇故事,并非西班牙中世纪文化与文明独有的,其作者旁征博引了众多当时影响欧洲乃至整个世界的阿拉伯文化的元素。1985 年,洛佩斯-巴拉尔特的《西班牙文学中伊斯兰元素》一书中,全方位阐释了阿拉伯文化对中世纪西班牙的各种影响。《卢卡诺尔伯爵》的 51 篇故事中,有 10 余篇都来自或受到阿拉伯作品的影响。比如,《特鲁哈娜女士》来源于东方,与《天方夜谭》中的《理发师兄弟阿尔马查尔》故事相类似。

二是跨语言性。西班牙语也被称为卡斯蒂利亚语,因为卡斯蒂利亚地区是反抗摩尔人统治的中心,它的方言为西班牙语的统一奠定了基础。《卢卡诺尔伯爵》在西班牙语的形成过程中发挥了重要作用。该作品以手抄本形式流传 240 年之久,兼具多种语言,其故事辗转带来了东方语言的传说和寓言等,但并没简单重复,而是在情节设置、叙事手法、语言文字上都有创新,并统一用西班牙语印刷并广泛流传。

　　三是跨民族性。书中多篇故事传递出西班牙各界,从上到下,对天主教信仰的维护。尽管西班牙被穆斯林占领长达七个多世纪,作者还是从上层社会的意趣出发,提出维护"法律与秩序"的治国安邦之训。其中有反映中世纪天主教对人类终极关怀的注意,对灵魂得救的问题的探讨,也有从个人角度出发,从生到死,从物质到精神的现实生活的追求。

　　综上,无论是在文化、地域、民族,还是语言文字方面,《卢卡诺尔伯爵》都跳出和超越了原有的狭义说教,小说将十四世纪的生活记录在每个故事及其谏言诗中,反映出人们从一般到具体,又从具体到一般的现实主义特色和人本主义特征。

第三编　中世纪西班牙文学后期代表作
——人本思想的繁荣

第五章　抒情诗《悼亡父》

——基于人生荣耀永存的个人荣誉

第一节　独具风格的经典之作

一、宫廷诗人的典型代表

随着旷日持久的收复失地运动,骑士文化的衰微也得到缓解,尤其到了十四、十五世纪,西班牙的干孙公子们,个个都能文能武,因而宫廷诗人的数量也大大增多。宫廷诗人的大量出现,标志着文学地位的提升,也极大地推动了中世纪西班牙文学的发展,西班牙文坛也因此开始呈现出繁荣的景象。其间,陆续出现了洛佩斯·德·阿亚拉(1332—1407),洛佩斯·德·门多萨(1398—1458),胡安·德·梅纳(1411—1456),豪尔赫·曼里克(1440—1479)等宫廷诗人。在此,值得一提的是豪尔赫·曼里克,他以其著名的《为亡父而作的挽歌》,即《悼亡父》确立了他在西班牙诗坛的重要地位。

豪尔赫·曼里克 1440 年出生于西班牙卡斯蒂利亚的帕雷德斯·德·纳瓦,他是堂·罗德里格·曼里克和堂娜·门希亚·德·菲戈洛阿的第四个孩子,身上流着当时最强有力的两大家族——特拉斯塔马拉王朝和门多萨家族——的"蓝色血液",是一个不折不扣

的贵族。他从小受到良好的人文教育,而且成名颇早,素有诗坛神
童之称。豪尔赫的父亲是圣地亚哥骑士团的统领,于1476年病逝。
父亲对豪尔赫的影响很大。豪尔赫文武双全,在短暂的一生中几度
投笔从戎,随父南征北战。十五世纪后期,西班牙处于中世纪末期
的政治危机之中:国王和贵族的冲突,不同派别贵族之间的冲突,以
及王位之争和各个政治集团之间的利益之争,使得卡斯蒂利亚血雨
腥风、战争不断。豪尔赫的一生都处于这种危机之中。父亲去世后
仅3年,豪尔赫在一次为护卫女王伊莎贝尔而进行的突袭中受了重
伤,于1479年4月24日在圣玛利亚·德尔·坎波不治身亡。

西班牙宫廷诗人主要受到普罗旺斯抒情诗歌和意大利诗人但
丁的影响。欧洲朝圣者当中,出身高贵的常常带着普罗旺斯诗人同
行,而下层人士则自己吟唱。朝圣的路途上行人络绎不绝,歌声此
起彼伏,有力地推动了加利西亚—葡萄牙地区民歌的繁荣。十三世
纪,在当地诗人们的作品中普罗旺斯诗歌的影子已随处可见,而且
在十四、十五世纪卡斯蒂利亚地区的诗歌创作中仍然可以看到。与
此同时,但丁的作品受到广泛传播和阅读,掀起了运用喻义方式撰
写诗歌的浪潮。其诗作可分为三类:喻义性的意大利式诗歌、伦理
道德说教性的诗歌、深受普罗旺斯诗歌影响的抒情诗作。豪尔赫的
作品几乎都是模仿普罗旺斯的抒情诗,其代表作《悼亡父》是唯一没
有追随当时盛行的情诗和但丁式喻义诗的创作,被公认为是当时的
经典。

二、"曼里克式"民谣的来源

民谣通常由四个小调(arte menor)的诗歌(通常是八个音节)组
成,偶数诗行带有韵律,奇数诗行没有韵律。但是,在民谣的整个历
史中,小节的形式各不相同,存在各种各样的民歌:高级艺术民歌,
由每节八行、每行十二个音节的诗组成;低级艺术民歌,由八音节或
少于八个音节的诗的歌谣组成。曼里克式歌谣,真正艺术民歌,由
十个八音节或少于八音节的诗句组成。这种歌谣采用瘸脚诗体,即

长短句相间的诗,在一般情况下,都被理解为口头的抒情歌曲,因匿名而具有明显的流行特征,通常为四行诗,(用作歌词的四行至七行的)短诗或八音节五行诗或八音节十行诗。

佩德罗萨注意到,在中世纪和黄金时代,也就是在发展出西班牙文第一首抒情诗的那个时期,民谣被认为是一种截然不同的创作:它更多关注技术性,属于文学修辞术语,其诗节比较复杂,尽管有时会口头化,因最早来自一位著名的作家,因而被认可。[①]

显然,民谣的含义和概念已经从它的原始起源发展到现在的阶段。马尔切斯和福拉德拉斯明确指出,"在目前的通用语言中,民谣是任何简短的诗歌作品,无论是独立的还是系列的,都可以作为流行歌曲的歌词……"[②]

在文艺复兴之前,一些广为流行和匿名的诗歌流派开始被一位著名作家(意指曼里克)所作的一种抒情诗取代,最终催生了一种新的流行和匿名流派。这就是与二十世纪西班牙民歌有关的艺术作品。[③] 正因为豪尔赫·曼里克的文学作品隶属于中世纪晚期,又处于文艺复兴前的环境中,所以它也预示着文艺复兴的到来。

欧洲以及卡斯蒂利亚和阿拉贡半岛王国在十五世纪中处于持续不断的危机中,即大饥荒和持续内战的时期。争吵和内斗使人们精疲力竭,也使庄稼等经济资源被荒废。对人们造成的后果是灾难性的:人口预期寿命几乎不到三十岁,极高的婴儿死亡率、饥荒、人口减少、瘟疫以及由于税收减少导致的王室财产匮乏。这还没有考

---

① J. M. PEDROSA. "Sobre el origen y evolución de las coplas: de la estrofa al poema, de lo escrito a lo oral". en *La literatura popular impresa en España y en la América colonial: Formas y temas, géneros, funciones, difusión, historia y teoría.* Madrid: SEMYR, 2006: 77-78.

② A. MARCHESE J. FORRADELLAS. *Diccionario de retórica crítica y terminología literaria.* Barcelona: Ariel 1989: 80.

③ J. M. PEDROSA. "Sobre el origen y evolución de las coplas: de la estrofa al poema, de lo escrito a lo oral". en *La literatura popular impresa en España y en la América colonial: Formas y temas, géneros, funciones, difusión, historia y teoría.* Madrid: SEMYR, 2006.

虑对少数宗教群体的骚扰和迫害,例如犹太人自 1390 年以来遭受的苦难。

卡斯蒂利亚王国是新兴的、实力最强的王国,其统治者是一个顽强的掠夺土地的贵族,几乎没有创造财富。阿拉贡无继任者,在卡斯佩协议里,人们同意费尔南多·德·安特克拉坐上王位。他与曼里克所服务的伊莎贝尔·德·卡斯蒂利亚的联盟是我们今天所称的西班牙统一的萌芽。

正因处境如此,中世纪的宗教狂热者,尤其是在十五世纪,对现世产生了一种普遍的沮丧感,并对死亡深深迷恋。他们认识到这种生活是一条荆棘之路,让人几乎不能生存。这就是为什么他们把目光投向了未来,并承诺会结束这么多磨难。

西方分裂始于 1378 年,直到十五世纪才停止,教会也陷入危机。尽管存在明显的悲观气氛,一种充满感性和爱的诗歌仍在传播,继承普罗旺斯抒情诗风格的中世纪文学作家已经孕育出了这种诗。文化继续通过图示或以口头传诵的形式向文盲传递。此外,在没有印刷机的情况下,这些书仍然是在修道院中手写的,这意味着它们的接收对象只有一些受过教育和启蒙的公众。在整个中世纪产生的新知识和新思想将以缓慢而分散的方式传播。

三、独特诗体的悲痛挽歌

豪尔赫·曼里克出身于著名政治家及军事统领家庭,流传下来的作品不多,约 50 首,几乎都是模仿普罗旺斯情诗、展示典雅爱情的诗歌。

他的代表作《悼亡父》共 480 行,是唯一一首没有追随当时盛行的情诗和但丁式喻义诗潮流创作的诗歌。这首诗是一首极其悲痛的挽歌,惋惜命运的多变,人间荣华富贵的昙花一现,表达出死神面前人人平等的观点。《悼亡父》按主题内容分为两部分:前 24 段表达了作者对生命的短暂和世间的浮华虚荣的观点,后 16 段则是对亡父的悼念。评论家认为这种结构安排很得体,因为挽歌的亮点就在于儿子对父亲之死表现出的巨大悲痛,将其置后,使得悲痛气氛倍增,悲怆情绪越来越浓郁,达到极佳的效果。

这首诗段落形式独特,被称为曼里克诗体或瘸脚诗体,每节十二行,每六行为一段,称为六行诗,每个六行诗都有自己独立的韵脚。每个六行诗中的一、二、四、五行必须是八个音节,而三行和六行则是四个音节,故被称为瘸脚诗体,相毗连的两个八音节后是一个四音节诗行,使得诗歌庄严、肃穆,好似诗人泣不成声而失去了力量,很符合哀歌情调。十九世纪学者梅嫩德斯将之比喻为"教堂钟楼敲响的丧钟声"。相比胡安·德·梅纳与桑地亚那伯爵,曼里克的诗歌语言更加质朴、简洁。挽歌中强调个人名声永存,表现出文艺复兴时期的特征,因为中世纪认为人在人世间这个苦难的深渊挣扎生存,只是为了求得来世的永生,而文艺复兴则强调在有生之年获得人世间的荣耀。《悼之父》将十五世纪的哲学思想形象化,其中奇妙的思想,简洁的表达,自然的格律,感人的悲切情感,新颖的诗段和典故成语的妙用使其具有坚不可摧的文学价值。[①]

曼里克的民谣以思考为基础,突出思想胜于言语,这使他成为最具影响力的中世纪诗人。其作品的内容清新自然,在写作手法上,他继承了他的叔叔戈麦斯·曼里克的风格,形成了独立派别,其民谣被称为"曼里克式"。

曼里克的民谣是由两个六行诗组成的,这是我们在十四世纪下半叶发现的一种韵律形式(起源于西班牙文化诗歌),有以下特征:

- ·40 节,其结构被称为曼里克式。
- ·每节包含十二行,分为两段。
- ·这些诗行是八音节(八个音节)或四音节(四个音节)。
- ·前两行是八个音节,之后是四个音节。
- ·每三行韵律一致。
- ·图解式地:8a8b4c8a8b4c;8d8e4f8d8e4f

---

① 黄乐平. 西班牙文学纵览. 北京:旅游教育出版社,2014:17.

Nuestras vidas son los ríos —8a

que van a dar en la mar, —8b

que es el morir; —4c

allí van los señoríos —8a

derechos a se acabar —8b

y consumir; —4c

allí los ríos caudales, —8d

allí los otros medianos —8e

y más chicos; —4f

allegados son iguales —8d

los que viven por sus manos —8e

y los ricos. —4f①

通过用四音节来打破节奏,诗歌使读者陷入了停顿,仿佛想喘口气。此外,在这个例子中,那些四音节诗行打破了短语的论述,强迫读者"思考",让读者"更加仔细地观察"。

这个格式以前曾被其他诗人使用过,但因豪尔赫·曼里克的作品而广为人知,所以被称为"曼里克式民谣"。"瘸腿诗行"因其韵律简洁而产生回声效果,具有合奏的音乐性与和谐感。

在内容方面,民谣代表了一种创新,它将一个特定的人物作为诗歌的主题。在中世纪文学传统中,死亡以一种通用和共同的方式被对待,这种阴影威胁着所有人。从豪尔赫·曼里克开始,死亡主题着眼于特定的个体:他只谈论他父亲的死亡,而那个年代的死亡是一个普遍的集体意识。因此,对于戴耶蒙德而言,民谣构成了对中世纪虚荣浮华的批判。②

这些民谣所属的文学体裁是挽歌,这是一种诗意的作品,完全

① J. MANRIQUE. *Poesías completas*. Madrid:Edición de Pérez Priego M. A.,2014:3.

② A. DEYERMOND. "Notes on sentimental romance." Anuario Medieval,1991(3):90-100.

基于拉丁的挽歌(六韵步诗和五韵步诗)。古典挽歌通常是对死者的哀悼之歌,但爱情、战争和政治也是其中的主题。在中世纪,挽歌以"哭泣(llanto)"命名,在十五世纪,它开始被称为死亡、安慰、胜利或加冕礼,表现出传统的共情哭泣,以对生存的短暂进行思考与反思,劝告人们对生活要采取积极的态度。曼里克家族有着悠久的挽歌文学传统,诗人可以从中汲取灵感以哀悼父亲的逝世,但民谣的主要典范是诗人的叔叔戈麦斯·曼里克撰写的各种丧葬挽歌。

四、影响后世的不朽作品

豪尔赫·曼里克的作品对后来的许多作家产生了显著的影响,他们对他的诗作,尤其对《悼亡父》表示赞赏和由衷的钦佩,认为这是曼里克最不朽的作品。从他去世到今天,他的诗作都得到了广泛的继承与重新创作。

对曼里克式民谣的欣赏在黄金时代尤为明显,十五世纪的文人诗都不会像民谣那样激发这个时期的许多作曲家的灵感。

即使在古典戏剧中,曼里克的诗歌及其主题的影响也一直存在。洛佩在《拉·多罗特亚》以及《智者考验》《固执到死》两部戏剧中提到过,创作于 1604 年至 1615 年的喜剧《罗萨里的虔诚》中也提到过。洛佩在《圣伊西德罗》的前言中曾这样写道,曼里克的诗"应该用金字书写"。同样,他的影响力在卡尔德隆关于人类生活及其命运的作品中也表现得很明显。

豪尔赫·曼里克的一些作品在后世也受到歌颂和高度赞扬,在集体和个人手写或印刷的歌本中,在散文和诗歌作品中都曾被引用。胡安·博斯坎、胡安·费尔南德斯·德·赫雷迪亚、安德拉德·卡米尼亚、路易斯·瓦斯·德·卡门斯、格雷戈里奥·西尔维斯特及弗朗西斯科·德·博尔哈等作者也对曼里克的作品有过评论。

从十六世纪开始,音乐家们创作了《悼亡父》的音乐版本。目前保留了阿隆索·穆达拉、路易斯·维内加斯·德·赫内斯特罗萨、胡安·纳瓦罗·德·塞维利亚、佩雷·阿尔贝克·伊维拉、梅尔乔·罗布莱多和弗朗西斯科·格雷罗创作的六个版本。此外,有证据显示还有菲利普·罗吉尔和加布里埃尔·迪亚斯·贝森两个版本,但可惜现已失传。《悼亡父》的一些音乐版本一定为当时的观众广为人知,因为它们是在露天剧场和圣体节庆典上被演唱的。

直到九八年一代的出现,随着他们的目光投向西班牙经典,寻找西班牙精神,豪尔赫·曼里克的作品又被重新评价。米格尔·德·努阿穆诺、拉米罗·德·梅兹图、阿佐伦和安东尼奥·马查多等作家走进豪尔赫·曼里克,寻找到了不可避免的威胁人类的"死亡"这个伟大命题的答案。

九八年一代的诗人安东尼奥·马查多在一首诗中承认他对曼里克作品的热爱。马查多是曼里克的评注家,他的几首诗的灵感来自于曼里克。他深深欣赏这位中世纪诗人每天的简单创作,他的钦佩之情达到了用曼里克妻子的名字吉奥玛为他最后一个神秘爱情的情人取名字的地步。

"我的诗人中

曼里克有个祭坛"

在他的《歌集》中,他还记得豪尔赫·曼里克是诗作《穿越卡里翁伯爵》中的角色和创作者。拉米罗·德·梅兹图在西班牙皇家学院的入职演讲中对曼里克的诗歌也大加赞赏,对民谣进行了辩护和赞美。在演讲中,梅兹图谈到生命的短暂性在卡斯蒂利亚抒情诗中的存在。他将曼里克视为最有影响力的人物,并且称他是文学清醒与朴素的典范。

阿索林试图描绘曼里克的精神,就像一位"复活"的曼里克,现在还一直在流行:

> 豪尔赫·曼里克……豪尔赫·曼里克是什么样的人?豪尔赫·曼里克是一种缥缈、微妙、脆弱、感性的东西。豪尔赫·曼里克是点点寒意,使我们一时不知所措,使我们思考。豪尔赫·曼里克是一束光,将我们的精神带到了理想的距离。

在二七年一代诗人眼里,曼里克也是最有价值的中世纪诗人。路易斯·塞努达将他形容为"形而上的诗人"。豪尔赫·吉伦用曼里克诗行"他们要在海上给什么"命名了他的著作《呼声》。佩德罗·萨利纳斯对他进行了研究,从而描述了这位诗人的形象:

> 当然,这不是很多人以前发明和制定的民歌的抽象概念内容。民歌的"公式"形式也不是他发明的。因此,必须在对待过去,对待传统的态度中找到他的表现个性。在我看来,这就是定义豪尔赫·曼里克的诗中人物。①

的确,佩德罗·萨利纳斯作为二七年一代的诗人,最能界定和评注豪尔赫·曼里克的作品和人物。人们可以从二七年一代诗人的许多作品中找到关于曼里克令人难忘的书页。萨利纳斯概括了曼里克作品的两个主题:爱情和死亡,并提出了对豪尔赫·曼里克诗歌的解读,该诗至今仍然有一定影响力。因此,尽管时光已逝,但于1947年在布宜诺斯艾利斯出版的《豪尔赫·曼里克或传统与独创性》,仍然是理解曼里克这位十五世纪最杰出的诗人的文化和文学背景的必读书。

第二节　三种生命的三重境界

在《悼亡父》中,曼里克概述了三种生命的存在:人类即凡人的生命,名声的生命(更长的)和永恒的生命(没有终点)。诗人通过追求荣誉来挽救自己和他的父亲,这不仅是由于他作为基督徒骑士和战士的美德,还因为诗意话语的要求。

"在哪里"(Ubi-Sunt)是一个文学话题,诗人通过它询问死者的下落。这已在古典罗马文学中使用,并传播到浪漫文学和西方文学

---

① P. SALINAS. *Jorge Manrique o tradición y originalidad*. Buenos Aires: Edit. Sudamericana, 1962: 125-135.

之中。就像许多主题一样,它以拉丁文形式传播。其字面意思是"它们在哪里?"它们指的是世俗荣耀,感官世界元素的短暂转变。这个表达用于询问已经消失的人物和他的财富的去向。

使用 Ubi-sunt 是挽歌诗传统的一部分,挽歌的存在可以从《圣经》中找到。大约是 1477 年的夏天,豪尔赫·曼里克完成了《悼亡父》。伊塔大祭司胡安·鲁伊斯为《真爱之书》里老虔婆的死作诗和巴埃纳歌谣集中收录的几首丧葬诗都展露出 Ubi-sunt,并使读者们为之感叹。佩德罗·萨利纳斯对曼里克作品的研究结果表明,这是一个文体,该文体回顾了历史上的伟大人物或成名人物,这些人物的先进事迹是人们模仿的生活榜样。通过不断询问,这种文学修辞包括对城市、帝国、世界平凡事物其命运的审阅,它的独特之处在于问题仍然没有得到解答,因此,对接受者的心理影响是毁灭性的:沉默,虚无,没有答案。这使接受者无法面对人世和面对死亡与时间,以及世俗财富的有限性。

关于《悼亡父》,最常见和最被大家接受的是将作品按照从一般到具体分为三个部分。

第一部分是民谣 1 到民谣 13。这是最哲学的部分,这些民谣从考虑死亡转瞬即逝和这个世界事物的不稳定开始。

第二部分是民谣 14 到民谣 24。它暗示了另一种不那么短暂的生命:名望的生命,并用描写肃穆的游行来说明它,这些杰出的死者分为不同等级:堂·胡安国王位于领袖地位,整个宫廷的大领主紧随其后。

第三部分是民谣 25 到民谣 40。这部分介绍第三类生命战胜其他两种生命。例如堂·罗德里戈·曼里克的例子。这首诗的主题极富个性化:死亡。然后,是对堂·罗德里戈的特别赞美(这是英雄和君主的泛语言文学传统的一部分)和他与死亡保持的对话,之后是接受最终祈祷,最后一步是走向死亡。

一、转瞬即逝的生命与荣华

在这一部分中,豪尔赫充满感情地描绘了命运的飘忽不定,人类荣誉的虚无缥缈,面对死亡的强大力量时,无论是王公贵族还是平民百姓都无法逃脱的无奈之情。民谣 5 到民谣 13 以或多或少的哲学风格,展现了更多的细节,从而扩展了对问题的处理方法。

民谣 1:在这一部分中,体现了曼里克风格的三个特征。一是令人鼓舞的风格。在前两个诗行中,出现了三个命令:"觉醒""醒悟"和"唤醒"(注意进展,渐变)。莉达·德·马尔基尔说,这些动词听起来像是圣安布罗斯的赞美诗,就好像在基督降临节的第一个星期日弥撒上读到一样。[①] 诗人的父亲于 1476 年 11 月去世,豪尔赫是在教堂里听到了这句话,并在诗中有所体现。二是在第四和第五诗节中,阐明诗的主题的表达方式:过去的存在,与时间和死亡的主题相关。三是格言式的,严谨而精确的风格:"过去的任何时候都更好。"

民谣 2:诗人触动了诗的第一个主题:时间。最开始是豪尔赫如何采用中世纪主题(以前的传统)并将其转变为富有诗意的主题。在这里,他运用了奥古斯丁的思想:时间不存在。豪尔赫说,可以通过记忆重温过去,随后的克维多也使用了这一主题,只是其口吻要更具戏剧性。

民谣 3:专注于死亡主题(第二个主题)。"我们的生活……":民谣开头以所有格的方式引入生活。第一人称复数的使用拓宽了读者领域并吸引了已经包含在上下文中的读者。生命被比作河,该形式并非来自豪尔赫(以前的传统,即传教士塞内卡)。诗人所采用的形式虽然不是他的发明,但却从他身上汲取了强大的力量,使它们成为主题。克维多也是采用该形式,而且给它带来新的细微差别:

---

① M. R. LIDA DE MALKIEL. "Una copla de Jorge Manrique y la tradición de Filón en la literatura española."en *Estudios sobre la literatura española del siglo XV.* Madrid:José Porrúa Turanzas, 1977:

生活等于流入黑海的悲惨的河流(悲观基调)。

　　民谣 4:在这里,第一阶段结束。在前三首民谣中,他提出了中心主题:时间与死亡。为展现主题,作者可以选择一条典型的中世纪道路(例如贝尔塞奥或胡安·路易斯);但是,还有另一条可能的道路:诞生于十五世纪的人文主义,诗人可以将异教的缪斯之神阿波罗作为灵感来源。因此,在中世纪的基督教之路和文艺复兴时期的异教徒之路间选择,成为作者的一个问题。豪尔赫在第一个六行诗中说,他想走基督教的道路,而不是异教徒的道路。

　　民谣 5:继续已知的主题,具有创新性。诗中采用对仗处理(豪尔赫的一种非常典型的手法),主要表现在第一个六行诗中,如形式与风格的对仗:"para el otro"//"para andar""sin pesar"//"sin errar";第二个六行诗中,内容对仗:动词离开(＝出生)/动词步行(＝生存)/动词到达(＝死亡;死亡＝休息),作者使用了生活和道路的语义领域。作者参考了"一个旅行的人"(*Homo viator*)主题并以此引发了对禁欲主义的思考:如果生活是一段旅程,那么明知它过得如此之快,为什么还要去烦扰地旅行。这样一来,生命(路径)被轻视,"另一种生命"(到达点)受到称赞。对世界的这种蔑视使我们走向"鄙视世界":世俗易腐;"另一种生命"是永恒的。

　　民谣 6:豪尔赫没有跟上这个话题,下一步原本是对这个世界的漠不关心,但他说这个世界并不是那么糟糕或卑鄙:如果我们使用得当,它可以将我们引向另一个世界。在这里,他被视为非典型的中世纪作家,代表了中世纪和文艺复兴时期的中间产物。

　　民谣 7:与民谣 5 相似的形式和主题结构,但更令人困惑。属于较复杂的形式的一部分,并不是新的:在男人中,最好的是灵魂,相当于一位女士;身体很卑劣,是奴隶。女士＝灵魂;"Cativa"＝身体。豪尔赫说,人有能力在生活中通过做好事来美化灵魂。但是人却忽略了这种可能性,因为人们主要关注美化身体。

　　民谣 8:从这里我们发现了民谣的一般结构:从一般到特殊,最后对其进行综合。此结构反映在民谣 5 至民谣 15 中。这里提出了三个主题：第一，有些事情是人类追求的，并且不受年龄的限制，时间能够消除人类追求的事物；第二，有些事情可能会导致灾难；第三，还有一些人类追求的东西，却不知道为什么会从高处掉下来（对女神福图纳的寓言）。

与道德生活或风俗有关的另一个神灵是财富。它也以"堤喀"的昵称而闻名，通常，它主持着所有人类的行为和业务中源自命运的行为。据说直到希腊时代人们才知道财富的影响。然而，几乎所有的传说都将财富归功于人与人之间商业的完美成就。拉福图纳主持所有海上贸易活动，她保护了从海洋传来的巨额财富。公认的最古老的传统是将财富与引领命运和机会的神灵相提并论，在古希腊，她被称呼为福斯（Fors）（"机会""财富"），她是命运女神。然而在罗马人塞尔维奥·图里奥的手中，福斯得到了极大的宠爱，因为她将一个奴隶变成了国王，确保了命运或财富的神圣化；人们还将其与庞大帝国获得的财富和权力联系在一起。命运本身反复无常且任性，因此，人们甘愿献出生命，并建立了以获得财富为荣的宗教信仰。罗马建立了几座寺庙，这些寺庙都以丰富的象征和其他符号来代表财富。例如一个代表整个天体的球体，表明财富统治了世界。女神抓住了船舵，象征着命运的力量。此外，女神也可能与旁边的轮子一起出现，这表明财富的自然形成，不断变化而产生的沧桑。在其他情况下，这幅肖像画中的她被蒙住了双眼，试图向我们说明，财富，机会和命运是盲目的，它们并没有帮助那些最应该得到和需要它的人，而倒向了那些投机取巧的人。

民谣9：第一个主题的延伸。主要主题是时间的流逝，它摧毁了对人类有益的东西：美丽、青春……它们随着年龄的增长而消失。

民谣10：第二个主题的扩展。主要是谈论在享有盛誉之后在西班牙瓦解的王朝，一个灾难性的案例：西哥特君主制。

民谣11：第三个主题的扩展。主要是谈论财富（与民谣8相关）。这个话题使中世纪的人非常担心，因为他们不清楚，拉福图纳是异教的女神。他们试图将其基督教化，使财富在中世纪成为神的天意,这有助于人们解释莫名其妙的事物。在十五世纪,拉福图纳已经成为人名。他们开始说她是位女士(而不是女神),她性情多变,住在一个宫殿里,可以随心所欲地移动三个轮子。这个话题极大地困扰了十五世纪的人,它不再是一个文学主题。

民谣 12:谈论短暂财富可能很快消失。豪尔赫在这首民谣中,迫使短暂财富陪伴其主人到坟墓(被他埋葬)。这与上文不符。塞纳布雷说,坟墓暗示产生的背景是,豪尔赫谈到了死亡,但死亡从来都不是真实的,而坟墓是非常具体的东西。由于这个原因,他推论民谣 12 是一个伪撰民歌,其作用是联系死亡主题。①

民谣 13:作为总结和综合,解决民谣 8 中未解决的问题。正如作品中的经典诗句:

> 醒来吧,沉睡的灵魂
> 和那不灭的精神,
> 请看
> 生活怎样滚滚向前,
> 死亡怎样默默降临
>
> 逝者如斯,有多少帝王将相
> 和英雄豪杰
> 可歌可泣,
> 谁又能逃脱
> 死亡的追击?
>
> 无论是主教还是国王,
> 无论是修士还是牧师,
> 无论你多么高明,

---

① R. SENABRE. "La primera edición de las Coplas de Jorge Manrique." en *Serta PhilologicaF. Lázaro Carreter* Madrid:Cátedra,1983:509-517.

死神都一视同仁……①

作者豪尔赫感悟到生命不朽却又终究难逃一死,逝去的时间是时间自己的牺牲品,在死神面前,都是一视同仁的。令人赞叹的美貌只不过让人在回忆时徒增悲伤。这些情绪体现在其作品中,使读者产生一种对于已经过去的时间、逝去的生命以及许多无法重现的事物的忧伤和怀念,使读者深切地感受到生命所固有的短暂和漂浮不定,但也正是这种转瞬即逝才使得生命弥足珍贵,才让生命充满意义和价值。

二、主题觉醒的案例佐证

《悼亡父》的第二部分从第 14 节开始,作者列出了一系列的历史名人,对上述主题进行更具体的思索。在这一部分中,出现的主题是中世纪屡见不鲜的来自《圣经》的 Ubi-sunt,它的形式很简单:即以一个疑问 Ubi-sunt 开头,之后接上已经逝去的伟大人物、已经灭亡的国家和已经衰亡的城市的名字,用以缅怀遥远年代英雄人物的光荣业绩。这时通常引用的都是遥远的年代、不同地方的名字。而豪尔赫却用 Ubi-sunt 来说明这些英雄业绩的转瞬即逝,并且引用刚刚发生在人们身边的事物作为例子,使得他所要表达的意思更加具有说服力。

民谣 14:强调从现在开始,将举例说明上述所有内容和观点。

民谣 15:类似于民谣 4,选择一条路径。

民谣 16—民谣 24:提出"在哪里(Ubi-sunt)"主题,这意味着时间的流逝,死亡的意识。这个主题,在形式方面,是建立在修辞问题之上的;读者的意识觉醒被唤醒(一般不知道如何回应):

UBI SUNT?

DO ESTAN?

---

① 诗节译文出自:陈众议. 西班牙文学——黄金世纪研究. 南京:译林出版社,2007:51.

QUE SE FIZO?

这些可变元素的重复在读者中引发震惊。在十五世纪之前,这个主题很常见。这个话题在十五世纪的诗歌中仍十分流行,因为诗人喜欢吹嘘自己的文化和博学。该主题也有助于证明读者对历史的广泛了解。它也带有负面效果:如果读者对那个他甚至不知道是否存在的人物没有留下深刻的印象,这个话题将失去效果。豪尔赫重建了主题:让罗马人和特洛伊人回到临近的过去。

最有趣的是豪尔赫在这一段对主题做了如下修改:(1)减少了提及次数。(2)由于作品历史背景与诗人的生活非常接近,他一直在及时拉近他的角色。(3)在空间中也有附近的人物:减少了地理上的分隔。所有这些都是为了作品有更大的效力。(4)给每个人物更多的诗意空间,让读者任意了解他们和他们的时代(整体)。

这部分的结尾暗示了所有这些人都被死亡摧毁的事实(继续主题)。

> 国王胡安今安在?
>
> 阿拉贡王子又如何?
>
> 黄土一杯。
>
> 翩翩少年今安在?
>
> 他们的字谜又如何?
>
> 只不过是
>
> 谵语臆言空蹉跎?
>
> 看无数马赛比武,
>
> 盔甲刺绣
>
> 繁华喧嚣空热闹
>
> 不都化作那园里青菜?
>
> 如花美眷今安在?
>
> 宽裳华服又如何?
>
> 脂香存焉?

仰慕小伙今安在？

熊熊爱火胸中燃，

一缕清烟？

吟诗作歌今安在？

琴弦乐曲又如何？

余音缭绕？

凌波舞步今安在？

环佩叮当又如何

黄鹤缥缈？[①]

在这些民谣中，作者仍以 Ubi-sunt 形式开头，第 16 节中提到的国王胡安、阿拉贡王子和公主们是十五世纪初阿拉贡和卡斯蒂利亚王国的统治者。选取这些刚刚逝去的曾经辉煌的权贵们，用他们当初的风光无限对比如今死后的凄凉，用看似轻松平和的语调给人以棒喝，让世人警醒，让读者看透人世的繁华如过眼云烟。接下来的第 17 节，诗人不再列举具体的人名，而是把场景切换到普通人、美人、追求者、你侬我侬、唱歌跳舞。贵族们灰飞烟灭，普通如你我，又如何呢？紧接着，作者又陆续地列举了阿方索等多个国王和贵族，读者随着诗人不动声色的视角转换，不由自主地由远及近，由达官贵族联想到平民百姓，由他人联想到自己，人们活着的目的是什么？怎么样活着才更有意义？怎么样才能活出更有名望的生命？

三、悼念亡父的人生感慨

在第三部分中，诗人把前两部分叙述的主题同父亲的去世相联系，同时表达对父亲去世的哀痛。虽然劝诫口吻加强，但是语气平和。豪尔赫摒弃了一般的挽歌为了表达内心情感而常见的浮夸和狂妄，用平静的感情把自己因为至亲的亡故而产生的无比痛苦转化、升华，让作品更加真挚感人。

---

① 诗节译文出自卢云(2010)。

从民谣 25 开始,这首诗的语调发生了根本性的变化。这一部分专用于描述死者形象的部分。

民谣 26 写道:

> 这位绅士性友善,
> 对待仆人和亲友
> 温文尔雅!
> 若是那敌人来犯,
> 那他是绝不手软,
> 威武英勇!
> 谨慎机敏他数
> 风趣文雅他不少,
> 心地高尚!
> 对待好人心宽厚,
> 面对蛮人与歹人
> 威如雄狮!

诗句高度提炼概括了诗人的亡父其高尚永存的美好品格,对待朋友和敌人的截然相反的态度,为父亲赢得后两种生命,即有名望的和永恒的生命,提供了充分的依据。

民谣 26—民谣 28:诗人抽象地歌颂堂·罗德里戈的美德,它高坐在基座上;豪尔赫为颂扬他的父亲而采用了一种隐喻的风格,这种风格可能使我们感到困惑,以为我们又回到了"Ubit-sunt?"这个话题。所使用的方法包括以夸张的品质(美德)将被赞扬的人分成几个部分。后来,诗人为每种美德寻找原型(这与上述主题形成对比),以提醒我们,他们生活在名望的思想中。

民谣 29:第 4 节("……对摩尔人进行更猛烈的战争")是关键,因为诗人认为这一事实最为重要(它将为他与死亡的对话提供服务)。

民谣 33 表现为过渡(风格改变)。它通过重复副词"之后"来诉诸照应:当他的父亲真正必须到达时(准时),死亡就到了。他的生命已经结束。

民谣34—民谣37:采用戏剧化的风格。死亡成为一个人物,并开始出现其与诗人的对话。

民谣35写道:

> 别怕那人生苦短,
>
> 还有那战斗激烈,
>
> 勇敢面对,
>
> 你会有更长生命,
>
> 只因为多少荣耀
>
> 你曾留下。
>
> 虽然这光荣生命
>
> 未必会万古长青,
>
> 地久天长,
>
> 总胜过徒然苟活,
>
> 终一日离弃尘世,
>
> 灰飞烟灭。[①]

死亡知道它对诗人的父亲来说并不意味着任何困难,因为他涵盖了三个阶段(中世纪场景中的新颖性):第一个是尘世生活:没有任何意义。很短;不必坚持下去。在中世纪的文章中,只提到了两种生活:尘世的和永恒的(后者更加关注)。但是在民歌中还有另一种中间生活:成名生活:超越尘世的生命;人死了,但他的生命依然存在于他人的回想,次于永恒,它可以结束。有名望的生活更多是文艺复兴时期,而不是中世纪。它使我们更接近古典世界。诗人的父亲获得了两个生命(他与异教徒战斗),因此他的回应得到了充分的接受。这首诗以父亲在一系列证人面前去世的照片结束。然后,

---

① 诗节译文出自卢云(2010)。

我们看到民歌呈现出清晰的结构,可以通过将它们与讲道的适当结构进行比较来阅读它们(从一般到示例)。面对十五世纪的摇曲集,他转向一种他偏爱的民歌:具体到抽象,流行到博学,形象在寓言中。总之,曼里克风格就像一个文艺复兴时期的人。

民谣38—民谣40包括堂·罗德里戈的回应(对话体),诗句还是关于生死的思考。首先是"生"的意义。中世纪把人世生活比作"愁泉泪谷",是获得冥府生命的必经道路。"死"即是脱离苦海,获得超生。基督教则不断教导人们思考"生"的无意义,否定"生"的价值。而豪尔赫在感慨人生如梦,表达对父亲之死深深哀痛的同时,也指出生命是可以有意义的,是可以过得多姿多彩的。积极地锄强扶弱,建功立业,身后也会让人纪念,纵然人生短暂也可稍感安慰。并非人生都是消极的,只要有正确的人生追求和合理的价值取向,每个人都如同历史上的将相帝王、英雄好汉,以流芳千古、名声永存。[①]

第三节　死亡命题的哲学思考

一、平等而平静地对待死亡

在《悼亡父》中,收集了整个中世纪所发展的文化群中的主题群。这些主题包括一系列信仰和真理,这些信仰和真理得到了教会权威的认可。豪尔赫对这些基本主题进行了精心选择,并将它们呈现给读者,从而形成了一个框架,使它们彼此巧妙地联系在一起。这就是为什么他想在诗歌中看到佩德罗·萨利纳斯[②]提到的中世纪

---

① 卢云. 从黑暗世纪走向文艺复兴——评议豪尔赫·曼里克的《为亡夫而作的挽歌》. 解放军外国语学院学报,2010,33(4):120.

② P. SALINAS. "El 'Cantar de Mío Cid', Poema de la Honra". *Ensayos de Literatura Hispánica*. Madrid: Aguilar, 1958:138-139.

文化的精妙综合,即"主题群"。可以说,在第一部分中,最重要的主题有以下几个。

一是死亡。在中世纪末期,人们对死亡十分迷恋。这一事实与"黑死病"造成的经济和人口灾难造成的悲观情绪吻合,在十四世纪末,黑死病在欧洲造成 2500 万人死亡。流行病和军事对抗使人们认为死亡即将来临,并向享乐的欲望投降为了避免这种享乐主义,在十四世纪下半叶出现了一类横跨民俗和文学的新节目:死亡之舞。其中邀请了不同的人物跳舞:国王,主教,医生等等,以示面对死亡众生平等。死神被绘成一个带有可怕特征的人物形象(带有镰刀的骨架),用他的手指指着每个凡人。死亡是令人惊叹的舞蹈,人们无可避免地参与其中。豪尔赫利用了舞蹈的几个特征,将死亡描述为寓言人物,他没有刻画父亲等待死亡到来的严峻表情,相反,他选择用一种比阴郁更震撼的方式来表现:堂·罗德里戈与死亡保持平静的对话,不使用舞蹈中人物的叛逆和冷嘲热讽的语气。对豪尔赫而言,死亡是生命缓慢而平静地消亡,而不是否认过往生活的全部,这反映了人文主义的影响,它邀请人们将人视为一个有价值的人,认为人能够理解自己的弱点和不足,相信自己的美德。民谣反映了十五世纪初出现的某些实用作品的影响,即用拉丁语撰写的《濒临死亡的艺术》(Artes moriendi),并提出了庄严而平静的建议。因此,豪尔赫收集了他一直强调的中世纪关于死亡的传统:

(1)死亡具有的平等能力:生命可以不同,但死亡平等地对待每个人。

(2)其不可预测的意外性。

(3)其必然性特征。

(4)它的破坏性形象。

(5)它的残酷。

但是,豪尔赫克服了这个可怕的概念。如果死亡是不容置疑的现实,那么人类必须平静地接受它。

二是时间。时间表示瞬态、恒定和不可阻挡的流动的想法。现在不存在,因为人不可能捕获它,所以未来被转换成连续的不可弥补的当前,最终一切都化为过去。这个主题介绍了一些精神元素,但并不能帮助中世纪的人们避免尘世的、短暂的和无法补救的本质的痛苦。

三是命运。它的代表是一个匆忙而不稳定的轮子,反复地散布着幸福和不幸。这是异教徒的解释,与古典的解释相吻合,但这种解释与基督教的观点并不一致——所有事件都遵循上帝的旨意,豪尔赫所呈现的形象与异教徒的观念很接近:命运多变的本性是人拒绝这个世界财富的另一个原因。

四是世界。主要包括 Vanitas vanitatis(人生虚无)和 De comtemptu mundi(蔑视世界)两个观点。这个世界是一个通行的地方,是一个短暂而遥远的住所,在这里,人有机会使自己的灵魂得救。关于生与死的思考始于这样一个假设:在这个世界上没有任何东西具有真实的价值。因此,明智的态度是贬低尘世间的一切。世界的价值观缺乏一致性是因为它受三个明确敌人的影响:时间,财富和死亡。唯一可以确定的是尘世财富的有限性。世俗的物品(主要是美貌,青春,财富和力量),随着时间的流逝和死亡而消失。拥有世俗欲望的世界是灵魂与死亡的敌人,是解放者,是实现真实生活的必然过程,是世间永生的必然过程。世界是卑鄙的,然而,豪尔赫面对死亡的宁静使他与中世纪"蔑视世界"的精神相距甚远。"蔑视世界"将生命描述为一系列痛苦的经历,并将死亡描述为身体的耻辱。

五是名望生活。名誉是荣誉生活的结果,它可以击败时间。在中世纪以神论为中心的视野中,人只有在服从宗教价值观的情况下才能发现自己的意义,因此所有歌颂个人功绩的作品在集体中被淡化,所以大多数作者都是匿名的。在十五世纪,以人类为中心的现实观因视角的变化而得到加强。对于豪尔赫来说,这是死者留下来的典范记忆。诗人认为,美德不仅是抵御财富,而且是抵御时间和死亡的唯一防御。因此,在展示父亲的肖像时,他坚持认为他的著名事件是他模范生活的结果。这样就呈现了三种生活:尘世,名望和永恒。不过,名声也是短暂的,因为它也是会被遗忘的。因此,战胜死亡的唯一方法就是永生,在天堂获得被祝福的生命。

二、初显荣誉永恒的人本思想光芒

将世俗的名声和荣耀赋予重要性,凸显出中世纪以及人类中心主义的特征,也是文艺复兴的前兆。

豪尔赫·曼里克的贡献在于他的《悼亡父》——他的笔下的罗德里戈骑士。诗人希望通过这首诗向作为他的榜样的那个人致敬,并让他通过英雄名誉永生而永生。这是一个痛苦的挽歌,他悲痛而又凄楚地哀叹了财富的不稳定,人类生命的短暂性和死亡的平等力量。个人品德是唯一可与时间和命运抗衡的东西。经过对未来生活的希望的哲学思考后,他向父亲致敬。

豪尔赫·曼里克在他的诗句中为我们提供了一种沉静的沉思,读者沉浸在一种深刻而真诚的感觉中,认为人生都不可避免地充满忧郁。时光流逝,世俗荣耀和财产的消亡,这一切都抵不过死亡的力量,在死亡面前没有贵贱之分。

罗德里戈·德·曼里克应该得到诗中提到的"第三人生",这种人生构成了纯粹的文艺复兴时期的特质,即名声。

诗人批评的行为是那些反对他的和他赞美的行为,这些行为为他父亲保留了名誉。曼里克还建议必须寻找生活中的意义和实用性,通过不断努力和顽强意志实现的名望生活将使他得到最后的救赎,即永生。

豪尔赫·曼里克的作品反映了中世纪末期的敏感性,而他的父亲(诗歌的主角)则体现了中世纪的骑士和基督教美德。作品反映了时代的矛盾,表达了中世纪基督教观念与新的敏感性之间的张力,这种张力更多与生活之美有关。曼里克表现出文艺复兴前的其他特征,例如对名望的欣赏以及对死亡主题的精致和优雅的态度。

但是,诗节中提到的许多人物都没有命名,也就是说,它们没有以自己的名字出现。读者要通过什么记住他们呢？在民谣21中，诗人隐藏了"那个伟大的骑士"的名字。他的同时代人知道他指的是堂·阿尔瓦罗·德·卢纳，但曼里克拒绝用该名，后因他并没有增加自己的名声，他确实努力为自己的父亲回忆其生前贡献，为此，他在民谣25中以广泛的方式介绍了这一点，姓名和姓氏，以重叠的方式分开，以增强其名称：

> 骑士堂·罗德里戈·
> 曼里克非常有名，
> 也很勇敢。[①]

在戏剧性的形象塑造中，豪尔赫改变了他的叙事风格，这位诗人向我们展示了死亡的另一种形象，一种用对话令人安慰的死亡，它为主人提供了名望和永生。记住某人的好战行为会让它高兴。这是一个留有名声的死亡，是在我们对诗人的宁静愿景中创造的。尽管名誉的生命与永恒的生命无可比拟，但死亡却让人回忆主角，这是对他消除异教徒的奖励。

关于《悼亡父》这部作品的人本思想，不仅表现在荣誉的永生，也表现在其告诫人们更应珍视现世的生命。其一，在遣词造句上，作者摒弃了中世纪流行的贵族式的"优雅"和晦涩，而善于运用简练的词汇以及朴实、真挚的语言表达深刻的思想。诗人还巧妙地运用平等的"我们"的口吻，并且在"Ubi-sunt"的运用上也打破了当时追忆遥远年代的丰功伟绩的手法，而改用刚刚逝去的人物，更容易感染读者。在情感表达上也是循序渐进，行文非常流畅。这种创作观念已经初具人文主义以人为本的思想。其二，从内容上来看，关于人的生命转瞬即逝的思考与表达的"无论贵族和平民，终有一死"的思想很相似。"死亡"是所有人的宿命，但在这首《悼亡父》作品中，诗人在做出"生命的意义何在"这样的思考之后，随之而来的是诗人

---

① 系笔者翻译。

自己的解答。像伟大的人文主义之父彼得拉克那样,曼里克这位同样"生活在中世纪和近代两种文化夹缝中"的诗人在这首挽歌中触及的是人的生命本质和人的生活态度这类的敏感问题。[①] 他把"死亡"看作"生命"密不可分的一部分,而不是把"生命"看作"死亡"的必经之路。这种思想的转换对应十五世纪初刚刚萌芽的人文主义思想。其三,人们应该珍惜现世生命,在有生之年建功立业才能获得善终,不要只纯粹追求"精神"的永恒,把希望寄托在死后或来生。也不再是"精神的"和"肉体的""世俗的",死不再是超脱,不再是精神升华的唯一途径,俗世的高贵品德和荣誉也可以得到精神的升华。这种思想摒弃了中世纪认为彼岸世界高于现实世界,否定个人精神,脱离尘世,向往天国的思想,转而认为只有人类的美德才能够挑战时空和无常的命运。[②] 这种改造现实生活、注重个人主义精神力量的思想,正是一个新的即将到来的光明时代的思想萌芽。

豪尔赫·曼里克希望通过这部作品向他的人生榜样致以深深的敬意,并通过使英雄永生而永生。这是一首痛苦的挽歌,他为财富资产的不稳定性,人类生命的短暂以及死亡的平等力量而感伤忧郁。这个非常中世纪的主题,随着豪尔赫的作品得到了最好的表现。个人的美德是唯一与时间和命运抗争的东西。它们是为我们打开永恒之门的钥匙。因此,人类可以像他的父亲罗德里戈·曼里克那样战胜时间。为此,对该作品的分析,应读更多地集中在意识形态和主题上,而不是风格上。曼里克诗歌中强调的个人主义更接近于文艺复兴前,而不是中世纪的观点。他的诗歌是中世纪与文艺复兴初期之间过渡时期的典型代表。

三、基于"我们"的人性召唤

曼里克放弃了当时流行的古典主义。其他诗人,例如梅纳或桑

---

① 朱孝远. 近代欧洲的兴起. 上海:学林出版社,1997.

② F. CARRETER y V. TUSON. Literature espanola. Madrid:EDICIONES ANAYA, S. A., 1979.

提拉纳,都试图模仿伟大的拉丁作家,但这些诗都是从中世纪的教义开始的,这种教义推崇更加复杂和富有技巧的诗歌。曼里克拒绝了诗歌语言和每节八行、每行十二个音节的诗歌结构,他选择了八音节,一种较短和较自由的诗节,而传统诗歌却没有这样的基调。从这个意义上讲,他选择了传教士所说的"谦卑言语"(sermo humilis)的风格,清晰易懂。他还抛弃了其前辈滥用的许多词汇,只承认那些已经在西班牙语中扎根的描述老人或青年的古典词汇。此外,他不求助于拉丁语语法,而是选择自然语序,由于押韵的需要,他只引入了些许夸张。他不会滥用重复的修辞手段使文本晦涩难懂,相反,他经常使用流行的口头语结构。诗句从一开始就发出了令人敬畏的表达:"觉醒,醒悟,唤醒,不要自欺欺人",这是一种完美的联系和连贯,这种表达也出现在死亡的口中:"离开这欺骗的世界。"豪尔赫根据劝告或是结论,交替使用不同的语言形式。对于结论,他更喜欢"我们"。主人的回答也以第一人称复数形式表示:"让我们不要浪费时间。"一方面,劝诫性、召唤性和祈使性表达回应了布道的一种典型态度,即警告某人某事,另一方面,它们也可以使读者参与进来。图像和隐喻之间存在连续性,例如生命像河流一样,死亡像大海一样。这些在隐喻中继续存在:离开=出生,走路=生存,到达=死亡。有些对仗和对立面,通过推理展开:生命/死亡,快乐/痛苦,现在/过去,天堂/地面等。至于作品的风格,它简洁,庄重,没有夸张。可能基于遏制的目的,诗节平衡并运用符合诗人因悲痛而形成的语音停顿,体现了挽歌的特点。在民谣中有很多重叠,大部分重叠在三行诗的最后两行之间。这样一来,诗歌的节奏变得更加动感,并且突出或强调了词语的含义。例如:

> ……醒悟吧无知头脑,你可知悉。(第1节,2—3行)
> ……那美好似水流年,总难忘怀。(第1节,11—12行)
> ……死后我们休息。(第5节,11—12行)

为了找到文本的音乐性或节奏性,他使用了不同的词汇,更加强调双指法和对仗。这些例子可以在《悼亡父》的第一部分中找到。

交错法的例子有以下几处：

······血统和贵族（第9节，第2行）

······方式和模式（第9节，第4行）

······低垂和沮丧（第9节，第8行）

另外，诗中出现的对仗和回指的例子有："生命如何逝去，死亡如何来临。"（第1节，2—3行）。

形容词（通常在诗歌中使用）是解释性的，用于描述，例如：流淌的河流，著名的诗人，柔和的新鲜感，美丽的容颜等。如果抽象概念元素与用于表达这些内容的图像、隐喻和公式之间的内部联合是诗歌的一般特征，则劝告的口吻从第一个单词开始就保持了民谣间的一致性。例如：

唤醒灵魂······（第1节）

复活······醒来······（第2节）

没有人上当······（第2节）

不要要求他们坚定······（第6节）

除了劝告，唤起性表达也值得注意："你们看看价值是多么小······"（第8节）和"你们告诉我：美丽······"（第9节）。这些劝告形式或表达是一种告诫的态度，这种态度是典型的布道。这样的命令呼吁读者亲自体验、坚持这种态度，这意味着读者感到被称为"我们"，能体会到诗人的感受，特别是在劝诫的形式是第一人称复数时。在这种情况下，作品的接受者倾向于赞同作者的想法或感受。除了让读者参与之外，使用第一人称复数形式还产生了使所确认的内容具有普遍性的风格。如"我们的生命就是流入大海的河流，快要死了······"第一人称复数形式使大家都参与到陈述中，而隐喻的表达很完美，因此，我们将难以摆脱因存在走向死亡而产生的不安感。在诗的第一部分中，这些结构的重要性是显而易见的。

说教是将诗歌的概念内容浓缩为简短表达方式的风格倾向。

在诗行中揭示了某个主题的各种因素之后,诗人仅用两到三行诗总结了其内容,有时还以独特的表达方式进行了总结。以下各诗节的最后几行可以作为例子:

> 那美好似水流年/总难忘怀!(第1节)
>
> 无论你多么高明/死神都一视同仁……(第13节)

通过这种方式,曼里克设法吸引了读者的注意力。诗歌不拘泥于描述性的话语,而是专注于句子的情感凝聚。毫无疑问,这也是作者为我们提供更具说服力的道德课的一种方式。

相对应于所有格的句子结构,例如,我们劳累的生活,诗中使用的"今生劳累/我们拥有"基于具有相对关系的结构的动态值(指的是言语行为的内在动力),让作者和读者之间的感同身受(已经由第一人称复数形式提出)得到了增强,曼里克借此将我们引回到布道领域。

曼里克在写作民谣时很少使用装饰,不像同一时代的作者。他没有写夸张的作品,但并不意味着他很少用修辞手法,我们可以在《悼之父》中发现大量的修辞手法,这些修辞促使其文本更加丰富。以下几个例子便是最有力的说明:

> ……沉睡的灵魂。(拟人化,第1节)
>
> ……死亡来了。(拟人化,第1节)
>
> 我们的生活是将在海里屈服的河流,即死亡;(隐喻,第3节)
>
> 这个世界是通往另一个世界的道路,也就是……(隐喻,第5节)
>
> 生命如何随着死亡而过去。(回指,对仗)
>
> 他们的年龄降低了他们的质量,造成了灾难性的后果。(回指)
>
> 如此大胆的成就是什么?和他们所做的一样多的发明是什么?(照应,反问)

他的朋友真是个朋友！

仆人和亲戚的主啊！

真是敌人的敌人！

多么勇敢的大师！（回指，对仗，感叹，夸张）

大师像国王一样繁华（比喻）

我们怎么看到这么多说话的人，你说，死亡？你藏起来或者移动了吗？（死亡拟人化，反问）

我们的生命就是流入大海的河流

快要死了……

有权贵者

权利结束

消耗；

有流动的河流，

有其他人，普通人

和更多的孩子，

亲密是一样的，

那些靠双手生活的人

和富人。（回指、对仗、感叹、夸张）

"我们的生命就是流入大海的河流，快要死了……"第一人称复数形式使读者都参与到陈述中，不仅让读者具有身临其境的感觉，更有人在其中的随行者状态。而基于"我们"自身的生死观、荣誉观的哲学思考，则是我们每个人都绕不开的人生话题。

第六章　骑士文学《骑士蒂朗》
——给予彼此相依的荣誉与爱情

第一节　《骑士蒂朗》作品的问世与争议

一、极富现实主义色彩的骑士小说

《骑士蒂朗》是中世纪时伊比利亚半岛的一部著名骑士小说。该书于 1490 年 11 月 20 日在瓦伦西亚出版,共计印刷 715 本,如今仅保存下来三本:一本收藏在瓦伦西亚的大学图书馆,另一本收藏在伦敦的大英博物馆,第三本收藏在纽约的伊斯帕尼克学会。1497 年在巴塞罗那印刷了第二版,共计印刷 300 本,如今仅保存下来一本,也收藏在伊斯帕尼克学会;另外有一部残本,收藏在巴塞罗那的加泰罗尼亚图书馆。1511 年,在瓦利阿多利德出版了无名氏翻译的卡斯蒂利亚语译本;1537 年,在阿姆斯特丹出版了丢皮埃尔的法语译本;1538 年,在威尼斯出版了孟弗雷迪的意大利语译本。后来,这三种译本多次重印,这部小说便广泛地流传于欧洲。

《骑士蒂朗》属于中世纪的骑士文学,但它与当时流行的骑士文学又有很大的区别。当时流行的骑士文学中那些妖魔法术、巨人恶龙在《骑士蒂朗》中极少出现,它着力描写的是奋力抵抗异族侵略的战争,骑士道的准则和功业,英雄美人的恋爱和情愫,宫廷内部的矛盾和纠纷。它有着历史的轨迹,但又并不是真正的历史(拜占庭帝国已于《骑士蒂朗》动笔写作的 1460 年灭亡)。它描写的是一个英雄壮志未酬的悲剧,要给后人留下深刻的印象(骑士蒂朗虽有其原型,却完全是一个虚构的人物)。因而,它是一部运用了高超的艺术想象创作的现实小说,尤其以描写骑士之间残酷的比武和决斗,海上和陆上的大规模战役,火攻、水淹和挖地道等攻击战术为特色。书中对苦肉计,反间计等破坏敌方阵营的策略的描写都十分真实,足以成为后世现实主义小说的楷模。

根据后人对《骑士蒂朗》所进行的分析研究,马托雷尔所写的前面部分,其主要的素材来源有三。

其一是马托雷尔当时十分熟悉的《沃里克的盖伊》这个故事。这个故事十四、十五世纪广泛流传于英国:盖伊是一位英勇的武士,他击退了异族的入侵而保护了英国的土地。马托雷尔的第一部作品也许就是《沃里克的盖伊》的加泰罗尼亚文译稿(马德里西班牙国家图书馆内,至今保存着一部不知名译者翻译的加泰罗尼亚文《沃克里的盖伊》手稿)。这个人物被他改写成为纪列姆·德·瓦洛亚克伯爵,一位退隐的英国摩尔人,并且当了刚出道的蒂朗的老师。事实上摩尔人从未侵略过英国。

其二是马略卡作家拉蒙·鲁尔(1235—1315)写的一部骑士道作品《骑士道规矩之书》。马托雷尔无疑从这本书中借用了一些材料,构成了老隐士念给蒂朗一伙儿听的那本《战役之书》的内容,以及教诲他们的种种骑士道的规矩和品德。

其三是蒂朗这个人物的原型的来源。有人认为,其原型是十五世纪时勃艮第的骑士,名叫乔佛莱·德·托伊塞,他曾在 1444 年率领舰队去解救过摩尔人对罗德岛的围困。当时马托雷尔在瓦伦西亚,当然听说过这件事情。也有人认为,其原型是十三世纪时的卡塔兰武士卢格·德·弗洛尔,他曾经是拜占庭帝国的雇佣军,抵抗过土耳其人对拜占庭帝国的侵略,因军功而被授予"恺撒"的称号。他的事迹记载在加泰罗尼亚语作家拉蒙·蒙塔内尔所著的《纪年史》(1332 年出版)中。马托雷尔肯定也读过此书。

不管怎样,也许马托雷尔就是把这些素材糅合在一起,加上他丰富的艺术想象而写成了《骑士蒂朗》的前面三部分。至于续写的马蒂,他所续写的蒂朗在北非的经历以及光复希腊帝国的过程,仿佛也是顺着马托雷尔的构思完成的。有人认为马蒂对北非和中东的地理如此熟悉,完全是受了当时流行于阿拉贡王国的一本英国游记的影响,即约翰·曼德维尔所著的《世界名胜集》(约于 1356 年出版)。

二、饱受争议的著作权

《骑士蒂朗》原文是用加泰罗尼亚文写成。作者在《献辞》中所说的原文是英文,先被翻译成葡萄牙文,然后翻译成加泰罗尼亚文等等,也许是当时文人惯用的托词,也许是该书开头的第一部分利用的素材是英国传说《沃里克的盖伊》的缘故。《骑士蒂朗》的作者有两位,第一位作者朱亚诺·马托雷尔于 1460 年开始写作,1468 年因病去世。马托雷尔去世后,遗稿落到第二位作者马蒂·朱安·德·加尔巴之手;他也许是在 1474 年开始修改前稿,然后进行续写,到了 1489 年全部完成,交到印刷工人斯宾德莱尔手中。

我们从马托雷尔创作该书时,给国王之弟弟亲王殿下的《献辞》中,可略见作者写作的意图和真实性。

> 我,莫森·朱亚诺·马托雷尔,诚惶诚恐,凭着我主耶稣基督及圣母马利亚之神圣名义与无上荣耀,谨将《骑士蒂朗》由此开卷,呈献于葡萄牙亲王堂费朗多殿下。
>
> 尊贵的亲王殿下:
>
> 尽管殿下的英明一向人所周知,如雷贯耳,然而如今尤为重要,因为殿下命我搜集古老诗人学者著作中记述吟咏的骑士英雄业绩,以供圣览。今悉其中有一位骑士,世上极为著名,几乎如同红日之于星辰,讳曰:白郎·蒂朗。其人曾征服无数疆

土,分封同胞,而本身即以骑士称号为荣。然后,这位骑士又从土耳其人手里光复希腊帝国之全部版图,归还于希腊的正教徒。

鉴于骑士白郎·蒂朗的业绩全部以英文记述,而殿下由于我曾在该岛居住,熟悉该项文字。因命我译成葡萄牙文。我窃以此项任务,非我莫属,一则由于我的职责要求我赞颂往昔骑士的不朽功绩,二则也可将日趋式微的骑士道精神重新发扬光大。因此,尽管我自以为才力不足,公私事务纷繁,然而运气不佳,生活捉襟见肘,完全有理由加以辞谢,然而有鉴于殿下一向宽宏慷慨,诚心支持嘉奖一切崇高事业,绝不至于挑剔我的无知无能所造成的种种缺陷,因而,斗胆将其全部译出,不仅从英文移译成葡萄牙文,而且还从葡萄牙文移译成通行的瓦伦西亚文,以便使我本乡本土的人士均能从中获得教益。因此,我在此恳请尊贵的殿下接受这部作品,作为我卑微的奉献。如果其中难免不无瑕疵,那也可能由于英文的缘故,因为其中某些词句实在无法翻译。我诚心诚意随时愿意为殿下效犬马之劳,请殿下不介意我的粗糙文笔,能将其在殿下臣仆之中广为传布,使他们亦能得到好处,激发他们不畏武器锐利,能够挺身而出,锄强扶弱,维护正义,弘扬并且建立武功之本。

此外,这部作品也充分阐明骑士道的真髓,列举榜样,谴责罪恶与暴行。如果其中存有任何谬误,我,朱亚若·马托雷尔骑士,甘负全责,因为既是我本人,为了诚心侍奉尊贵的堂费朗多亲王殿下,于一千四百六十年年正月二日所开笔翻译。①

朱亚诺·马托雷尔约于1414年出生在瓦伦西亚南边临近地中海的小城市冈底亚。他的家庭是一个小贵族,祖父纪列姆担任过王

---

① 朱亚诺·马托雷尔,马蒂·朱安·德·加尔巴. 骑士蒂朗. 王央乐,译. 北京:人民文学出版社,1991:1-2.本章涉及的作品片段引自王央乐译本,此后只以页数标明。

家财务顾问官。父亲弗朗切斯克，是瓦伦西亚的王家法官兼国王的侍从。当时，瓦伦西亚是阿拉贡王国的首府，繁荣的地中海港口，贸易兴盛，商业发达，以美酒、水果以及各种农产品闻名。朱亚诺为次子，有兄弟姊妹六人。其中二妹伊萨佩尔，1437年与奥西亚斯·马尔克结婚；此人后来成为著名的加泰罗尼亚诗人。1433年，朱亚诺及其父亲、长兄的名字，均出现在国王授予骑士头衔的档案记录之中。但是，马托雷尔一家的子女成人后，便发生了处理家产的矛盾和纠纷。首先是刚结婚的二妹伊萨佩尔，她对分得的家产不满意，引发了对当家的长兄的争议。问题还没有解决，1438年7月，伊萨佩尔却因病而死，此事便不了了之。当时朱亚诺正在英国，未曾参与其事。后来朱亚诺参与了两件家族之间的纠纷。第一件事是朱亚诺的小妹达米亚塔，原来许给表兄朱安·德·蒙劳伯，但是后来蒙劳伯毁约，不愿成婚，于是朱亚诺于1437年3月给其表兄去信，要求决斗，以恢复小妹的名誉。但是，蒙劳伯既不答应，也不拒绝，一直拖延了几乎两年之久。虽然朱亚诺上告到本国的和英国的几位王公爵爷，请求主持公道，决斗也未实现。

朱亚诺所表现的骑士精神，远没有到此为止。1442年8月，有一个名叫贾克梅·德·里波尔的骑士，听说他好斗的名声，来信要求与他决斗，他却借口因为没有国王的正式命令，予以拒绝。两年之后，由于经济拮据，他将家乡的庄园出让给蒙塔尔巴统领纪列姆·德伊哈尔，对方因付不出全部现款，补了一张借据。到了1446年，这笔债务仍然没有了结。于是朱亚诺又给对方去信，要求决斗。到了1450年，他还在写信给蒙塔尔巴统领，要求他还债，否则便进行决斗。一直到了九年之后，这位统领病死，朱亚诺既未收回债款，也未得到显示精湛武艺的机会。

根据历史记载，当时在阿拉贡王国的土地上，确实有这样的游侠骑士，凭一支长矛、一柄剑，为了荣誉和名声，到处去建功立业，因而使得号称"慷慨豪爽"的阿方索五世（1396—1458）的时代给后世留下了十分浪漫的色彩。但是朱亚诺·马托雷尔却生不逢辰。他尽管有着骑士的头衔,却只落到为了家产、贵族名誉而到处寻衅报仇、要求拔剑决斗的地步。亏得在档案馆内保存至今的这些信件,才得以知道这位不幸骑士的家庭情况,他的为人处世,他的脾气性格。至于他的其他经历,只知道他去过英国和那不勒斯,而且一辈子没有结婚。

朱亚诺·马托雷尔不是一个好骑士,却成了一个好作家。他自称于 1460 年初开始写长篇小说《骑士蒂朗》,用了八年,写成了三部分,但来不及写完,便于 1468 年因病去世。其第一部分写的是英国瓦洛亚克伯爵代替英国国王,率领军队打退摩尔人的侵犯后,仍然退隐林下,从而引出布列塔尼来的一群青年,其中就有白郎·蒂朗,他们去英国参加英国国王和法国公主大婚的庆典。他们途遇退隐的瓦洛亚克伯爵,接受他关于骑士道规矩的教诲,因而使蒂朗在与各国来参加庆典的骑士的比武中屡屡得胜,被英国国王封为袜带骑士团骑士,得到“骑士之最”(或“骑士之花”)的称号。第二部分接着写蒂朗自英国返回家乡,随着布列塔尼公爵在法国国王朝廷效力。他得知罗德岛的宗教骑士团受到摩尔人的围攻,就准备了一艘船,与法国国王的儿子菲利佩一起前往援助。他们途经西西里岛,受到西西里国王的热情招待。蒂朗促成了菲利佩与西西里公主的婚约。然后抵达罗德岛。蒂朗设计火烧敌船,大获全胜,解了宗教骑士团之围。并将入侵该岛的摩尔人全部逐出。之后,蒂朗返回西西里,菲利佩与西西里公主完婚,回到法国后,蒂朗参加了法国国王对北非的远征。第三部分开始,蒂朗正在法国国王朝廷。国王接到西西里国王转交的君士坦丁堡皇帝受到土耳其人侵犯前来求助的信件。蒂朗得到国王的允准,率领亲友来到君士坦丁堡皇帝的朝廷。他被任命为统领,整顿军队,治理内务,同时也坠入情网,与皇储卡梅西娜相爱。蒂朗率军与土耳其人大战获胜,但是也卷入了宫廷内部的种种阴谋纠纷。此时,皇帝催促蒂朗再度出兵攻打土耳其人。蒂朗于是调集舰队,准备从海上出征。

朱亚诺·马托雷尔的手稿到此中断。1468 年以后,这部未完成的稿件落到了马蒂·朱安·德·加尔巴的手中。他就是《骑士蒂朗》的第二位作者。马托雷尔生前是否与他相识,他是否知道马托雷尔的写作意图,现在都已无法查考。现在只知道马蒂·朱安·德·加尔巴也是加泰罗尼亚贵族,十四世纪初便定居瓦伦西亚。他在1457年结婚,没有子女,其妻于1482年7月去世。据说他家庭富裕,而且藏书很多。他得到马托雷尔的这部分未完成的手稿之后,是否经过修改,然后再进行续写,也已经无法查考。他只在书末自称:《骑士蒂朗》的作者马蒂·朱安·德·加尔巴续写完成其第四部分及结尾等。

马蒂所续写的第四部分的开始是蒂朗的舰队集结港口,准备出发,却突遇大风暴,将各舰刮向海上,有的沉没,有的漂到非洲海岸。蒂朗乘坐的舰在北非海岸沉没。他被突尼斯王国的一位贵族搭救而成了俘虏。由于蒂朗英勇善战,不久便获得自由,而且掌握了军权。他在战场上结识了埃斯卡里亚若大王,两人成为兄弟,一起南征北战,征服了整个柏柏里亚。但是他却将征服的土地都分封给同胞战友,自己则分毫不取。后来君士坦丁堡皇帝得知他东山再起,又来求援,答应许婚卡梅西娜,并且晋封他为储君恺撒。蒂朗就又率军与土耳其人作战,将失去的国土逐一光复,迫使土耳其国王求和,双方签订了101年的友好条约。此时蒂朗已经完成了复国大业,只待与皇储完婚,继承帝国皇位,不料却在班师途中,突发疾病身亡;皇储也在他遗体旁边殉情自尽。

马蒂的这部分续写,是否属于他自己的构思,数百年间引起了许多人的疑问。有人认为,马蒂得到的《骑士蒂朗》稿件是完整的,只是在他手中收藏了20年之久,直到他病死之前,才假托自己是合作者,交去排版印刷。有人认为,马蒂确实是第四部分及其结尾的作者,有三点证据:一是马托雷尔前面的稿件中,从未写过怪力乱神,但在后续的第四部分中却出现了埃斯佩西乌斯塔变成龙的公主的情节,在结尾部分中还出现了大天使带着蒂朗和卡梅西娜的灵魂飞升天国的描写。二是马托雷尔对热那亚人怀有仇恨,总是把他们写成摩尔人的帮凶,但在后续部分中,却说他们在威尼斯一起给蒂朗提供船只。三是马托雷尔在前面稿件中并未表示出对摩尔人改信基督教的兴趣,但在后续部分中却用大篇笔墨来描写摩尔人改宗。因此,认为马蒂在1474年以后修改续写,1489年全部完成是确实无疑的。但是1490年11月20日全书出版之时,马蒂·朱安·德·加尔巴却已经来不及见到了。

尽管《骑士蒂朗》的著作权被众多学者所争论,包括第一作者马托雷尔给堂·费兰多亲王的题献之真实性也备受质疑,但无论是原作作者马托雷尔,还是后续作者马蒂,所呈现给我们后世的《骑士蒂朗》及其反映的骑士生活及骑士精神,对后来西班牙乃至欧洲的骑士文学都具有深刻的影响和价值。

三、倍受褒奖的重大贡献

《骑士蒂朗》出版以来一直为人所称道,伊比利亚半岛上的作家,以及许多欧洲的作家,都深受其影响。这里首先要提到的是卡斯蒂利亚的大作家米盖尔·德·塞万提斯。他在一百多年以后,把《骑士蒂朗》写进了自己的小说《堂吉诃德》之中。

> "上帝保佑!"神父高声地喊,"这里不是还有一本《骑士蒂朗》吗?把它放在旁边。老弟,这可是一部好书,可以拿来消磨时光,也可以获得许多知识。里面写的有英勇的骑士基里莱松·德·蒙塔尔巴,以及干泉骑士;写的还有无畏的蒂朗如何勇斗猪犬,侍女普拉塞德米维达如何快嘴巧舌,消遣寡妇又如何坠入爱河,进行蒙骗,皇后隆下又如何与她的侍从伊波利托谈情说爱。真的,我对你说,老弟,根据它的风格,它是世界上最好的一部书;书中的骑士要吃饭,要睡觉,死的时候死在床上,西且还要先写好遗嘱。这些本情其他这类书中都是没有的。就凭着这些,我对你说,这位作家真是了不起,要不是他把这些寓意的事情写得这样头头是道,他就该送去干一辈子苦役了。把它带回家去,好好地读一遍,看我对你说的是不是真

话。"(《堂吉诃德》,第一部,第六章)

塞万提斯的这一段话,不仅是对《骑士蒂朗》的高度赞誉,而且也说明了它和其他骑士文学的不同。塞万提斯本人,也深受这部小说的启发。他在《堂吉诃德》第二部中,以普拉塞德米维达为原型,塑造了阿尔蒂西杜拉(第四十四章),利用消遣寡妇这个人物,写成了堂娜罗德里格斯的一段情节(第四十八章);甚至也让堂吉诃德临终时躺在床上,立下了遗嘱而后死去。

至于其他受到《骑士蒂朗》的影响的后世作家,就不在此一一列举。还有一位当代杰出的西班牙语作家,也十分推崇《骑士蒂朗》。他就是秘鲁的马里奥·巴尔加斯·略萨。他于1968年发表了一篇长文,刊载在《西方杂志》第七十号上,题目就叫作《为〈骑士蒂朗〉而挑战》。

巴尔加斯·略萨认为,这部中世纪的小说虽然已经出版了四个多世纪,但它仍然富有生命力,仍然值得一看。它不是骑士小说;也不是历史小说,不是战争小说,也不是社会小说;不是言情小说,也不是心理小说。凭着书中对中世纪现实的描写,它应该说是一部"全面的小说"。它所反映的现实生活、其丰富的内容,可以和后世的伟大现实主义作家菲尔丁、巴尔扎克、狄更斯、福楼拜、托尔斯泰等的作品相媲美。当然,它也有模仿,也有想象,也有夸张,甚至也有抄袭,但是这都不妨碍它要创造一个近似于真实的世界的愿望。它实现了这个愿望,而且使读者信服。另外,巴尔加斯·略萨还认为,《骑士蒂朗》的两位作者,十分善于使用写作的技巧,他们使用的安排素材的过程和方法,几乎已经预示了现代小说写作的种种手法。这些都是十分难能可贵的。

《骑士蒂朗》是欧洲文艺复兴时代的产物,它应该列入文艺复兴时代的伟大作品之林。它所受到的文艺复兴思想的影响,不容忽视。据考证,对它影响最大的是十四世纪上半叶加泰罗尼亚人文主义学者朱安·鲁伊斯·德·柯雷列亚;他的著作中的言论,经常在《骑士蒂朗》中出现,使它闪烁出崭新的光辉。《骑士蒂朗》的"绪言"

中写道:

> 至于那些英勇的人士,尤其是那些为了祖国而不惜牺牲个人生命而永垂不朽的人士,特别值得受到尊重、荣耀和赞扬。我们由此读到:光荣没有无数的功绩不能得到,幸福缺乏完全的德行不能享受,英勇的骑士宁可死在疆场而不可耻地夺命逃遁。

> 例如圣女朱迪斯,敢于勇气百倍地刺杀霍洛费纳斯,从而解放了由其压迫下的城邦。因此,以古代的功业和历史编纂而成的书籍如此众多,人们几乎难以将它们统统读到而且加以记住。

> 在古代,武功受到极大尊重,因此唯有强壮、勇敢、敏捷,精于武术的人士才能获得武士的称号。体力和勇气应该运用以智慧,这样,武士才能以灵活和技巧累累以寡敌众,骑士才能以智慧和胆量处处压倒敌人。由于这个缘故,古人经常举行演习比武,将年幼孩童编入军旅,以便使他们经得起战阵,面对敌人无所提供。武功应当高度重视,这是理所当然,否则国家和城市就不可能保持相半。圣《路加福音》①中有一段文字,便如此说明此项道理。我们记忆中有许多英勇的骑士,然而其中尤为出众、非同一般的,却是那位白郎·蒂朗。为了纪念他的崇高品德和骑士精神,因而才写成本书。欲知其事如何,且看随后分解。②

《骑士蒂朗》是对加泰罗尼亚文化的重大贡献。大约在八世纪时,加泰罗尼亚人就开始不讲拉丁语,并将其逐渐转变成加泰罗尼亚语。它是罗曼语系在伊比利亚半岛的一个分支。现在保存下来

---

① 路加福音是《圣经·新约》的一卷书,第十一章第二十一节:"壮士披挂整齐,看守自己的住宅,他的所有都平安无事。"

② 朱亚诺·马托雷尔,马蒂·朱安·德·加尔巴. 骑士蒂朗. 王央乐,译. 北京:人民文学出版社,1991:4.

的最古老的加泰罗尼亚文文件属于九世纪。经过摩尔人的入侵和基督教国家的兴起,到十二世纪时,加泰罗尼亚语成为瓦伦西亚王国和阿拉贡王国的通用语言,其使用范围包括瓦伦西亚、加泰罗尼亚、巴利阿里群岛。十五世纪中叶,阿拉贡王国与卡斯蒂利亚王国合并,到了十六世纪,卡斯蒂利亚语成为官方语言。一度光辉灿烂的加泰罗尼亚文化便陷于黯淡沉寂之中。此时西班牙已经成为统一国家,加泰罗尼亚语开始受到政府的明令禁止。到了十八世纪初,禁令就更严格地实行。在加泰罗尼亚,自 1714 年起;在加泰罗尼亚北部,自 1700 年起;在瓦伦西亚,自 1707 年起;在巴利阿里群岛,自 1715 年起,禁止在官方文件和任何正式文件中使用加泰罗尼亚文,后来又禁止在任何公共场所和印刷品(包括报刊、书籍)中使用加泰罗尼亚文。这种状况一直继续了一个多世纪。到了十九世纪下半叶,在欧洲资产阶级革命的影响下,加泰罗尼亚和瓦伦西亚民族自治的风潮开始高涨,冲破了对加泰罗尼亚文化的禁锢,此时涌现出许多加泰罗尼亚文的文艺作品。这个时期,被称为加泰罗尼亚文化的第二次文艺复兴。二十世纪开始,加泰罗尼亚人民争取自治的斗争更加高涨。1931 年,第二共和国成立时,加泰罗尼亚、瓦伦西亚、巴利阿里群岛均获得自治。

1936 年,西班牙爆发内战。1939 年佛朗哥军队开进马德里,建立专制独裁政权。加泰罗尼亚、瓦伦西亚、巴利阿里群岛的一切自治权利均被剥夺,加泰罗尼亚文又一次被禁止使用,加泰罗尼亚文化也又一次遭到摧残。1975 年底,佛朗哥死后,胡安·卡洛斯成为西班牙国王,颁布新宪法,建立议会君主制。新政府成立不久,加泰罗尼亚、瓦伦西亚、巴利阿里群岛的自治权利都完全恢复。加泰罗尼亚文化也得到了前所未有的发展和繁荣。在巴塞罗那,成立了加泰罗尼亚文学院,旨在复兴加泰罗尼亚古典文学,促进加泰罗尼亚当代文学的发展。加泰罗尼亚文和西班牙文有了同样的地位,可以通用。在马路上,有两种文字的路牌;在书店里,有两种文字的书籍;在报摊上,有两种文字的报刊。

这部无愧于世界文学宝库之列的古典文学作品终于走出了幽谷,屹立于高山之巅,受到全世界读者的欣赏和赞扬,也逐渐被国内的学者所认可。

第二节　《骑士蒂朗》的爱情主线

"食色,人之性也。"无论普通百姓还是英雄人物,作为人类,情色与爱情,都是伴随其生命发展的本能与共存载体。爱情也是所有文学艺术作品永恒的主题。《骑士蒂朗》这部作品也是如此。马托雷尔想象自己是二十岁的年轻人,就像他笔下的英雄一样,展现出勇敢,聪明,爱恋。

作品的文学根源在于以奥克西唐语编排的吟游诗人的诗歌,以及围绕亚瑟王、兰斯洛特或特里斯坦国王等法国史诗的叙述。这类作品在西班牙宫廷中广为流传,自十二世纪末以来得到繁荣。这个文学世界是由相爱的美女和温柔的绅士组成,他们构成了贵族男女之间色情关系的宇宙,并以多种欧洲语言进行了连续的创作和重塑。因此,蒂朗计划在君士坦丁堡皇宫的豪华墙壁上绘制爱情故事。"弗洛里斯和布朗卡弗洛尔,蒂斯比和毕拉默斯,埃内亚斯和迪多,特里斯坦和伊索尔达,吉内薇芙和朗斯洛特等等。"[①]所有这些都是马托雷尔非常了解的夫妇,他曾经是一位狂热的读者,并且是当时最有文化底蕴的国会的探访者。这些故事也是女士们在房间和果园中,在最私密的空间中以热情洋溢的方式背诵的传说,就像那位美丽的皇后向情人伊波利托展示的那样。"低声唱了一支浪漫曲,唱的是特里斯坦受到了马雷斯王的忧伤的情节。"[②]因此,《骑士

---

① 朱亚诺·马托雷尔,马蒂·朱安·德·加尔巴.骑士蒂朗.王央乐,译.北京:人民文学出版社,1991:252.

② 朱亚诺·马托雷尔,马蒂·朱安·德·加尔巴.骑士蒂朗.王央乐,译.北京:人民文学出版社,1991:608.

蒂朗》可以被视为中世纪最后的叙事作品之一,它借鉴了爱情和骑士精神的理想化模型,该作品反映了部分失落的世界,而马托雷尔则通过小说对其进行复兴。

从爱情视角出发,整部小说可归纳成三个爱情故事:蒂朗和卡梅西娜,迪亚菲布斯和埃斯特法尼亚,以及伊波利托和皇后的故事。尽管三个故事之间存在相似之处,但每个人都有各自的特征,这些特征会影响各自的爱情发展过程,其不同的特性是马托雷尔擅长将不同文化传统的元素融合在一起的结果。主要包括礼节性的对婚外情的爱,古典血统的对自然主义的爱,道德主义者的话语和加伦式医学假设的爱。

众所周知,作品的主人公乘坐、行走和航行所处的地理范围尽可能合理可行,因为故事从英格兰延伸到君士坦丁堡,途经法国、葡萄牙、西西里岛、罗德岛以及广阔的北部非洲。但是,拜占庭帝国宫廷作品中最著名的虚构核心是爱情主题的多重发展。不论是之后《堂吉诃德》对该书的评论与肯定,还是读者感受到的对爱情的细致描写,都表达出正是爱情主线促使这部作品成为世界上最好的作品之一。

一、典雅爱情的叹息者

蒂朗的情感路线非常符合行吟诗人诗歌为宫廷爱情所建立的路线——第一阶段是"叹息的仰慕者"(fenhedor),此时他只能暗中默默地梦想心中情人,而不能倾诉出来。接着进入"恳求者"(precador)的阶段,就是说他可向心仪的对象倾吐爱慕之情,女方则可拖到第三次倾诉时再有所回应。要是她答应接纳他为"认可的情人"(entendedor),她会邀他参加某种私密的仪式,最后是完全获得爱的回应(drutz)。主人公到达君士坦丁堡帮助皇帝与土耳其人作战时,他不时想象着年轻的卡梅西娜王储的裸胸。[1] 这位年轻女子的美貌,加上她的血统、财富和智慧,吸引了这位外国骑士,使他陷入了相思病中,骑士食欲不振、时喜时悲、独自哭泣。典雅爱情中的叹息者所具有的典型害羞态度使年轻的骑士无法透露自己的痴情,只有表弟迪亚菲布斯参与其中,知道他的心事。

从公主和皇后决定满足自己的贪婪的那一刻起,蒂朗在开始诱惑卡梅西娜时就开始改变。两位男士在两位女士的陪同下参观了皇家宝塔(第 125 章)。他们在那里看到的财富给他们留下了深刻的印象。这次访问之后,"当天晚间,蒂朗将皇储说的话思考了很久,另一方面,也将他看见的种种思念了很久"[2],这表明他们的爱得到了一些不容忽视的物质期望的刺激,这种状况促使蒂朗克服了害羞,向卡梅西娜表达自己(第 126—127 章)。

就像在战场上一样,蒂朗必须在爱的花园中展现自己的特质。特雷莎·伊奎奎尔多·阿兰达通过了解马托雷尔书中重建的旧皇宫(于 1453 年夷为平地)的信息和现存的考古发现,分析了小说的合理性程度。最明显的是,《骑士蒂朗》已成为重建原始建筑的丰富资料,换句话说,由于在欧洲旅行和居住过一段时期的经历,马托雷尔非常明智地将有关帝国首都的口头或书面资料,与他自己的发现和个人经历的记忆相结合。该情节占据了小说第 282 章至第 286 章的大部分内容。第 283 章(逍遥寡妇如何欺骗蒂朗)的内容可以概括如下:逍遥寡妇爱上了蒂朗,想通过散布谣言并组织一个几乎无懈可击的计划来使蒂朗拒绝自己的爱人,在散布蒂朗爱慕公主是为了成为皇帝并故意欺骗公主之后,她试图说服蒂朗,说卡梅西娜与园丁洛塞塔(奴隶,穆斯林)保持着性关系,甚至还生了一个儿子,将儿子遗弃在水边。英雄蒂朗没有相信这样的卑鄙诬陷,尽管这造

---

[1]　J. MARTORELL. *Tirant lo Blanch*. Valencia: Editorial Tirant lo Blanch, 2005: 469.

[2]　朱亚诺·马托雷尔,马蒂·朱安·德·加尔巴. 骑士蒂朗. 王央乐,译. 北京:人民文学出版社,1991:275.

成了他极大的悲伤。寡妇又通过非常巧妙和复杂的技巧诱使普拉塞德米维达带领卡梅西娜进入了愉快的地方——花园，并假扮成洛塞塔。同时，寡妇已经准备好让主人公通过精心设计的镜子认为自己看着"仆人"如何引诱公主，"两者"如何进入茅屋以及公主如何"被玷污"，一旦目睹了镜子里的场景(也可以直接观察到)，这个年轻人就会陷入深深的绝望。这个情节导致，蒂朗杀死无辜的园丁，成为他北非之旅的非自愿的开始。

在与公主的单独会面中，他通过一个非常有效的程序来表达自己的感受。卡梅西娜对骑士永久性忧郁症的成因很感兴趣，在此之前公主就向他询问了恋爱的对象和感觉。作为回应，蒂朗给她提供了一面镜子，同时说道："殿下，你看见的这个形象，便能决定我的生死，请殿下命令它发发慈悲吧。"[①]然后他从场景中消失，而卡梅西娜：

> ……立刻伸手取过镜子，脚步匆忙地走进自己的房间，以为在镜子里会看见一个女人的画像，但是看见的却是她自己的面容，于是她心里明白他前来跳舞，完全是为了她，佩服他没有说句话，便能向一位贵妇求爱。[②]

在这份爱的声明后，蒂朗扮演爱的仆人的角色，他一再努力通过恳求怜悯和打仗的行为吸引难以捉摸的公主，以表彰他的荣耀，直到他艰难地获得了情人有限的让步。与这个新阶段最相关的说明性插曲是不出响声的婚礼(第162章)。

在一个杂乱无章的场景中，蒂朗设法用脚抚摸了公主的禁地。但一次又一次地遭到他的情人的抵抗，尽管如此，公主还是同意给蒂朗一些回应。有一次骑士准备在战场上战斗时，卡梅西娜同意给

---

① 朱亚诺·马托雷尔，马蒂·朱安·德·加尔巴. 骑士蒂朗. 王央乐，译. 北京：人民文学出版社，1991：281.

② 朱亚诺·马托雷尔，马蒂·朱安·德·加尔巴. 骑士蒂朗. 王央乐，译. 北京：人民文学出版社，1991：281.

他衬衫,以便他可以穿上进行战斗。后来,公主给了蒂朗梳子,他义无反顾地将她的梳子放在装饰头盔的圣杯上。更有甚者,蒂朗穿上了他与自己挚爱性接触所用的鞋子,并在公共场所炫耀它。

卡梅西娜信赖的少女普拉塞德米维达承受着蒂朗的压力,为蒂朗设计了一个大胆的计划,以完全满足他的愿望。她让蒂朗隐藏起来,因公主沐浴时的裸露而兴奋(第231章),最后将他引到公主的床上(第233章)。普拉塞德米维达使蒂朗可以感觉到他心爱之人半睡着的身体,又使公主相信是普拉塞德米维达在爱抚着她。

当卡梅西娜发现是蒂朗在对她进行越来越大胆的抚摸时,如此激动人心的游戏就结束了。

尽管蒂朗想与公主保持完美爱情的努力的结果令人沮丧,但当骑士设法通过秘密婚姻获得公主首肯时,骑士完全获得了爱的回应的地位(第271章—272章)。在私人场合,卡梅西娜同意蒂朗的一些爱意,但他们在骑士完成对非洲的军事远征之前不会做爱(第219章—第413章)。一旦完成任务,蒂朗回到君士坦丁堡,他才能最终与公主发生性行为。

不久之后,皇帝亲自要求女儿接受蒂朗作为她的丈夫。她欣然接受,并举行了订婚仪式。最后,因为蒂朗的突然去世没有完成正式婚礼庆典。卡梅西娜在未婚夫的尸体上因悲痛而自刎。1506年,两人的遗体被转移到蒂朗的出生地布列塔尼,被埋在同一个坟墓中。

二、自然爱情的享受者

这本小说讲述的第二个引起人们极大兴趣的浪漫故事讲述了迪亚菲布斯和埃斯特法尼亚的爱情,他们也有着亲密的关系。迪亚菲布斯是随从中的重要成员,随蒂朗在剧本的第一部分参加了英格兰国王的婚礼。就埃斯特法尼亚而言,她在第119章中首次出现,是与卡梅西娜年龄相近的少女,从小就与公主一同成长。

迪亚菲布斯和埃斯特法尼亚的浪漫史始于这位绅士对她的爱

的直接宣告,而这段爱情恰好与她在皇宫中偶然相遇:

> 如果讲到亲戚关系,那么这位近亲便是我了。尤其是因为我一向听从你,如同蒂朗听从皇储那样。她那美貌和尊严,真该统治全世界的。那么,你愿意接受我当你卧室里的侍从长了,吻我一下作为证明吧。①

迪亚菲布斯试图诱惑这位年轻女子的话语,通常是礼貌和有条理的,这从根本上反映了这位女士相对于他的优越性。不过,埃斯特法尼亚的最初反应与卡梅西娜对蒂朗一样是消极的,因为她完全拒绝了这位绅士的提议,她斥责了他的大胆态度:"我认为你缺乏正常的判断,如果你有的话,你便不至于失去你高尚的天性。因为你的所作所为,实在是严重的诽谤,应该受到惩罚。"②的确,虽然最初遭到少女拒绝,但其爱情发展速度与蒂朗和卡梅西娜的缓慢恋爱过程形成了鲜明的对比,迪亚菲布斯设法亲吻了埃斯特法尼亚,后者此前曾请求公主的允许。在短短的几页中,我们目睹了迪亚菲布斯爱的宣告,埃斯特法尼亚最初的拒绝,然后同意初吻,并让绅士可以享受其上半身。此外,就在迪亚菲布斯准备享受情人身体的那一刻,他发现在少女的乳房中隐藏着一种由少女单方面授予他的秘密结婚证书。

这对情侣的爱情故事与小说主要人物的爱情故事之间形成了鲜明的对比,这在第 162 至第 163 章以非常生动的方式得到了证明。同时,马托雷尔捕捉到了在同一个房间的两张床上发生的事情,这两张床上分别是蒂朗和卡梅西娜,迪亚菲布斯和埃斯特法尼亚:第一对情侣要表现出克制,这取决于绅士的礼貌举止和处女的谨慎,而第二对则没有这种限制,并按照自然主义的准则行事,沉迷

---

① 朱亚诺·马托雷尔,马蒂·朱安·德·加尔巴. 骑士蒂朗. 王央乐,译. 北京:人民文学出版社,1991:323.

② 朱亚诺·马托雷尔,马蒂·朱安·德·加尔巴. 骑士蒂朗. 王央乐,译. 北京:人民文学出版社,1991:285.

于性享受。不久,蒂朗要求皇帝批准这对情人的婚礼,该婚礼在订婚后立即得到了实现。然后,他们被迫分离,因为迪亚菲布斯必须去战场上战斗,在那里他被敌人俘虏,直到蒂朗设法将他救出(1465年)。

因此,这是一个爱情故事,两个年轻人的相互诱惑是基于双方的相互吸引力和某种性紧迫性,从而避免了任何或多或少的修辞演说。

三、梦想爱情的争取者

伊波利托·德·罗卡·萨拉达是蒂朗的年轻的侄子和仆人,他在小说的第 146 章中首次出现,并在 155 章获得骑士身份。他也是一个布列塔尼人,像迪亚菲布斯和蒂朗一样。他与皇后的关系在第 248 章突然开始,在对似乎反映年轻人的面容的疾病感兴趣之后,他回答道:

> 如果我在一个女人身边:一起躺在床上,不管她怎么爱睡,我也不会让他像陛下那样睡着的。不过陛下不一样,因为是单独睡觉,没有人与你说话,也不在床上翻身。①

尽管皇后清楚地提到了与皇帝的无性生活,但她似乎并不认为这是理所当然的。她直言,困扰伊波利托的疾病只不过是相思病,并对他所爱的人的身份很感兴趣,他回答说他爱的就是皇后。皇后起初怀疑伊波利托宣告爱情的诚意,于是她说"你我年龄悬殊",同时又怀疑蒂朗满足她与她的人民对最高权力野心的策划是一个陷阱。伊波利托努力消除她的疑虑,但她坚持认为两人年龄差距很大,又列举了其他原因,例如对其外国人身份的不信任以及她极不可能满足他的性需求并给他生孩子。尽管如此,在伊波利托的坚持下,皇后很快忘记了她的审慎,同意成为他的爱人并与他约会。伊

---

① 朱亚诺·马托雷尔,马蒂·朱安·德·加尔巴. 骑士蒂朗. 王央乐,译. 北京:人民文学出版社,1991:578.

波利托与这位贵妇偷偷摸摸地会面,还在他房间的露台上感受到了爱情的最后高潮,这是他们整晚享受性爱的序幕。

此时,我们又面临着一段短暂的爱情故事,甚至比迪亚菲布斯和埃斯特法尼亚的爱情故事还要短,并且与蒂朗和卡梅西娜的故事也形成鲜明对比。这种集中的情感,使伊波利托从诉求者轻松地转变为爱的回应的获得者,这种令人惊讶的轻松,至少在皇后的角度上,意味着某种乱伦:在她的潜意识里,伊波利托是她在战争中丧生的儿子的一种转世,他的姓氏使人联想起了费德拉的古典神话。这个乱伦构成了皇后与丈夫有关的所谓梦想的基础,是她对伊波利托之夜的曲解。她告诉伊波利托,她死去的儿子出现在她面前,然后,"我们拉着手进了卧室,我的儿子和我一起躺到床上。我伸出右臂搂住他的背,抱住了他,让他吻我的乳房。我从来没有感觉到睡得如此酣畅"。女皇的狡猾使她能够将伊波利托隐藏在房间里十五天,在其他场景中,这位女士以其儿子在梦中要求她拥有并爱上伊波利托为借口进行辩护。从这一刻起,年轻绅士的社会和经济地位提升,获得了各种财富。

蒂朗死后,伊波利托成为君士坦丁堡皇帝,原来的皇帝因突然生病而把他作为继承人(1488 年)。卡梅西娜无法接受蒂朗的死亡和皇帝的丧命,她感到自己快要死了,并在此事发生前不久,将母后定为继承人。这种情况对肆无忌惮的伊波利托的愿望再有利不过了。如果世袭的合法性对他和皇后有利,那么骑士的议会便是他们的利益捍卫者,他们的利益捍卫者一致认为,"我们众人都知道,伊波利托与皇后有着旧情,那就娶了皇后,登上皇位,这完全是公平合理的事"[①]。伊波利托与他的爱人预料到了这一重要决定,他与爱人分享了又一个快乐的夜晚,"次日早晨,太阳还未曾在地平线上出现,这位骑士心中充满幸福便起了床,因为两人一夜欢娱,十分快

① 朱亚诺·马托雷尔,马蒂·朱安·德·加尔巴. 骑士蒂朗. 王央乐,译. 北京:人民文学出版社,1991:992.

乐。他便着手准备皇家的葬礼"①。当蒂朗的人正式向皇后传达他们的决定时,皇后很高兴地接受,但并非没有受到质疑,特别是皇后的年龄问题——高龄使她无法生育后代,这是一个国家问题(第483章)。因此,在人民的认可下,伊波利托的名声和名誉逐渐提高,人们庆祝了这对夫妇的订婚和婚礼。结婚后,新皇帝取得了军事上的成功,他为希腊帝国(第487章)征服了新的地方,从而使他的身份更具合法性。但是皇后三年后去世,伊波利托与英格兰国王的女儿结婚,他与之育有两个女儿和三个儿子,其中一个也被称为伊波利托,将成为东方和西方皇帝。

第三节　《骑士蒂朗》的人本特质

中世纪文学的特征之一是展示特定历史文化时期的"人"的因素的强势存在,表现着"人是英雄"的主旨。作品常以对人的特征的艺术描写,来显示中世纪历史文化条件下的"英雄"风貌。几乎每一个中世纪作品所描写的事件都体现出人与人之间关系的因素以及个人的性格特点对事件发展所起的作用,人与人之间的矛盾是事件发展的真正动力。通过阅读可以看到,这些英雄的身上具有常人所不具备的能力和优秀品质,同时也具有在现实中普通人的性格弱点。而正是英雄身上或大或小的过失,铸成了他自身的悲剧。

一、早期人文主义的荣誉取向

《骑士蒂朗》是早期骑士小说的代表作之一,作者是用卡斯蒂利亚语进行写作和传播的。骑士小说产生的准确时间同样难以查考,但根据现存的有关版本看,它们大多产生于中世纪后期。骑士源自

---

① 朱亚诺·马托雷尔,马蒂·朱安·德·加尔巴. 骑士蒂朗. 王央乐,译. 北京:人民文学出版社,1991:995.

古罗马帝国,随着骑兵的产生而产生。中世纪西欧小王国之间旷日持久的争斗与倾轧导致了骑士制度的复兴。同时,为抵抗摩尔人入侵,伊比利亚各王国和法兰克王国等使骑士制度得到了空前的发展。骑士追随国王或领主征战,并从国王或领主那里获得封号和封地。由于骑士制度的兴盛,骑士文学也广为流行。十四、十五世纪,随着火枪、火炮的应用和封建体制的衰落,骑士文化也就完成了它的历史使命,但骑士文学依然具有顽强的生命力。

十五世纪末十六世纪初是骑士小说的繁荣时期。我们或可视骑士小说为西班牙文学对某些审美传统的一次回馈,它集中地体现了文艺复兴运动初期西班牙中小贵族的审美理想。那些惩恶扬善的骑士非但相貌英俊,而且一个个勇武盖世。与此同时,骑士小说跌宕起伏的情节在展现主人公伟大的性格、超群的智慧和非凡的武功的同时,给予一般读者以极大的快感。骑士小说在拓展文学想象力和表现力,尤其是情节的复杂性方面为后人留下了一笔丰富的遗产。没有骑士小说,不仅《堂吉诃德》是不可设想的,就连整个西方小说也会在故事性方面大打折扣。

西班牙是骑士小说的一片沃土。十五世纪末,西班牙赢得了收复失地运动的胜利,成为不可一世的新兴帝国。捍卫各小王国利益并在收复失地运动中立下汗马功劳的骑士阶层实际上已经完成了历史使命。但是,一方面由于它是西班牙收复失地运动的中坚力量,在长达八个世纪的抗击摩尔人统治的战斗中谱写了无数可歌可泣的篇章,骑士仍是许多西班牙人心目中的英雄;另一方面,历史开启了新的篇章,骑士小说为艺术提供了想象的余地。

"大江东去,浪淘尽,千古风流人物……"历史赋予后人以诗的情怀,诗的空间。骑士小说则是这种情况的反映。一般文学史家都认为它受到过英法两国的骑士故事(或骑士故事诗)的影响,但其源头似乎应该是西班牙本土的史诗、传说与谣曲,如《熙德之歌》《西法尔骑士之书》和许许多多有关收复失地运动的"边境谣"。火枪的发明和应用使战争和军队改变了形式。同时,大部分骑士都已被封王封侯,远离了铁马金戈,开始了文明的贵族生活。于是,过去的骑士生活被逐渐艺术化。比如,多数骑士小说的主人公是浪漫的冒险家,他们为了信仰、荣誉或某个意中人不惜赴汤蹈火,他们往往孤军奋战,具有鲜明的个人英雄主义倾向。从这个意义上说,骑士小说多少具有早期人文主义的价值取向;而且骑士小说文体自由,为作家的想象力提供了驰骋的天地。

从创作方法和审美取向的角度看,骑士小说也有其不可多得的长处——自由和"有趣"。在人文主义批判现实、宗教和经院哲学,提升教化功能的同时,骑士小说展现的却是另一番景象,而这番景象客观上推动了欧洲小说的发展。与其他对《骑士蒂朗》的众多说法一样,它们的共同特点是主人公具有崇高的理想和精湛的武功:他们为爱情、信仰和荣誉不惜冒险甚至牺牲生命;他们除暴安良,见义勇为,而且总是单枪匹马。

英雄崇拜也是《骑士蒂朗》对非正规世俗思想的追求。基督教道德本不允许英雄存在。人之为人即有罪,不能崇拜同类,只能信仰上帝。但诸多英雄史诗、骑士文学中,逐渐产生了大公无私,慷慨仁爱,勇于自我牺牲的部落精神。同时,也有反映国家观念和荣誉观念的史诗。

从部落英雄品质,如见义勇为、勇敢善战、忘我无私、责任感强等的特征中,不难看出英雄的荣誉已经不仅仅限于狭小范围的复仇义务,而开始出现具有国家观念的内容。

中世纪封建社会的统治权有各种不同的表现形式,如领主权、教会权和邦君权等。在西方学者的话语系统里,"封建社会"主要是指以农奴制、基督教会和封君封臣制度为重要基础所构筑的等级社会。除了身份不自由的农奴以及自由身份的小农,城市各个阶层的市民,教会的主教、神甫、修士和修女,世俗统治阶层是中世纪社会的又一重要成分。世俗贵族在西欧有自己独特的文化和生活方式,对自己身份有强烈的认同感,但并没有发展成完全封闭的、类似印度"种姓"制度那样的世袭特权等级。联系世俗贵族的凝聚力主要来自封君封臣制度。封君和封臣通过采邑(也就是封地或领地)的赐予和领受建立保护和服役关系。赐予采邑者(也就是封君),有保护受采邑者(也就是封臣)的义务,而后者有义务向前者提供服务,主要是军事服役。在中世纪,这种封地的赐予和领受所建立的封建关系可以存在于大小封建领主之间,如果国王接受了封地,他也可能成为他人的封臣,不过国王通常处于封建君臣等级结构的顶端。对封建领主的军事服役主要是提供骑兵,由此产生了骑士制度,它包括两个方面的要素:封君封臣制度、教会对封建领主行为的约束与指导,以及在前面两个要素影响下形成的行为规范和生活时尚,也就是"骑士精神",包括封建领主的爱情婚姻观念。

骑士必须是贵族和基督徒,骑士作战有功会得到土地奖赏,这些土地成为世袭,逐渐形成骑士阶层。骑士们坚守的信念是忠君、护教、行侠、尚武,除此还要舍命保护女主人。骑士除了信奉"忠君、护教、行侠"的信条外,还要"文雅知礼",甚至学习音乐和诗。骑士把荣誉看得高于一切,能为自己"心爱的贵妇人"去冒险并取得胜利,博得贵妇的欢心,在骑士看来是最大的荣誉。所有这一切构成所谓"骑士精神"。中世纪欧洲在教皇超民族的统治之下,世俗政权被大大削弱,国家变得不再重要。现实生活中的琐事,教会不管,世俗政权弱小又不能管,使"侠"被提到重要地位。社会秩序混乱往往会产生侠义崇拜的社会现象,骑士正直、疾恶如仇、身怀绝技,成为众望所归。

在法国产生了骑士文学,它是十一世纪至十三世纪欧洲封建骑士制度盛行时期流行的一种描写骑士的冒险和爱情生活,抒发骑士的荣誉观念和生活理想的一种封建贵族文学。它又分为骑士抒情诗和骑士传奇两种。

骑士抒情诗,兴盛于十二世纪至十三世纪,以法国南部普罗旺斯地区为代表,故又称为"普罗旺斯抒情诗"。其主题为骑士爱情,歌颂的是"个人之爱",它影响了后来的"温柔新体"(但丁),以《破晓歌》为代表。骑士传奇又被称为骑士叙事诗,是用诗体写成的长篇故事,后来加入散文部分。骑士传奇闪现出人文主义的曙光和对禁欲主义的指责。

这些单枪匹马的英雄,重视的是个人的爱情和荣耀,个人与环境冲突时,作为"独立人"的品格就出现了。这些个人主义因素开始萌芽,其中的人文主义价值理念、细腻的心理描写对后世文学影响较大。

二、早期世俗思想的爱情取向

在中世纪禁欲主义文化背景中,也散发着一些有叛逆精神的世俗追求。首先表现在对爱的世俗化的追求,它不是对上帝的爱,而是世俗的爱情。禁欲主义的束缚,谈情说爱的欢愉,尤其是中世纪骑士与贵妇人的浪漫爱情故事,成为宫廷文学最为重要的内容之一。

正如《骑士蒂朗》所描述的那样:蒂朗勾引卡梅西娜的策略是在他遇到卡梅西娜的同时正式调整自己以适应典雅爱情的进展顺序。这位骑士什么也不做,很少违背他所爱之人的意愿。他的爱情故事是对色情冲动的压制。就卡梅西娜而言,尽管做出了一些断断续续的让步,但她还是通过各种争论减缓了感性的过程,虽然,她几乎和蒂朗在同一时间相互爱上了对方。然而公主的内心中感受到的爱与道德和社会习俗发生的冲突,使她陷入了怀疑和矛盾的海洋中。宗教论文作家和传教士传播的关于爱的思想,道德上的羞怯,无非就是让公主阻止蒂朗亲吻她,以及在镜子后面承认爱意并谴责他,这是她向绅士坦白的样子,当时她为自己辩解说:"幼稚的年龄,以及害怕受到耻辱,使我直到如今还受着阻碍,因为我既不能也不敢向你表示出我的心愿。"[①]

除道德规范外,社会规范也决定了卡梅西娜对蒂朗的拒绝。渴

---

① 朱亚诺·马托雷尔,马蒂·朱安·德·加尔巴. 骑士蒂朗. 王央乐,译. 北京:人民文学出版社,1991:625.

望在公众舆论面前维护自己的名望和荣誉,将她与蒂朗区分开来的阶级差异,以及蒂朗作为外国人的地位是爱情关系发展的主要障碍。担心她在别人面前的好名声受损导致她反对与骑士的性行为,直到秘密婚姻之后她才改变主意。蒂朗充分意识到身为境况不佳的外国人,且是一个无头衔的外国人会遇到的障碍,这是卡梅西娜仍然坚持的一个方面,她也提醒这位绅士:你还是平民。这就表明,他在针对土耳其人的军事事业中的功绩尚不足以实现他与她结婚。

卡梅西娜对不同的人有不同的态度:她与同伙和知己埃斯特法尼亚和普拉塞德米维达分享她的真情;她把真情隐藏起来,不向其他人吐露,并对求婚者有所保留。她表示,要想与她有情爱,必须是他成功完成军事任务的那一刻。所有这一切意味着,就卡梅西娜而言,国家利益与爱的理由交织在一起。

从前几节进行的分析可以得出,在马托雷尔小说的三个最重要的诱惑过程中,存在融合的元素和差异的元素。关于融合,应该指出的是,这三个进程的推动者分别是蒂朗,他的堂兄迪亚菲布斯和他的侄子伊波利托,这些是布列塔尼的杰出人物,他们来到君士坦丁堡来帮助老皇帝,同时,诱惑这些骑士的对象分别是卡梅西娜公主,埃斯特法尼亚和皇后,她们都是希腊皇室的重要女士。关于差异,三个进程之间存在的数量和质量上的差异。一方面,蒂朗将自己的诱惑策略调整为符合宫廷爱情传统的模式,因此,他无限耐心地跟随相应的阶段,这些阶段将他引向理想的港口,并且在小说中表达得非常详尽。此外,他对引诱卡梅西娜的兴趣还响应了更多虚假的刺激,例如满足了他有一天要赢得帝国王冠的雄心。为此他必须激活第二种引诱策略,例如使军事功绩成为公主和她的家人可以接受的理由。另一方面,卡梅西娜对蒂朗的要求难以捉摸,这回应了她的兴趣,即她希望树立一种形象:尊重中世纪的基督教道德主义者关于爱的信条,以及对她的社会状况和作为国家的责任的要求。

相反,其他两位绅士所进行的诱惑过程非常短暂,区别于主角恋情中的渐进式渐变。对于迪亚菲布斯和埃斯特法尼亚,在无其他实质性条件的情况下,表现出人们对无忧无虑地享受性生活的兴趣。这对夫妇的结合也像蒂朗和卡梅西娜一样,对于加强东西方的联系是很有用处的。年轻的伊波利托不必费劲就可以勾引对夫妻关系不满的皇后,皇后先变成了情人,后来又变成了妻子。这位出色的女士被伊波利托令人愉快的性爱所征服,加上乱伦的梦境,弥补了她的欲望。她的下嫁,也使伊波利托成了新的皇帝,当然这也是有利可图的爱。

简而言之,书中以丰富的方法来模仿爱和诱惑的策略,这是马托雷尔循环利用各种文化传统制成的杰作。

三、鲜明的个人英雄主义色彩

从西班牙历史的维度来看,骑士小说之所以繁荣,一方面是因为西班牙赢得了收复失地运动的胜利,而骑士阶层作为收复失地运动的主力军立下了汗马功劳。另一方面,收复失地运动的胜利又使骑士阶层实际上完成了历史使命,这个阶层是抗击摩尔人统治的中坚力量,在长达近八个世纪的战斗中,谱写了无数可歌可泣的篇章,因此直到今天,他们仍是许多西班牙人心目中的民族英雄,骑士小说则是这种心态的反映。同时,火枪的发明终结了冷兵器时代,使战争和军队改变了形式,加之收复失地运动的胜利,大部分骑士都已被封王封侯,远离了金戈铁马,开始养尊处优。于是,过去的骑士生活被逐渐对象化、艺术化,称谓历史的幻影、现实的补充。比如,多数骑士小说的主人公都俊朗勇敢,是一手举剑、一手握笔,智慧、浪漫的冒险家和多情种。他们为了信仰、荣誉、爱情(或意中人)不惜赴汤蹈火、在所不辞,他们甚至经常孤军奋战、特立独行,因此具有鲜明的个人英雄主义色彩。

主人公为了爱情、信仰和荣誉不惜冒险甚至牺牲生命的精神为人们营造了想象(或谓审美)的空间,填补了他们的某些情感需求。至于骑士们惩暴安良而且总是单枪匹马、战无不胜的形象,更是为生活在社会底层的人们提供了某种精神慰藉。

从《骑士蒂朗》的主要内容来看,瓦洛亚克伯爵受命于英王,参加伊比利亚基督徒的收复失地运动。他足智多谋,英勇善战,轻而易举地击溃了摩尔人,然后归隐山林。同时,年轻的加泰罗尼亚骑士蒂朗赴英国参加英王和法国公主的大婚典礼。蒂朗路经一片神秘山林和卸甲归隐的瓦洛亚克不期相遇。二人相见恨晚,成为忘年交。瓦洛亚克使蒂朗得到了有关骑士道的真传。如此这般,蒂朗武艺精进,在后来的一系列骑士比武和行侠冒险中屡战屡胜,终被英王封为"骑士之花"。但他无意享高官厚禄,毅然决定南下抗击敌军,并在罗德岛大获全胜。与他并肩作战的是法国王子菲力佩,他们率领麾下骑士很快收复西西里岛,受到了西西里人民的欢迎和爱戴。这时,蒂朗骑士和法国王子双双爱上了西西里公主。为了成人之美,蒂朗主动撮合菲利佩王子和西西里公主,随后毅然返回罗德岛,把卷土重来的摩尔人驱逐出境。当他再次回到西西里岛时,还大义凛然地为菲力佩王子和西西里公主主持了婚礼。后来,蒂朗继续冒险征战,行侠仗义,最后受命于君士坦丁堡皇帝,奋勇抗击土耳其军队,并爱上了君士坦丁堡储君卡梅西娜公主。最后一部分为苏安所续写,意在描写蒂朗的新冒险。譬如他在非洲海岸不慎遇险,并沦为俘虏。但骑士小说毕竟是想象的产物,蒂朗不仅没有遭受塞万提斯的屈辱,反而摇身一变,成了突尼斯王国的救星,受到突尼斯国王的赏识。最终,骑士蒂朗载誉与卡梅西娜公主订婚。但作者在此戛然而止:在骑士准备完婚并继承皇位之际,忽染重病,不治而亡。公主卡梅西娜殉情并与骑士葬于一墓。于是,蒂朗的冒险和爱情具备了更多的个人英雄主义传奇色彩。

正因为"出其不意",小说迎合了一般读者的消遣和猎奇心理。虽然它们处理人物(身世)和情节(冒险、爱情)的方式不尽相同,但总体上却是程式化、脸谱化的;主要内容更是游离于当时的社会现实。不过是文艺复兴运动时期的一个理想主义的插曲,一定程度上体现了封建时代中小贵族阶层的审美理想。

当然,为了追求可信度,骑士小说也不全是毫无根据的奇思异想。它们甚至必须在荒诞的情节中格外重视细节逼真,否则就成了纯荒诞离奇的妄想。作者对其幻想的"真实性"充满自信,并不断为之注入历史细节,其中最浓重的背景是收复失地运动,比较"写实",几乎没有奇幻色彩。随着情节的展开,夸张和想象固然逐渐占据了主要地位,但收复失地运动始终如影随形。

同样,《骑士蒂朗》以"写实"开始,故事似乎更加真实可信。就像作者在小说中所宣称的那样,"经验证明,人们的记性相当薄弱,不仅容易将遥远的过去遗忘,而且眼前的事情也经常难以记住。因此,用文字记叙古来英雄好汉的主功伟绩是十分必要的……罗马著名演说家塔利奥就是这样说的"。作者于是列举古来英雄好汉,并说骑士蒂朗是"其中尤为出众,非同一般"的一位。

骑士蒂朗的个人英雄情节,向人们展示了为了民族的胜利,为了个人的爱情与荣誉,冒险与牺牲都是值得的。

第七章 伤感小说《爱情牢房》

——基于名誉之上的爱情与相思

第一节 《爱情牢房》与"感怀小说"

一、"感怀小说"(伤感小说)的由来

十五世纪中期,西班牙开始兴起一种新型小说,它打破了之前由神话故事主导的局面,它虽然带有明显的骑士小说的元素,但却与骑士小说不同,将叙述重点放在人物的心理变化和激情之爱上,梅嫩德斯·佩拉约在其作品《小说的源起》中,将具有类似特征的作品命名为"感怀小说"。

作为十五世纪至十六世纪中期的史诗叙述类文学作品中的一个子类,它往往以"典雅爱情"为主题,在叙述中穿插着书信与诗歌,其主人公都是陷入爱恋之人,男主人公往往是一个"悲情英雄",以自杀、流放或复仇为结局;女主人公则集各种美德于一身,完美无瑕。从时空角度来讲,感怀小说没有非常明确的时空定位,一般发生在某个浪漫的、遥远的中世纪时期某个年代,人物性格特点也没有明显的改变。

最具代表性的感怀小说作品有:1450 年胡安·罗德里格斯的《无爱的仆人》和 1492 年在塞维利亚首次出版的迭戈·德·圣佩德

罗的《爱情牢房》(创作于 1483 至 1485 年)。基斯·温诺姆认为感怀小说的共同之处在于,一般篇幅较短,以爱情故事为主题,关注人物的情感状态和内心矛盾。当然,这并不意味着所有的感怀小说都具备以上特征,诸如隐喻、书信体和自传色彩等特点在不同的作品中也有相应的体现。

"典雅爱情"的主体,一个是处于社会下层的骑士,一个是处于上层的宫廷贵妇,当前者爱上后者,其悲情结局和伤感故事就开始了。处于欧洲中世纪这个封建与宗教并存的时代,"效忠于领主和上帝"是骑士自始至终的信念,"对情人永远的忠诚"自然也成了典雅爱情至死不渝的信念和追求。正如《爱情牢房》的故事中,追求者热情似火,满腔热血,不断升华自我,坚定乞求爱情,但被追求者都往往冷若冰霜,孤傲矜持,无视对方所做的付出。其实,这本就是一场不平等的恋爱,因为双方的阶级地位悬殊,而且置身于两个截然不同的生活环境,有的"典雅爱情"的女主人公贵妇还是有家室之人。这样的爱情是注定不会有结果的。

典雅爱情大多与婚姻无关,不以婚姻为目的,只有单纯的情感。骑士们把所爱之人抬高到一个圣洁无瑕、无上崇高的境界,从而把一切情欲及肉欲的东西看作污点,把它们从爱情中剔除出去,让柏拉图式的爱情在精神领域自由地翱翔,让不可能存在的婚姻留给人们无限的遐想。

在《爱情牢房》中,男主人公只是为了付出而付出,忍受着爱情牢房中各种残酷刑具的折磨,只要他心目中的女神高兴。可以称赞男主人公是"忠于爱情的信徒",他一直维护自己所信奉的价值观。但这种没有结局的人生价值追求、典雅爱情追求,只能以悲剧收场。

来自于典雅爱情的感怀小说,之所以让读者感怀和感叹,一方面是因为它展现的是一个人的现实生活中贯穿于人生却不可逾越的爱情。另一方面,感怀小说对人物内心情感矛盾的描述,充满文学手法的隐喻、书信体、自传色彩,以及阶层对比强烈的场景体现,加深了人们对小说主人公同情、无奈的情感,这也是感怀小说带给我们的无穷魅力。

二、作者其人与作品梗概

有关作者迭戈·德·圣佩德罗的生平资料甚少,现今对其所知的一些资料又多来源于间接的历史文献。据推测,他约生于 1437 年,卒于约 1498 年,从他所担任过的一些职务来看,他曾获得过学士学位;先在卡特拉瓦城防局令官堂佩罗·吉隆手下效力,随后在这位司令的儿子堂阿隆索·特列斯·吉隆和堂胡安·特列斯·吉隆两位伯爵那里供职,前后长达二十九年。1459 年,出任佩尼亚菲耶尔地方长官兼大法官。据他的墓碑铭文记载,他曾是国王咨询机构的法官。他有两部重要文学作品,即小说《爱情牢房》和小说《阿纳尔特和路森达的爱情故事》。

《爱情牢房》1492 年第一次出版。作品描写一对青年男女的感情矛盾冲突。男主人公雷列亚诺是西班牙一个普通伯爵的儿子,对马其顿国王的女儿劳列欧拉"一见钟情",并深深地陷入了他自己编织的单相思情网之中。小说中的主要人物,除了男女主人公外,还有"作者",他是讲故事的人,一方面在故事情节中起着承前启后的作用,另一方面对发生的事件和书中出场人物做些交代和评述。雷列亚诺为了爱被关押在爱情牢房:一座哥特式建筑。作者把雷列亚诺安排在重要的牢房里,寓意着爱情的处境是上天无路,入地无门。由此叙述一对恋人的爱情悲剧。男主人公雷列亚诺爱上了马其顿王国公主劳列欧拉。作者(或谓叙述者迭戈·德·圣佩德罗)被雷列亚诺诚挚的爱情所感动,出面游说。于是,两个年轻人相爱了。诗人佩尔西乌斯被描写成"与人为恶"的无耻小人:他非但从中作梗,竭尽挑拨离间之能事,还在马其顿国王面前中伤雷列亚诺。国王听信佩尔西乌斯的谗言,将公主关入大牢。无奈公主对雷列亚诺痴心不渝;而后者为救公主竟不惜发动武装起义。国王恼羞成怒,将公主判处死刑。行刑前,雷列亚诺率部赶到,不仅仅解救了公主,还一剑杀死了佩尔西乌斯。但公主这时已经心灰意冷,断然拒绝了雷列亚诺的爱情。从此,可怜的雷列亚诺再也没有进食。临终前,他撑着奄奄一息的躯体,用生命的最后热忱反驳友人对女性的不屑和对爱情的怀疑。作品波澜迭起,且极其煽情。先是欲爱不能的相思之苦,峰回路转之后公主又突然变卦了。这种处理方式固然奇特,但避免了一般故事的喜剧结局。

该作品产生于西班牙中世纪时期,正是在该作品出版的那一年,1492 年,西班牙王室收复了摩尔人占领的最后一座城市,结束了穆斯林对西班牙的统治。同年,在王室的支持下,哥伦布发现了美洲,这使得西班牙国内经济状况好转,文学艺术也得到进一步发展。随着国土光复,西班牙在政治和文化领域建立了与欧洲其他地区的交往。十五世纪,在天主教双王统治时期,西班牙文学呈现出全新的景象,主要特点是人文主义的全面发展。同时,西班牙文学也接受了来自欧洲其他国家文化文学的影响,出现了一大批运用喻义方式撰写诗歌的作家与作品,同期,谣曲也广为流行。西班牙也被称为"谣典之国"。与此同时,叙事散文体的骑士小说及感怀小说也开始盛行。虽说西班牙的骑士小说受到英国骑士传奇和法国英雄史诗的影响,但却拥有自己的独特风格,尤其是《爱情牢房》这部伤感小说,结构严谨,情节曲折,语言精练,通过它既可真切地了解中世纪西班牙的社会面貌和风土人情,又可以领略富有哲理性的规劝人们如何对待爱情、追求爱情的见解。

不过,今非昔比,当时社会时代背景下造就的作品和人们追求爱情的观念与方式,在当今时代未必受到人们的认同和推崇,建立在理想与现实一致性基础上的人们不会去生硬模仿《爱情牢房》中的爱情价值观。从这个意义上说,该作品也为后人如何看待和对待爱情,提供可资借鉴与反思的教材。

三、《爱情牢房》作品的影响力

《爱情牢房》是以"典雅爱情"为主题的最具代表性的伤感小说。

该作品兼具"典雅爱情"与伤感小说的特征元素，又以独到的写作手法，富含喻义的语言，一篇篇引人入胜的故事和信件，将"典雅爱情"的悲壮表现得淋漓尽致。为后人理解"典雅爱情"，效仿"典雅爱情"，提供了教科书式的范本。

《爱情牢房》对后世文学作品的影响是非常显著的，许多研究表明，《塞莱斯蒂娜》和塞万提斯的《惩戒小说》中的一些片段都受到它的影响，甚至《堂吉诃德》中一些涉及情感波折的篇章也受到了这部作品的启发。迭戈·德·圣佩德罗的作品体现了天主教双王时期文学风向的改变，或者说，从"修辞主义"向"人文主义"的改变。他不拘泥于单纯的、文字、结构的完美，更加注重人物内心和社会背景，现实世俗生活的表达，展现出人本化、人性化的写作风格。

《爱情牢房》在当时的影响力同样非凡。当时，这是一本宫廷贵族们争相阅读的流行小说，因为它体现了贵族理想和激情之爱。它是一个打发贵族闲暇的消遣作品，不仅描述了一种爱情方式，而且成为对西方影响深刻的道德风尚和社会哲学，所以被当时的人们所推崇。这部小说的流行一直持续到十六世纪晚期，共计出版了25个卡斯蒂利亚语版本和20个其他语言版本。

如今，虽然过去久远的典雅爱情不被人们所看好和认同，但其中所提出的典雅爱情的31条原则中的某些条款，对女方出身高贵，举止文雅，注重良好品行和声誉的要求，也是现在人们行为道德准则的一部分，值得提倡和发扬。

同时，多种语言版本《爱情牢房》的传播，也反映出该书所隐喻的象征意义：宁为理想而死，不为现实屈服，宁为爱情而死，不图结果如何，在爱情面前应该人人平等的观点与呐喊，是现世人文主义最真实的写照。

第二节 《爱情牢房》——"典雅爱情"的悲剧

一、开门见山的"爱情牢房"

《爱情牢房》为我们讲述了一个"典雅爱情"的故事。小说中的"作者"(实际上是小说中的一个人物,同时也扮演着叙述者的角色)在经历了某次战争归来后,目睹了惊人的一幕:他看见一个叫作"欲望"的面目狰狞的骑士,正押送着一位犯人走在通往爱情牢房的路上。这位犯人名叫雷列亚诺,是公爵之子,他因爱上了劳列欧拉而经受着爱情的折磨。年轻人雷列亚诺向"作者"解释了何为"爱情牢房"。"作者"先是看到一座造型新颖,工程精美的建筑,那就是"爱情牢房"的外观。

> 大山之顶,有一座高塔,塔是那样高,好像直插天穹……
>
> 高塔基座是块巨石,该巨石质地那样坚硬、表面那样光洁,我在别的地方从来没有看见过。基座上耸立着四根大理石柱子,深紫颜色令人赏心悦目。石柱是那样高大,我真担心,它们说不定什么时候会倾倒的。大理石柱顶上修筑了一座三角塔,看上去十分结实;每个角之上又都有一尊金属人像,人像颜色各异:一尊是狮子皮毛色,另一尊是黑色,第三尊是深棕色。还有,每尊人像的手上都牢牢地抓着一根铁链。塔顶之上还有一个塔尖一样的东西,塔尖上站立着一只苍鹰,尖尖的嘴巴,双翅闪耀着从塔身内部射出来的火一样光彩;两支大蜡烛燃烧发光,一刻也不熄灭。这些东西实在让我惊愕不已;样样美妙绝伦。观看,觉得眼睛不够使;欣赏,觉得脑子不够用。①

---

① 迭戈·德·圣佩德罗. 爱情牢房. 李德明,译. 黑龙江:黑龙江人民出版社,2008:5.

"爱情牢房"的外观是一座让人进退两难的建筑,吸引人的是外部的壮丽和内部的神秘,而想要走进它,却不是一件容易的事。路人说的一席话引发了"作者"想探个究竟的好奇心。

> 我是爱情之家的主要官员;人们把我叫作"欲望"。我用这块坚不可摧的盾牌保护"希望",用这尊漂亮无比的雕像孕育"嗜好",用这些"嗜好"毁灭生命;你看看,我抓来这个人,要把他送进"爱情牢房"。在'爱情牢房'里,只有死后才能获得解脱。①

当"作者"费了九牛二虎之力终于爬上黑漆漆的塔门,又遭到门卫的阻拦。按要求放下武器与执念之后,他才走进了"爱情牢房"。更令"作者"惊讶的是眼前一幕幕不堪入目的情景,以及那位被押送的犯人在这里受到的惨不忍睹的遭遇。囚犯对"作者"的讲述,为读者展现了中世纪爱情的精神牢房。

> 你大概知道,我叫雷列亚诺,盖尔希奥公爵——但愿上帝宽容——和科列利娅公爵夫人的儿子。我出生在你现在所在的王国里,这个王国名叫马其顿。命运让我爱上了劳列欧拉;劳列欧拉是现在在位的国王高洛的女儿,我觉得应该抛弃这个想法,而不要继续寻找爱情。但是,一个人的一举一动是无法隐蔽起来的,不能让理智把自己的想法、念头从头脑中排除出去,而是要用意志使想法、念头更为坚定起来。于是,我被爱情征服了,爱神又把我带回这里,这里就是"爱情牢房"。爱情是不懂得饶恕的,他一看见我展开欲望的白帆,立刻把我关押在这里,用烈火折磨、惩罚我,这你都看见了。你如果想弄清楚这间房的基石和你看见的一切是怎么回事,那就应该知道,那块"爱情牢房"建在它上面的基石是我的信念,我的信念决定忍受

---

① 迭戈·德·圣佩德罗. 爱情牢房. 李德明,译. 黑龙江:黑龙江人民出版社,2008:4.

痛苦的折磨，等待不幸的日子快快结束。基石支撑的四根柱子是我的"理解"、我的"理智"、我的"记忆"和我的"意品"；爱神已下达命令，在判决我之前，让它们守候在那里，而且为了使对我的审判做到公正、准确，爱神还询问它们每一位，是否同意拘捕我，因为即使有一位不同意，都将宣布我无罪，不在这里受罪。它们每一位是这样回答的。

"理解"说："为了使事情得到好的结果，我同意对坏事进行惩处，由此我举双手赞成将他关起来。"

"理智"说："我不仅赞成关押起来，而且主张让他死去，幸福之死要比绝望地生好得多，那是为你所爱的人去死呀！"

"记忆"说："'理解'和'理智'都说只能死去才能获得自由，我发誓决不忘记他们的话。"

"意志"说："'记忆'说得对，我想成为牢房的钥匙，我愿意这样做，要永远这样做下去。"

爱神听完这话，知道应该拯救我的人却要判我死刑，便认为这样严惩我是百分之百正确的。你看见塔顶上那三尊雕像——每尊身上都覆盖着不同颜色，一尊是狮子皮毛色，第二尊是黑色，第三尊是深棕色。第一尊是"悲伤"，第二尊是"焦虑"，第三尊是"困苦"。三尊雕像手上握着的锁链是货真价实的暴力，把心牢牢地拴捆起来，不让心得到任何休息。你看见塔顶上那只苍鹰尖嘴和双翅射出的光芒，是我的"思维"；"思维"射出的光芒是那样强烈。"思维"就是要发光的嘛，是要驱走这可怕牢房的黑暗；而且，"思维"的力量是那样巨大，即使到达苍鹰那里，多么厚重的墙壁也阻拦不了它，因为"思维"和苍鹰总是结伴而行，二者能够飞到很高很高的境域。由此，我的牢房也坐落在地球的最高处。你听见那两股不停吹到的海风，是"不幸"和"失恋"；它们告诉我：即使存在某种希望，也无法解决我的问题。黑漆漆的楼梯，你是沿着它上来的；这道楼梯是"苦恼"，我正是带着这种苦恼心情上到这里的。你遇到的第一位守门人是"热望",他为所有悲伤打开大门,所以他对你说,如果身上带有娱乐器具,要放在他那里。你在塔上遇到的第二位守门人是"折磨",就是他把我带到这里的;他的职务和第一位守门人一样,因为他是后者安排在那里的。这把火椅——你看见了,我正坐在上面——是我的"正当爱好",它的火焰一直在我的五脏六腑里熊熊燃烧。那两位夫人给我戴上刑冠—这你看得很清楚——,一位名叫"渴望",另一位名叫"激情",她们用这种奖赏让我的信念得到满足。你看见的那位坐着的老者,一副若有所思的样子,则是"严重不安",他同其他灾祸一同威胁着生命。从头至脚着黄色服装的黑人名叫"失望"。从我头顶冒出的盾牌—我用它保护自己,免遭击打—是"我的理智",它看见我绝望地企图自杀,总是对我说千万不要那样做,因为既然劳列欧拉值得得到回报,我哪怕受苦受难也要争取长寿,而不要为了摆脱苦难去寻死。放在我面前用餐的黑桌是"坚定性",我吃饭思劳和睡觉时离不开这种坚定性。令我惨不忍睹的食物里总是含有这种坚定性。在身边侍候我的三位殷勤的侍者,他们的名字分别是"危害""悲痛""痛苦":其一使我忧心忡忡,连饭都吃不下;其二使我绝望每一口饭每一口菜都充斥着绝望情绪;其三是忧伤,而且让忧伤将心中的水送到眼睛里,从眼睛里送到嘴里,让我喝下去……①

其实,那座矗立在高山之巅的爱情牢房,充满着多重隐喻。其一,它象征着中世纪欧洲,至高无上的"宗教统治"。众所周知,在西方文化史中,中世纪的内涵具有多样性,在历史学的层面上,它指教会权力支配整个社会的时期,即专制时期。在思想文化层面上,指教会思想绝对统治的时期。因此,宗教建筑也与众不同,且高于其他一切建筑。其二,它象征着建立在宗教等级观念之上的爱情,高

---

① 迭戈·德·圣佩德罗. 爱情牢房. 李德明,译. 黑龙江:黑龙江人民出版社,2008:7-9.

不可攀。就像这座爱情牢房，走进去，一切美好的爱情幻想化为乌有，即使你存在某种希望和信念，尽管你有驱赶黑暗"思维"的力量，也摆脱不了"牢房"的束缚。其三，它也象征着骑士对典雅爱情的不懈追求。只要能得到心爱之人爱的回报，哪怕在"牢房"备受折磨也心甘情愿。只有坚强地活下去，才有可能实现梦想和爱情。从文学视角而言，作品中开门见山的对"爱情牢房"内外部的描述以及男主人公对自身遭遇的语言描述体现了中世纪文学尤其是教会文学中大量采用的梦幻象征手法。梦幻象征手法主要对应于人的精神生活，是反映人类重视精神生活的精神形态。梦幻，是指神对人的启示，神与人的沟通只能在梦幻状态中。《爱情牢房》作品中开门见山的"爱情牢房"建筑，直指作品主题和内涵思想，引领读者对书中的人物和事件要知其然，必须知其所以然。巧妙的开头，既有欲罢不能的"爱情"，也有欲罢不能的"故事"，更有让读者欲罢不能的且看下回分解的吸引力。

二、以信传情的"典雅爱情"

故事随后从"爱情牢房"所在地莫雷拉山转移到了公主劳列欧拉所在的马其顿王国，一个遥远的异域国度。公主通过"作者"收到了雷列亚诺的信，得知他情绪低落，正在"爱情牢房"遭受折磨，公主却很生气，因为如此大胆的行为一旦为人所知，她便可能被误解为作风轻浮。而"作者"继续央求她同情雷列亚诺的处境，同时让雷列亚诺坚持给公主写信。尽管如此，劳列欧拉仍然没有回复不幸的雷列亚诺。于是他写了一封告别信，准备一死了之。这时，虽然公主自知不可能有两全其美之策，既解除雷列亚诺所受的爱情之苦，又能保全自己的名誉，但她出于怜悯之心，最终决定给他回信。这一举动让雷列亚诺深受鼓舞，他出来后便前往宫廷，想见公主一面。尽管他们小心谨慎，也并无不当的行为，但当雷列亚诺对公主行吻手礼时，两人内心的悸动被同样爱慕公主的佩尔西乌斯看出来了。他心生妒意，将这件事告诉了国王(公主劳列欧拉的父亲)，以至于国王大怒,公主的名声也遭到质疑。国王相信了佩尔西乌斯的话,一怒之下认定公主与人私通,于是判处她死刑并将她关进监狱。宫廷里的重臣和王后都亲自向国王求情,希望能够免公主一死,然而国王却丝毫不念父女之情,决定维持原判。

打开《爱情牢房》一书,"作者"在男女主人公之间,成了爱情的传声筒和不辞辛劳的信使。而"作者"之所以这样做,也是被主人公雷列亚诺的言谈举止所打动了。

拯救受苦受难的人要比帮助富豪财主更是行善积德的事。因为从你身上看到的是忧伤,而从你的言谈中听到的则是慈善,品德高尚的人救人危难……愿上帝保佑我,心想事成,让幸福降临;你等着好消息吧,我一定不辞劳苦地去做。我喜欢你这个人,看重你的高尚品格,你得救了,就是对我劳苦的最好奖赏。

对于女主人公劳列欧拉所在的马其顿王国来说,"作者"是外国人,性格粗鄙,语言不通,而女主人公是大家闺秀,国王的女儿,又深居王宫,但他克服困难,毅然前往,最终走近了女主人公,并从"荣誉"和"赞誉"入手,拉近了男女主人公的心理距离。

如果说你给他造成的痛苦是有缘由的话,那也应该以慈善之心为他解除,这样你便会成为所有女人中最受赞誉的一个,你拯救他而得到荣誉……

尽管如此,与雷列亚诺的第一次相见也丝毫没有打动劳列欧拉,"作者"不甘心,又私下多次察言观色,并从其不自然的表情动作中,看出其"仁爱之情"总是压过仔细的伪装。

我之所以说仁爱之情,那是因为我从她后来的言谈举止中,毫无遮掩地看出,她应对这些紊乱现象不是从爱情,而是从

仁爱之情角度出发的……①

这正是"典雅爱情"中，女主人公一贯的姿态和心态，典雅爱情中被骑士追求的贵妇人，并不是现实生活中的爱情对象。贵妇人对其追求者不是真正发自内心的爱恋。她们喜欢被宠爱和追求，以满足其虚荣心和获得更多的赞誉。

> 你应该知道女人必须把声誉看得比生命还重要，还重要许多倍，女人有众多理由——其中最重要的是心地善良——轻蔑生命。每个女人都应该注意这一点，特别是王室女性，人们用眼睛直勾勾地注视着她们。连针尖大的污点也不放过，而对良家妇女，即使天大的污点也是不见。

而事实上，贵妇人也确实具有许多仁爱的宝贵品质，她们大多出身高贵，有良好的教育背景和优雅的言谈举止，外表漂亮华丽，气质温文尔雅，是骑士们纷纷追求的不以婚姻为目的的高雅爱情的女主人公。

> 从男主人公一开始打信件中就表明了典雅爱情中，骑士特有的爱情观。

> 是你的绝代美貌使我产生了爱，爱产生欲望，欲望使我感到痛苦，痛苦则转化为胆量。而我保持敏锐的理解力不是为了别的，只是为了赞美她的靓丽，这样就是终止生命，也死而瞑目了。她是那样一个才貌均佳的女人……她的一言一行非但不能驱走我对她的爱，反而增强我的信念。

> 对我的执着精神的赞赏。很可能就是我的坟墓，而我不日将得到哪种赞誉。

> 为了完完全全地成为你的人，我都想抛弃自我呀！要知道我一直认为要用信念去获取因为不能而失去的东西，我正是带

---

① 迭戈·德·圣佩德罗. 爱情牢房. 李德明，译. 黑龙江：黑龙江人民出版社，2008：9.

着这种想法大胆地追求的。而我从未想向你要求可能给你带来的罪责的东西……。

雷列亚诺信件中的一席话，让我们对早期出现的以追求忠诚、勇武、荣耀、保卫弱者和保卫基督教的骑士精神又增添了一种浪漫、温文尔雅的,为了理想的爱而不惜牺牲的世俗精神。同时我们也看到,在典雅爱情中,女性是比男性更为优越和占主导地位的人物,男性在追求女性时,总是卑微和小心翼翼的。

在"作者"的往返传信、劝说开导下,男女主人公的信件多了起来。关系也得到了缓和并产生了一种心照不宣的相互好感。就像劳列欧拉给雷列亚诺的信件中写道的那样:"我凭良心请求你,要让位能给你带来欢乐的那个人的名声,我向你叮嘱这一点,是因为这类好事都希望传扬出去,把注意力放在轰动效应上,我多么希望让人看作心肠狠毒从而被丑化,而不是像你知道的那样因为心地善良而受到玷污。现在为了拯救你,我采取的是完全相反的做法。我面对上帝请求你,把我的信深深藏在你的信念里。不要让任何人看到我给你的信,他一定认为我对你怀有恋情……"[①]正是这封信和"作者"的鼓励与安抚,坚定了男主人公前往王宫见女主人公的勇气。当雷列亚诺对劳列欧拉施吻手礼时,在爱情的旗帜下,恋情的力量是那样强大,双方不由地把心中的秘密暴露出来。这一幕,也是我们经常在影视剧和文学作品中看到的骑士在贵妇人或公主面前的经典画面。这一幕也体现了典雅爱情中,骑士因为受到贵夫人或公主的优良品行的熏陶,而流露出的自我修养提高后的骑士风范。

三、超越"肉欲"的典雅爱情

其实,在典雅爱情中,情人的服从与付出从来都是不图回报的。贵妇人是一个可望而不可即的存在,面对情人的追求,她应当表现

---

① 迭戈·德·圣佩德罗. 爱情牢房. 李德明,译. 黑龙江:黑龙江人民出版社,2008:9.

出毫不动摇的态度,否则就不是真正的"典雅爱情"。可以说,这是一种理想化的、精神层面的纯粹的爱情,这种爱情追求的是对肉欲的超越。

《爱情牢房》这部作品没有一丝一毫男欢女爱之真实画面。相反,作品强调男女授受不亲,只靠信件传情,且即使有男女主人公相思后的见面、重逢,也没有现实生活中或文字描述的那种爱的激情与热烈情景,甚至连肌肤的触碰和身体的相拥等最基本、最普遍的表达爱的方式都不曾有过,展示了地地道道的超越了人性与性欲的"典雅爱情"。

盛行于中世纪的"典雅爱情",不仅仅是一种爱情方式,而且已成为对西方影响深远的道德风尚和社会哲学。它所宣扬的观念无论是与过去还是现代的爱情观和道德观都是格格不入的。

从"典雅爱情"发生的基础看,这是以不平等为出发点的。男子是地位低下的普通骑士,就如《爱情牢房》的雷列亚诺一样,但恰恰又是恋情中的男士,不顾一切地追求比他社会地位高的女子,正如《爱情牢房》的劳列欧拉一样。

两人从一开始就注定很难走到一起。从"典雅爱情"发展的过程看,地位的悬殊,地域的各异,生活环境的不同,这些障碍使恋爱双方连见一次面都非常困难,何来谈情说爱的可能,于是,才有了像《爱情牢房》中只能靠书信往来相互表达的爱情。爱情原本应以人的生理本能的满足为前提条件的,没有身体的接触,何来两情相悦。从典雅爱情的道义观来看,有很多骑士所爱的偏偏是有夫之妇,这种婚外恋本身就不符合正常的社会与道德规范。《爱情牢房》虽不是这样的故事,但男主人公把女主人公当成"神"一样来膜拜和敬仰,只一个吻手礼就会引来种种横祸。这都说明,一位普通骑士,想得到王公贵妇或公主之真爱是有种种鸿沟需要跨越的。

从"典雅爱情"的特征看,越是得不到的就会越变本加厉去追求,且不惜一切代价去赞美和呵护心目中的"女神",这是骑士的风范。在《爱情牢房》中,有三段男主人公雷列亚诺的精辟言论,让我们更好地理解了"典雅爱情"的内核。一是雷列亚诺反驳特菲奥和所有讲女人坏话的人,他列举了不能非议女人的十五个原因。

第一,恶意对待女人的男人犯错误的原因是多方面的,其中第一点我归结为这样的理由:万物都是上帝亲手创造的,应该全是美好的,按照造物主的意志,万物必须是这样的;女人也是上帝创造的,诋毁女人的人不但污辱了她们,也亵渎了上帝的所有创造物。第二,在上帝和男人面前,最令人发指、最严重而不能饶恕的罪孽莫过于忘恩负义。我们通过圣母已经得到、继续得到的好处、对此忘恩负义,难道还有比这更严重的罪孽吗?她把我们从苦难中拯救出来,并让我们得到荣光,她解救我们,她支持我们,她保护我们,她带领我们,她照亮我们的路;正是由于她——她也是女人——女人们还应该佩戴其他各种各样的花冠、得到最美好的赞扬。第三,要保护每一个男人,这是高尚道德的表现,让他们有能力克服弱点,这样对女人说话不检点的男人可以时刻想到会受到责难,从而不让舌头说三道四。第四,谁说女人的坏话,谁就折损了自己的声誉,因为男人也是怀胎十月孕育出来的,女人把他送到人世间,靠着母亲养育把他拉扯大的,儿子应该尊敬、仰慕母亲。第五,要听从上帝的教诲,他说过,父亲和母亲都应该受到尊敬;由此,对别的女人不尊敬的男人,应该受到惩罚。第六,所有高尚的男人都应该关心自己的道德行为,做事、说话要有礼貌,如果污言秽语不断,他们的声誉有危险受到玷污。第七,建立骑士等级时,规定了各种各样条件,其中之一是,被授予骑士头衔的人必须尊重女人,尊重她们的人格;所以,谁反其道而行之,谁就破坏了骑士的法规。第八,为了使声誉避免受到威胁:古代贵族特别关注善举方面的事情;一个人有没有善心,担心的不是别的什么,而是怕在别人心中留下坏印象,出口伤人、损害人家声誉,就没有遵守这一条。第九,这一条很重要,即良心谴责:东西丢了可以补偿,而声誉没有了就是另外一回事了。第十,姑息仇敌:污辱女人的男人是在白白浪费时间,他们不但成了女人的仇敌,也成了所有道德高尚之人的仇敌;而高尚道德同放肆无礼有本质区别,二者不可能不成为仇敌。第十一,这种恶劣行为十分有害;话讲出口,就会像传到耳聪人那里,一样传到听力不济人的耳朵里,哪怕辱骂女人的坏话、脏话听得不多,他们也会后悔结婚,不是虐待她们,就是离开她们,或者杀死她们。第十二,被人背后议论,这很是令人担心的事,诋毁者在街上、在家中、在城外,随便在什么地方把你的毛病翻过来掉过去地议论,说得一无是处。第十三,这一条是讲危险的,当诽谤者被所有人看作可恨人物时,他们自己便站在了这些人的对立面,因而有些人为了讨好女友——尽管后者没有这个要求,也不想被人讨好——,便要对恶语伤害女人的人下手了。第十四,女人有绝代之美,尽管她们身上有这样那样可挑剔的东西,但总有一两样值得实实在在地赞美一番,决不能恶意丑化所有女人。第十五,女人是造就大事业的人:做出丰功伟绩、值得大书特书的伟人是她们生的;发现上帝—相信上帝,我们会安然无恙—是何许人的圣人是女人生的;建筑永留青史的城池、城堡和大厦的富有创造发明才华的人是女人生的;为人类生存、繁衍而寻找各种各样资源的人是女人生的。

此时的男主人公以一种特有的方式,把女人看成上帝的创造物,把尊重女人看成骑士的法规,把有损女人当作有损个人声誉,有损道德高尚的品格。而全然没有了个人爱情私欲的抱怨。

二是雷列亚诺列举男人应该感谢女人的二十条理由。

第一条,女人让愚者、粗人变得精明,让笨人变得聪明,让聪明人变得更聪明,因为如果这些人迷恋爱情的话,女人很关心他们的处境,用痛苦点燃他们的知识火花,女人操着亲切语调,一条条地讲道理,有时表露出极大的同情,让他们从迷恋中解脱出来;生性天真无邪的愚者每每爱上一个女人时,常常表现得鲁莽,而女人报以细腻的感情,从而使他们变得聪明起来,是女人把大自然没有给予的东西给予了他们。第二条,女人能使忍受爱情折磨的人变得公正起来;尽管这些人把忍受的巨大痛苦当作快事,说忍受痛苦是应该的。第三条,使我们男人变得有节制;为了使我们不那么令女人讨厌,令她们嫌弃,男人在吃、喝和其他所有应该节制的事情上保持节制。在说话上有节制,在待人接物上有节制,在举止上有节制,决不偏离正直行为一分一毫。第四条,让性格软弱的人坚强起来,让性格坚强的人更坚强:坚强起来是为了能吃苦,有胆量面对一切挑战,有勇气把希望变为现实。用我们的坚强性格去做应该做的事。我们如果对女人履行义务,定会收到立竿见影的效果。第五条,他们不但使我们得到上述几种美德,还能使我们得到宗教美德。所谓宗教美德,其实指的是信仰;尽管有的人对信仰持怀疑态度,整天想着爱,但他们信上帝,歌颂他的威力,而正是上帝把那种信仰造就得绝妙、美好。第六条,能在我们的灵魂里唤起希望,不让坠入爱河的人备受煎熬。第七条,能使我们得到乐善好施的美德,而乐施好善的本质就是爱;我们要在意愿上树立乐施好善的美德,记在脑子里,牢牢不忘,铭刻在心。第八条,她们教会我们欣赏我们爱慕之人的美貌和魅力,并且想到我们的痛苦;这样当我们看到上帝蒙难的情景时,我们的心就会变得娇柔、寸断,仿佛我们自己也在忍受着伤痛和悲苦,从这一点可以看出女人也在帮助我们获取永恒的快乐。第九条,她们能使我们悔罪;我们被宣判以后,便泪流满面、唉声叹气地要求得到拯救,在供认我们的过错时,要呻吟、痛哭,得到她们的原谅。第十条,她们总是给予我们有益的教诲和劝告,及时地告诉我们如何找到我们处心积虑、不辞辛苦寻找的东西。第十一条,她们能使我们变得正直、受人敬重:与她们结合,婚姻会美满,财富丰盈,收入超群。无论美德还是财富都能使一个人正直、高尚。我们应该把女人放置在应有的位置上。第十二条,使我们远离吝啬小气,与慷慨大方在一起,慷慨大方的举动使我们赢得所有人的心。由于我们把自己拥有的东西花在别人身上,我们就会受到赞扬,受到爱戴,遇到什么困难都会得到帮助、关照。第十三条,我们的财产和收入能够不断增长,并且很好地保存起来。男人碰到运气发了大财,女人精心保管。第十四条,她们想尽一切办法让我们的仪表、穿戴整洁,吃到可口饭菜,处理的各种事物井井有条。第十五条,使我们男人教养有素,而教养有素是男人最应该具备的品质之一。我们有教养,就能礼貌待人,避免发生不愉快的事,尊重老者和幼童;不仅如此,我们还会受到敬重和爱戴,因为我们以应有的态度对待每一个人,他们呢,则对我们以礼还礼。第十六条,使我们英俊潇洒。由于她们,我们十分注意穿戴;由于她们,我们关心自己的修饰;由于她们我们要讲究服饰,让大自然给予我们的身体锦上添花。第十七条,给我们弹奏乐曲,让我们享受甜美的乐章。说耳的歌曲为谁而弹奏?美妙的罗曼将为谁而歌唱?音符为谁而荡漾作响?歌声中的感情为谁而变得那样细腻?第十八条,使壮士增加体力,斗士提高技艺、翻滚、跑动、跳跃一类的人增强灵敏性。第十九条,使男人更具吸引力:上面说过,弹奏乐器、歌唱曲目的人,由于女人而悉心研究技艺,力求达到完美程度;吟唱诗人由于女人而钻研演唱的诗歌,达到惟妙惟肖的程度,表达内心感情,创作新的、动听的作品。第二十条,即最后一条,我们是女人的后代,正由于这一条——这二十条理由中,乃至更多理由中最重要的一条——我们更应该尊重女人。女人可以让男人变聪明、公平、节制、坚强,得到宗教美德。对爱的信奉还有希望,教会男人欣赏爱慕之人的美貌和魅力,给予男人有益的教诲和劝告,使男人变得正直、受人敬重,彬彬有礼,更具吸引力。

上述二十条尊重女人的理由,不仅是作品男主人公,而且也是所有典雅爱情中骑士们所遵从的道德规范。

三是雷列亚诺列举大量事实来说明女人是善良的。在众多的例子中,也包括对女子贞洁观的看法,和对终身不嫁,保持处女贞操的赞赏。而在这些滔滔不绝的反驳与演说中,他似乎忘记了自己的女神劳列欧拉仍在其国王送入的牢房中,奄奄一息。可见男主人公的骑士爱情早已超越了"肉欲"之爱,个人之爱,把"典雅爱情"展现到了极致。

这种爱情,既无需要之动机,亦不追求结果,只是表现爱情本身。事实上,这种爱情并不仅仅意味着爱他的女神,其中还渗透着封建骑士的忠诚与冒险精神,正如《爱情牢房》的雷列亚诺骑士,他只是把爱的对象(劳列欧拉)视为一种极难得到而且弥足珍贵的东西,在追求劳列欧拉的过程中,使自己的冒险、隐忍、探究、决斗心理得到满足,这就是他最大的愉快和幸福。

四、个性鲜明的人物形象

《爱情牢房》作品中涉及的几位人物,都具有与众不同、鲜活的性格,因为特点各异而令读者读书如见人,人物形象栩栩如生,画面感极强。前面已介绍了书中的"作者",即"信使",他的加盟将其他几位主人公联系在一起,有了故事的来龙去脉,人物的密切联系,事件的主题主线,也衬托了不同人物在作品中起到的可圈可点的作用。

值得一提的其他两个人物,一个是劳列欧拉的父亲。他是一位非常自负的,且把声誉、国法和权势看得很重的国君。他为了维护国王的尊严和高贵品德,听信谗言,判处女儿死刑。

> 我是想用威严求得慑服的作用,而不是以善良心肠促使有恃无恐现象延续;作为国王,就应该让人敬畏!我多么应该被称为执法如山的国王……法律只有公正,才会被人们弘扬……

最后,也是这位父亲断送了女儿的爱情与生命。

另一个人物是佩尔西乌斯,他是雷列亚诺的情敌,他居心不良,心狠手辣,肆意诬告公主与雷列亚诺已经相爱并私通。同时,也告发雷列亚诺犯了背叛罪,必须受惩治,杀一儆百。他指使手下替他做伪证。在他的一再挑拨下,国王不得不依国法家规将公主关入大牢,而且因为公主引发了一场"情敌"双方的决斗。最终他被雷列亚诺杀死。但佩尔西乌斯这个人物的出现,一方面反映出宫廷官员之间,皇亲国戚之间的尔虞我诈、争权夺利、攀龙附凤的混乱生活,另一方面,也折射出效忠国王与追求个人幸福爱情的不可调和,阶层之间的不可逾越。

书中着墨不是很多的押送犯人的"看守"以及国王夫人及骑兵形象,大多兼具对宗教的敬畏与崇尚,对国王的忠诚与尊重,对世人的善良与同情,对主人的绝对服从与付出。这些角色从另一个侧面衬托出《爱情牢房》宗教与世俗并存,又略显人本与人文特质的特点。

雷列亚诺和劳列欧拉则代表着两种典型的人物形象。雷列亚诺是一位精致、有文化且敏感的贵族青年,也是有着坚忍、倔强、勇猛、性格和儒雅风度的骑士。他是"反唐璜"式男性人物的代表,他对劳列欧拉的爱忠贞不渝、至死不改。劳列欧拉是他爱慕的对象,尽管这种爱使他的生活失去平衡并最终摧毁了他的人生。

在爱情牢房最初的隐喻中,雷列亚诺被爱情剥夺了四个让人保持理智的能力:理解力、思考力、记忆力和意志力。他的大脑被欲望所控制,这种欲望只有当他一步一步接近劳列欧拉时,才能得以满足,他的痛苦才能得以缓解:首先,雷列亚诺通过信使"作者"让公主知道了他的存在,以及他的爱情之意;之后,"作者"为他们二人传递信件,雷列亚诺的衷肠得以倾诉;最终,他得以面见公主,两人的关系随之发展到高潮,而这次会面被心怀叵测的佩尔西乌斯加以利用,公主的名誉受到质疑,从而直接引燃了国王的怒火,导致劳列欧拉入狱。

劳列欧拉身为国王的女儿,血统高贵,视尊严与名誉高于一切,她看重的是臣民的赞美、名誉、荣耀、忠诚、公正等一切美德。她忠于自己的血统、忠于自己的身份,并为此放弃了雷列亚诺的爱情。典雅爱情的特点,对情欲的摈弃以及对精神之爱的追求,在劳列欧拉身上都得到了体现。

虽然同为贵族阶层,雷列亚诺是公爵之子,而劳列欧拉是国王之女,后者的阶层高于前者。从另外一个角度来看,雷列亚诺的爱情之欲毁灭了他的姓氏,而劳列欧拉的美德提升了她的名望。贵族阶层流动通道的闭合,阻碍了公爵之子赢得国王之女的爱情,这种闭合就像雷列亚诺精神层面的瓶颈,导致他无法达到劳列欧拉的精神高度,也导致了最后的悲剧结局。

第三节 《爱情牢房》的人本隐喻

一、从宗教之爱到世俗之爱

《爱情牢房》体现了从"宗教之爱"到"世俗之爱"的过渡与转变。这并不意味着圣佩德罗的爱情观中有神秘主义的、神学的成分,而仅仅表明作者认为人类世俗的爱与宗教并非不可兼容、非此即彼。当时许多诗人都持有这样的观点,但教会方面却毫不退让,以至于不少作家,包括迭戈·德·圣佩德罗本人最终都为自己的信念而后悔并承认自己的错误。

回到典雅爱情的概念本身,我们还需要了解的是,名誉是永恒的,而生命是易腐的,因此人们应当保全名声,而不是生命。小说中,雷列亚诺舍弃了自己的生命,保全了公主劳列欧拉的名誉和生命。因为在典雅爱情中,情人应该为爱情而付出,男性应该从属于女性。在新柏拉图主义的爱情观中,爱一位贵族女性,就是崇尚美好的一种方式,通过这样的爱,凡俗之人可以达到一种至高无上的精神状态,这种爱因情人所受的痛苦折磨而得到升华。按照典雅爱情的标准,劳列欧拉应该不惜一切(包括爱人的生命)来保全自己的名声,她对雷列亚诺并不是爱,而是怜悯与仁悲。

劳列欧拉将她自己对名誉的看重视为"谨慎",这种谨慎已经成为她的生活方式了:"假如可以在不玷污我声名的情况下,缓解你的苦痛,那么不等你说,我就会这样做了。"[①]

正因为如此,劳列欧拉才要求爱她的雷列亚诺接受自己的选择,从而保全她作为女性的名誉。在这场爱情之旅中,她的理智战胜了情感,也就是说,相比较于女性可能失去贞洁和名誉而言,男性失去生命并不重要,在典雅爱情中,女性的名声是高于一切的准则,是不可触碰的红线。

所有宗教学说都包含了"爱"这一概念,并与社会伦理相结合,成为指导信奉者为人处世的某种道德或信仰的规范。所有世俗学说,也离不开"爱"的观点。对于宗教来说,在世俗层面里,"爱"有利于维护社会的稳定和谐和。对于世俗来说,每一种宗教学说对"爱"所进行的界定和阐释也是不相同的。在基督教占统治地位的中世纪欧洲,宗教之爱也就是基督教教义的核心所概括的三种爱。首先,神之爱即上帝对人深切的关爱。其次,人类对神的爱,也就是人要怀着感恩之心并用同样的爱去爱上帝。最后是人类彼此之间相互的爱。在中世纪的骑士文学中,表现出的宗教之爱,主要是一种克制的典雅的精神之爱,而不是古希腊神话中英雄们那种放纵的自然的情欲之爱。这也说明,骑士爱情虽然有背叛禁欲主义的因素,但同时又渗透基督教精神至上的思想。

《爱情牢房》所体现出的骑士文学,既有"宗教之爱",表现为男主人公雷列亚诺对女子的圣母式的解释,由此使得骑士与公主之爱显得典雅而纯洁,这是基督教文化精神的体现。但圣母式的崇高毕竟抵挡不住自然之爱欲的强力渗透,呈现出"世俗之爱"的本真。《爱情牢房》中男主人公雷列亚诺的骑士荣誉背后萌动着自然生命

---

① 迭戈·德·圣佩德罗. 爱情牢房. 李德明,译. 黑龙江:黑龙江人民出版社,2008:43.

之活力,表现为对女主人公劳列欧拉人本爱情的强烈渴望。所以,《爱情牢房》是双重文化交融的产物,其人文内涵是双重的,它是一种兼具宗教文学与世俗文学之间的文学样式。

二、从"信使"到"参与"的走心过程

《爱情牢房》有一个非常鲜明的写作特色,就是书中的"作者",既是"叙述者",又是"主人公"之一。一方面,作为叙述者的他见证着整个情节的发展,叙述着这个故事,并时不时地加以个人点评和分析;另一方面,作为主人公的他,参与并推动着情节发展。他跟随雷列亚诺来到爱情牢房所在之处,对他的遭遇表示同情,于是帮助他传递消息,由此成为雷列亚诺和劳列欧拉之间的信使。另外,他还参与策划营救公主的计划,对于列烈亚诺的痛苦,他不仅表示同情,还加以宽慰。

观之"作者"角色的转化和内心一步步发生变化的过程,我们不由得对这位"作者"肃然起敬,也为他的善良、真诚、道理、道义、热情、公平、正义等品行所感动。他不仅是男女主人公的"媒人",也是故事发展的推动者。

一开始,"作者"面对男主人公的请求是犹豫的,后来因"道德上的义务远远重于生命本身"的意志让他下定决心帮助"犯人"。因为做好事而有所收获,要比抛弃道德而有所得要好千百倍。当"作者"听了男主人公的倾诉后,被雷列亚诺为爱情而宁愿遭受痛苦的信念与意志所感动。同时,也被女主人公彬彬有礼、宽容仁慈、温柔善良所打动,进而主动承担起了爱情"信使"任务。

"请你收下他的信,给他写封回信……你做这一件好事儿就能使他精神大振,你做这一件好事就能大大减轻他心中的剧痛,你做这一件好事儿就能坚定他的信心,并能使它得到:不再奢求其他幸福,再不惧怕其他不幸。"这就是作为"信使"的作者,每一次恳求女主人公给男主人公写信时的话语,他经常会用到"你做一件好事儿"的排比句,以说服女主人公接受男主人公的求爱。然而,结果并非

如"信使"所愿,女主人公的反复无常也让"信使"无所适从,但"信使"从男女主人公双方往来的信件内容中,意识到他们是相互爱慕的,虽然信中之言非常锐利。一方为了不知结果的爱情而备受痛苦和折磨,一方明明知道自己有一丝爱意却不敢承认,因为怕毁了荣誉,夹在中间的"信使"又要想尽办法,促使男女双方爱情的升温。

功夫不负有心人,在"信使"数次传话和苦口婆心地劝导下,劳列欧拉终于答应与男主人公见面。"信使"喜出望外,一边将好消息告知男方,一边亲自为男主人公雷列亚诺调理身体,恢复体力,并陪同他前往王宫,约见女主人公。

当得知对公主同样有好感的宫廷要员佩尔西乌斯从中挑拨,向国王告发其女儿劳列欧拉私通雷列亚诺,有损国王王宫声誉,致使国王不得不将女儿关入牢房,同时,佩尔西乌斯还奉国王之命要砍掉雷列亚诺的头颅时,又是"信使"挺身而出。特别是看到血腥决斗中,国王和宫廷要员仍在颠倒黑白,搬弄是非,罪加公主的情况下,"信使"全然不顾个人安危,一再给予男主人公鼓励,帮他出谋划策。

> 先生,我真想变得聪明些以赞颂你的头脑,变得有权有势以解除你的不幸。其目的是让你生活得像我希望的那样快乐,得到应该得到的赞美。在他乐善好施,在加倍偿还,上帝不可能不接受贤德贵妇的眼泪,不可能拒绝你的正当要求。①

此时的"信使",除了继续传递男女主人公的信件外,已经成为捍卫他们爱情与荣誉的一分子。他找到枢机主教为公主向国王求情,又恳求王后也为女儿求情,又差使牢房里的公主给国王写信求情,这些都无济于事的情况下,他只好又回到男主人公那儿,协助他开始了一场真正的拯救公主的决斗。战斗是惨烈的,双方死伤都不少,在男主人公抓到俘虏,了解诬陷的全过程,并报告国王以使国王了解真相后,国王放了女儿,并允许他留在王宫。"信使"依然在男

---

① 迭戈·德·圣佩德罗. 爱情牢房. 李德明,译. 黑龙江:黑龙江人民出版社,2008:39.

女主人公之间穿梭,依然传递着男女主人公之间的对话。但这种使命和热心相助,却看不到希望的曙光。雷列亚诺的付出得到的是劳列欧拉的拒绝,雷列亚诺把爱和生命献给公主,而公主为了声誉并没有真心实意地对男主人公。即使到生命的最后时刻,他还在保护女人的声誉,还在赞美女人的高尚道德,并以身殉情。而"作者"在耳闻目睹和亲身经历了这一系列的事件后,其身上显现出来的高贵品德也越来越明显,且这些高贵品德随着男女主人公故事情节的发展而越发高大起来。

"作者"传递的一封封信件,一次次的劝说,一次次关键时刻的相助,连接起《爱情牢房》此起彼伏的故事情节,加上"作者"的议论与评述,才让爱情与荣誉这一主题成为骑士文学中典雅爱情的典型范例。更让读者体会到了在封建社会,宗教至上的等级观念下,一位普通男人要追求高于自己身份的女人,特别是王室之公主贵妇是不可能的。

三、名誉高于爱情的无奈选择

名誉和爱情,原本都是现实生活中人们追求的高贵品质和高尚情感。虽然,爱情带有世俗的色彩,与人的感觉和物质的需求息息相关,而名誉则更体现人的精神层面的追求,是超出现世生活而可以得到永生和万古流传的东西。但对于人生而言,两者都是人之本性的美好愿望。然而,在不同年代、不同社会里,特别是西班牙中世纪复杂多维的历史变迁中,人们对于名誉的看重往往高于对于爱情的追求。而在很多情况下,为了名誉而放弃爱情,更是高层社会、达官贵族、国王君主、贵妇公主的另类选择。

《爱情牢房》的男女主人公就是这样的悲剧人物,他们都成了"名誉高于爱情"的牺牲者,同时,他们也都是那个时代捍卫骑士爱情,捍卫个人声誉、个人荣耀的现实主义的勇士。先是男主人公为了爱情而被关进备受折磨的"爱情牢房"。在他给女主人公劳列欧拉的信件中写道:"对我的执着精神的赞美很可能就是我的坟墓。

而我不久将得到那种赞誉。""只想要求获得一种感觉,从而知道你为我的遗骨做了祈祷,就是至高无上的荣耀,我也就安息了。"①"我想最后说几句话,就算对女人的赞颂吧,同时也让那个女人——她使我信念大增,然而不想满足我的信念,相信我的信念。"接着,雷列亚诺又列举了不能非议女人的十五个原因,以及男人要感谢女人的二十条理由。其中不乏"所有高尚的男人都应该关心自己的道德行为,做事儿、说话要有礼貌。如果污言秽语不断,他们的声誉有危险受到玷污"。"为了使声誉避免受到威胁,一个人要有善心。"②雷列亚诺,一方面,把荣誉与爱女人有机联系起来,把爱女人当成美德和良好的声誉。另一方面,又因坚信对女人的爱而至死不渝。可以看出他对自己名誉的追求和捍卫也是坚定不移的。再者,为了名誉,他也不惜牺牲自己,最终赢得决斗的胜利,让心爱之人感受到他的荣誉,接受他的爱。实际上,明知道很难得到这份爱,也愿为这份爱去信守和坚定地维护自己的名誉,这就是欧洲中世纪骑士文学的骑士精神与骑士之爱的写照。

　　《爱情牢房》的女主人公更是视荣誉高于一切,名誉胜过爱情。书中有十多处女主人公给男主人公的信件和对话中都提到"若为荣誉故,爱情皆可抛"的理念与言行。例如:"你说,高贵品德、怜悯之情,同情之意,会对你有很大帮助,它们确实是我的优点,但放到你身上将有损我的声誉。""你对我爱得那样深,本应该首先维护我的声誉,爱你在忍受的痛苦,而不是让我去犯罪。让你得救。"③

　　"对你宽容仁慈可能产生两种正面效果",其一,别人吸取教训,

---

　　①　迭戈·德·圣佩德罗. 爱情牢房. 李德明,译. 黑龙江:黑龙江人民出版社,2008:21.

　　②　迭戈·德·圣佩德罗. 爱情牢房. 李德明,译. 黑龙江:黑龙江人民出版社,2008:70-72.

　　③　迭戈·德·圣佩德罗. 爱情牢房. 李德明,译. 黑龙江:黑龙江人民出版社,2008:27.

引以为戒。其二，"贵妇们受到应该受到的在称赞和尊敬"。[①] "父亲大人，我们之所以对你说这么多。是因为我们希望你维护好自己的声誉，生命不受到危害。因为谁想让你恐惧，到头来他必将生活在恐惧之中。"[②] "我真心恳求你设法拯救我的声誉，而不是生命。要知道，生命终有结束的一天，而声誉则永留青史。因为你说过，我除非名誉扫地，不然是不可能挽救生命的。你可能知道什么是最好的东西，如果按照你的意思去做，我因为为你做好事而得到赞赏将烟消云散。"[③] 上述这些话，一方面是女主人公对男主人公的爱情追求的回绝。尽管劳列欧拉那么善良，具有同情心，对雷列亚诺也充满好感，但她不可能去满足他的爱，因为答应他就等于放弃了自己高贵的身份和声誉。另一方面，对于身为国王的父亲，女儿希望父亲秉公办事，依法治国，公平对待女儿，还女儿一个清白，保全国王的声誉。再一方面，身处牢房的女主人公，面临被处死的境地，不可能承认自己的爱情，更不可能承认爱情双方曾经有过的一切。否则，就应验了中伤她的那些坏人的猜想，失去了比生命还要宝贵的声誉。

如此看来，《爱情牢房》一书，整篇充斥着声誉与爱情的矛盾纠葛，又将声誉之追求放在至高无上的地位。为了声誉，男女主人公无奈地做出了违心违己的情感选择，注定了一场没有结果的爱情。

当男女主人公被告有私情，公主被国王关押后，无奈之下，雷列亚诺召集手下的士兵们与国王的军队作战，好在上天眷顾，雷列亚诺取得了胜利，成功解救了劳列欧拉，杀掉了心怀不轨的佩尔西乌斯并让他的同谋者供认了他们的阴谋，从而证明了公主的清白。真相大白后，国王与王后接回了女儿，而雷列亚诺却再次回到了被爱

---

① 迭戈·德·圣佩德罗. 爱情牢房. 李德明，译. 黑龙江：黑龙江人民出版社，2008：14.

② 迭戈·德·圣佩德罗. 爱情牢房. 李德明，译. 黑龙江：黑龙江人民出版社，2008：52.

③ 迭戈·德·圣佩德罗. 爱情牢房. 李德明，译. 黑龙江：黑龙江人民出版社，2008：43.

情折磨的状态。他写信向劳列欧拉求爱,然而,公主的选择却并没有如他所愿,她伤心地回信说:她选择名誉,而不是爱情。公主解释说,如果她接受雷列亚诺的爱情,就会让天下人认为佩尔西乌斯之前的控告属实。

雷列亚诺得知此事后,陷入绝望之中,自暴自弃,逐步走向死亡。即使如此,面对朋友德菲奥对女性的污蔑歧视之词,雷列亚诺仍发出了慷慨激昂的辩护,极力赞扬女性。雷列亚诺的母亲雷丽亚公爵夫人赶来看望弥留之际的儿子,最终,他将公主的信件撕碎,投入一杯水中,一饮而尽后身亡。

在迭戈·德·圣佩德罗创造的文学世界中,有理想的典雅礼节在面对爱的力量本身之外的任何表现时,都失去了对自由和独立的骄傲渴望,其战略和行动在有罪和抑制、惩罚和死亡的背景下脱颖而出,这种威胁性的色调超越了故事的整个叙述。《爱情牢房》中劳列欧拉对恋人激情的抵抗在当时变得非常可恨:残忍和忘恩负义,而不是虔诚而富有同情心。在与她爱慕的求婚者交往中可以证明使用这种不受欢迎、不具女人味的性格的唯一借口是,劳列欧拉有捍卫自己的名誉的义务。

宫廷诗歌中残酷而忘恩负义的女士转变为感伤小说中虔诚而富有同情心的女士,这是小说风格领域展开的一场伟大的反宫廷运动的特征之一。这种对宫廷爱情的理想主义本质的反映,在十五世纪的文学作品中,标志着更自然的爱情观念的回归。在这种观念中,性本能的力量倾向于压制一切精神上的向往。迭戈·德·圣佩德罗知道如何最大限度地表达宫廷爱情的悲剧概念,从而在欧洲取得了巨大成功,甚至影响到了《塞莱斯蒂娜》。

第八章 人文戏剧《克里斯蒂诺和费耶阿》

——基于现实尘世的自由、恋爱与激情

第一节 《克里斯蒂诺和费耶阿》戏剧的由来

一、中世纪戏剧的基本特点

随着 475 年罗马帝国的沦陷,希腊拉丁戏剧实际上也已消失并被遗忘,基督教将成为新的主导,它定义了中世纪欧洲长期的文化模式。

中世纪的特点之一是天主教会在社会、艺术和文化的各个领域都具有很强的影响力,对戏剧同样如此。天主教会的严格审查制度,消除了戏剧被认为是一种娱乐性艺术的想法,教会绝不容许在舞台上演出希腊人和罗马人之间已经出现的重大道德和至关重要的问题。戏剧再次与宗教联系在一起,具有明确的教学目的。与之前几个世纪的仪式不同,中世纪的戏剧仪式有一个非常明确的目标:灌输和教导忠实的信徒,让文盲在《圣经》中发现真理。在中世纪,许多神职人员都是以《圣经》中重要人物之间的某些对话为蓝本来创作的,以便信徒可以更好地理解所听到故事的主题和意义。

得益于查理曼大帝的支持,由教皇哈德良一世(795 年)发起的罗马仪式使礼仪戏剧在整个欧洲传播开来。与礼仪戏剧有密切联

系的是九世纪中叶出现的内插或添加到弥撒官方礼仪中的歌曲。还有代表圣诞节(基督的出生)和耶稣受难(死亡和复活)情节的神秘剧或圣迹剧。作为对神秘剧的一种衍生,使用了更多的象征性元素和更先验的语气的道德剧出现了,这些道德剧始终具有教学和道德教诲的意图。

这些戏剧表演变得越来越长,并且具有更典型的表演元素(布景,服装,人物形象)。民间演员也加入进来,民众参与表演意味着更多的亵渎和喜剧元素的融入,从而导致神职人员决定,这种礼仪性的戏剧应该搬出教堂内部。

戏剧表演起初使用寺庙的门廊和中庭,但后来占据了街道、广场和市场。当走到大街上时,表演形式发生了变化,在木制手推车或木板上创造了独立的舞台空间,在每个舞台空间上都进行了各自的作品表演,与中世纪的宗教喜剧同时产生的是十四世纪由城市居民表演的流行的中世纪戏剧。在这种戏剧里,与宗教元素直接相关的内容被搁置了。自由且通常自发的世俗剧诞生了,因此,中世纪戏剧在集市、街道或任何与日常生活相关的地方中找到了自己的位置。通常认为,中世纪的终结是土耳其人在 1453 年占领君士坦丁堡。随着拜占庭(或君士坦丁堡)的陷落,许多拜占庭圣人逃往西方,主要是意大利,并带着欧洲人无法使用的古典文本。这与其他社会变革一起,在十五世纪引起了一场文化运动,该运动将寻求恢复希腊和罗马的古典艺术,这一运动被称为文艺复兴,将意味着戏剧艺术的"重生"。

二、戏剧艺术的发展与革新

忒奥克里托斯(Theocritus,公元前 3 世纪)被认为是田园诗和牧歌的创始人,他知道如何将戏剧性和抒情性融合在牧羊人讲故事的歌曲中。他们把爱情故事放置在一个理想化的景观框架内展现,该景观被公认为希腊的阿卡迪亚地区。维吉尔(Virgil,公元前 1 世纪)在他的田园诗中偏离了忒奥克里托斯的模型,进一步理想化了阿卡迪亚的乌托邦景观,在此,牧羊人将自身理想最大化,并更关注人性①。

西班牙文学的第一批田园诗是胡安·德尔·恩西纳对维吉尔所做的翻译,以使其适应自己的时代,接着,卢卡斯·费尔南德斯加以继续。如果田园诗是由人物对话构成的,或者对话之前是与对话无关的散文,则该田园诗将是纯净的。渐渐地,充满爱意和田园风情的元素将让位给新的主题,其中包括哀叹、挽歌甚至是关于渔家生活的诗和关于狩猎者生活的诗。

然而,现当代文学中田园诗的空间很小,尽管它是二七年一代作家如路易斯·切尔努达,更具体地说是维森特·阿列桑德尔的《知识对话》②中的诗学基础。

值得一提的是,文艺复兴初期,西班牙的戏剧大多受古代戏剧法则的束缚,模仿古希腊、古罗马的戏剧。到了维加时代,他提出戏剧必须改革,认为民族戏剧应该以满足当代观众的要求为准则,不必拘泥于古代的陈规戒律,要求把过去的一切规则重重锁住,破除古典主义的规律。他承认悲剧和喜剧的传统区别,即"喜剧模仿卑微小民的行动,悲剧模仿帝王贵人的行动",但认为二者完全可以相提并论,喜剧里所讲的也是真理,同样有它的崇高地位,戏剧最重要的是要符合时代精神和广大民众的要求。在戏剧与现实的关系上,他要求戏剧要忠实、逼真地反映现实,必须避免一切含糊的东西,艺术的目的是逼真地反映现实。很明显,他继承了古代现实主义的"模仿说",反对中世纪盛行的反映天国、来世、灵魂的教会文艺,因为这些都是"含糊的东西",这样他就把戏剧从朦胧的天国世界拉下来,植根于现实土壤上,这是具有革命意义的。

他强调喜剧要具有针砭时弊,歌颂真理的教育作用。他认为喜

---

① P. M. VIRGILIO. *Bucólicas. Geórgicas. Apéndice virgiliano.* Madrid:Gredos,1990.

② V. ALEIXANDRE. *Diálogos del conocimiento.* Barcelona:Plaza y Janés,1974.

剧只演一个事件,而且只是平民的事,一方面严肃,一方面滑稽,丰富多彩,趣味横生,同样会给人以美感和教益。可见,他是主张"寓教于乐"的,让人们在"嬉笑"中获得"正经",通过娱乐给人以教育。

在戏剧创作的具体问题上,他也有许多可贵的见解。如对题材要求多种多样,主要表现在两个方面,一是"荣誉"题材,它能感动所有的人,是人类一切美好理想和生活所要求的正当权利;二是"美德"题材,指表现人民正义的英雄品质,它能受人赞美。在戏剧情节的安排上,首先他认为戏剧应以情节为主体,人物性格要服从情节的需要,他把情节视为构成戏剧冲突发展的动力。关于戏剧语言,他要求简洁、明白、流利,使用群众通晓的习惯用语,每一场戏要用警句趣语和优雅的诗来结束。为此,维加创建了一个在整个巴洛克风格中都十分重要的戏剧模型。

三、作者其人与戏剧贡献

剧作家胡安·德尔·恩西纳生于 1468 年,除了是西班牙文艺复兴时期的戏剧作家外,还是一位杰出的诗人和音乐家,被认为是宗教复调的代表人物之一。他曾在萨拉曼卡大学学习,并在那里担任语法家安东尼奥·德·内布里贾的导师。在大学任职后,他担任过一些小的教会职务,直到 1492 年,他开始服务托莱多的阿尔法公爵法德里克·阿尔瓦雷斯,在他的宫廷负责组织庆祝活动和戏剧表演。因此,胡安·德尔·恩西纳的最初作品创作与阿尔法公爵相关。

胡安·德尔·恩西纳在这个阶段的权威文学作品是 1496 的《谣曲集》,他从 1492 年开始汇编所有作品。他的第十一首田园诗(《克里斯蒂诺和费耶阿》)和第十五首田园诗(《普拉西达和维托里亚诺》)从未出现在歌集的页面上,但是它们后来单独发行。因此,《谣曲集》中收集的戏剧作品标志着首次尝试在印刷品上塑造戏剧性,因此,以《克里斯蒂诺和费耶阿》为代表,我们看到了插图是如何作为文本的补充出现在书中的。

在得到服务阿尔法公爵和担任萨拉曼卡大学的教职的经验后，恩西纳创造和传播戏剧性作品的另一个地方是罗马，他从 1498 年开始为罗马教皇服务，因此，受到文艺复兴时期戏剧的巨大影响。在戏剧形式的这一转变过程中，恩西纳逐渐地直接了解了那里发生的舞台创新，其戏剧《克里斯蒂诺和费耶阿》通过引入戏剧性、人物和主题的新元素而发展出来。

恩西纳大约在 1498 年首次进入罗马教皇亚历山大六世（1492—1503）的罗马宫廷，教皇是西班牙人罗德里戈·博尔哈。众所周知，这位教皇允许恩西纳和其他西班牙人在宫廷上介绍旋律和乐器。恩西纳先后为塞萨尔·博吉亚和艺术和文学家的保护人弗朗西斯科·德洛里斯服务。这两人都使恩西纳能够在西班牙的各种教堂中进行戏剧创作。

在亚历山大六世的宫廷中，有一群重要的诗人。此外，在那些年，有很多西班牙歌手是罗马教皇合唱团的成员，他们的存在有所增加。他们以特别的西班牙方式来演唱歌曲。还应注意的是，当时，戏剧表演活动非常活跃，有许多戏剧有印刷品文本，包括几个版本的《塞莱斯蒂娜》。

恩西纳前往意大利时，在费拉拉、曼托瓦、罗马、佛罗伦萨和其他城市看到意大利版的普劳图斯和特伦西奥喜剧。恩西纳的作品中最突出的是田园主题，恩西纳的最后三首诗都是这个主题。在此背景下，佩雷斯·普里戈总结了文艺复兴早期的恩西纳戏剧作品中的传统考虑。[1]

恩西纳在旅行中可能会在教皇的宫殿或普劳图斯演出，看到或知道塞拉菲诺·阿奎拉诺和卡波迪费罗的田园诗，1499 年因狂欢节而举行的表演，1493 年和 1502 年卢克雷西亚·博尔吉亚的两次婚礼。在这种情况下，恩西纳得以了解在节日期间牧民的传统。

---

[1]　M. A. PEREZ PRIEGO. "El teatro del Renacimiento: Perspectiva crítica." *Edad de Oro*, 2011(30): 245-255.

据记录,当时有大量的表演活动,特别是戏剧表演,但在私人和公共庆祝活动中也有音乐、舞蹈、田园诗和假面舞会的存在。正是在这种情况下,1513 年 1 月 6 日恩西纳在阿伯里亚枢机主教、瓦伦西亚的雅各布·塞拉的住所表演了一首田园诗。评论家认为这是《普拉西达和维托里亚诺田园诗》。胡安·德·瓦尔德斯确认"恩西纳写了很多田园诗,因此他拥有了一切;最让我高兴的是普拉西达和维托里亚诺的闹剧,他在罗马创作了这本书"①。

在朱利叶斯二世的继任者里奥十世(1513—1521)的统治下,也举行了盛大的宫廷庆祝活动,这位教皇以有教养而著称。正是在这一时期,阿拉贡天主教国王费迪南德逝世时,其教廷的成员决定前往意大利追随里奥十世,恩西纳也成为其中一员。剧作家恩西纳从意大利宫廷这一系列背景中,提取出许多他以后应用于其作品的元素。从而说明意大利文艺复兴时期,其戏剧的主题和舞台手段方面对恩西纳产生了决定性影响,使他的《谣曲集》收集较之以前的田园诗有了进一步发展。

第二节　《克里斯蒂诺和费耶阿》的文本与戏剧情节

一、独立文体的田园诗

留存的胡安·德尔·恩西纳的戏剧性作品是不完整的,它共包含 14 首诗。前八首出现在 1496 年在萨拉曼卡出版的第一版的《谣曲集》中。他的田园诗清单如下:

《圣诞节晚会》

《圣诞节的第二首田园诗》(前两首田园诗是为阿尔法公爵制作的)

---

① J. VALDÉS. *Diálogo de la lengua*. Madrid: Cátedra, 1998

《我们救赎主受苦的田园诗》

《基督代表》

《狂欢节的最后一夜的田园诗》

《狂欢节的最后一夜的第二首田园诗》

《回应一些爱情的田园诗》

《从宫殿归来的牧羊人的田园诗》

在所有版本中,它们均以相同的顺序被重印:塞维利亚(1501),布尔戈斯(1505),萨拉曼卡(1507 和 1509)以及萨拉戈萨(1516)。另外两个作品(《大雨的田园诗》《爱的胜利》)最初发表于 1507 年,还有另外两个作品:《里奇诺和赞巴尔多的田园诗》,以及《好开玩笑的学生的劝世短剧》。

他的第十一首田园诗(《克里斯蒂诺和费耶阿》)和第十四首田园诗(《普拉西达和维多里亚诺》)未在《谣曲集》中出版,它们以单行本出版,后来被并入了恩西纳的全部著作中。

作为田园诗的《克里斯蒂诺和费耶阿》,不仅是剧作家·恩西纳的戏剧代表作之一,也是当时最为先进和前瞻的保留最完整的独立文本作品。

从恩西纳在"模仿意大利书写"时对出现的所有主题和舞台元素进行分析来看,作品《克里斯蒂诺和费耶阿》代表了从中世纪到文艺复兴时期戏剧的进步和发展。尽管没有明确的注释和说明来表达该作品的伟大功绩。但恩西纳将这首田园诗视为用于戏剧表演的文本中最具代表性的独立作品。

二、充满田园生活的世俗戏剧

田园诗《克里斯蒂诺和费耶阿》只保存在一张纸或没有版权页的一页纸中,被许多批评家认为是恩西纳第一次意大利之行的主要成果,并同时证明他的成果,来自文艺复兴戏剧在意大利宫廷中的盛行。①

　　首先，田园诗中是受到了意大利的影响，源于他在教皇王室的鼎盛时期以及文艺复兴时期对经典神话的重新发现。但是，不应将神话主题和人物的存在以及主角是牧羊人的事实视为试图摆脱基督教的异教徒戏剧的标志性要素。因为经典的牧师人物和基督徒之间存在联系。因此吉列尔莫·迪亚兹·普拉亚说："……世俗戏剧在中世纪最后几个世纪的出现可以完全解释为礼拜仪式戏剧的派生。该戏剧将以宗教作品的次要特征为起点：圣诞节表演的乡村牧羊人。"②

　　此外，《克里斯蒂诺和费耶阿》不仅仅包含一个行为或一天的行为，作品中，牧师克里斯蒂诺介绍了他的朋友贾斯蒂诺成为隐士的决定。牧师贾斯蒂诺怀疑朋友克里斯蒂诺未来是否会成为隐士，因此他表示支持爱神，他想使克里斯蒂诺从沉思的生活中恢复过来，并使他重返田园和世俗生活。为此，爱神向仙女费耶阿提出了使克里斯蒂诺重返爱与田园生活之归路的计划。费耶阿拜访了克里斯蒂诺，并用爱情诱惑了他。费耶阿是奉爱神的命令去诱惑克里斯蒂诺的，爱神给她的具体指示是：

　　　　去克里斯蒂诺的地方，

　　　　因为我想报仇他

　　　　并给予这样的诱惑

　　　　（……）

　　　　让修道院放弃

---

　　① V. T. Ferrer. "La Égloga de Plácida y Vitoriano en el contexto de la producción dramática de Juan del Encina：la definición de un escenario híbrido." en Patrizia Garelli y Giovanni Marchetti, *"Un hombre de bien". Saggi di lingue e letterature iberiche in onore di Rinaldo Froldi.* Torino：Edizioni dell'Orso, 2004：508.

　　② G. DÍAZ-PLAJA. "El Teatro：Espíritu y técnica. Introducción histórica," en *El Teatro：enciclopedia del Arte Escénico.* Dirección y prólogo. Barcelona：Editorial Noguer, 1958：33-34.

> 离开宗教。
>
> 更多见他躲藏
>
> 毫无意义
>
> 你不要站更远；
>
> 然后回到这里。（第 214—225 行）

因此，费耶阿的目的是利用她的女性魅力和感性天赋来"点燃"克里斯蒂诺的爱情，并使他恢复为普通牧师。爱神和克里斯蒂诺达成了一项协议，根据该协议，牧师将离开偏僻寺院并返回其过往生活。克里斯蒂诺的隐士生活被费耶阿和贾斯蒂诺这两个朋友打断并消除。这部作品以克里斯蒂诺回归到牧师而告终，克里斯蒂诺屈从于费耶阿的魅力和诱惑，因此他"摆脱了习惯和宗教信仰"。最后，圣诞节颂歌的音乐和舞蹈是克里斯蒂诺重返世俗和世俗生活的喜悦的表现。剧情所讨论的问题的中心主题恰恰是"克里斯蒂诺受到的肉体诱惑和宗教精神的胜利"。

尽管克里斯蒂诺的最终决定显示了世俗的胜利，但这个主题仍然是中世纪的，论证了精神与肉欲之间的斗争，斗争的结果仍然是文艺复兴的胜利，肉欲的胜利以及神话人物的存在，将主角推向最后一个领域重返世俗生活。这是世俗主义的明证。精神/世界二元性和这两个概念之间的斗争是圣奥古斯丁已经在《上帝之城》中塑造的。由于费耶阿的性感，爱神将自己的意志强加给克里斯蒂诺的胜利，是文艺复兴时期的最终胜利。

三、戏剧元素中的世俗之爱

我们在作品中发现的第一个戏剧元素，就是情节。它包括各种必要的戏剧信息，例如作品的标题、其作者、类型、所涉及的人物以及情节本身。在这个情节中，没有提到牧羊人的名字，但却提到了他们的社会地位。服饰和道具的一些主题元素表明了角色的视觉表征的重要性：

胡安·德尔·恩西纳再次发表田园诗,在那里介绍了一位牧羊人,他被劝告与另一个牧羊人一起,要离开这个世界,放弃为上帝服务的虚荣心;在退居隐士之后,爱神他非常生气,因为没有准许,他仍然做了,一个仙女开始诱惑他,以至于在爱的驱使下他放弃了习惯和宗教信仰。[①]

另一个初始人物的动作和场景说明如下。

对话者。克里斯蒂诺、贾斯蒂诺、费耶阿、爱神。(第212—213行)

这是戏剧中的人物角色,不属于具体的关于渔家生活的诗和关于狩猎者生活的诗。在这里,作者恩西纳指定了参与此作品的所有角色名称。尽管上述人物在剧情中是按出现顺序显示的,但在剧本中,费耶阿是在爱神之后出现在舞台上的。[②]

其余的田园诗都是按照人物的出现顺序,将戏剧人物角色包含在情节中。费耶阿在文本中被描述为"仙女",带有丘比特的"弓箭"(第264行),但是在文本中的插图中,"仙女"的服装显然是牧羊人的服装。也许是依剧情的需要,有意混合的,因为仙女在克里斯蒂诺之前出现,并称自己为牧羊人:

你也将侍奉上帝

我们之间,

还有什么好牧羊人

修道士,更好(第296—299行)

衣服有两种类型:一种是克里斯蒂诺穿的;另一种是贾斯蒂诺和费耶阿穿的。后者穿着典型的田园服装:"穿着裙子和兜帽。"这

① J. Del. ENCINA. *Teatro: segnnda producción dramática*. Mcdrid: Alhambra, 1977:178-183.

② G. M. GARCÍA-BERMEJO. *Catálogo del teatro español del siglo XVI: Índice de piezasconservadas, perdidas y representadas*. Salamanca: Ediciones Universidad de Salamanca, 1996:52.

些加上"芦笛"(第 113 行)和"三弦琴"(第 198 行)都是隐含的人物动作和场景说明(作者对演员的指示)。克里斯蒂诺则是隐士装扮。他像主教一样带着一个牧杖,并带有隐士的"习惯"(第 401 行),隐含地提到他穿着长袍(第 501 行)、披肩,带着每日祈祷书(第 503—504 行)。克里斯蒂诺会在舞台上更换服装,并将继续穿着牧羊人服装。剩下的是神话中的人物。爱神有弓箭(分别在第 166、173、264 行),"非常完美"(167 行),还带翅膀(分别在第 169、174 行)。费耶阿的特征是"仙女"(第 201 行)和牧羊女。在场景中的某个时刻,爱神的弓箭被送给了费耶阿,以诱骗克里斯蒂诺(第 164 行)。许多隐士的人物动作和场景说明有助于展示人物的外形表征。他们都是年轻的牧师。贾斯蒂诺是"小伙子"(第 16 行),克里斯蒂诺还是"男孩"(第 561 行)。可以在演出时通过加入年轻演员来增强这种表征,或者可以通过使用奇装异服来实现。[①]

　　语言对于剧中的人物识别也很重要。恩西纳使用萨亚格斯方言来表征牧羊人。使用乡村语言这种方式,除了通常被认为是文学史上萨拉曼卡戏剧的标志性元素外,还被视为舞台效应中,对乡村文化的特征进行可靠的语言描述。这些语言在黄金时代戏剧的许多有趣的人身上得到使用。早期作家普劳图斯已经用方言来刻画人物的特征[②],这可能会对恩西纳产生一定影响。众所周知,萨拉曼卡大学的普劳图斯和特伦西奥所著的著作可以追溯到十五世纪末。而恩西纳曾在萨拉曼卡大学学习和任教过。

　　喜剧是恩西纳经常使用的另一种戏剧手段。在《克里斯蒂诺和费耶阿》中,当爱神出现在贾斯蒂诺面前并且他不知道该人物是谁时:

---

　　① M. A. PEREZPRIEGO. *Juan del Encina y el teatro de su tiempo*. *En Humanismo y literatura en tiempos de Juan del Encina*. Salamanca: EdicionesUniversidad de Salamanca, 1999: 142.

　　② C. OLIVA y F. TORRES MONREAL. *Historia básica del arte escénico*. Madrid: Cátedra, 1994: 124.

爱：我是爱神。

贾斯蒂诺：你说你是什么爱？（第 145—146 行）

的确，这首田园诗的戏剧性并没有完全表现出来。只是在恩西纳前往意大利旅行后，才有了舞台学方面的进步。作品中对空间的规划是相当成功的，并且在整个作品中都有明显的标记，去、来等动词以及代词（"这里""那里"或"那边那里"无处不在）隐式地构造了戏剧性的地方以及角色在舞台上的位置。正如洛佩兹·莫拉莱斯而言：

> 的确，田园诗通过对话质朴，指出了在两种不同情况下（道路和隐居场所）进行表演的可能性，但是它们的缺乏同时性似乎并不是假设存在中间产物的决定性因素。动作只是随处移动，任何常规细节都足以表明它。[①]

而桑切斯·埃尔南德斯则认为，"可以选择简单的场景更改，而不是将两个戏剧性的空间结合在一起的混合设置。我认为，应该尝试在舞台上进行透视，并使用包括村庄，偏僻寺院和道路在内的彩绘背景搭建，将通过栅栏等有形元素得到加强"[②]。

《克里斯蒂诺和费耶阿》体现了舞台手段的充分利用。例如：两个神话人物的入场方式。一方面，爱神出人意料地出现在贾斯蒂诺（第 141 行）面前，没有被认出。尽管作者没有明确说明，但情景显然是隐含的人物动作和场景说明。可以想象出现是"突如其来"（第 536—537 行）或"不合时宜"（第 356—357 行）的，这可能是通过假装飞行展现出来的。可以借抬高人的小工具或机器来实现。[③] 同样，

① H. LÓPEZ MORALES. " Las églogas de Juan del Encina. Estudiobibliográfico de edicionesantiguas."*Revista de Filología Española*，2000，80 (1/2)：89.

② S. S. HERNÁNDEZ. *Tres églogas para la escena：Encina en Italia.* Salamanca：Universidad de Salamanca，2013：13.

③ C. OLIVA y F. TORRES MONREAL. *Historia básica del arte escénico.* Madrid：Cátedra，1994：86-87.

似乎费耶阿的出场是通过某种滑轮系统实现的,这使她突然出现,因为克利斯蒂诺喊道:

> 费耶阿,上帝原谅你,
> 是什么让我
> 震惊你伟大的出现。(第 286—288 行)。

重要的是牧师所指的"震惊"。如果费耶阿的出现不是意外发生,那么克利斯蒂诺不会感到震惊。所以神的出场均由舞台机关实现。这在恩西纳的时代应该不是什么新鲜事物,而是具有悠久历史的传统。[①]

创建戏剧性的另一种方法是使用牧羊人的舞蹈。舞蹈与音乐之间的关系在作品中至关重要,舞蹈和音乐不仅具有趣味性,还具有功能性,它标志着田园诗的最终结尾。恩西纳几乎所有的作品都以舞蹈或圣诞节颂歌作为结尾。舞蹈和颂歌都有民俗起源,通常由牧羊人和受欢迎的角色负责舞台上的舞蹈,恩西纳充分利用了舞蹈描绘角色的可能性,并让舞蹈同时充当了结束田园诗的角色。

在最后的圣诞颂歌之前,有一系列其他歌曲也隐含着人物动作和场景说明,例如:一个"乡村的歌舞旋律"(第 539 行),一个"有点贵族式的歌舞旋律"(第 548 行)改成另外一个"更乡村的歌舞旋律"(第 549 行),"参加帕斯夸拉的婚礼弹的歌曲"(第 554—556 行)。还提到了乐器的演奏:"看看我的演奏方式"(第 558 行),"弹奏,弹奏它,贾斯蒂诺"(第 541 行),"弹奏,弹奏它,小男孩"(第 561 行)或"让你的位置响起音乐"(第 573 行)。因此,恩西纳通过戏剧性文字提供的隐含的迪达斯卡利亚斯的场景,再现并重建了克里斯蒂诺和费耶阿的优美舞台。

观之该戏剧,尽管恩西纳在作品中引入了神话世界的元素,但同样地,他也没有放弃原始的乡村图景传统。正如桑切斯·埃尔南

[①] C. OLIVA y F. TORRES MONREAL. *Historia básica del arte escénico.* Madrid: Cátedra, 1994: 42, 86-87.

德斯所指出的：恩西纳敏锐地感知并适应异教徒的口味，以适应其所处世界的变化，而不会忽视其取悦宫廷的公众的需要。[①] 也就是说，恩西纳的作品同时兼顾了宗教与世俗的双重文化元素。

第三节 《克里斯蒂诺和费耶阿》的人本之爱

一、肉体战胜精神的戏剧结局

在《克里斯蒂诺和费耶阿》中，作者介绍了尘世生活与禁欲主义之间的冲突，我们看到了肉体战胜了精神的故事结局。

在任何一本歌集中都找不到这首歌，因为它只是单页纸印刷品，现今被保存在桑坦德的梅嫩德斯·佩拉约图书馆。写作日期似乎是在 1509 年之后，但先于卢卡斯·费尔南德斯的《士兵的闹剧或准喜剧》(1514 年)，因其在作品中谈及了恩西纳的田园诗。诗的人物角色只有四个：牧羊人克里斯蒂诺和贾斯蒂诺，以及异教徒人物爱神和古典起源的仙女费耶阿。情节讲述克里斯蒂诺为了逃避肉体的诱惑而决定成为隐士，尽管贾斯蒂诺建议他继续享受田园生活的愉快。

你怎么能忘记/离开/什么都没有，/跳舞，在婚礼上跳舞，/奔跑，战斗和跳跃？（第 91—95 行）

克里斯蒂诺离开后，爱神出现，他开始与贾斯蒂诺进行以下对话：

爱神：那你的伙伴呢？

贾斯蒂诺：告别快乐。那是因为那座奇特的山，是因为逃避了你的力量。

---

① S. S. HERNÁNDEZ. *Tres églogas para la escena*：*Encina en Italia*. Salamanca：Universidad de Salamanca，2013：15.

> 爱神:好吧,他没有我的许可就离开了,我会向他展示我的愤怒。我会让他悲伤的生活变得更加残酷和坚强,渴望死亡,这是更糟的复发。(……)对于牧羊人的叛徒克里斯蒂诺,因为与我一起发动暴力,我将对他进行惩罚,以至于他使别人感到恐惧。(第149—180行)

从这些诗节中可以看出,克里斯蒂诺对应完美的基督徒,他更愿意为自己的信仰献身,而不是让自己沉溺于世俗的享乐。但是,爱神不接受克里斯蒂诺的不服从,克里斯蒂诺试图逃避爱神的力量,因此他雇用仙女费耶阿来勾引这位年轻的隐士,以便他再次成为他的仆人和牧羊人。为此,我们将看到爱神的话:

> 去找克里斯蒂诺吧,因为我想报复他。并给他这样的诱惑,使苦难降临到他身上,以至于他放弃了修道院,放弃了宗教。(……)因为正义被放逐,我以无数抱怨将他驱逐出境,希望遥远的地方会给他带来一场非常残酷的战争。我将在他内心的悲伤建筑一座伟大的堡垒。(……)毫无疑问,我用这条锐利的箭赢得了我想要的一切,因为无论我用它伤害了谁,谁都不会动。(第214—270行)

克里斯蒂诺软弱无力,无法抵抗费耶阿的诱惑("回来,回来成为牧师,/如果你想她爱你",第329—330行),放弃了成为一名完美基督徒的目的。因此他表达了他的纠结:

> 真伤心!我不知道该说些什么,我已不再掌权。我不能离开爱情或痛苦。好吧,你不想离开我,它将被迫回到牧羊人的生活。(……)上帝给了我理性和自由意志。哦,我的脑子真不好,它变得多快!(……)我既不想宗教,也不想入修道院。(……)我不知道你为什么虐待我,杀死我,折磨我并逼迫我(……)当我做牧师的时候,我从不犯错或失败,也辛勤服务,因为我一直遵循你的信仰。(第334—380行)

尽管上帝赋予了克里斯蒂诺选择自己道路的自由和屈服于何种选择的理由,但肉体的诱惑却非常强烈,无法控制。在第一部分中,关于爱情和女人的观念十分突出,这一观念成为与上帝分离的恶魔和不道德的工具。然而,克里斯蒂诺在独白的第二部分中向我们揭示了他并非一直忠于基督教,而在过去,他是致力于爱神宗教的完美的爱人,他的痛苦来自尽管为爱神服务多年,但爱神刚刚给予他惩罚。爱神是"好报复的,追捕逃犯,超越他,使他服从",爱神不会宽恕叛徒或那些为了服侍上帝而敢于逃脱他权力的人。让我们看看他的答案。

> 爱神:你对我有什么抱怨? 我在这里,克里斯蒂诺,我认真地听你说。好吧,无缘无故地离开了我,你应该抱怨你自己,忘恩负义,一无所知。(……)我已经给了万千恩宠,现在你要离开我:(……)如果习惯不停止,再多个抱怨我也不会听到,你离开我越多你会更受迫害。(第386—405行)

> 与克里斯蒂诺的讨论以下列协议结束:爱神:你永远也不会屈服于宗教,但是如果没有任何宽恕,你将受到惩罚。

> 克里斯蒂诺:我会成为你的好仆人。我承诺。(第426—432行)

肉体对精神的胜利,以及隐士很容易被女性诱惑的事实,清楚地表明了恩西纳时代的价值观的颠倒。正如我们已经说过的那样,教会谴责了人类的爱,实际上,由于上帝最终不如爱神,所以人们看到了双重颠倒。爱神要求克里斯蒂诺绝对忠诚,并让他经受考验以证明他的虔诚。

尽管,虔诚的克里斯蒂诺极力表现出对教会的忠诚,然而,从人性的本能而言,他又无法抵挡和拒绝来自女人的男女两性之间的肉体之爱,人类之爱。最后,他还是成了爱情的俘虏,也摧毁了宗教的价值观。

二、追求现实快乐的世俗价值观

人文戏剧《克里斯蒂诺和费耶阿》的文体与剧情,既有表现现世田园生活的情景,又有表现爱情激情的欢乐场面。爱神的胜利在这里不仅被认为是幸福的结局,而且是异教徒的结局,因为异教的神设法征服了一个已经为上帝服务的灵魂。尽管恩西纳已经微妙刻画了一些不道德的方面,给了宗教隐士夫妇一个积极的含义,但同时,他又给隐士夫妇一个消极的含义,由于基督教价值观的倒置,这首田园诗表现了对神灵的亵渎。下面是恩西纳的评论:

> 隐居者的生活是有福的,但他们从来不是隐士,而是一百岁的老人们,被规定的人,没有力量或爱的感觉,也不觉得这很有趣(……)喜悦。(第 451—463 行)

这说明爱不仅会征服并超越上帝,而且田园生活和肉欲的欢乐也会被宣扬,并以此公开反对大臣和教会。佩雷斯·普列戈表示,由于意大利人和恩西纳之间的接触,"意识形态取向上的明显变化"预示着文艺复兴的道路,而恩西纳则"指出了一个更加异教的"和反教派的世界观。笔者认为实际上,在诗歌的第一部分中,诗人遵循基督教的教义,而在第二部分中,他突出了情感对理性的暴力愤怒和克里斯蒂诺回归爱主仆人的地位的故事。同时,这两个主题之间存在很大的混淆,因为爱神对人类信仰的考验与神圣的经历有关,根据世俗的文艺复兴思想,只有改变价值观,才不至于陷入对宗教背景的迷惑。

理性与爱神之间的冲突仍然存在,但不会持续太久,因为恩西纳非常清楚,感情力量终究会战胜盲目的理性。这次尝试在诗意的歌本和文艺复兴哲学之间架起一座桥梁。与以前的作品相比,该作品的结构稍微复杂一些,爱神丘比特比在《代表爱情的力量》中更成熟,是一个非常聪明的角色,由于他的力量,他可以实现自己想要的一切。

宗教的理性之爱与爱神的肉欲之爱，宗教隐士生活与现实人类生活，虽然都存在于戏剧剧情和作品之中，但它们之间的冲突愈发明显，感性和人性的力量越发强烈，现实的快乐与幸福感越发主导着人们的价值取向，世俗价值观渐渐取代着宗教文化的价值观，文艺复兴的哲学思潮在悄然兴起。

三、走向文艺复兴的以人为中心思想

自十五世纪文艺复兴开始，以人为中心的思想变得很重要。宗教被搁置，理性和科学被信赖，人们再次将目光转向代表希腊和罗马文化的光芒。

在文艺复兴时期，面向古希腊的拉丁戏剧的复兴过程开始了。追求古典风格、规则和形式的潮流(即古希腊的潮流)通常被称为古典主义潮流。但是，由于不了解古代的表现形式，这些经典作品是根据往年制作的并受到广泛好评的戏剧(尤其是受欢迎的戏剧)重写的。

意大利文艺复兴时期对戏剧的发展产生了决定性的影响。因为随着受古典模型启发并用于贵族阶级和宫廷的文化戏剧作品的出现，剧院在十六世纪逐渐演变成封闭的房间，这种建造形式提供了更强的舒适感。在意大利，按照古典主义的趋势，剧院是按照旧风格建造的(就像在罗马帝国那样)，后来由于在现有的矩形空间上建造，它们便获得了一种与今天的剧院更相似的形式，并再次发现了舞台的"魔力"，即通过这种视角可以在布景绘画中产生深度幻觉，从而可以从遥远的过去或异国环境中再现风景和绘画面。在受众文化程度更高的戏剧中，无论是形式还是戏剧文字，都可以看到古典改良的特殊品味。然而，在流行戏剧中，以艺术喜剧形式即兴创作的趋势显得更为明显。该种戏剧在意大利宫廷上演，大量运用视觉和音乐媒体，并伴以舞蹈和音乐，并配有华丽的服装和舞台布景。在此期间，还出现了一种流行戏剧，称为"意大利喜剧"。在这种文化环境中，在贵族和罗马教廷的舞台上，戏剧的头几个样本开始出现,最终导致了戏剧在十六世纪和十七世纪的非凡发展。

　　这种发展在人文戏剧《克里斯蒂诺和费耶阿》中,表现得最为明显,渗透得最为深刻。该作品既是中世纪末期走向文艺复兴时期的代表戏剧,也是基于现实尘世的自由、爱情之人本思想的哲学思考。为后来的人文戏剧或者说对话体小说《塞莱斯蒂娜》的诞生奠定了深厚的文学和文化底蕴,推动了文艺复兴人文思潮的广泛兴起。

第九章　对话体小说《塞莱斯蒂娜》与人本主义思想

—— 基于人之本性的爱情与情欲

第一节　《塞莱斯蒂娜》作品人本化趋势概况

一、文艺复兴的开山之作

《塞莱斯蒂娜》是西班牙著名作家费尔南多·德·罗哈斯的作品,原名为《卡利斯托和梅莉贝娅悲喜剧》,1519 年起被定名为《塞莱斯蒂娜》。其形成可以追溯到十五世纪后期,天主教双王统治时期,尽管它的杰出的出版成绩开始于十六世纪,之后的路却坎坷不平,直到 1792 年被禁止出版。因其爱情的情节,教育的目的,丰富的权威引文,人物的选择,对话的形式和极有可能是在大学环境下所创造出来等特点,《塞莱斯蒂娜》一直被认为是人文戏剧的杰出代表,尽管有些人喜欢将它看作小说和戏剧的混合物。两种体裁对它的影响是相当显著的,此后便出现了许多对这部作品的临摹和续篇,甚至形成了所谓的"塞莱斯蒂娜文学",或"塞莱斯蒂娜文体"。其中既包含了直接从它的情节发展出的作品,沿用其中的人物或者它们的主题,也包含了跟《塞莱斯蒂娜》没有关系的小说和戏剧里的"塞莱斯蒂娜"式的人物和环境。

作品中主人公复杂的性格向我们展示了当时的文化习惯以及

人们思想道德的转变。卡利斯托追求爱情和感官享受的举动是资产阶级新的生活方式与人生哲学的真实写照：他采取各种手段来满足自己的欲望，在其心里似乎没有上帝的位置，一心追求的是爱情、感官享受和个人幸福。梅莉贝娅在内心展开了一场斗争，并最终选择接受卡利斯托的爱情，表达了她挣脱宗教与封建制度束缚的愿望。但是恋人死亡的悲伤导致了她的自杀。作为一位反面人物，塞莱斯蒂娜总是宣扬她的信条：及时行乐。她是资本主义社会早期极端利己主义的代表：只在乎尘世生活，用她的狡猾和对青年人心理的了解获利。世故、狡猾和贪婪是她的性格，这种性格给她带来的是灭亡。荣誉也是作品的一个重要主题，但是却不再是人们行动的最高准则。

　　随着巨大的政治、经济、社会和文化变革，人文主义思想日益深入人心。不同阶层的不同人物向我们展示了一个人们寻求从封建制度和宗教的束缚中解放出来的年代，也表达了人们想要表达自己自由意志的愿望。两个不同社会阶层的人们做出了截然不同的选择：平民阶层选择满足物质需求，贵族则倾向于满足精神需求。《塞莱斯蒂娜》不仅仅是一部为道德说教而创作的作品，也是一部伟大的人文主义著作，作品中大胆的词句表述以及一些场景中的情感表达，展现了文艺复兴的思想和人本主义的世俗的氛围。作品也揭示了一个崭新时代的到来——文艺复兴时代。

　　《塞莱斯蒂娜》在文学史上占有重要地位，它被认为是中世纪西班牙文学的结束，并成为开辟文艺复兴道路的作品。作品开了西班牙现实主义文学之先河，被誉为"西班牙文艺复兴门廊"中的划时代之作，把欧洲叙事文学推上了一个新的台阶。因此，有许多学者花数年时间研究它，有很多关于它的内容和形式的文献，如作者、体裁、故事来源、语言和修辞、人物、主题等的相关研究。

二、难以确定的著作权

　　关于作品的归属争论由来已久。在《塞莱斯蒂娜》的原始版本中,既没有封面,也没有封底,从而导致了署名的缺失,直到 1632 年的删改版问世,都没有任何作者名字的出现。在印刷版八音节的离合诗中,将作者确定为费尔南多·德·罗哈斯。在 1902 年挖掘的一系列与历史上费尔南多·德·罗哈斯相关联的资料中,都将著作权归属于他。将离合诗中的那个费尔南多·德·罗哈斯与历史中的该人物关系联系起来,学者们从新的文献和关于他的详细研究出发,深入地探讨了历史中的费尔南多·德·罗哈斯。

费尔南多·德·罗哈斯于 1465 年出生在蒙塔尔班(托莱多),在萨拉曼卡大学学习法律并在那里生活,一直到 1502 年。之后,他移居到塔拉韦拉生活,并与莱昂诺尔·阿尔巴雷斯在那里完婚,有了孩子。他在塔拉韦拉从事律师职业,曾担任了五周的市长。1541年在该市逝世,但从未提到过他的作品。1525 年的一份宗教裁判所的档案中找到的材料称,罗哈斯是犹太人阿尔瓦罗·德·蒙特阿尔班的女婿。此外,梅嫩德斯根据有关语文学研究成果于 1950 年论证了由来已久的"双作者"说,认为作品第一幕与后面二十幕风格相左,故而作者除罗哈斯外还另有其人。他甚至查证说,第一幕是在 1497 年之前完成的,而罗哈斯所写的其余二十幕都是在 1497年之后创作的。[①] 与此同时,也有学者坚持认为作者远不止两个。但无论如何,视罗哈斯为主要作者几乎已经成为共识。如今,多数版本上都有罗哈斯关于第一幕并非己出的说明。沿着这个话题,不少研究者有了新的发现。比如学者卡斯特罗·基萨索拉认为《塞莱斯蒂娜》第一幕明显具有彼特拉克的影子,而后文则是受亚里士多德、塞内加和波伊提乌的影响。学者们一直在争论罗哈斯的身世,有人认为他是后来皈依天主教的,他的遗嘱里反映了他是一个受人尊重的人,且拥有相当丰富的遗产。

一些学者认为,罗哈斯不可能是思想正统的基督徒,所谓贬恶诛邪警诫劝善和偶得残稿续写成书之说,纯属作家施的障眼法,旨

---

① 陈众议. 西班牙文学——黄金世纪研究. 南京:译林出版社,2007:8.

在逃避教会的查禁和追究。事实上,正是罗哈斯一人写就了《塞莱斯蒂娜》全书,赞美爱情与现世行乐,向教会所代表的封建礼教提出挑战,具有鲜明的人文主义色彩。

三、争论不断的题材话题

(一)悲喜剧

《塞莱斯蒂娜》的体裁一直以来就是一个争论不断的话题。费尔南多·德·罗哈斯在序中便已说明"还有些人为书名发生争执,说此书不应该称喜剧,因为它的结局很悲惨,应该叫悲剧。本书的第一个作者根据书的开头是欢乐的,所以采用折中的办法,称它为"悲喜剧"①。

然而,可以看出,这仅仅影响了作品的结局,而非形式。一直到十八世纪,当新古典主义为戏剧类型重新严格地划定界线的时候,无疑将《塞莱斯蒂娜》与古希腊和罗马的戏剧家联系在一起:

> 无论纳维奥,还是普拉乌托,
>
> 他们那编写喜剧的手,
>
> 都未能这样出色地刻画虚伪仆人的欺骗,
>
> 也未能用罗马诗律描绘过这样的坏女人。
>
> 克拉蒂诺,梅南德罗和年迈的马格纳斯,
>
> 他们以雅典初期的文风,
>
> 没有像这位诗人用卡斯蒂利亚文,
>
> 描写过这样一类体题材。(252)

其实,喜剧也罢,悲喜剧也罢,《塞莱斯蒂娜》成功的真正法宝在于它彻底的现实主义。罗哈斯人为地设计了悲剧,但他并没有将此

---

① 费尔南多·德·罗哈斯. 塞莱斯蒂娜. 屠孟超,译. 南京:译林出版社,1997:2.目前《塞莱斯蒂娜》共有四个中译本,按出版时间先后顺序分别是王央乐(1989)、蔡润国(1993)、屠孟超(1997)、丁文林(2008)。本章涉及的作品片段引用屠孟超翻译版,此后只以页数标明。

作为上帝的惩罚,也未按照宗教的精神去褒贬,而是将一切归咎于命运和造物,认为人力对之无可奈何,从这个意义上说,罗哈斯的确并非正统的基督徒。但恰恰是这种矛盾和无可奈何的心态使罗哈斯得以用旁观者的立场冷眼观红尘,他不赞成书中人物的所作所为,但在描绘他们的言行和内心世界时秉笔实录无所避讳,让笔下那些执迷不悟的男女主人公充分地展示其个性,在欲望的驱使下走向毁灭。如此,每一个角色都获得了艺术的独立性、真实性和完整性,具有远远超出作者初衷的客观认识价值。

(二)对话体小说

因为它的长度,不能在舞台上搬演和不符合新古典主义戏剧的严格定义,但又非常明显地是以对话的形式写成,《塞莱斯蒂娜》迫使新古典主义的理论家们创造了"对话体小说"这个术语来定义它的题材。费尔南德斯·德·莫拉丁在他的《西班牙戏剧起源》里给出《塞莱斯蒂娜》为"对话体小说"的定义。在之后,阿里保在他的《塞万提斯以前的小说家们》中也使用了"对话体小说"这个术语,并立即被接受。虽然一些学者已经明显表现出反对将《塞莱斯蒂娜》称为"小说"。但是,这种提法到了莉达·德·马尔基尔的研究出现之后才真正地失去了力量,她将《塞莱斯蒂娜》称作为"人文戏剧"。[①]尽管如此,《塞莱斯蒂娜》被定义为"对话体小说"的说法还一直在评论家基思·威廉、艾伦·戴蒙、桃乐丝·塞费林的研究中被使用。

(三)人文戏剧

今天,最普遍认可的说法是将《塞莱斯蒂娜》归类为人文戏剧。虽然梅嫩德斯·佩拉约在他的《小说起源》中已经注意到人文戏剧和《塞莱斯蒂娜》之间有一些相似之处。莉达·德·马尔基尔的《塞莱斯蒂娜的艺术独创性》一文更细致全面地描述了它们之间的相通

---

① M. R. LIDA DE MALKIEL. *La originalidad artítica de* "La Celestina." Buenos Aires: Eudeba, 1962: 48.

性,并算是第一个对这种归类进行论证的文章。① 随着时间的推移,支持该归类的论点发生了细微变化,一部分人认为《塞莱斯蒂娜》这部作品在创作时体现了人文戏剧的特征,另一部分人认为作品本身在某些地方脱离了人文戏剧的范畴,但还是有一些共识,认为作者写这部作品时以人文戏剧作为参考。近年来,评论家们的兴趣已经从玛丽亚·罗莎·利达所提出的情节、人物、语言、舞台等巧合转向了接受美学的巧合。不仅如此,各路学者曾经千方百计考证故事发生的时间和地点。尤其是关于地点,相当一部分学者认为故事应当发生在十五世纪的阿拉贡王国。但加西亚·瓦尔德卡萨斯却认为既然作者无意道明故事发生的时间地点,就无须在这个问题上费心,何况何时何地其实并不重要,因为作品纯属虚构。有关体裁的话题起初集中在"戏剧"和"小说"之争,因为作品虽然以剧本形式写成,分为二十一幕,但其中的大量独白又明显不适合舞台演出;而后便演化成了"戏剧小说"与"对话体小说"之争。最先提出"戏剧小说"的是里盖尔②,但这种说法很快引起了梅嫩德斯、莉达·德·马尔基尔等有关同行的反诘。与此同时,斯蒂芬·吉尔曼认为给《塞莱斯蒂娜》这样一部复杂的文学作品进行体裁界定是徒劳的,因为它原本就是"消解体裁的"③。这种说法显然是受了后现代批评的影响。因为,与其说作者(不止一个)是有心裁花,倒不如说他们是无意插柳。在这个问题上,梅嫩德斯的观点似乎更值得重视。他认为当时悲喜剧作为新生事物,还没有先例可循,因此它可能"身兼两职",即既是脚本,也是读本。这是很有道理的。在西班牙,十四、十五世纪几乎是所有重要体裁的生发期:小说从短篇到长篇,戏剧从脚本到读本,诗歌更是波澜不惊地从谣曲走向了多元。

---

① M. R. LIDA DE MALKIEL. *La originalidad artítica de* "La Celestina." Buenos Aires: Eudeba, 1962: 23-41.

② 陈众议. 西班牙文学——黄金世纪研究. 南京:译林出版社,2007:9。

③ S. GILMAN. *The Art of* "*La Celestina*". Madison: The University of Wisconsin Press, 1956: 194-206.

需要说明的是,有关争论都是从十八世纪开始的。在这之前,《塞莱斯蒂娜》一直作为经典戏剧流传于世。因此,所谓"学术等于把简单的事情复杂化"的说法在有关《塞莱斯蒂娜》的讨论中多少得到了印证。但反过来说,没有诸如此类的复杂化过程,人类的认知水平和大脑进化恐怕要大打折扣了。

四、神本位走向人本位的创作背景

1492 年,西班牙天主教双王完成了收复失地运动。文化上,犹太教,伊斯兰教和基督教三种文化的共存关系宣布结束和破裂。许多摩尔人被驱逐出境,但仍有许多人继续生活在伊比利亚半岛。这些以前有其他宗教信仰的人不得不将信仰转换为基督教。这些穆斯林和犹太后裔自称为皈依者。《塞莱斯蒂娜》的作者,费尔南多·德·罗哈斯恰好就是后来皈依天主教的。可能出于这种特殊身份,他对另一个信仰的认识和观点会相对客观,能够更清楚地看到神职人员的腐败和贵族的颓废。

另外,随着新大陆的发现,人们扩大了视野。伊比利亚半岛出现了文艺复兴的想法,形成了与中心主义完全不同的文化潮流。西班牙知识分子对古典文本和拉丁文非常感兴趣。世界观已经改变:虽然宗教仍然控制着人们,但人类是宇宙中心的观念却取代了以前的中心主义观念。中世纪的禁欲主义渐渐为人生享乐主义让出了道路。

十五世纪至十六世纪是文艺复兴时期,随着资产阶级的兴起,经济和政治条件的改善以及贵族的衰落,思想的新趋势已经与宗教和封建教条不同。

五、浸透新时代气息的爱情故事

作品开始时,贵族血统的卡利斯托在寻找鹰的时候与花园中的梅莉贝娅相遇。卡利斯托对梅莉贝娅一见钟情,赞美了她的美丽,并向她求婚,但遭到了拒绝。

　　失望和悲伤的卡利斯托,在他的仆人森普罗尼奥的建议下,借助虔婆塞莱斯蒂娜的帮助,策划与梅莉贝娅的秘密约会。起初,卡利斯托的另一位仆人巴尔梅诺忠实于他的主人,试图因塞莱斯蒂娜的不良声誉劝阻卡利斯托,但他失败了。对卡利斯托的忠诚服务遭到怀疑后,巴尔梅诺感到失望,塞莱斯蒂娜借此机会说服巴尔梅诺为她服务。她答应给他一笔从卡利斯托那得来的好处费,最重要的是给他阿雷乌莎的爱。

　　塞莱斯蒂娜以买针线为借口,设法与梅莉贝娅谈话,她用狡猾的话语和可能的魔法力量劝动了梅莉贝娅,让她接受卡利斯托的爱。在收到梅莉贝娅的肯定答复后,卡利斯托给她一个金链作为报酬。但她拒绝与巴尔梅诺和森普罗尼奥分享,他们愤怒地杀了她。第二天早上,他们也在广场上被正法。另一边,艾莉西娅和阿雷乌莎正在请求森图里奥为他们的情人报复卡利斯托和梅莉贝娅。在梅莉贝娅的花园里幽会的卡利斯托,听到街上的噪音,急忙从高墙跳下,不幸摔死。非常悲伤的梅莉贝娅向她的父亲承认发生了什么,并从塔上跳下来。作品在梅莉贝娅父母的哀悼声中结束。

　　书中,女主人公梅莉贝娅的激情是一个女人的激情。她为爱而活着,并想要无限多的夜晚来享受爱情,"得到享受的是我,得到赏赐的也是我。先生,你来看我,给我带来了最崇高的奖赏"。她想要性与肉体的永恒,在爱情里是情色的,中世纪晚期描写的性爱游戏里,主动者更多是女性,这是一种女性自觉的表现。在向文艺复兴过渡时期的文学创作中,写作者常常把女性气质附加在性行为、怀孕、生育等人类行为中,这是一种去性别化和去男性中心主义的阅读审美。典雅爱情中彬彬有礼的,残忍而忘恩负义的女士先转变为感伤小说的虔诚富有同情心的女士,而梅莉贝娅是当时对话体小说中,能够反映现实中抗议典雅爱情的代表。这种反抗典雅爱情的理想主义的本质标志着十五世纪西班牙文学中回归更自然的爱情观的决心,其中性本能的力量倾向于压制所有的精神渴望。

　　在中世纪,由于男女的地位不等同,在追求爱情时,女性受限较大,她们被关在"房间"里而失去爱情自由。因此,尽管《塞莱斯蒂娜》的女主人公梅莉贝娅与卡利斯托一见钟情,承认爱意却又因性别自卑,献出贞操却又自感羞耻。在中世纪,女性的婚恋大多与家庭的荣誉和个人的尊严捆绑在一起,无法自由释放。梅莉贝娅用自己的爱情与激情之人本行为摧毁了象征"家庭地位与美德的房子"形象,冲破了世袭世俗的爱情观,充满人本主义色彩。在中世纪,人们把婚姻与爱情并别看待,认为婚姻是强化两个家庭政治经济地位的工具和手段。而梅莉贝娅恰恰选择了爱情,走出了宗教与封建"旧房间"的束缚,成为对婚姻和爱情持不同态度的新女性的代表人物。在中世纪,典雅爱情盛行,人们遵循和模仿典雅爱情规则。而梅莉贝娅却服从于爱情的天性,毅然走出"房间"了解外边的世界,成为女性追求爱情欲望渴望幸福愉快的典型表征。作品标志着中世纪无论是在西班牙文学作品还是现实生活中,反抗典雅爱情,回归自然爱情本真的爱情观,已成为时代发展的趋势。

第二节　《塞莱斯蒂娜》人物人本性特征分析

《塞莱斯蒂娜》的主角主要分为两个社会阶层:平民阶级和贵族阶级。不同的人关心不同的事情:平民阶级关心满足物质需求,如福利和物品;而物质方面丰富的贵族谋求满足精神需要,如爱,享受生活等等。两个社会阶层的人都是通过现实主义方法及人本主义思想加以刻画,并贯穿于作品的始终。

一、男主人公卡利斯托——人本化爱情至上的化身

(一)充满神化色彩的爱

西班牙中世纪与文艺复兴的过渡时期是一段无数战争和文化混合的时期。这时最重要的影响因素就是基督教,其观念强调上帝与人之间的关系。这样的宗教观念在骑士文学中变成了对心爱之

人的神圣化,对爱人的神圣化在这段时期达到了高潮。

卡利斯托表达的爱情恰好是对他心爱之人梅莉贝娅的过分崇拜。第一次相遇他就承认,他被梅莉贝娅的美貌所吸引。仅仅知道她的美貌,他就过分赞美她的聪明才智和高尚品德:

> 说真的,就连能够瞻仰上帝圣容的光荣的圣徒们也没有我眼下瞧着你这么愉快……即使上帝在天庭赋予我比圣徒们拥有更高贵的席位,我也不会比现在感到更幸福。(2)

与天使的面容比较是当时作者们惯用的手法:

> 梅莉贝娅确实是生活在我们中间的化了装的天使。(159)

卡利斯托使梅莉贝娅具有神性。正如评论家希梅内斯所说"这种行为最好的表现就是恋爱骑士成了梅莉贝娅'主义'[①],将被爱者看作一个神圣的,高尚的,必须被崇拜和尊重的人。好似异端邪说。"[②]正如在卡利斯托和森普罗尼奥的对话中,前者狂热地承认了自己的梅莉贝娅"主义":

森普罗尼奥	我说上帝从来不愿意听到这样的话,你刚才说的有点像异端邪说。
卡利斯托	为什么?
森普罗尼奥	因为你说的话与基督教的教义不相符。
卡利斯托	这又怎么啦?
森普罗尼奥	你不是基督徒吗?
卡利斯托	我吗?我是梅莉贝娅的信徒,我只崇拜梅莉贝娅,我只信梅莉贝娅,我只爱梅莉贝娅。(6)

---

① 所谓的"梅莉贝娅'主义'"第一次出现在莉达·德·马尔基尔的《塞莱斯蒂娜的艺术独创性》一文中。

② F. J. HERRERA JIMENEZ. *El mundo de la mujer en la materia celestinesca：personajes y contexto，tesis doctoral*. Granada：Universidad de Granada, 1997：33.

卡利斯托是基督徒吗？这是读完他与仆人的对话后不禁产生的疑问。基督教,经过几个世纪的发展,掌控着人们的思想方式,控制了人们在社会各个方面的行为。卡利斯托并没有直接回答仆人的问题,而是公开地表明了对梅莉贝娅的好感。

对上帝的爱在当时被认为是真正的和正确的爱,信徒们应该全心全意地爱上帝。通过宗教仪式,如祈祷或冥想,他们表达了狂喜的精神感受,灵魂与神的神性相结合。卡利斯托对梅莉贝娅一见钟情,主要是因为梅莉贝娅的美貌。由于情感驱使,宗教的爱变成了对她的激情的爱,这两种爱也有许多共同点:全心全意爱她,诚恳和热情,并且想要和她结合,实现精神和肉体的统一。正如评论家卡斯特罗所说,梅莉贝娅是卡利斯托肉体感官激情的来源,卡利斯托没有想到自己怎样生活,而是"生活在心爱的人中",梅莉贝娅是他的感官刺激物和生活的"房子",是他做任何事情的动力。卡利斯托从属于梅莉贝娅的美貌。

（二）充满激情与典雅的爱情

卡利斯托是激情式爱情的人物原型。激情占据着卡利斯托,梅莉贝娅取代了他心中原有的宗教情感,他这样驳斥森普罗尼奥:

森普罗尼奥　你这个堂堂男子汉丧失了尊严,拜倒在小娘们的石榴裙下了。

卡利斯托　小娘们? 太粗野了! 她是上帝,是上帝!

森普罗尼奥　你真的这样认为吗,还是在开玩笑?

卡利斯托　开玩笑? 我认为她就是上帝,我相信她就是上帝。尽管她和我们生活在凡间,我觉得除了她,天上不会再有至高无上的上帝了。

森普罗尼奥　哈,哈! 你听到了吗? 他竟然这样亵渎神灵! 你看到了吗? 他竟然这般丧失了神志!

……

> 卡利斯托　　因为我爱的这个姑娘太了不起了，在她面前我
> 自惭形秽，觉得配不上她。(7—8)

卡利斯托的胡言乱语表达了对他的女神梅莉贝娅表白遭到拒绝后，因为无法接触到她产生的失望感。但不难看出，此时在他的思想中几乎看不到上帝的形象了。之后森普罗尼奥指出他的言论反宗教时，卡利斯托说道："你说的事我想也没有想过，真叫我好笑。"(8)但这句话听起来太随意了。有学者认为卡利斯托肯定是基督徒的说法基于他去马格达莱纳教堂向神祈祷，而且塞莱斯蒂娜的一番努力获得了成功，她为卡利斯托施魔法："现在我相信了，做弥撒的钟声响了。准备好我的衣服，我上玛格莱达纳教堂去。我将祈求上帝，将塞莱斯蒂娜引上正道，让梅莉贝娅将救我姓名的事放在心上，否则，就赶快让我结束这种苦愁的日子。"(125)

此外，卡利斯托坚持要夺得梅莉贝娅的童贞，要知道婚前性行为是完全违背基督徒教条的。正如评论家希梅内斯所说，卡利斯托真正的愚蠢行为是远离典雅爱情的范围，而不是离开基督教信仰，卡利斯托对塞莱斯蒂娜说："忘记那个能延长我的生命的姑娘是一种愚蠢的行为。"(97)

卡利斯托将梅莉贝娅视为他的女主人，他成了心爱之人的仆人。在这个意义上，卡利斯托向梅莉贝娅表达的是典雅爱情，并且坚定地贯穿始终，"老妈妈，说话要有分寸，别这么说，否则，这几个小伙子要说你发疯了。梅莉贝娅是我的女主人，是我的上帝，是我的生命；我是她的俘虏，是她的奴仆"(156)。之后又补充，"我从这儿到她家的路上一定会高兴死的。我承受不了这么大的荣誉，我实在不配得到这么大的恩赐，不配和这样的一位小姐谈她的心愿，畅叙衷情"(157)。最后又说"是那个有资格对全世界发号施令的人，是那个我不配为她效劳的姑娘。在这个被你的国色天资倾倒的人面前路面，你不用害怕。我从来没有听到过这么甜美的声音，它向我表明，你就是我那梅莉贝娅小姐。我是你的奴仆卡利斯托"(165)。

卡利斯托和梅莉贝娅是一对可以大书几笔的新青年。首先,卡利斯托对爱情的认知与塞莱斯蒂娜的功利思想形成了强烈的反差。他既有新时代青年爱情至上的理想,又不乏骑士文化的遗风。他甚至有点像古典行吟诗人那样,视与心爱之人梅莉贝娅在花园邂逅有些突兀,称教堂才是比较合理的地点。此外,他称梅莉贝娅为"上帝",因为他在梅莉贝娅身上看到了上帝的存在。梅莉贝娅听之愕然,卡利斯托便乘机把她无与伦比的美貌赞颂一番。他还自称自己是"梅莉贝奥",谓"我是梅莉贝奥,深爱着梅莉贝娅;只相信梅莉贝娅,也只爱梅利贝娅"。

（三）充满人性本能的爱

事实上,在整个过程中,卡利斯托并不是一个典雅爱情的模仿者,而是尽可能采取任何捷径来满足他的性乐趣。在他的脑海里似乎已经不存在上帝了,对他来说重要的是追求爱情、感官快乐和个人幸福,这恰好与当时社会出现的资产阶级的哲学思想相符。卡利斯托的激情式爱情与教会的禁欲主义完全相反。正如评论家马拉瓦尔所说,激情式的爱对抗着典雅爱情。在卡利斯托所模仿的典雅爱情背后实际上隐藏了他的性欲。他既不尊重既定的道德准则,也毫不担心梅莉贝娅的荣誉,当他想夺取梅莉贝娅的童贞的时候,已经把她置于危险中了。肉体上占有梅莉贝娅的欲望一直驱使着他,从他的话语中不难看出:

> 梅莉贝娅　……先生,请你不要损坏那件用世界上全部珍宝都难以赎回的东西。
>
> 卡利斯托　……这些日子为了你,我已经感到筋疲力尽,现在航船已到达港口,你不让我舒舒服服地休息一下吗?
>
> 梅莉贝娅　……我的先生,请你安静点儿。我已属于你,我们就和别的恋人一样亲热亲热就可以了,请你千万不要剥夺大自然赋予我的最珍贵的东

西。你应该明白，一个好的牧人只给自己的羊毛或别的牲畜剪毛，绝对不会损伤它们的皮肉，或伤害它们的躯体。

卡利斯托 ……小姐，请原谅我无礼，我从来没有想到自己这双卑贱的手能触及你的冰肌玉体。(189)

肉欲恰恰是卡利斯托追求梅莉贝娅的原因。一开始，卡利斯托就他对实现"奖赏"的渴望，隐含地向所爱之人申请爱情，他表示"上帝赐给我的恩惠显然已大大超越我对上帝的侍奉、牺牲、虔诚和平时做的好事善行"(2)。正如评论家卡内特·巴雷斯所说："在这些喜剧中，违反基督教规范的人，只有那些唯一满足于肉体享受的人才会经常陷入异端邪教，才会将高尚或幸福与被爱者的身体拥有相混淆，因此落入偶像崇拜。"[1]

在十五世纪的西班牙文化中，人们常常在心爱的人完全无性化和完全性化这两个极端之间摇摆不定。卡利斯托便属于后者。森普罗尼奥告诉他，一旦得到了梅莉贝娅的身体，他将会用另一种眼光对待她。然而，卡利斯托并没有在与梅莉贝娅独处第一晚后平息心中的激情，这种贪婪的爱反而不断增加，他在房间里自言自语道："……我的小姐，我的生命啊！我从来没有想在背后冒犯你。从表面上看，好像我并不看重你赐予我的厚爱，其实情况并非如此。我不愿意干让人生气的事儿，我不愿意与忧愁为友。我已得到无比的幸福和无限的快乐！"(194)

一个月以来，卡利斯托的表现始终如一：走街串巷，爬墙，然后和他心爱的人在花园里约会。卡利斯托的爱一直都是很急迫，焦虑的。拥抱，亲吻，带有程度不变的性欲，并且对此感到满足，就好像是利安德和希罗[2]。在第二幕中，卡利斯托的这种情感达到了高潮：

---

① J. L. CANETVALLÉS. "La ComediaThebayda, una ReprobatioAmoris." *Celestinesca*, 1986(10)：12.

② 是马洛的代表作之一，是一首未完成的叙事诗。

卡利斯托　　你婉转的歌声和甜美的嗓音使我倾倒。我不
　　　　　　能让你再苦苦地等待下去了。啊。我的小姐，
　　　　　　我全部幸福的源泉！世上有比你更可爱的女
　　　　　　子吗？啊，美妙的音乐，欢乐的时光！我的心
　　　　　　肝！怎样才能不让你继续受折磨，不中断你的
　　　　　　歌唱，却又能实现我俩的共同心愿？

……

梅莉贝娅　　……先生，你一向彬彬有礼，很有教养，为什么
　　　　　　只叫我的舌头说话，却不让你的两只手安静一
　　　　　　点儿呢？你为什么总忘不了这个坏习惯呢？
　　　　　　你应该让它们安静点儿，应该改变这个令人不
　　　　　　愉快的习惯。我的天使，你要明白，你那文质
　　　　　　彬彬的仪表使我感到高兴，你那粗暴的举动使
　　　　　　我生气；你体体面面地跟我开玩笑我感到高兴，
　　　　　　你那双不老实的失去控制的手使我生气。请不
　　　　　　要触动我的衣衫。如果你想知道外衣衬里的面
　　　　　　料是丝绸还是薄呢，你为什么要碰我的内衣呢？
　　　　　　其实，那是麻布。我们可以通过我即将告诉你
　　　　　　的其他多种方式取乐，可别以往常采用的方式
　　　　　　折腾我。弄坏我的衣服对你有什么好处呢？
卡利斯托　　小姐，想吃禽肉，必先拔毛。
……

梅莉贝娅　　我的先生，要不要叫卢克雷西娅送点宵夜来？
卡利斯托　　拥抱着你美丽的身躯是我最好的宵夜。只要
　　　　　　有钱，在任何地方，任何时候都能吃到饭，喝到
　　　　　　酒，任何人都能这样做。可是，有一样东西是
　　　　　　有钱都买不到的，它除了在这个花园里，跑遍
　　　　　　全世界也找不到。你能让我不充分享用而让
　　　　　　它白白跑掉吗？（229—230）

此外,我们发现卡利斯托和森普罗尼奥有着同样的性欲。他们的主要目标是通过性获得快乐。性关系是连接,联合和分离他们的要素。为了实现他的愿望,卡利斯托去教堂祈求上帝让塞莱斯蒂娜成功劝说梅莉贝娅。卡利斯托的表现是不尊重,庸俗和性裸露癖。他邀请其他人观看他是如何与梅莉贝娅共赴云雨,他对她的女仆说:"我希望这时有人能亲眼看看我是怎样得到这份殊荣的。"(189)

性的欢愉对于卡利斯托来说是最终的目的,当他得知他的仆人死亡的时候,他决定装疯卖傻,"以便尽情享受爱情的欢乐"(186)。在塞莱斯蒂娜的嘴里,爱情是一种自然情感,任何社会阶层都有。人人需要爱情,而且不可能没有激情,性本能驱使着人类从中获得欢愉:

> 第一,男爱女、女爱男,这是天经地义的;第二,如果你真心相爱,那就一定会被甜蜜的爱情弄得神魂颠倒。这一切都是被造物主安排好的,这样,人类的血统才能代代相传。要不是这样,就会断种绝代。不仅人类是这样,就连鱼类、兽类、鸟类、爬虫也都如此。就连有些植物也有雌株和雄株之分。(26)

总而言之,塞莱斯蒂娜将这个爱情本能学说应用到所有相爱的人,爱情没有阶级的高低贵贱之分,正如卡利斯托和森普罗尼奥的性欲是一样的。这也是从中世纪中心主义向文艺复兴时期人文主义过渡的体现。在寻求幸福的过程中,产生了先进的思想——人都是一样的,虽然它们是虚弱和模糊的。每个人都渴望打破枷锁,表现自由意愿。

二、女主人公梅莉贝娅——追求人性自由之爱的天使

(一)违背典雅爱情规则的女性之爱

和卡利斯托不同,梅莉贝娅是深沉的。面对卡利斯托,她既没有一味地推脱,也没有大胆地表白。她是新柏拉图主义的化身。她也不同于但丁笔下的贝亚特丽齐或薄伽丘笔下的菲亚美达,她是个

有血有肉的现实的人，集中体现了文艺复兴运动时期的审美特征：上扬的眼梢，又长又密的睫毛，细细弯弯的眉毛，不大不小的鼻子，玲珑娇小的嘴巴，又细又白的牙齿，长圆形的脸蛋，红红的嘴唇，高耸的胸脯以及让白雪黯淡的肌肤。活脱脱一幅文艺复兴运动时期的美人图。但美人是矜持的，她与追求者保持了一定的距离。

梅莉贝娅是一个被父母保护并禁闭在房间里的少女。所以她不太了解男女的爱情关系。在第一次遇到卡利斯托时，实际上梅莉贝娅已经表现出了好奇心，尽管她拒绝了卡利斯托的表白，但其实只是在模仿典雅爱情的规则，而内心已经招架不住了，她带有鼓励意味地对卡利斯托说道：

> 卡利斯托　梅莉贝娅，从这儿我看到了上帝的伟大。
>
> 梅莉贝娅　从哪儿，卡利斯托？
>
> 卡利斯托　从上帝给予大自然巨大的力量，使它赐予你国色天姿和赐予我这个卑微的人瞻仰你芳容的良机，并在这个合适的地方向你诉说内心的痛苦……
>
> ……
>
> 卡利斯托　我认为是这样的。即使上帝在天庭赐予我比圣徒们拥有的更高贵的席位，我也不会比现在感到更幸福。
>
> 梅莉贝娅　如果你这样坚持下去，那么，我也会给你这样的奖赏的。
>
> 卡利斯托　我幸运的双耳啊，你们能听到这样美好的言语，真受宠若惊了。
>
> 梅莉贝娅　听了我下面讲的话，你这两只耳朵就是最倒霉的了。我对你的回报是无情的，而你刚才这么放肆，也是罪有应得。卡利斯托，刚才这番话出自你这样的人的嘴里，目的无非就是要让我这样的女人失去贞操。滚开，快离开这儿，你

这个蠢材！我没有这样的耐心。我不允许你
这种不正当的情谊窃居我的心田,让你感到欢
愉！(2)

事实上,正如有些学者所说,梅莉贝娅从一开始就因回答卡利
斯托的问题违背了典雅爱情的规则。她应该以小心审慎的态度反
对卡利斯托提出的事情,然而她却继续让他将对话进行下去,甚至
可以快速地提出一个问题"从哪儿,卡利斯托?",她向卡利斯托提
问,这一问使得卡利斯托表明了心中激情,而她又愤怒地对此做出
回应,但她也没有澄清她的真实感受,这与典雅爱情中女性优雅地
轻蔑男性的表达相悖,正如评论家伯恩特所说,"大多数人愿意用梅
莉贝娅模仿典雅爱情的规则来解释她的行为,但是她与那些风格化
的恋人无关。她的行为和性格只有在外貌方面符合了典雅爱情中
女性的标签,但其表达方式和语言,这些作为表达,描述和暗示内心
真实活动的外在手段与典雅爱情的规则是不同的"①。

当时梅莉贝娅已经对那个她后来描述的"疯子、翻墙贼、像鹳一
般飞来飞去的夜间的幽灵和胡乱涂抹在墙上的丑恶形象"(66)的卡
利斯托产生了好奇,尽管她责备他,她的内心却摇晃着恐惧,她的不
安全感和她想要了解外边的世界的渴望,即男人。第四幕是梅莉贝
娅对卡利斯托爱情表露的关键,在和塞莱斯蒂娜的第一次见面中,
当虔婆提到卡利斯托的名字时,梅莉贝娅再次言辞激烈、愤怒并且
威胁塞莱斯蒂娜会遭受到惩罚:

梅莉贝娅　　看上帝的分上,请不要对我绕大圈子了,快
　　　　　　告诉我这个身患病因是由药物引进的病人
　　　　　　是谁。
塞莱斯蒂娜　小姐,想你一定知道本城有一位年轻绅士,
　　　　　　风度翩翩,门第高贵,他的名字叫卡利斯托。

---

① E. R. BERNDT. *Amor, muerte y fortuna en* La Celestina. Madrid: Gredos,
1963: 21.

梅莉贝娅	好了,好了,老太太,请你不要说下去了。你跑了这么多路,特地来求我帮忙的病人就是他吗? 为了他,你是上这儿来找死的吧? 不要脸的老妖婆,你刚才说了这么多胡言乱语,原来就为了他! 你这么急匆匆地上这儿来,那个没有出息的家伙究竟得了什么病啦? 我看他的病一定是疯病,你认为怎么样? 我要是刚才没有猜想到就是这个疯子,不知你还会跟我唠叨些什么呢。怪不得人们常说,无论是坏男人还是坏女人,身上最恶毒的部分就是舌头。让你活活被活烧死,你这个拉皮条的骗子、老巫婆、诚实人的敌人、专干偷鸡摸狗勾当的老太婆! ……(65)

听到此话,塞莱斯蒂娜改变了战术,并创造了新的解释:她前来的原因是寻求解救牙疼的祈祷文,并且向梅莉贝娅求借腰带,那是一条接触过罗马和耶路撒冷各种圣物的颇有名气的腰带。在犹豫和徘徊一阵后,少女改变了她的态度。她认为帮助医治病人是虔诚的,不可责备的。接下来,梅莉贝娅将腰带交给了塞莱斯蒂娜。塞莱斯蒂娜此时表明了她的真实意图,并说服梅莉贝娅"每天都有男人受女人的折磨,也有女人因男人而痛苦万分。这是人的本性决定的,而人的本性又是上帝决定的,上帝不会做坏事"(73)。所以梅莉贝娅失去了她的贞洁,屈服于人类的天性。梅莉贝娅是塞莱斯蒂娜老谋深算的受害者之一,后者用祈求同情的言语而不是祈求爱的言语打动了女主人公。

(二)挣脱荣誉与尊严的激情之爱

也许塞莱斯蒂娜的伎俩刚好帮助梅莉贝娅找到借口掩饰心中激情,表达了想要拯救卡利斯托灵魂的虔诚之心,正如评论家马埃斯图所说,"梅莉贝娅已经找到了一把'钥匙',让她进入到一个封闭的房间,保管她的爱情,这里她不需要因想念卡利斯托而感到羞耻"①。从这时起,梅莉贝娅对卡利斯托的接受已经显现出来了,她承认了从一开始她就对心爱之人所隐藏的激情:

> ……主宰一切的上帝啊,遭受苦难的人都在向你求助,遭受爱情折磨的人求你赐予解除痛苦的良策。身染疾病的人向你求取治病良药。无论是天空、海洋和大地,还是地狱,全都得听命于你。你使世间万物全都听从人的支配。我怀着谦恭的心情请求你,赐予我伤痕累累的心灵以承受痛苦的耐力,以便克制自己强烈的激情……(219—220)

第一次见面的次日,塞莱斯蒂娜便和梅莉贝娅有了第二次见面,这对于梅莉贝娅对卡利斯托的爱的巩固起到了决定性作用。在对话中,梅莉贝娅承认第一次看到卡利斯托时就被他吸引住了,并承认塞莱斯蒂娜的拜访让她发现了自己爱上了卡利斯托:

> ……好多天以前,那位高贵的少爷向我表达了他的一片情意。当时我听了非常生气,但后来你提到了他的名字时,我又觉得非常高兴。你的外科手术已治好了我的伤痛,我愿意照你的想法行事。我的自由已困在那条腰带里一起送给他了。听到他牙痛我心里非常难过,他的痛苦也是我的痛苦。我赞赏你巨大的耐心、智慧和胆略……(150—151)

从这时起,梅莉贝娅激情式的爱开始加速。第十二幕中,塞莱斯蒂娜得知梅莉贝娅不仅爱上了卡利斯托,而且安排在晚上与他约会。卡利斯托卑谦地前去约会,但是梅莉贝娅再一次拒绝了他,并祈求他赶紧离开,以免损坏她的荣誉,她说道:"……我不知除了我以前向你表示的以外,你还想从我的情意中得到什么。你应该祛除那些疯狂的无法达到目的的念头,免得我的声誉和人品受到恶意猜

---

① R. MAEZTU. Don Quijote, Don Juan y La Celestina: *Ensayos en simpatía*. Buenos Aires: Espasa-Calpe, 1968: 109.

疑的伤害。我正是为此而来,我想把事情说清楚,让你离开这里,让我休息……"(165)

正如之前所说的,梅莉贝娅是一个被禁闭在房间里的少女,因此有义务遵守社会的协约和规范。当她考虑到其必须履行的荣誉的重要性时,自然会因与卡利斯托的不正当情谊而感到耻辱,正如评论家贝斯特韦尔特所说:"根据当时对女性和爱情的观点,女性感到耻辱而自律的表现,基本上是由于女性担心违反两性之间爱情关系中要求的社会协约和规范。"①

所以梅莉贝娅仍旧一直掩饰她对卡利斯托的爱情和激情,直到她准备好失去贞节,她在行动和掩饰方面都很娴熟。她后来向卡利斯托承认了她隐瞒的爱:

> ……尽管多日来我一直竭力控制自己,不让这种情况暴露出来,但总很难做到,尤其是那位老太太提到了你的大名后,更使我难以左右自己,终于来到这里,请你根据自己的心愿,对我随意作出安排……(167)

为了平息对卡利斯托之爱的灼热,梅莉贝娅安排了第二天晚上的约会,并在这晚将自己完全交给了卡利斯托,从此,梅莉贝娅成了爱情的奴隶"我是你的奴婢,是你的女俘,我将你的生命看得比自己的还重要"(188)。

之前提到,梅莉贝娅拒绝将"奖赏"赐予给卡利斯托,并不是出于她的美德,而是因为她的羞耻感阻止了她的欲望。一旦对此失去了担忧,她的表现很淫荡,所以梅莉贝娅是一个在爱情里极会掩饰的少女,塞莱斯蒂娜说道:"……这些姑娘尽管早已满腔激情,情炽似火,可是,为了保持自己的尊严,表面上总要装得冷若冰霜,非常平静,假装正经,有时甚至还会言不由衷地说出几句尖酸刻薄的言语……"(84)有必要看一下第二次约会中梅莉贝娅的表露的一些心

---

①　A. VAN. BEYSTERVELDT. *Amadís-Esplandián-Calisto*：*Historia de un linaje adulterado*. Madrid：PorrúaTuranzas,1982：9.

声,以此可以更好地理解她对卡利斯托突然转变的态度:

> 梅莉贝娅　……见到你,来到你的身边,这是我的享受,请
> 　　　　　你也为此感到愉快吧……
>
> ……
>
> 梅莉贝娅　……我的先生,请你安静点儿。我已属于你,
> 　　　　　我们就和别的恋人一样亲热亲热就可以了,请
> 　　　　　你千万不要剥夺大自然赋予我的最珍贵的东
> 　　　　　西。你应该明白,一个好的牧人只给自己的羊
> 　　　　　或别的牲畜剪毛,绝对不会损伤它们的皮肉,
> 　　　　　或伤害它们的躯体。(189)

　　似乎这位少女重申了女性爱情的欲望和不可侵犯性,这是
从塞维利亚·伊西德罗①到雅克·弗兰特②的作品中反复出现的
话题。埃雷拉·希门尼斯支持亚里士多德、希波克拉底和加伦
的权威理论,因为所有人都认为女人的理性较少,因此,她们的
理性不那么强大到可以抵制欲望和激情。③

　　在与卡利斯托发生性关系后,梅莉贝娅感到幸福愉快,并且要
求她的情人每天晚上秘密地拜访她:

> 梅莉贝娅　啊,我的生命,我的先生! 你怎么为了这片刻
> 　　　　　之欢,让我失去了处女的名节和桂冠?
>
> ……
>
> 　　　　　先生,我的一切往后全都属于你了。我既然已
> 　　　　　是你的人,你可不能拒绝我的爱情。白天,你
> 　　　　　可以从我家门前走过,让我看看你;夜里我就

---

　　①　又译作"圣伊西多尔",西班牙主教,圣人。

　　②　十六世纪的法国国王,他写了一篇关于相思病的著作,把相思罪归结于
女人。

　　③　Francisco José Horrera Jiménez. El munalo de La mvjer en la materia
Celestinesca:Personajes y contexto, tesis doctoral,Vniversidadde Granada, 1997,149.

到你指定的地方相会。你也可以在和这次相
同的时间里到这个秘密的地方来。我总是在
这儿等待着你，盼望着幸福时刻的来临。
(190—191)

（三）追求天人合一的永恒之爱

第一天晚上，梅莉贝娅在等待卡利斯托到来时已经表现出不耐
烦的态度，她说道"我们等候的这位少年这么晚还没有来……"
(187)第二天晚上，当"夜色已深沉，仍不见踪影"时，梅莉贝娅感到
有点沮丧，并让她的女佣卢克雷西娅歌唱花园的诗意、美丽和辉煌，
同时等待卡利斯托的到来：

> 卢克雷西娅　艳丽的花朵，
> 　　　　　　谁是它们的园丁？
> 　　　　　　清晨情意正浓时，
> 　　　　　　就将它们采摘。
> 　　　　　　百合花和晚香玉，
> 　　　　　　换上你们的新装；
> 　　　　　　当他前来观赏时，
> 　　　　　　散发出一片芬芳。
>
> 　　　　　　……
>
> 卢克雷西娅　饥渴的人见到一汪清泉，
> 　　　　　　立即会笑容满面；
> 　　　　　　对梅莉贝娅来说，
> 　　　　　　卡利斯托的笑容更甜。
> 　　　　　　即使夜色深沉，
> 　　　　　　见他也无比欢欣；
> 　　　　　　看他从墙上跳下，
> 　　　　　　立即将他拥抱亲吻。
> 　　　　　　女友对他如此依恋，

光顾花园这般频繁，

不知疲倦夤夜来访，

这一切均属空前。

……

梅莉贝娅　　　美丽茂密的森林，

见到那可爱的眼睛，

和朝思暮想的人，

都感到自惭形秽。

北极星和启明星，

光芒四射的明灯，

我的心上人在沉睡，

为什么不将他唤醒？

梅莉贝娅　　　现在请你听着,由我独唱:

鹦鹉闻啼声，

捎信心上人，

我在此坐等。

夜色已深沉，

仍不见踪影，

是否有新欢，

使他难脱身？（228）

歌里看到很多自然事物:树木、星星、鹦鹉和夜莺、百合、喷泉、水,这些形象与圣母受孕节和它带来的圣母的信息联系在一起。然而,在诗意的花园背后隐藏着一首色情诗:梅莉贝娅和她的女仆自由地歌唱,歌词里充满了百合、喷泉、鸟类等田园意象。因此作者罗哈斯唤起了梅莉贝娅对自然的和蔼的感觉,表达了幸福和喜悦。这是一首完整的抒情诗,将大自然的快乐和梅莉贝娅的美好希望完美地融合在一起。因此梅莉贝娅和卢克雷西娅唱的诗歌是一个由爱变换出的世界。对于卡利斯托的到来,梅莉贝娅惊叹道:"你的光临使花园的万物一片欢腾。你瞧,月光是如此皎洁,乌云已经悄悄消逝。请听,这一汪清泉的淙淙水声,它在长满鲜嫩青草的草地上缓缓流淌。请听,高耸的柏树在清风的吹拂下,一根根枝条摩擦时发出沙沙声。为了将我们的欢乐遮掩,它们的树影显得无比阴暗。"(229)

梅莉贝娅为爱而活着,并想要无限多的夜晚来享受爱情,"得到享受的是我,得到赏赐的也是我。先生,你来看我,给我带来了最崇高的奖赏"(230)。她想要肉体的永恒,这在爱情里是情色的,就像塞莱斯蒂娜说的那样,当她谈到女人的欲望时,她说道:

塞莱斯蒂娜　……即使梅莉贝娅生气,我也不怕。就算她曾得到上帝青睐,她也不是被我打掉傲气的第一个女孩子。她们这些人个个都十分敏感,动不动就会生气,可是,一旦同意让马鞍架在自己的背上,她们就会一个劲儿地在田野里奔跑,从不知疲倦,一直跑到死去。她们如果在夜里走路,那就希望天不要亮。她们会咒骂公鸡,因为它们报晓;她们也诅咒时钟,厌它们走得太快……你对她们一拥抱,她们便立即投到你的怀里,原来追求她们的人变成了被追求者……我真难以用言词来向你说明她们的情人们初次对她们进行亲亲密密的拥抱时产生的作用。她们爱走极端,不喜欢平平庸庸地过日子。

塞莱斯蒂娜　……因此,我可以肯定地说,只要将梅莉贝娅控制在我手里,就可以放心大胆地上她家去了。我心里明白,眼下是我在求她,到后来就她来求我了。……(49—50)

塞莱斯蒂娜所说的是一种委婉表达,表达了少女们一旦发现了她们心中的爱,就不会再对他们的爱人失去性爱的感觉,直到死亡。

她们是床上和战斗中的女主人。在作品的最后阶段,在花园里的第二次相遇中,主动或表现出最大强度爱欲的是梅莉贝娅,她完全沉溺于感官的享受。更加能看出梅莉贝娅激情的是卡利斯托死亡的那一刻,她意识到爱情不是盲目的激情,而是一段快乐的时光:

> 你听到那两个仆人说的话了吗? 你听到他们唱的哀歌了吗? 我的全部幸福都被他们在祈祷声中带走了。他们带走了我的欢乐,我活着还有什么意思! 我以前为什么没有尽情地享受快乐? 我为什么没有珍惜手中得到的珍宝? 不知感恩的人们啊,只有在失去幸福时,你们才知道幸福的珍贵!(233)

三、作品第一主角塞莱斯蒂娜——自然主义与解放论的爱情观

塞莱斯蒂娜是费尔南多·德·罗哈斯笔下最为精彩的主角,她出身卑微,从事的职业也不光彩。但她的存在既反映了人类的某种本性,同时也是新社会、新时代利益关系和价值标准的鲜活表征。她聪敏、能干、世故、狡黠、迷信、贪婪,既是达官贵人、老爷绅士骄奢淫逸、蝇营狗苟的帮手,同时也是新时代享乐主义和利己主义的化身。她从本能出发,全然不顾伦理道德和宗教禁锢。她当然不是成人之美的红娘,而是金钱的奴隶。她的性格决定了她的悲剧。她生活在一个充满社会和地方制度束缚的世界。她遵循及时行乐的信条,享受休息和放松,她喜欢喝优质的葡萄酒,"为了让肚子暖和些,每天睡觉前我得再吃一块烤面包,喝上一二十口酒才上床"(63)。看起来费尔南多·德·罗哈斯把她当作一个六十多岁的妓女,她用葡萄酒来取代性愉悦。当她回忆起过往的性经历时,她在森普罗尼奥面前遗憾地说道"她就是那种我当年牙齿还好的时候,我家乡的医生们劝我食用的童子鸡"(113)。当巴尔梅诺和阿雷乌莎开始在塞莱斯蒂娜的面前性交时,她说"我要走了,我怕留在这儿,见你们亲嘴戏耍,会眼红的。当年那个滋味儿还留在牙根上呢,就是掉了牙也没有消失"(114)。再后来,她抱怨说再不能享受她知道的那些

好的东西了,"现在我已老朽了,没有人喜欢我了。只有上帝才知道我喜欢什么"(136)。所有这些都表明塞莱斯蒂娜已经不再是过去的她,她不能享受年轻人的性爱,也不会像以前一样享受了。正如评论家拉卡拉所说:

> 随着年龄的增长,她失去了她的美丽,不能从事自己的旧工作,她的性快乐就被降低到从观察别人的行为中获得的快乐。及时行乐仍旧是她所有行为和思想的引擎。但是,如果在她的年轻时期,她是为了性,现在则变成一个不受控制的贪婪的对金钱和物质的占有欲。[①]

尽管塞莱斯蒂娜不能像以前那样享受性爱了,但由于她以前的经验,她已非常了解激情式的爱情是什么,她说:"这是一般暗藏的火焰。它是疾病,却又使人产生快感;它是毒药,味道却很鲜美;它非常苦涩,却又苦中带乐;它既疼痛,又舒适;既是一种折磨,又带来了欢乐;它给你带来创伤,你又感到甜丝丝的,它是充满温馨的死亡。"(149)此外,她在这种爱情中看到了人类天然的快乐,特别是青年时代各种各样的喜悦。所以他说服年轻人要享受新鲜的青春与性快乐,以服从自己的本能需求。

塞莱斯蒂娜还支持妇女在爱情观念上的自然主义和解放论,她说:"我是说女人对她们的情人或是爱得如醉如痴,或是恨得咬牙切齿。她们与男人相爱后,就难解难分。"(50)爱情是一种自然的本能,搅乱正在经历它的人们,无论男女。塞莱斯蒂娜从这种思想中获得了证据来支持及时行乐,因为她期待通过性爱而获得喜悦。评论家罗素说,"塞莱斯蒂娜力求的一种爱情,是一种快乐和娱乐的经历。它也是植根于男人和女人的本质力量,试图抵抗是无用的"[②]。

塞莱斯蒂娜是市井平民的女儿,是一个拉皮条的虔婆,她在劝

---

① M. E. LACARRA. *Cómo leer* La Celestina. Madrid:Júcar, 1990:81.

② P. E. RUSSELL. "Introducción a La Celestina." en *La Celestina. Comedia o Tragicomedia de Calisto y Melibea*. Madrid:Castalia, 1993:65.

说时表现出对语言的娴熟使用。她对她自己从事的那些工作并不
感到可耻,反而很自豪,因为她跟所有其他人的职业一样都是自食
其力。她认为,人是由神创造的,因此在善良或邪恶上是平等的。
她利用对人的心理的了解和口齿伶俐、能言善辩的特点,扮演年轻
人之间爱情中介的角色;同时,虔婆的职业身份又是她诈取钱财的
一种手段。正如评论家加尔西亚所说,"六十年生活的贫穷、艰辛、
苦难和脆弱使她对人的状况有了深入的了解"[1]。她关注世俗的生
活,没有真正的宗教情感。从正统的角度看,塞莱斯蒂娜是一个负
面的人物。但是,她作为中世纪与文艺复兴过渡时期社会公认的罪
恶的捍卫者,也具有一定的人本因素。评论家马埃斯图说"她是快
乐使者"[2]。罗素也认为,"塞莱斯蒂娜是性的女祭司,掌控爱情舞
台"[3]。马尔克斯·维拉纽埃瓦指出,"拉皮条的主要特征,尽管带有
一定的阴暗面,但不能因为此就说明她是极丑的人,恰恰相反,她是
整个人物角色中最具人性化的人物"[4]。

四、衬托男主人的仆人巴尔梅诺——因享受爱而失去忠诚的俗人

对巴尔梅诺的人物性格的分析是卡利斯托这一人物的补充。
巴尔梅诺和梅莉贝娅是两个内心斗争最明显的人物。梅莉贝娅的
困境是获得爱和自由,或继续像一个贵族女士一样行事,而不违反
现行的社会制度规范。巴尔梅诺的困境是对他的先生卡利斯托忠
诚还是加入塞莱斯蒂娜的团队,利用她并获得好处。巴尔梅诺与他

---

① L. R. GARCÍA. *Estudios sobre* La Celestina. Murcia:Departamento de Filología Románica-Universidad de Murcia, 1985:187.

② R. MAEZTU. Don Quijote, Don Juan y La Celestina:*Ensayos en simpatía*. Buenos Aires:Espasa-Calpe, 1968:130.

③ P. E. RUSSELL. "Introducción a La Celestina." en *La Celestina. Comedia o Tragicomedia de Calisto y Melibea*. Madrid:Castalia, 1993:164.

④ F. M. VILLANUEVA. *Orígenes y sociología del temacelestinesco*. Barcelona:Anthropos, 1993:164

的搭档森普罗尼奥和塞莱斯蒂娜不同,他的思想发生了深刻的变化。如果我们说森普罗尼奥和塞莱斯蒂娜的死亡是自作自受,巴尔梅诺的死亡也许多了几分遗憾,他过去是一个忠于主人的仆人,现在他试图保护卡利斯托的名声,并劝阻他求助于塞莱斯蒂娜,他说道:"……好吧,让我留在家里,让塞莱斯蒂娜和森普罗尼奥来替你捉虱子吧!啊,我真倒霉!想效忠主人,到头来反而自己受罪。他们心术不正,反而得到好报;我心地善良,倒交了厄运……"(43)

事实上,巴尔梅诺曾两次试图劝说卡利斯托,当他谈到塞莱斯蒂娜的不良声誉和肮脏的工作,对他的主人说:"这老婆子到底在干什么,谁能说的清楚了? 反正这一切都是愚弄人和骗人的把戏。"(22)然而,卡利斯托对他的回应有一点无动于衷并以乐观的方式推测可能是森普罗尼奥的羡慕导致巴尔梅诺说这些话。

巴尔梅诺的变化始于塞莱斯蒂娜的能言善辩,她说服他跟森普罗尼奥相配合,并许诺将阿雷乌莎送到他跟前,正是他对阿雷乌莎的爱动摇了他的忠诚,从这个意义上说,巴尔梅诺的悲惨命运对应了作品中主要的教育意义:受到蛊惑人心的情欲支配的人将不得好下场。但对于现代读者和评论家来说,该作品除了有一定的教导意图之外,更多的焦点在丁其他的地方,因为享受爱情而失去贞操,甚至享受在中世纪被认为是罪恶的性关系,并不构成当代西方伦理体系中的伦理问题,而是关注人本主义的表现。

在与塞莱斯蒂娜的对话结束后,巴尔梅诺仍在忠诚和背叛之间犹豫不决。他再一次试图说服卡利斯托,他很伤心,他的主人已经落入了老虔婆的陷阱。但是这一次,卡利斯托没有耐心回应:他被自己的爱情冲昏了头脑,他自称为一个坏的仆人,他骂自己,讽刺自己假装忠实,并且嘲笑自己的无知。这是巴尔梅诺改变的关键时刻,也是卡利斯托专横的表现。因为他非常肯定自己的决定,而忽略了他人的建议。

第一幕中,巴尔梅诺向塞莱斯蒂娜承认:"我爱主人卡利斯托,我必须对他忠实,因为我是在他家长大的,受了他家的恩惠;他对我真诚,对我很好。"(27)以及"一个追求享乐的人,自然谈不上拥有美德,也不会是个坦诚的人。"(33)如果巴尔梅诺坚持这些原则,不要落入塞莱斯蒂娜的陷阱,或者不停地改变森普罗尼奥的思想,而且不放弃劝说卡里斯托,这个故事会有另一个结局吧?无论如何,他的转变是快速和完整的,最终他只关心他能得到什么好处,甚至说道"金钱的问题上不存在友谊"(173),他的道德准则在面对现实的时候被削弱了。

五、仆人与情人阿雷乌莎——爱情面前人人平等的倡导者

提起塞莱斯蒂娜口中说的人人平等的主题,一个人物脱颖而出,这便是塞莱斯蒂娜手下的一个妓女,巴尔梅诺的情人,阿雷乌莎。她的存在很短暂,她并不是这个作品中的主要人物。阿雷乌莎起到了吸引巴尔梅诺加入塞莱斯蒂娜团队的作用。但对她的分析不在于她的情感,也不是为了突出塞莱斯蒂娜为促进爱情关系所发挥的伶牙俐齿的特征,而是想强调众人平等问题。

> 只有那些自认卑贱的人才是卑贱者。出身的贵贱应取决于功业,因为归根到底,我们都是亚当和夏娃的子孙。每个人都应该积极努力,出人头地,可不能在自己老祖宗那儿寻找荫庇
>
> ……
>
> 老妈妈啊,她们嘴里不停地叫着'太太',这个称呼显得多么生硬,多么刻板,多么傲慢!正因为这样,打从我懂事那天起,我就一个人单独过日子,我只用自己的名字,从来不需要在它的前面再添点儿什么。(133—137)

这些是直接反对贵族的话,表达了阿雷乌莎对于议院制度的反拨,对贵族阶级的反抗,尤其是对改善生活的渴望。

在中世纪,人们分为三个社会阶层:农民,神职人员和贵族,构成一个金字塔形的社会。神职人员控制着文化和知识的传播,处理

有关宗教和道德的一切问题,占领了大片土地。为了能够在连续的战争中得以存活,农民被迫依靠和服从于贵族,因为贵族是控制武装力量并给予依附者保护的人。作为回报,农民不得不为贵族服务。他们的服从和归属被认为是正常的。

就西班牙来说,收复失地运动的胜利从长远来看带来了和平,和平使商业活动得以繁荣。随着经济的发展,农民对贵族的依赖减少。在这种社会环境中,人们自然会反思封建制度。

在与塞莱斯蒂娜后来的谈话中,阿雷乌莎谴责贵族生活,贵族永远不能享受公民的快乐:既没有爱的甜蜜奖赏(贵族的婚姻只是加强两个家族联系的措施,常以巩固经济社会地位为目的),也没有与邻居们的休闲聊天。

森普罗尼奥和巴尔梅诺在作品中竟毫无木偶相。他们像后来塞万提斯笔下的桑丘·潘沙,既有作为仆人的忠心和职业本分,也有作为仆人的狡黠和贪婪。森普罗尼奥比较圆滑,巴尔梅诺相对单纯。前者具有流浪汉气质,并为钱所累;后者固然单纯(或者正因为单纯),却经不起女色诱惑。两个女孩艾莉西娅和阿雷乌莎也各具特点。她们一个柔弱,一个泼辣,令人过目不忘。作品起初将他们和老虔婆的交易(或者还有艾莉西娅和阿雷乌莎)作为一条明线铺设在卡利斯托和梅莉贝娅的神交(相思)之上,但这条明线在梅莉贝娅向塞莱斯蒂娜坦白心境后倒转过来,成为可怕的暗流。人物的行为和心理随着情节的变化而呈现出符合逻辑的发展。

此外,作品自始至终都采用人物对白或独白,从而使一切作为铺垫的描写和作为旁白的议论得以省略。尤其是不同人物的不同语言特点,不仅有利于人物性格的塑造,还极大地丰富了西班牙文学及其语言范式。其中,关于塞莱斯蒂娜和几个仆人的话语,不愧为"常言俗语,扭作曲子,点铁成金,信是妙手"。就卡利斯托和梅莉贝娅的对白而言,有些段落则较之浪漫主义文学也毫不逊色。

到目前为止,我们分析了卡利斯托,梅莉贝娅,塞莱斯蒂娜,巴尔梅诺和阿雷乌莎这几个人物。莉达·德·马尔基尔在她的书中写道:"没有任何人物没有缺点和美德的……次要角色和主要角色在行动中的不寻常的相互干预,为他们勾勒出许多不寻常的艺术自主权。由于他们的贪心、不忠等,我们认为他们是负面的,这是很自然的。但与此同时,这些低收入人士也受到人本主义的影响,人们越来越强烈地争取打破封建制度束手无策的自由意志。"①

第三节 《塞莱斯蒂娜》荣誉主题的人性化呈现

一、贯穿始终的人本主题——视荣誉与爱情同等重要

在中世纪,荣誉体现在社会和个人的各个方面。他们强调骑士小说里的各个阶层在家庭和个人方面保护自己的荣誉,特别是在贵族的家庭中。塞莱斯蒂娜说道:"……老话说,世上万物,有的生长,有的衰亡,都有其限度,都有穷尽的时候。根据我本人的情况,我的名声早已到达了顶点,确实需要往下落了,该降下来了。"(139)

在《塞莱斯蒂娜》中,荣誉主题也非常重要,有各种各样的表现。但与《熙德之歌》这样的骑士小说不同,虽然在这部作品中,人物关心的是他们的荣誉,但荣誉并不是他们行动时最重要的因素,他们被其他原因推动。

第九幕中,塞莱斯蒂娜在与梅莉贝娅的侍女卢克雷西娅谈论荣誉主题时哭了起来,她回忆起作为皮条客的快乐和舒适的生活。根据西班牙语词典,荣誉的定义是:1.道德素质,实现自己对他人应尽的责任和自己的责任;2.荣耀或美德,英雄行为。从这个意义上说,塞莱斯蒂娜对这个词的解读是扭曲的:作为一个皮条客,她的工作既不道德也不善良。事实上,"荣誉"的感觉来自她肮脏的工作给她

① M. R. LIDA DE MALKIEL. *La originalidad artítica de "La Celestina."* Buenos Aires: Eudeba, 1962: 726.

的虚荣和财富。

与塞莱斯蒂娜不同,作为贵族,卡利斯托和梅莉贝娅有一个更清晰和更正统的想法,他们对荣誉的看法与当时的道德标准相对应,而且荣誉在家庭中的意义更为严肃。保护家庭的荣誉被认为是不可逃避的义务。

卡利斯托的特点是鲁莽。在他与梅莉贝娅的第一次约会时,他的仆人巴尔梅诺警告说,来了许多人,有被看到和认出的危险。当他不得不离开时,他说:"我真可怜啊!小姐,看来我不得不和你分开了。死我确实不怕,就怕毁了你的名声。既然这样,就祈求天使保佑你吧。下次会面就遵照你的吩咐,你从花园里进去。"(171)

卡利斯托没有看到梅莉贝娅就离开的原因是,人太多了,人们有可能认识卡利斯托,并看见他与贵族女士秘密约会。话语中,卡利斯托表达了他的信念和坚定,即使死亡也不能够让他与爱人分离,但是他担心的是梅莉贝娅的荣誉。他似乎不介意自己的名声受损。

当他得知森普罗尼奥和巴尔梅诺死亡的消息之后,他对自己的荣誉感到担忧。卡利斯托和梅莉贝娅在晚上暗中约会的丑闻有可能在广场和市场周围散布,在这个情形下他说道,"可是,我却为自己的声誉感到遗憾。上帝啊,我要是他们,也会宁可失去生命也不丢弃名声……"(185)。

第二天,他假装从外面回来保护自己的名声。由此可以推断出,对于卡利斯托来说,似乎梅莉贝娅的荣誉是第一,他自己的荣誉在第二,死亡在第三。这对应于骑士精神。但是,他与梅莉贝娅第二次约会的表现与这个原则是矛盾的。意识到童贞对梅莉贝娅意味着什么,并被她多次拒绝后,卡利斯托仍坚持要征服她。这种情况下,满足性欲比荣誉更重要。

在这部作品中,人物荣誉的重要性是什么呢?就好像是塞莱斯蒂娜心里的上帝:她崇拜他,但尊严不能与从她肮脏的行业中获得好处的诱惑相提并论。荣誉只不过是一个空洞的口号,人们重视它,但并不将其作为行为准则。

二、突显人本主义的倾向——现实主义精神

似乎那个年代人们处于困惑中,但每个人都要在诱惑面前做出自己的决定:卡利斯托选择爱情,放弃与封建道德相对应的行为规范;巴尔梅诺选择好处,放弃成为忠实的仆人;阿雷乌莎喜欢独立而贫穷的生活,而不是为贵族们服务;塞莱斯蒂娜选择独自揽财,拒绝与她的同伴们分享;梅莉贝娅选择自杀,而不要没有爱情的生活。毫无疑问,这些决定出自人类的本性以及他们自己的兴趣和需要,忽视了基督教的要求。这也是从中世纪中心主义向文艺复兴过渡时期人文主义发展的体现。在寻求幸福的过程中,出现了先进的思想,虽然它们仍然虚弱、模糊。人人平等,性别平等,每个人都渴望打破枷锁,表现自由的意愿。

《塞莱斯蒂娜》的人文主义带有明显的现实主义精神,它洞识时代的目光敏锐而辩证:一方面,新的世界观和生活方式正在彻底改变人们的行为规范和价值标准;另一方面,旧的思想体系(包括天主教思想和封建等级制度)依然根深蒂固。而且,在这对矛盾的背后,涌动着另一对同样不可调和的矛盾:新的社会形态带来的人性解放和人性解放蕴涵的拜金主义、享乐主义。因此,很难说这部悲喜剧是歌颂个性解放和世俗精神的。作品一方面热情赞扬卡利斯托和梅莉贝娅的爱情,一方面又把围绕(促成)这一爱情的老虔婆和森普罗尼奥等仆人的贪婪刻画得淋漓尽致。虽然卡利斯托和梅莉贝娅的爱情是纯洁的,体现了伟大的人文主义精神,但世俗的丑恶与混沌恰恰又容不得这种爱情的存在。从这个意义上说,爱情的纯与世俗的浊所形成的强烈反差早就远远超过了作者反对封建主义和宗教禁锢的意图。也就是说,梅莉贝娅和卡利斯托与其说是封建主义的牺牲品,毋宁说是资本主义时代金钱关系的受害者。与此同时,老虔婆塞莱斯蒂娜作为世界文学中的一个经典人物,不仅是资本主义世界观的载体,还象征着人性中丑恶的一面。她的狡黠和贪婪、背信和寡廉鲜耻以及赤裸裸的享乐主义和利己主义色彩使她成了

人类丑恶品性和未来资本主义社会的化身。这无疑使《塞莱斯蒂娜》变得复杂并具备了前瞻性：某种批判现实主义精神。套用恩格斯(对巴尔扎克)的话说，这也许称得上是"现实主义的胜利"。

三、拉开中世纪走向文艺复兴的大门

《塞莱斯蒂娜》是在十五世纪末诞生的，当时，资本主义的萌芽已经在欧洲出现。刚刚完成统一大业的西班牙沉浸在对外扩张的狂欢之中。玩世不恭和享乐主义不仅普遍存在于市井生活，而且也是一般作家采取的创作态度。

综观《塞莱斯蒂娜》，作品写的是塞莱斯蒂娜和一对青年恋人的故事。一天，贵族青年卡利斯托因寻找猎鹰而误入一座私人花园，与美女梅莉贝娅邂逅，顿时为之倾倒，并向她表白爱慕之情，结果遭到了姑娘的严词斥责。回家后，卡利斯托不禁食不甘味，寝不安席，害起相思病来。其情其状令人迁思《西厢记》中张生的"一万声长吁短叹，五千遍捣枕捶床"。工于心计的仆人森普罗尼奥看出了主人的心病，出面请老虔婆塞莱斯蒂娜从中撮合。塞莱斯蒂娜年逾古稀，老奸巨猾，是个有名的拉皮条高手。卡利斯托的另一位仆人巴尔梅诺知情后力劝主人远离虔婆。无奈卡利斯托已经坠入情网，根本顾不得许多。他以重金聘请塞莱斯蒂娜促成他和梅莉贝娅的好事。与此同时，塞莱斯蒂娜百般拉拢巴尔梅诺并诱以女色，很快将他拖下水去，变成她和森普罗尼奥的同谋。一切妥帖之后，她以兜售女工用品为名接近梅莉贝娅，并巧言令色，撩拨芳心。梅莉贝娅表示自己当恪守闺范而不敢对卡利斯托有半点沾染。但是，在老虔婆的百般挑逗、怂恿下，情窦初开的梅莉贝娅忍不住吐露了真情。塞莱斯蒂娜乘机安排卡利斯托与她幽会。于是，一对恋人终于在花前月下互诉衷情。事成之后，卡利斯托重赏了塞莱斯蒂娜；森普罗尼奥和巴尔梅诺见她轻易得了这许多好处，不禁心生妒意。塞莱斯蒂娜爱钱如命，一口拒绝了两个同谋的分赃要求。盛怒之下，森普罗尼奥拔剑刺死了塞莱斯蒂娜。她的使女见状后大呼救命，警察闻声赶来。森普罗尼奥和巴尔梅诺企图越窗逃跑,双双摔伤被擒。卡利斯托和梅莉贝娅夜夜幽会,早已爱得难舍难分;而塞莱斯蒂娜的两个使女听说主人之死皆因圆了卡利斯托的一段情缘,决定伺机报复。她们买通几个无赖埋伏在花园四周,待卡利斯托架起梯子进入小姐闺房后抽去梯子,大呼捉贼。卡利斯托慌忙之中跌下墙来,顿时命赴黄泉。梅莉贝娅痛不欲生,向父亲坦白了自己的恋情,并恳请父亲将她和卡利斯托埋在一起,然后毅然坠楼殉情。这是一个荡气回肠的爱情故事,又是具有对人心理的探索以及强调现世与人的作用等文艺复兴的特征。

有不少评论家认为,如果没有塞万提斯的《堂吉诃德》,西班牙古典文学佳作当首推《塞莱斯蒂娜》。它是西方现实主义小说的先驱,具有深远影响,先后被译成英、法、德、荷等多种文字,并成为相模仿的对象。

《塞莱斯蒂娜》反映出西班牙天主教势力占绝对统治地位的封建社会正在发生变化:要求个性解放和重视现世生活。

> 这部作品的诞生使西班牙文学最终由中世纪跨入文艺复兴时代。这是因为赛莱斯蒂娜这个人物是中世纪和文艺复兴之间的一座桥梁,她有着中世纪和文艺复兴的双重性格:在她身上有中世纪的影响,如使魔法,对鬼神的看法,认为有鬼神相助。这也是中世纪下层人对世界的看法。但是在她身上也有文艺复兴的影响,如她的知识、她对人的了解、对人物的心理摸索、突出人物个性以及强调现世与人的作用。这部作品成为摆在西班牙文艺复兴画廊中的代表作。[①]

因此,也可以这样说,该作品为中世纪世俗文学人文主义思想画上了一个圆满的句号,同时,又为文艺复兴人文主义的中兴拉开了序幕。

---

① 沈石岩. 西班牙文学史. 北京:北京大学出版社,2006:3.

第四编 中世纪西班牙世俗文学人本思想发展概览

第十章　九部作品的时代变迁与人本思想的沿革

第一节　九部作品的时代背景与纵向剖析

从五世纪西罗马帝国灭亡到十五世纪文艺复兴,欧洲中世纪经历了十多个世纪。古希腊罗马文化,希伯来基督教文化和日耳曼文化相结合,形成了中世纪欧洲文化的根基。欧洲各国在经历了巨大的社会动荡后,逐步建立起封建体制。基督教控制了整个社会和思想领域,教会成为制约世俗统治的政治力量。整体而言,中世纪文学在很大程度上与宗教有联系,多由拉丁文书写,而民族语言的作品多在十二世纪或之后才出现。其中,西班牙文学的历史产生于八世纪前后,众所周知,西班牙有着古罗马文化根源,在中世纪融入了日耳曼部族的血液并从阿拉伯文化中采撷到了东方异彩。十五世纪以后,随着新大陆的发现和中南美洲的殖民化,又与印第安文化碰撞、结合,融入了欧洲的文艺复兴时代。

多文化浸润和多语言交融下的西班牙中世纪文学,其世俗性质与人本思想也愈加丰满,从表2和表3中,九部作品问世的时代背景与作家生平,乃至文学体裁、主题、人物与作品价值贡献中,不难看出,从十一世纪到十六世纪,跨越六个多世纪的西班牙中世纪世俗文学,是从民间口头到文字记载,从游唱歌手到宫廷作家,从吟游诗、古谣曲到寓言、小说、人文戏剧,从民间文学到专业创作,从宗教到凡俗,从民

族到东西方融合,从部落到国家,从民族到社会等的一个万花筒般的
文学世界,它以多元化的文化背景,书写了一部世俗化的人本历程。

表 2　纵向剖析九部作品的时代背景

名称	问世时间	体裁	作裁	作者身份、成就	文学背景
《熙德之歌》	约 1140 年(十二世纪)流传手抄本 1307 年	游唱诗或叫吟游诗、叙事诗	权威学者大致认为有两人,最早为艾尔马斯特万人,当今留传手抄本署名为佩特罗·阿瓦特	与摩尔人混居的西班牙游唱歌手	十二世纪最早形成的卡斯蒂利亚文学主要是民间口头文学,为史诗和抒情诗,主要游唱反应英雄业绩的战功歌。《熙德之歌》是最早留传并唯一保留至今,最通俗的游唱诗中的长篇战功歌
《囚徒曲》	十四世纪	古谣曲混杂歌谣	无名氏	民间抒情诗人	是旧歌谣集中最著名和最受欢迎的歌谣之一。也是留下最多书面回声和文学反省的作品之一
《真爱之书》《真爱集》《真爱诗集》	1343 年	八种素材集寓言、儿歌、古诗、圣母颂于一体	胡安·鲁伊斯	伊塔大祭司,教士诗人中世纪的最后一位诗人,也是新时代的最初一位诗人	随着光复战争的胜利,骑士队伍不可一世,西班牙宫廷礼仪与优雅的教士生活在这一特殊时期形成。十四世纪,民间文学失去主导地位,代之以文人学士专业创作。开始传播实用人生哲学,凸显弘扬人性,凸显人文主义先兆
《卢卡诺尔伯爵》	1335 年	短篇小说	胡安·曼努埃尔	阿方索十世的亲戚出生王家。当过摄政王、散文高手,政治上壮志未酬,故而隐居修道院创作。十四世纪西班牙最伟大的散文作家,政治活动家,军事活动家	第一部"俗语"小说。是使西班牙民族语言丰富起来且定型的代表,在其笔下,卡斯蒂利亚散文得到了革新与新生。同时,兼容了基督教道德与东方阿拉伯文化。其作品充满了人生哲理与人文气息

名称	问世时间	体裁	作者	作者身份、成就	文学背景
《悼亡父》	十五世纪中叶	抒情诗	豪尔赫·曼里克（1440—1479）	骑士诗人。为保卫伊莎贝尔女王战死沙场	十四世纪至十五世纪新旧谣曲交替转换时期。从文学体裁格律上，完全打破了一般"学士诗"的韵律，创立了长短诗句交错的新调式。且内容上初现出文艺复兴的思想
《骑士蒂朗》	十五世纪初至1490年	骑士文学	第一作者朱亚诺·马托雷尔　第二作者马蒂·朱安·德·加尔巴	马托雷尔出身小贵族家庭，具有骑士精神。马蒂也是贵族出身	骑士文学的代表作之一，是塞万提斯在《堂吉诃德》中多次提到的骑士小说。是前文艺复兴时期的文学遗产，更多体现了封建时代尤其是小贵族阶层的审美思想。是加泰罗尼亚民主文化的重大贡献
《爱情牢房》	1492年	伤感小说	迭戈·德·圣佩德罗（1437—1498）	获学士学位出任过地方长官，兼大法官也曾是国王咨询机构的法官	处于中世纪西班牙文学繁荣时期，也接受了来自欧洲其他国家文化文学的影响，反映出人们追求爱情的不同观念与方式，为后人提供了借鉴与反思
《克里斯蒂诺和费耶阿》	1496年	人文戏剧	胡安·德尔·恩西纳（生于1468年）	大学任职、教会服务、戏剧作家、诗人、音乐家	天主教君主时期的西班牙文艺复兴初期的重要文学家，被誉为宗教复调的最大代表人物
《塞莱斯蒂娜》	1499年	对话体小说，也称人文戏剧	费尔南多·德·罗哈斯（1475—1541）	从事教士职业，曾皈依天主教，人文戏剧的杰出代表	小说与戏剧的混合，影响巨大，甚至形成了"塞莱斯蒂娜文学"或叫"塞莱斯蒂娜文体"。宣扬爱情与现世行乐，向教会所代表的封建礼教提出挑战，具有鲜明的人文主义色彩。被誉为西班牙中世纪走向文艺复兴的中兴

表 3　纵向剖析九部作品的文学特征及价值贡献

名称	主题	结构	主要人物特征	意义、价值、贡献
《熙德之歌》	维护荣誉	分为三部分：(一)熙德被流放(二)光复巴伦西亚和女儿婚礼(三)科尔佩斯橡树林的暴行。形成一条荣誉上升、下降、复而上升的曲线	熙德后，阿方索六世藩臣摩尔人对主人公的尊称，民族独立、国家统一的象征形象。英雄阳刚之美的"胡须"获取权势的"宝剑"	历史真实性，现实主义手法，体现英雄业绩。十二世纪文学游唱诗的代表作。荣誉主题奠定后来追求个人荣誉、实现个人理想的骑士文学基础
《囚徒曲》	维护个人荣誉追求自由解放	其诗的内部结构分为两部分。第一部分讲述了被俘虏所处的环境。第二部分发出了囚犯的哀叹，刻画了囚徒对自由的向往	作者没有留下真实姓名，只是当时众多谣曲的代表作品之一	多版本民间流传。具有独特的诗中而具有旺盛的生命力。反映出当时为民族而战的荣誉下的囚犯个人的现实追求
《真爱之书》	世俗生活爱的艺术	12 篇相关联的诗篇 32 则寓言故事。宗教内容与凡俗题材混杂，带有讽喻色彩	第一部分诗人的第一人称叙述，男女主人公堂阿莫尔"爱情先生"堂卡尔纳多"肉体先生"堂娜瓜莱斯玛"四旬斋女士"	西班牙最早的人文主义作品，是欧洲的第二部《爱经》"西班牙文学三座高耸入云的高峰之一"
《卢卡诺尔伯爵》	东方寓言、古代故事、神话传说、民族历史、外国历史个人阅历	其五部分最有价值第一部分，由 51 个小故事组成。大部分源自古代东方文化	卢卡诺尔伯爵性格软弱，作为一般贵族象征，是概括式人物。帕特罗尼奥是忠于主人的好谋士，让人效仿的品德高尚的楷模	具有浓厚的实用人生哲学，寓教于乐。其作品对后来的安徒生《皇帝的新装》及莎士比亚《驯悍记》有直接影响
《悼亡父》	死神面前人人平等，强调个人名声的留存	第一部分陈述自己对人生的看法，第二部分对亡父的悼念	以第一人称出现	奇妙的思想，自然地规律，优美的文风。感人的悲切的情感。典故成语的巧妙运用易引起读者共鸣

名称	主题	结构	主要人物特征	意义、价值、贡献
《骑士蒂朗》	奋力抵抗异族侵略的战争,骑士道的准则与功业,英雄美人的恋爱与情愫	第一部分描写了刚出道的蒂朗的老师,第二部分老隐士教诲的种种骑士道规矩和品德。第三部分迪兰受命再次征战。第四部其他作者续写	蒂朗,隐退功臣瓦洛亚克伯爵,骑士精神传播者。西西里公主,爱情的象征	骑士文学的代表作,又是与众不同的骑士文学。对后来许多像塞万提斯这样的知名作者影响很大。也是欧洲文艺复兴思想影响下的时代产物
《爱情牢房》	描写两个青年男女的感情矛盾冲突	第一人称作者为信使,叙述和总评分析整个情节的发展	雷列亚诺和劳列欧拉两位男女主人公,一个宁为爱情死,一个宁为荣誉而牺牲爱情	兼具所谓"典雅爱情"与伤感小说的特征元素,体现了贵族观念,道德风尚和社会哲学
《克里斯蒂诺和费耶阿》	田园生活、世俗爱情	以舞台戏剧呈现,充满戏剧多种元素	克里斯蒂诺男主人公从宗教捍卫者转世俗的接受者,女主人公费耶阿世俗爱情的使者	宗教与世俗的博弈,表现田园生活和自由爱情,促使西班牙中世纪文学走向文艺复兴之路
《塞莱斯蒂娜》	习俗、情欲人之本性,无论贵贱	爱情与生死两次汇合。从寻欢作乐到死亡,又从死亡到引起人们对生活和命运的哀叹。	主要人物是塞莱斯蒂娜虚伪、吝啬、骗取钱财的"淫媒",双维性格。男主人公卡利斯托:易动感情,丧失理智的青年贵族。女主人公:走出"房间"追求爱情	注重不同场合,人物的不同语言。是西方现实主义小说的先驱。多位主人公性格向我们展示文化习惯以及人们思想道德的转变

第二节　中世纪西班牙世俗文学人本思想之"荣誉"趋势与沿革

"重视荣誉"并非中世纪的产物,早在氏族社会的末期,以畜牧和狩猎为主的社会形态就出现了受当时政治经济制度、生活方式以及血缘关系等影响而形成的价值观念和思想意识。因为当时要占有吃、穿、住等基本生活用品就得靠战争和相互掠夺,只有在战争中,人们才能得到荣誉,也只有依靠战争,部落首领才能统率一群战士并享有领导权。"在战场上,酋帅的勇敢不如他人,是他的耻辱,属下侍从们的勇敢不如酋帅,也是属下的耻辱,酋帅保卫种族,战士保卫酋帅,甚至将自己的军功献给酋帅名下,这才是精忠的表现。而酋帅的领导是靠着自己以身作则,而非依靠权威,假如他们精力充沛,勇敢善战,身先士卒,他们便受到尊敬,受到服从。"[①]为了维护这种荣誉,首领甚至把整个国家作为代价。为了证明这种荣誉,家属也是见证人和激励者,但这种对荣誉的追求是一种自然产生的结果,是其进入文明社会之前的产物。

进入中世纪后,氏族社会的风气作为整个民族的风气,而被集体无意识保持和延续下来,尽管中世纪的英雄们受到了古代祖先的影响,保持和继承了古代相关的风俗,但"荣誉"的内涵却发生了根本性的变化。在氏族社会,"荣誉"是为了部族的利益而行动,是一种整个部族集体性意义上的英雄主义。而在中世纪,其荣誉更多体现为对个人能力的肯定,是一种个人式的英雄主义。这一荣誉的特质在史诗中的人物身上和骑士文学的主人公身上,都有相同的表现。

先是史诗代表作《熙德之歌》中的荣誉,它不是单一的、孤立的、仅限于个体的,而是体现了臣民熙德与其国王阿方索之间的荣誉关系。它向世人展示了一位常人为了荣誉而希望得到国王认可,他想通过爱国与民族战争,成为民族英雄,因此,他的荣誉感是带有国民性的。同时,在追求荣誉的过程中,他又不可避免地受到金钱、礼物、捐赠等这些与当时社会价值密不可分的因素的影响,但作者试图通过强调英雄对金钱的冷漠,并无偿奉献战利品以提高英雄自身

---

① 刘建军. 欧洲中世纪文学论稿——从公元五世纪到十三世纪末. 北京:中华书局,2010:67.

的荣誉水平,进而将英雄归属于贵族阶层。这些不断追求荣誉的行为,演绎了荣誉渐进的强化过程。书中既有勇士之荣誉的冒险岁月,又有不断被流放的和落到女儿身上的风险与磨难,以及周而复始的对荣誉的强烈欲望。这些经历逐渐显现出荣誉的国民性与社会性与个体性的统一。

十四世纪中叶,开始形成的旧谣曲,替代了过去两个世纪的传奇诗歌,不同的是,歌谣是短暂的,易于被人们记忆。其中的《囚徒曲》就是一首抒情诗,虽然只有 14 行,但贯穿其诗中的主题,就是自由。囚徒通过描述他所处的恶劣环境,与从牢房窗户看到和感受到的情景形成鲜明对比。春天田野生机盎然的景象与身在牢房的囚徒的痛苦形成鲜明对比,发出了一位被俘囚徒,对于自身渴望走出牢房,获得自由的呐喊。也抒发了当时受压迫的人们对过上幸福生活的强烈渴望。此时此刻的荣誉不复存在,也没有那么高尚与纯粹的荣誉情结。

处于同一时期的西班牙民间语言优势不断扩大,骑士或学士们都开始用卡斯蒂利亚语写诗与创作。而《真爱之书》就是兼具学士诗与当时吟游诗特点的文学作品,身为教士的作者,并没有受宗教思想和禁欲主义的束缚,而是充满着对上帝之爱,充满着世俗形态下的种种男尊女卑的思想。他到处宣扬、教诲恋爱和追求爱情的真经,也早已忘却了什么名门贵族和高级神职的身份和应有的荣誉感。更没有什么高层次的精神追求。

同样,十四世纪最伟大的西班牙散文家的作品《卢卡诺尔伯爵》一书中 51 个充满人生哲理和人本气息的故事,虽没有直接描述和赞美荣誉的语言,却有着以人本思想为出发点的,受到基督教道德观和阿拉伯人文化影响下的推崇荣誉、自尊、善良等良好品行的寓言故事。满篇的世俗名言警句,也不乏通过受人尊重,通过真善美、勤劳才能得到自尊和荣誉,才能使身心达到和谐永恒的观点。其自由思想也超出了宗教和理想主义范畴,变得更加实在和现实。

如果说,重视荣誉,可以是一朝一夕的,它更多体现在为人处世的具体事件之中,而把荣誉与其生命联系在一起,则是把荣誉上升到新的境界。十五世纪西班牙宫廷诗的最佳作品《悼亡父》就是强调个人名声和荣誉的代表作。其实,在人生旅途中,大多的名声和荣誉并不容易获得,更多是在内心精神层面,在追求真、善、美、道德品行的思想认识层面,才有可能产生知情意行、和谐统一的"荣誉感"。从这一点来说,无论是中世纪世俗文学中,还是从人之生命存在发展现状来看,行善积德,积攒好名声,积淀好荣誉,才是一个人获得世间荣耀,得到死后美名的最好方式。

荣誉总是与建功立业的英雄主义密不可分。当十五、十六世纪,西班牙赢得了收复失地运动的胜利,成为不可一世的新兴帝国之时,也正是骑士小说的繁荣时期,当时最为流行的骑士小说《骑士蒂朗》所呈现的就是个人英雄主义的典范。主人公不仅具有崇高的理想,还具有精湛的武功,更具有见义勇为、惩暴安良、不畏牺牲的品德,但他的这些行为,则是以追求个人信仰和荣誉为前提的,表现出的浪漫冒险家和孤胆英雄形象,具有鲜明的个人英雄主义倾向。这时的追求荣誉不单是为了国家和民族,还染上许多个体的色彩。

随着骑士文学的发展,骑士精神和骑士典雅爱情规则也得到了深化,伤感小说《爱情牢房》则是把对"荣誉"的重视程度推向了极致与高潮。荣誉不仅表现在男性身上,也表现在女性身上;不仅表现在战争中,也表现在爱情里。男主人公为了追求爱情,特别是身份地位相差悬殊的公主之爱,根本顾不得什么是荣誉,宁愿深陷大牢,遭受酷刑。后来为了证明自己的骑士风范,他再次拾起荣誉的旗帜,为爱情而战。但他的英勇无畏也没有换来公主的芳心。不是公主不爱他,而是公主身为国王之女,她的宫廷贵族身份和名声使她不能因为爱情而毁了高贵的名声,更不能承认爱情而表明她有过私通信件的不轨行为。男女主人公就这样双双都成了"荣誉至上"的牺牲品。这也表明当时的世俗背景下,对个人的名声和荣誉的追求也达到了一定的高度。

人文戏剧的代表作《克里斯蒂诺和费耶阿》受到文艺复兴人文

思想的影响,虽有宗教礼拜仪式,但表现的是乡村牧羊人的普通生活,减轻了荣誉的压力,注入了幸福快乐的美好戏份。

　　在资本主义的萌芽已经在欧洲出现的十五世纪末,刚刚完成统一大业的西班牙,处在对外扩张化的狂热狂欢之中,玩世不恭和享乐主义不仅普遍存在于市井生活,而且也是当时作家采取的创作态度。此时,西班牙文学界也诞生了一部影响非凡的作品,即西班牙文艺复兴中兴的代表作《塞莱斯蒂娜》。不仅书中的人物个个经典,其内心和性格描写惟妙惟肖,入木三分,而且对其追求人性解放和世俗精神的刻画也体现了人本思想发展的前瞻性。尽管没有直接触及"荣誉"的话题,但几个主人公的爱情故事,已经从另一个侧面表达了只要为了爱情,无所谓"荣誉"的典雅爱情特质。有着不同身份地位的男女主人公,一开始不敢直接大胆追求男欢女爱,某种程度上,这也是一种内心对名声和有损荣誉的担忧。如此说来,荣誉对于每个个体而言,都不同程度地存在着,或外显或内敛,或为了光鲜荣耀,光宗耀祖,或为了维护自尊,保护身份。这不仅仅是中世纪西班牙世俗文学中所呈现出来的人本思想倾向和趋势,也是今天,我们尊重以人为本,一切为了人,为了人的一切,为了一切的人的理念和价值观的升华。

第三节　中世纪西班牙世俗文学人本思想之"自由"发展与特征

　　从人性和人道主义的观点来说,自由、平等是人的天赋权利,法国唯物主义者也认为"自爱""自保""自由"是人的本性,天赋权利。如爱尔维修所说:"在任何时代,任何国家,人们过去、现在和未来都是爱自己甚于爱别人的。"①这里所说的爱自己就是对自己的生命、

---

　　①　转引自魏金声.人本主义与存在主义研究.北京:人民出版社,2014:6.

自由所有权的爱。他还认为人的肉体感觉的快乐才是真正的快乐,人作为一个生物,天生追求快乐,避免痛苦,趋利避害,保存自己的生命,谋求个人的幸福。这种本性,从人的生存本能来说就是"自保",从人的伦理道德来说就叫"自爱",因为它是人人共用的以肉体感受性为基础的爱,在自然状态阶段,人人都享有这种"自由"权利。众多哲学家同时也认为,人是有理性的动物。康德在其《道德形而上学探求》一书中写道:"你需要这样认为,做到无论是你自己或别的什么人,你始终把人当成目的,总不把他当作工具。"①这就是说,每个人既要对自己的行为负责,也要承担共同的责任,一切有理性的人无论如何都不应该放弃自由,"自由"就是意志自律,"至善"应作为人的最高目的,其核心是"人",强调人的尊严、价值、人格。他又认为,自由概念的出现归功于基督教,按基督教的精神,个人本身具有无限价值,因为个人是上帝之爱的对象和目的。随着精神的发展,自由观念逐步渗入世俗生活的各个领域。

其实,早在中世纪,人们的世俗生活,已经渗透和融入了自由的观念与自由的行为,成为人们实现主体自我目的的价值追求。综观代表着中世纪西班牙世俗文学人本思想的九部文学作品,以反映英雄业绩的长篇战功歌《熙德之歌》为例,一开始就是主人公被流放,这意味着他失去了个人自由,但这种流放又是为民族独立和国家统一所做出的牺牲。经过熙德及其英雄们的英勇善战,他们在忠诚于君主,得到了国王认可的同时,也获得了自由。这种自由在获得众多战利品以及象征着权势的"宝剑"之时,既与国家、民族和个人的利益相辅相成,又流露出些许对个人地位、身份、财富上的更大"自由"的欲求。流传于民间被广为传唱的歌谣代表曲《囚徒曲》,则是一首地地道道的追求个人自由解放,渴望与常人乃至小鸟一样,能够过上自由自在的人间幸福生活的民谣。其历史背景中没有交代其主人公的被囚是为国家或为民族,只说是一个普普通通被关押在

---

① 转引自魏金声.人本主义与存在主义研究.北京:人民出版社,2014:7.

牢房的囚犯。可以看出,作品首先表达的是一个人,一个失去了人身自由的人,走出牢笼,走向美丽田园,享受常人美好生活的朴素愿望。作为一个常人,连最起码的人身自由都无从谈起,又何以谈论幸福和快乐呢。随着西班牙收复失地运动的胜利,人世间的世俗生活步入常态,众多学士和宗教教士也加入了现实生活的文学创作之中,其中被誉为欧洲第二部"爱经"的《真爱之书》,就是从宗教内容走向凡俗题材的实用哲学作品。书中大量的宣扬人性自由、爱情自由之诗篇和寓言故事,那些放荡不羁、无拘无束地追求男欢女爱之经验的体验,似乎都是在教人们如何去追求男女之爱,如何旷达自由,不要受禁欲的束缚,性解放才是真的自由解放。这已经发出了向宗教挑战的世俗话外音,其中的自由观,恰是无声胜有声。颇具人本特色和实用人生哲学思想的代表作还有《卢卡诺尔伯爵》,尽管受到宗教文化影响,但作者并没有全部吸纳与照搬,由 51 个小故事组成的寓教于乐,寓意深刻的教科书,涉及了不仅限于人间,也存在于动植物之间的多元化、多维度"自由"思想。而且这种自由思想也渗透到人们日常生活的各个角落,更具个体的、民间的、世俗的色彩。

与自由、平等这些有关人的天赋权利的本性观点更接近的,则是中世纪西班牙世俗文学作品《悼亡父》,它不仅从文学体裁格律上,打破了一般"学士诗"的风格,而且从人生观这一深奥主题上,挖掘了在自由和荣誉面前人人平等,生死相依的内涵。指出作为一个独立的有生命的个体,应始终把人当成目的,追求作为人的无限价值,生前死后都要对自己负责的人生态度。还有具有骑士文学典型特征的两部作品:一个是对塞万提斯这位伟大作家颇具影响的作品《骑士蒂朗》,一个是把所谓骑士爱情演绎到极致的伤感小说《爱情牢房》。二者都是从骑士精神入手,见解独到的英雄故事。骑士蒂朗是忠诚于国王而维护正义的化身,不会为了纯粹的个人自由去舍生忘死,但也确实因为战功显赫而维护了贵族荣耀,其实也就是得到了贵族阶层享有的特权和自由。《爱情牢房》的男主人公则是一个"若为爱情故,个人自由皆可抛"的另类骑士。为了得到公主的爱,他被关进象征宗教不可一世、不可超越、不可有任何幻想和非分爱情追求的"爱情牢房",没有人身自由,更没有获得爱情自由的权利。在中世纪社会等级观念的束缚下,许多追求"典雅爱情",宁为心爱之贵妇、女主人赴汤蹈火也在所不辞的英雄行为,其实是徒劳的,有的未必出自真实自我,大多有从众效仿的心态,也许这也是一种爱情的"自由"现象。观之《爱情牢房》的女主人公以及后来的男主人公,又都因为追求真爱,而放弃人身自由,宁愿被国王关进牢狱失去自由也不愿放弃内心追求的爱情的"自由"。这种自由应验了"快乐不仅是肉体上的快乐,还有精神上的快乐"的人本思想。

在西班牙中世纪末期,其政治、经济、文化、艺术等各方面都呈现出文艺复兴时期诸多特征的情况下,诞生了人文戏剧《克里斯蒂诺和费耶阿》。剧本里充满了个性自由的选择,一开始坚定于宗教信仰的教徒与宗教忠诚的卫士,因被爱神诱惑而摆脱了宗教的束缚,争取到自由的田园生活和爱情的快乐时刻。另一部标志着西班牙世俗文学巨大成就的文学作品《塞莱斯蒂娜》也在此时问世了。该作品更加强调现实主义,更加提倡个性自由与解放。这种自由观,不仅体现在"食色,人之性也"上,还体现在"人为财死,鸟为食亡"的惜财如命上,无论是对情欲还是金钱的追求,都是出于人性本能的需要,现实生活中的人们,既有着人的自然属性的一面,也有着人的社会属性的一面。尤其书中各人物身上所表露出的个人享乐主义,利己主义和现实自由主义,更是把"自由"之人本思想暴露无遗。作品促使当时人们摆脱封建等级束缚、宗教禁欲主义,融入更加开放更加自由的文化思想与伦理道德的人文主义精神。

关于追求个性解放的自由思潮,无论在近代反封建主义的斗争中,还是在社会主义核心价值观的构建中,都起到了极其重要的推动作用。特别是男女平等,妇女个性自由与解放方面,在西班牙中世纪世俗文学作品中,尤其在《塞莱斯蒂娜》的女主人公身上,表现得更为直接与深刻,也堪称经典。

第四节　中世纪西班牙世俗文学人本思想之
"爱情"特性与发展

"人本学"或"人本主义"哲学认为:人是有感情的,人的本质在于人同自然,人同人的统一之中。费尔巴哈也认为,真正的哲学唯一的、普遍的、最高的对象应当是人,以及作为人的基础的自然界。他强调人是自然不可分割的一部分,是自然转化的有意识有理性的实体。人是肉体与灵魂的统一,人的本性是追求幸福,人具有感情和欲望。人的基本欲望就是追求幸福,而这种追求是健康的,是与人的本性和人生相一致的东西。人的责任就是使自己幸福,就是使自己和他人都得到同样的幸福。只有爱能证明人的感情存在,这种爱包括性爱、友谊、同情等。从这一观点出发,人们追求自爱与他爱是人的生命存在的本质,是人本思想的合理内核。

柏拉图把爱描述为一种上升的梯子:灵魂从低矮的人类的爱回到崇高的、神圣的和理想的爱(思想世界)。爱建立在思想世界之上,当爱涉及精神对象时,爱的物质对象就消失了,这就是纯洁之爱,这种爱使我们能够认识到理性的美,从而在伦理上拥有普遍性。其论点就是坚持能够获得神圣的爱同时,也不放弃人类的对象之爱,即混合爱。因此,爱的理念在文学中,总是在两个维度上被重复:人类的爱与神圣的爱。

诗人奥维德传递的爱的概念似乎更直截了当,女人或男人不是达成目标的理想之地,而是要成为征服之地的猎物。同时,他还认为,爱是一种快乐,也是一种折磨。痛苦是爱情不可或缺的一部分。简言之,奥维德似乎想用不断变化的,狂热的审美感来表达他所有的情感的诱惑和灵感,以及他的时代和环境带来的爱的生活乐趣。

因为在中世纪存在着"男人占优势的地位"的观点,加之妇女的匮乏,导致"对象的理想化"难以满足欲望,故而诞生了"宫廷爱情"或"典雅爱情"。它要求上层社会阶层的恋人,在宫廷里遵守一定的行为标准。除了宗教信仰外,贵族还有自己的文化、礼节,以及此衍生出的行为规范。在十二世纪始终存在着神圣的宫廷爱情神话,它可以命令和净化激情,且它也反对婚姻。正如我们在许多文学作品中所看到的,恋人的"结合"这一概念可以表现为心的交流,它主要体现在世俗爱与神秘爱之中。典雅爱情和基督教的爱之间并不矛盾,以礼节的方式爱一个女人的想法是对爱情的一种转变。从某种意义上说,典雅爱情是一种感性的爱,既有男女主人公在肉体上的爱的回报(混合爱),又把女主人公当成神灵和圣人(宗教的爱)。总之,从十二世纪中叶开始,由行吟诗人逐步完善的宫廷爱(典雅爱情)的社会体系迅速传播。在那里,爱成为一种几乎神秘的力量,能够将爱人提升到更高的水平。情人对他的爱人的完全服从,他在没有"酬劳"的情况下所提供的服务,他对所有肉体满足的绝对放弃,他的"死亡",导致他走向痛苦这一至高无上的理想之路。

西班牙中世纪意识形态的不断变化,并不像其他国家那样极端,既没有打破中世纪的文化传统,又接受了来自欧洲以及东方文化的影响,出现了来自上帝的好爱或真爱,以及对女人的世俗之爱。爱在文学作品中以各种形式出现,并逐渐渗透到人们现实生活的各个方面,让人类之爱从神爱回归到本真的人性之爱。

综观西班牙中世纪世俗文学的九部代表作品,不难看出爱情逐渐走下神坛而走向人间的过程趋势。英雄史诗《熙德之歌》中的爱情,是以婚姻为目的的,以显赫的名声,身份的体面,敬献国王的战利品为前提条件的,也是国王赐予英雄熙德的荣誉。熙德女儿与女婿之间并无爱情可言,甚至其女儿的第一次婚姻也成了牺牲品。即使有了第二次更加体面而隆重的婚礼,也是为衬托《熙德之歌》的英雄完美主义。《囚徒曲》与《熙德之歌》形成了强烈的反差。一个名不见经传的囚徒,一首流传民间的普通谣曲,其对"爱情"的描写并没有具体的主人公,而只有囚徒对窗外所见情景的一番感慨:如果能够自由,像田间簇拥的情侣那样,有一个爱情的归宿该多好。这个时期,人们所追求的爱情是平凡的,朴实的,充分体现了平民之间平等的自主认可的男女之爱,初显人本主义的爱情特征。诞生于教士之手的《真爱之书》,展现了对爱情的双重追求,有富有宗教色彩的赞美诗,但更多的是充满世俗精神的"爱经"之谈,作者洋洋洒洒、从从容容,无所顾忌地表述世俗生活以及爱的艺术,爱的形态,爱的经验,给读者以全新的爱情视角。此时的爱情观,是现实爱情与现实享乐的世俗之爱,男欢女爱,极具以人为本的人文主义精神。同时代,创作于修道院的《卢卡诺尔伯爵》的 51 个故事以及附带的寓言和谚语,虽然没有一以贯之的主角和长篇故事情节,其"爱情"故事,也并非曲折和引人入胜,但涉及的爱情观点和理念,除了不可避免地打上同时代东西方宗教因素的烙印,还表达了充满世俗与民俗的爱情观,也反映了当时流传于民间的现世爱情婚姻之道,让渗透于社会中的人本思想通过哲理与说教而深入人心。《悼亡父》则从另一侧面折射出人生与爱情的哲学思考。作品表达了在生与死面前人人平等的观点,强调要注重活着的意义,并非一味追求死后荣耀的人生价值取向,也表明了追求现世生活各方面包括爱情与婚姻,都应该具有现实意义的人本思想。骑士小说代表作《骑士蒂朗》,虽然与之前的《熙德之歌》在英雄情结上有异曲同工之处,但在"爱情"上,主人公蒂朗在完成复国大业的同时,也渴望与公主成婚。遗憾的是,未等成婚,便在继承皇位的班师归途中因病身亡,与蒂朗成婚的公主,也在未婚夫蒂朗遗体旁边殉情自尽。结尾部分出现的大天使带着蒂朗和未婚妻的灵魂飞升天国的描写,说明了骑士真实而真诚的个人爱情,也表明了公主对英雄骑士真挚而忠贞的爱情。书中返回家乡拟婚姻嫁娶之描写,包括蒂朗促成他人美满婚约之故事,都向我们展现了骑士精神和骑士爱情并不完全是浮夸和虚荣。同样是以骑士爱情为主题的《爱情牢房》一书,也是现实爱情至上,追求男欢女爱,不惜为爱而牺牲生命的人本爱情观的真实写照。尽管男主人公(骑士贵族),对国王女儿的柏拉图式精神之爱的追求,有些徒劳的味道;尽管国王女儿对男主人公的爱之追求受到种种宫廷戒律的束缚,两人都因为个人的荣誉与名声而未能如愿以偿。但出于自愿和自由恋爱为基础的爱情,都是对现世美好爱情的向往和渴求。从这一点来说,作品也充满了人具有使自己幸福的情感与欲望,人追求肉体与灵魂相统一的存在的人本理念。再看《克里斯蒂诺和费耶阿》这部作品中,向人们展现的已经是田园诗般的现实生活和追求自由的世俗爱情,这种爱情并非所有人都能接受,但总归是个性自由解放的呼声,是当今社会的主流。尽管它与宗教思想文化一直相生相伴,但受到文艺复兴新时代爱情风尚的影响,终归是在追求现实存在的男女爱情,追求自然本能之激情,是符合人类文明进步的。

被誉为西班牙文学成熟与人文主义中兴的文学名著《塞莱斯蒂娜》,则是把"爱情"人本思想推向顶端的中世纪西班牙世俗文学走向文艺复兴时代的标志。贯穿整个作品的主题就是"爱情",这种"爱情"竭尽世俗爱情之男欢女爱的情欲追求,也竭尽新的社会形态带来的人性解放和人性解放所蕴含的拜金主义、享乐主义。书中对纯洁爱情的刻画是淋漓尽致的,虽然也不乏金钱的诱惑,但更多彰显的是新时代青年爱情至上的理想,虽然也存在中世纪的种种混浊之影响,但爱情的纯真已向人们预示着新的世界观、爱情观、价值观以及新的生活方式正在改变着中世纪固有的传统的思想体系、文化思潮,全新的现实主义、人文主义已经出现。

至此,我们对西班牙中世纪世俗文学的九部作品中的爱情主题逐篇梳理后,一条围绕着人本思想发生发展的主线很清晰得展现出来,从中世纪初期的基于民族国家复兴与战争相关的英雄主义爱情到平民化的爱情,从宗教统治下的婚姻观到平民世俗的爱情,从骑士柏拉图式的精神之爱到肉体自然之爱,从贵族之间的不平等之爱到男女青年自由解放之爱,愈加开放与个性化的爱情方式取代了旧的爱情观。随着中世纪封建主义枷锁,宗教思想束缚的逐渐松绑,人们现世享乐主义,幸福快乐之人生趋向也愈加明朗。这也是上述众哲学家、文学家、众文学作品中所阐述的人性人本之思想的发展脉络。随着中世纪走向文艺复兴，随着人类走向近现代社会，人类愈发尊重和依顺其自身固有的生命生存与发展规律，愈发实现着人们对幸福快乐美好生活需求美好爱情需求的目标。

第五节　中世纪西班牙世俗文学人本思想发展趋势与特征

在西方哲学中，人本主义一般是指从人本身出发来研究人的本质，以及人与自然、人与人之间的关系的理论，而在近代哲学中又有人文主义和人道主义之分。本书所提到的人本主义是泛指的概念，包含人文主义和人道主义。人本主义是关于"人"的学说，亦称之为"人学"，其"人学"含义与"人本主义"相同。

关于"人"的学说，最早由古希腊哲学家普罗泰戈尔、苏格拉底、柏拉图、亚里士多德等人提出，虽没有系统论述，但为后人研究人的问题奠定了基础。晚期希腊学者发挥了理性精神，注重探索人生目的，寻求"肉体的无痛苦，灵魂的无纷扰"，即寻求生活安宁、心灵平静、不受干扰。人所追求的，就是按照本性和自然而生活，这种生活是快乐的，也是自由的。晚期希腊的重要代表伊壁鸠鲁以"快乐即是目的"的原则建立他的幸福主义的伦理学。[1] 他指出，我们生活的目的就是追求幸福和快乐，而快乐不仅是肉体上的快乐，还有精神上的快乐。人的行为是自由的，不应受命运的主宰。以后的思想家们也提出了一系列涉及人本的命题，如人的本性、人在社会中的地位与价值、真与假、美与丑、善与恶、自由、幸福、道德、法律等。它主要体现为思想文化上的人学因素与封建的神学因素之间的矛盾。在整个中世纪的文化文学系统里，事实上存在着鲜明的人与神对峙

---

① 魏金声.人本主义与存在主义研究.北京：人民出版社，2014：9.

的关系。在神文化文学体系内部,它主要表现为是从人出发,通过人所独有的理性和信仰的能力,来肯定人固有的追求至高精神的行为;还是从神出发,强调人绝对遵守神的戒律和信条,通过克制自己的欲求向神的天国复归。教会和僧侣们为维护自己的统治对人们的思想欲求加以控制的企图,是赤裸裸的禁欲主义和蒙昧主义。在世俗文化文学内部,也体现出与当时的基督教文化内部类似的矛盾。只不过这种对峙关系表现为:是肯定人的情感和欲望的合理性,强调发挥人的智慧和力量,或去实现战胜恶魔的壮举,或去完成民族统一的大业,或去实现自己的人生理想和自我的价值体现,或去满足人所固有的追求知识和追求幸福的权利,还是反其道而行之。世俗文学中所体现出来的进取的思想意识,实际上与宗教文学中那些优秀作品所展现出的肯定人的追求进取精神具有本质上的一致性。它们之间的不同之处,只是追求的最终目标上的差异,一个是最高的精神,一个是美好的生活,但核心都是对人自身的肯定。尤其后者对人类美好生活的现实肯定与追求,是中世纪欧洲乃至西班牙众多文学作品中的人本思想之表征。

文艺复兴时期的人文主义运动,从哲学上讲,就是一种人本主义思潮,其口号是"我是人,人的一切特性我无所不有"。他们主张用人代替神,而所谓的人是指具有七情六欲的人。他们反对中世纪神学的禁欲主义和来世观念,肯定现实生活的意义,要求享受人世的欢乐。人应当按人的自然本性生活,有权享受人生欢乐,满足物质上和精神上的需要。他们同时还认为,每个人都是凡人,应该过凡人的生活,享受凡人的幸福。人生的目标不是死后的永生,而是现世的享受。而且还提出"人性自由"和"个性解放"的口号来反对中世纪宗教桎梏和封建等级制度。人文主义运动所宣扬的是与神的天国世界相对应的"人"及"人的自然本性",恢复人的价值和尊严,重新确立人的中心地位和主体性原则。

表4　九部作品的人本思想特征及发展趋势

名称	人本思想体现（特征）			人本思想发展趋势
	荣誉	自由	爱情	
《熙德之歌》	国家英雄、民族感情	忠诚君主、获得自由	深情专一、不计得失	光复祖国、民族荣誉，宣扬正义为主要特征，略有追求个人荣誉与个人情感倾向
《囚徒曲》	没有明确的荣誉感	被俘监牢、渴望人身自由	向往人间美好爱情	身陷牢狱，渴望自身的自由解放，憧憬个人和现实的爱情
《真爱之书》	"真爱"面前，无所谓荣誉	神为中心的宗教观与禁欲主义的瓦解、追求爱情的自由	人世间有两种爱：对上帝的爱和世俗之爱（即男欢女爱）	现实享乐和爱情取得胜利，基调是反对神的权威，提倡以"人"为本的人文主义精神，西班牙文艺复兴的催生剂
《卢卡诺尔伯爵》	兼具大千世界因果关系的荣誉	不乏人间与动植物间的多维"自由"	东西方融合的民俗爱情观与爱情现实生活	体现了浓郁的人文主义：歌颂人民、讽刺国王。其荣誉、自由、爱情等人本思想渗透人们生活各个方面
《悼亡父》	荣华富贵昙花一现，有生之午获得荣耀，死后才能流芳百世，个人名誉可以永存	人人平等		强调个人荣誉，从生到死要保持一致。人本主义更加突出，表现出文艺复兴思想
《骑士蒂朗》	以榜样为荣的个人荣誉，以忠诚国王、维护正义、喜于好斗的荣誉	因战功奉献而获得自由	英雄与美人的恋爱与情愫	为了个人荣誉和名声，而到处去建功立业；为了维护自身贵族名誉，而勤于王事。因为荣誉而获得爱情，为爱情而殉情自尽，彰显骑士精神的人本情怀
《爱情牢房》	个人名声与荣誉高于一切	若为爱情故，自由皆可抛	柏拉图式精神之爱与现世男欢女爱的矛盾冲突	具有骑士典雅爱情的特征。一方为追求公主现实之爱，而失去自由并为荣誉而战；另一方为保持自己尊贵名誉而放弃真爱和自由，最终为爱而不惜牺牲生命

续 表

名称	人本思想体现（特征）			人本思想发展趋势
	荣誉	自由	爱情	
《克里斯蒂诺和费耶阿》	人人平等，现世荣耀。	现实生活，田园景象，自由自在。	宗教之爱与世俗之爱冲突中，感性战胜理性。	高度呈现宗教文化思想已渐渐被世俗人文思想所取代，对现实生活与爱情的追求最终战胜宗教统治下的过往生活观念。凸显文艺复兴的人文思想特征
《塞莱斯蒂娜》	反映上、下阶层两个不同社会的荣誉观	叛逆、追求个性解放	追求个人幸福，重视现世精神，注重享乐主义、利己主义	更加强调现世主义，抨击基督教高于其他民族的谬论，提倡个性自由与解放，对人的心理的探索以及强调现世与人的作用等，进一步显现出文艺复兴的特征，是西班牙文艺复兴的开端

　　从文艺复兴的人文主义运动，倒推至欧洲中世纪，其人本主义思想就已经存在。从上述西班牙中世纪世俗文学的九部代表作品中，从九部作品的人本思想在"荣誉""自由""爱情"的发展趋势与特征中，我们可以得出结论：关于人的本性、人的世俗性与现世性，从纵向上，是沿着先人后己、先民族国家后家族家庭、先社会后个体、先萌芽后丰富、先历史后现实、先某一局部后全方位展开的（见表4）。在"荣誉"方面，从国家英雄到民族感情，从无明确荣誉感到必须有荣誉感，从生前要有荣誉到死后流芳百世的荣誉感，从精神层面的荣誉感到现实生活的荣誉感。在"自由"方面，从忠诚于君主下的自由到个人的自由，从人身的自由到爱情的自由，从人间的自由到万事万物的自由，从短暂的自由到永久的自由，从追求个性解放到追求人的身心全方位自由，从现实生活的自由到思想上的自由。在"爱情"方面，从国之大爱到个人情感，从精神之爱和上帝之爱到世俗之爱和男欢女爱，从文化影响下的不平等男女之爱到婚姻支配下的家庭之爱，从柏拉图式的骑士典雅之爱到人性本能需要之爱，从等级观念束缚的无果之爱到冲破桎梏的自由之爱，从满足社会家庭所需之爱到追求个人幸福享乐之爱。几个世纪的人类发展，几度

曲折的人本追求,让我们体会到,社会的进步是以人类文明发展为标志的,文学的进步是以文化浸润为载体的,人类的进步是以人本发展为内核的。

综观中世纪西班牙世俗文学的人本走向发展趋势,横向上,每一个历史发展时期,每一部作品问世的时代,每一位作家的诞生年代,每一种文学体裁的出现,每一个文学主题的主线贯穿,都与当时社会的政治经济发展、文化思想的碰撞、东西方传统的相互融合、地域环境、宫廷皇臣、封建阶级斗争等诸多历史原因密切相关,也受到作者本人自身主观因素和作品本身种种不尽如人意的写作水平的影响。

至此,关于中世纪西班牙世俗文学九部代表作品中的人本思想的探析,将画上一个阶段性的句号,关于人本思想的话题并没有完结,从人本思想走向人文主义,从文学文化到哲学人学,从中世纪到文艺复兴时期,从近代到现代,无论是时间上、历史上、社会上,纵向发展是无止境的,横向联系是无边界的。文学与文化、人本与人文,过去、现在与将来,我们能做的,就是让每个人、让整个人类,因发展而有价值和意义。

第六节　西班牙世俗文学人本思想与欧洲文艺复兴的相互影响

西班牙是欧洲大陆的文明古国,有着悠久的历史和灿烂的文化。西班牙人民勤劳勇敢,富有创造精神,他们在航海和文学艺术方面的光辉成就丰富了人类的文明宝库。古代西班牙曾多次遭到外族入侵。西班牙人民在反抗入侵者的同时,把入侵者与入侵者的先进文化加以区别对待,从而使西班牙文化博采众长,在古代世界处于比较先进的地位。西班牙人民善于吸收、保存、继承、传播其他各族人民的优秀文化遗产,对于推动欧洲文艺复兴运动有着不可磨灭的功绩。

罗马帝国统治西班牙长达 600 年之久，罗马文化对西班牙文化有很大的影响，西班牙文化中保留着罗马文化的特点，如拉丁语词汇占西班牙语词汇的 80％以上。所以有人说，"西班牙比罗马还罗马"。众所周知，"文艺复兴"一词的最初含义是"复兴""复活"或"再生"，是古希腊、罗马古典文化在中世纪浩劫之后的复活。当然，从性质上分析文艺复兴运动远不止是古典文化的复活，也是新兴资产阶级的文化革命运动；但它毕竟是从复活古典文化开始的，受古希腊、罗马古典文化强烈影响的西班牙文化和文艺复兴运动有着密切的关系。

西班牙为中世纪黑暗时期的欧洲输送了先进的阿拉伯文化和东方文化，直接推动了文艺复兴运动。

阿拉伯人统治西班牙近八百年（711—1492 年）。在此期间，阿拉伯与西班牙的经济、文化、科学和艺术发展水平都超出了同时期的西欧诸国。阿拉伯人把中国、印度、希腊关于地理学的概念，把阿拉伯的航海知识和航海工具以及中国的指南针，把穆斯林的艺术和关于药用植物的记载以及数学和化学方面的知识都传给了西班牙。在文艺复兴以前，西班牙的医学、数学、地理学、历史学都发展到相当高的水平。而当时的其他西欧国家长期处于"黑暗时代"。基督教会垄断了精神文化领域，政治、法律、哲学、文学、艺术等意识形态都具有浓厚的神学色彩。哲学是神学的婢女，科学是宗教的奴仆，欧洲古典文明濒临灭绝。

阿拉伯人不但继承和保存了欧洲科学文化的宝贵遗产，而且以西班牙为基地，又把这一遗产传向西方。亚里士多德、欧几里得、阿基米德、托勒密、盖伦等古代西方科学家的著作和学说，在文艺复兴前数百年的"黑暗年代"里，早已被西欧人遗忘。从十一世纪起，阿拉伯文的译本又重新译成拉丁文。科学知识向西欧的重新传播，唤起了人们的觉醒。西班牙就成了西欧人学习阿拉伯文化的主要阵地。在西班牙出现了许多西方翻译的中心，最有名的是科尔瓦多。还有许多西欧青年来到托莱多留学。西班牙是文艺复兴以前东方先进科学文化传入西欧的主要桥梁和门户。

西班牙统一以后,专制王权支持哥伦布远航新大陆、阿美利哥考察美洲海岸,麦哲伦实现了人类历史上的第一次环球航行,从而使人类真正地发现了自己居住的地球,开阔了人们的视野,给了人文主义者以无穷的知识力量,推进了文艺复兴运动的健康发展,对地理学的发展及人类思想的解放具有重大的意义。

由中世纪人本思想延续下来的西班牙文艺复兴时期的人文主义大师们,积极讴歌人民群众反封建的斗争精神,他们的作品深深地扎根于广大人民群众中间,洋溢着追求个性自由的时代精神,充满了对广大人民群众的同情,体现了西班牙人民对美好未来的强烈向往,反映了西班牙人民对封建专制抗议的呼声。

西班牙人文主义者在小说与戏剧上取得了辉煌的成绩,其小说与戏剧中所反映出的人本思想影响了整个欧洲的舞台艺术。由于新航路的开辟,殖民帝国建立,西班牙工商业空前繁荣,市民及资产阶级的经济生活及其地位获得了暂时性的提高与改善,他们迫切需要文化娱乐,这就推动了小说与戏剧文学的发展。在致富的过程中,人们要求改变文化生活,而戏剧可以成为整个社会的"缩影",于是便成了上自帝王将相下到贩夫走卒最喜爱的消遣娱乐项目。西班牙既有民间剧团、剧院,又有上等剧团、剧院。这样就大大推动了十六世纪下半期到十七世纪上半叶西班牙戏剧文学的发展,并掀起了西班牙戏剧文学、小说的创作高潮。

在小说创作方面,西班牙有两座突出的丰碑:一是文艺复兴骑士小说,二是人文戏剧。前者歌颂忠于爱情、英勇无比的骑士,称其为人类的楷模;后者歌颂爱情,作品中的主人公把爱情看得高于基督教信仰。这两种作品对塞万提斯的创作有很大的影响。

文豪塞万提斯(1547—1616年)的创作是西班牙人文主义的最佳代表。他所创作的《堂吉诃德》是举世闻名的现实主义文学作品。这部小说描写了五光十色的西班牙社会各阶层典型人物的形象,故事情节引人入胜,人物刻画入木三分,文笔流畅,至今为世人所喜爱。该作品是西班牙文学作品人本思想的集中体现。

卓越的剧作家、散文家和诗人维加(1562—1635年)写有上百个剧本、二十多首诗歌以及一系列短篇小说和专题学术论文,他坚持人文主义理想,后来通过他的作品影响了整个西欧的戏剧和舞台艺术。

西班牙世俗文学人本思想极力颂扬人的价值,为欧洲文艺复兴奠定了人本基础。由于歌颂西班牙殖民帝国的需要,西班牙人文主义者在祖国的空前繁荣面前,对人的伟大力量,人的智慧才能不能不推崇向往,这就使他们在戏剧文学作品中将帝国的伟大、人的才智的歌颂赞美作为重要的内容。西班牙世俗文学中人本主义思想和文艺复兴时期的现实主义形式也影响了建筑、雕刻、绘画和其他实用形式。

西班牙人文主义者关于人的个性及其优点的学说促进了人的思想解放,削弱了教会的权威。总之,人文主义在西班牙文化发展史上起到很大的作用,它用自己的乳汁哺育了西班牙历史上的"黄金时代"。西班牙文艺复兴也是欧洲文艺复兴史链条上不可缺少的一环,在文化史上占有重要地位。

诚然,我们无法否认西班牙中世纪世俗文学人本思想的发展以及西班牙悠久的历史文化,对于欧洲文艺复兴运动起到了一定的影响和推动作用,但也需要正确看待西班牙文艺复兴相对于欧洲的文艺复兴,还是有一些滞后。应该说,西班牙文艺复兴的中兴,更离不开欧洲各国的相互影响。

文艺复兴时期的西班牙,还没有完全摆脱中世纪状态,中世纪的"幽灵"依然充斥在西班牙社会生活的各个方面,仍旧存在着许多独立的王国各自为政,国内没有形成一个统一的市场,资本主义萌芽受到摧残。以大贵族和天主教会为代表的西班牙中世纪封建残留保持了相当强大的势力。天主教会和宗教裁判所借"异端"的罪名,逮捕科学文化界具有先进思想的进步人士。西班牙贵族荒淫堕落,国王专横无度,天主教会黑暗腐败,资本主义萌芽得不到成长等,导致了西班牙的文艺复兴运动显得软弱无力,只局限在大学校园和宫廷围墙之内,其人文主义大师比欧洲其他国家,尤其比意大利要少很多,因而,西班牙文艺复兴没有发展成如欧洲其他国家那样波澜壮阔的社会运动。

　　然而,中世纪末期,欧洲各国先后出现的文艺复兴运动是世界历史巨变的重要标志,也对西班牙中世纪走向文艺复兴起到推动和促进作用。西罗马帝国时期,西班牙是犹太人的主要聚居地之一,八世纪之后,西班牙又因为阿拉伯人的入侵而成为东西方文化的中转站。如果说意大利人文主义的最初表现是十三世纪末十四世纪初各教派的"激进主义",它放弃形式主义的经院神学,要求教士到百姓中去、到自然中去,这激发了一些诗人和艺术家在现实世界中寻找表现对象的乐趣。诗人但丁和画家乔托都是这方面的先行者,尽管他们的作品还没有完全摆脱宗教神学的影响。而西班牙的早期人文主义,应该说是由卡斯蒂利亚宫廷的东方人推动的,而且也是在十三世纪。从这个意义上说,"文艺复兴运动几乎同时发源于意大利和西班牙,而且西班牙对古典文艺的重视程度,比同时期的意大利更高,回归力度更强,尽管其高峰期晚了半个世纪"①。

　　这主要是西班牙历史方面的原因所致。首先是西班牙与古希腊、罗马较之意大利有天然的距离,其次是西班牙长期处于抗击摩尔人统治的战争状态。不过,正是摩尔人的影响发挥了积极作用,为西班牙文化的多元与繁荣奠定了基础。一如君士坦丁堡的陷落,使许多东方学者逃至意大利,逃至意大利的学者受到意大利文艺复兴前沿文化思想影响,带来了古典研究的学术传统。西班牙南部的摩尔王国培养了大批东方学者,他们在引进东方文明的同时,翻译介绍了大量古希腊经典,并直接催生了早期的西班牙文学。没有拜占庭东方学者的西迁,意大利的文艺复兴运动就难以兴盛。少了意大利与东方人的参与,西班牙语言文学以及渗透的人本思想就无从

―――――――――

　　①　陈众议.西班牙文学黄金时期研究.南京:译林出版社,2007:13-14.

谈起。值得一提的是,阿方索十世也起到了举足轻重的作用,他毕生致力于发展和规范卡斯蒂利亚语,并使它成为整个西班牙地区的通用语言。同时,他博览谦听,谋及疏贱,通过一大批犹太人和摩尔人,将希伯来语和阿拉伯语作品翻译成拉丁文,整理了大量的西班牙语的经典著作、文学作品等。这些文学创作中多数都充溢着世俗情怀,作品所表现的自由、爱情、荣誉等现实生活故事更是哀婉动听,朗朗上口,质朴感人。西班牙语成为西班牙帝国的语言,而受到英国人、法国人、德国人的认同,也将欧洲发达国家的文化、文学乃至人本主义、人文主义先进思想与理念融进了西班牙帝国之中,促使西班牙融入欧洲文艺复兴的大潮流。所以,以西班牙中世纪世俗文学为代表的民间文学,继承了古代希腊、罗马曾经盛极一时的人文主义和现实主义的思想传统。除了本书提到和分析的九部作品,许多民间艺人和作品中都体现出对封建制度和基督教会的强烈抗议,对统治阶级的腐败与愚蠢的尖锐讽刺,对劳动人民的英勇和智慧的热情表扬,对现实生活的重视,对美好事物的喜爱。这与基督教会所宣扬的来世主义和禁欲主义形成了鲜明的对立。

综观文艺复兴时期的人本主义、人道主义、人文主义思想,究其根源,也是对古希腊、罗马古典艺术以及中世纪世俗文学中传统人本思想的继承,并在新的时代和社会条件下又有新的充实和发展。最终我们可以这样总结,无论是意大利还是西班牙,都是欧洲文艺复兴运动的先驱。同时,文艺复兴那些具有古典底蕴、突出人性美、自然美和创造性精神价值的成就,也提升了包括西班牙世俗文学在内的文艺文学作品中人们的思想境界,使人性得到了极大的解放。

参考文献

中文参考文献：

巴拉尔特. 西班牙文学中的伊斯兰元素：自中世纪至当代. 宗笑正,译. 北京：
　　中国社会科学出版社,2014.

常福良. 西班牙语文学精要. 北京：外语教学与研究出版社,2014.

陈众议. 西班牙文学——黄金世纪研究. 南京：译林出版社,2007.

陈众议,王留栓. 西班牙文学简史. 上海：上海外语教育出版社,2006.

陈众议,宗笑飞. 西班牙与西班牙语美洲文学通史——黄金世纪. 南京：译林
　　出版社,2018.

陈众议,宗笑飞. 西班牙与西班牙语美洲文学通史——中古时期. 南京：译林
　　出版社,2017.

董燕生. 西班牙文学. 北京：外语教学与研究出版社,1998.

哈梅尔. 人类性文化史. 张铭,译. 北京：中国妇女出版社,1988.

黄乐平. 西班牙文学纵览. 北京：旅游教育出版社,2014.

蒋永勇. 论欧洲中世纪世俗文学的人文走向——兼谈世俗文学与基督教文学
　　的关系. 浙江社会科学,2001(4):79-82.

刘建军. 欧洲中世纪文学论稿——从公元 5 世纪到十三世纪末. 北京：中华
　　书局,2019.

刘建军. 圣俗相依. 北京：中央编译出版社,2014.

刘磊. 英美文学中人文情结的嬗变. 北京：中国社会科学出版社,2019.

卢云. 从黑暗世纪走向文艺复兴——评议豪尔赫·曼里克的《为亡夫而作的
　　挽歌》. 解放军外国语学院学报,2010,33(4):117-121.

鲁伊斯. 真爱之书. 屠孟超,译. 北京：昆仑出版社,2000.

罗哈斯. 塞莱斯蒂娜. 屠孟超,译. 南京：译林出版社,1997.

马努埃尔. 卢卡诺尔伯爵. 刘玉树,译. 北京:昆仑出版社,2000.

马努埃尔. 卢卡诺尔伯爵. 杨德友,杨德玲,译. 山西:北岳文艺出版社,2015.

马托雷尔,加尔巴. 骑士蒂朗. 王央乐,译. 北京:人民文学出版社,1991.

孟复. 西班牙文学简史. 成都:四川人民出版社,1982.

沈石岩. 西班牙文学史. 北京:北京大学出版社,2006.

圣佩德罗. 爱情牢房. 李德明,译. 黑龙江:黑龙江人民出版社,2008.

魏金声. 人本主义与存在主义研究. 北京:人民出版社,2014.

佚名. 熙德之歌. 段继承,译. 北京:中国文联出版公司,1995.

宗笑飞. 阿拉伯安达卢斯文学与西班牙文学之初. 北京:当代中国出版社,2017.

外文参考文献:

Aleixandre, V. *Diálogos del conocimiento*. Barcelona: Plaza y Janés, 1978.

Alemany, R. "Al voltant deis episodis africans del Tirant ho Blanc i del Curial i Güelfa". en *Actes del Cof. loqui Internacional 'Tirant ho Blanc'. Estudis crítics sobre 'Tirant lo Blanc' i el se u context*. Barcelona: Publicacions de 1' Abadia de Montserrat, 1997: 219-229.

——. "Tirant i Carmesina: complexitat d'una historia d'amor". en *Actas del XIII Congreso Internacional Asociación Hispánica de Literatura Medieval*. Valladolid: Universidad de Valladolid-Ayuntamiento de Valladolid, 2010: 297-309.

Alonso, D. *De los siglos oscuros al de oro (notas y artículos a través de 700 años de letras españolas)*. Madrid: Gredos, 1982.

Alvar, M. *El Romancero. Tradicionalidad y pervivencia*. Barcelona: Planeta, 1970.

——. *El romancero viejo y tradicional*. México: Porrúa edition, 1971.

——. *Cantos de boda judeo-españoles*. Madrid: C. S. I. C., 1971.

Alvarado Planas, J. "Orígenes de la nobleza en la Alta Edad Media". *Anuario de Historia del Derecho Español* 76, 2006: 439-459.

Añua-Tejedor, D. "A matter of timing: The relevance of the lapse of time between death and the celebration of the fina judgment in the middle ages". *STVDIVM. Revista de Humanidades*, 2017(23): 13-42.

Aribau, B. C. *Novelistas anteriores a Cervantes*. Madrid: Biblioteca de autores españoles, 1846.

Aznar, F. *España medieval: Musulmanes, judíos y cristianos*. Madrid: Anaya Educación, 1990.

Azorín, M. R. J. *Al margen de los clásicos*. Madrid: Residencia de Estudiantes, 1915.

Baek, Seung-Wook. "Focusing on Medieval Spanish Manuscripts of Kalila wa-Dimna". *Journal of Arabic Language and Literature*, 2008, 12(1): 59-80.

Bakhtin, M. *The Dialogic Imagination*. Trans. Carly Emerson and Michael Holquist. Austin: U of Texas P, 1981.

Barcala M. A. "Las universidades españolas durante la Edad Media". *Anuario de Estudios Medievales*, 1985(15): 83-126.

Barkai, R. *Cristianos y musulmanes en la España medieval: el enemigo en el espejo*. Madrid: Rialp, 1984.

Beltrán A. L. "Las formas simples del Romancero hispánico". *Revista de Filología Española*, 2015, 95(1): 25-44.

Berceo, G. Milagros de Nuestra Señora. Madrid: Edición de M. GERLI, 1997.

Berndt, E. R. *Amor, muerte y fortuna en* La Celestina. Madrid: Gredos, 1963.

Beysterveldt, A. *Amadís-Esplandián-Calisto: Historia de un linaje adulterado*. Madrid: Porrúa Turanzas, 1982.

Blecua, J. M. *Las flores en la poesía española*. Madrid: Editorial Hispánica, 1944.

——. *Historia de la Literatura española*. Zaragoza: Librería general, 1943.

Bobes Naves, M. C. "El teatro". en *Curso de teoría de la literatura*. Madrid: Taurus Ediciones, 1994.

Bouras, K. *La wassiya de Ali del manuscrito aljamiado 614 de la Bibliothèque Nationale de Argelia*. Madrid: Universidad Complutense, 2009.

Burke, P. *La cultura popular en la Europa moderna*. Trans. Antonio Feros.

Madrid: Alianza Editorial, 1981.

Cacho Blecua, J. M. "El amor en el Tirant lo Blanc: Hipo lit y la emperatriz". en *Actes del Symposion* Tirant lo Blanc. Barcelona: Quaderns Crema, 1993: 133-169.

Caldera, E. "Arabes y judíos en la perspectiva cristiana de Juan Manuel". *Salina: Revista de Lletres*, 1999(13): 37-40.

Calvo Gómez, J. A. *El clero y los religiosos en la Edad Media*. Madrid: Editorial Síntesis, 2017.

Canet Vallés, J. L. "La Comedia Thebayda, una Reprobatio Amoris". *Celestinesca*, 1986(10): 3-15.

Carrasco, J. , Salrach, J. M. , Valdeón, J. y. Viguera, MªJ. *Historia de las Españas Medievales*. Barcelona: Crítica, 2002.

Cassasas Canals, X. "La literatura islámica castellana: Siglos XIII—XVII (catálogo de textos mudéjares y moriscos escritos con carácteres latinos)". *Al-Andalus Magreb*, 2009(16): 89-113.

Castro, A. *España en su historia : cristianos, moros y judíos*. Buenos Aires: Espasa-Calpe, 1948: 417.

——. La Celestina *como contienda literaria, Castas y casticismos*. Madrid: Revista de Occidente, 1965.

Catalán, Diego et al. *Romancero General De León. Antología* (1899—1989). Madrid: Seminario Menéndez Pidal/Diputación Provincial de León, 1991.

Cho, Hee-sun. *Understanding Islam Women: Beyond Misconception and Prejudice*. Seoul: Sechang Publications, 2009.

Conde Silvestre, J. C. "De la peregrinación medieval al viaje imaginario: La evolución literaria y estética de un género como prefiguración del hecho turístico". *Cuadernos de Turismo*, 2011(27): 227-245.

Correa, G. "El Tema de la Honra en El Poema del Cid". *Hispanic Review*, 1952(20): 185-199.

De Stephano, M. T. *Feudal relations in the Poema de Mio Cid : Comparative Perspectives in Medieval Spanish and French Epic*. Cambridge, Massachusetts: Harvard University, 1995.

Deyermond, A. *A Literary History of Spain*: *The Middle Ages*. Londres: Ernst Benn, 1971.

——. *Historia y crítica de la literatura española*, I: *Edad Media*. Barcelona: Crítica, 1980.

——. "Notes on sentimental romance". *Anuario Medieval*, 1991(3): 90-100.

Di Stefano, G. *El Romancero*. Madrid: Narcea, 1993.

Díaz de Viana, L. *El Romancero*. Madrid: Anaya, 1990.

Díaz Más, P. *Huellas judías en la literatura española*. Biblioteca Gonzalo de Berceo, Primeros encuentros judaicos de Tudela, 1984. http://www.vallenajerilla.com/berceo/diazmas/huellasjudiasliteraturaespanola.htm.

Díaz Roig, M. *Romancero tradicional de América*. México: El Colegio de México, 1990.

Díaz-Plaja, G. "El Teatro: Espíritu y técnica. Introducción histórica," en *El Teatro: enciclopedia del Arte Escénico. Dirección y prólogo*. Barcelona: Editorial Noguer, 1958: 9-59.

Dunn, P. D. "Framing the Story, Framing the Reader: Two Spanish Masters". *The Modern Language Review*, 1996, 91(1): 95-96.

Encina, J. del. *Teatro: Segunda producción dramática*. Madrid: Alhambra, 1977.

——. *Teatro Completo*. Madrid: Cátedra, 2008.

Fernández de Moratín, L. *Orígenes del teatro español*. Madrid: Rivadeneyra, 1830-1831.

Ferrer Vals, T. "La Égloga de Plácida y Vitoriano en el contexto de la producción dramática de Juan del Encina: la definición de un escenario híbrido". en *"Un hombre de bien". Saggi di lingue e letterature iberiche in onore di Rinaldo Froldi*. Torino: Edizioni dell'Orso, 2004: 505-518.

García Arenal, M. "Los mozárabes o el problema de las minorías en el Islam". *Encuentro Islamo-cristiano*, 1972(6): 1-19.

——. *Inquisición y moriscos: Los procesos del tribunal de Cuenca*. Madrid: Siglo XXI Editores, 1978.

García de Cortazar, J. A. "La época medieval". en *Historia de España*.

Madrid:Alianza Editorial, 1988.

García, V. y José Guillermo. *La Adulteración de* La Celestina. Madrid: Castalia, 2000.

García-Bermejo, G. M. *Catálogo del teatro español del siglo XVI : Índice de piezas conservadas, perdidas y representadas*. Salamanca: Ediciones Universidad de Salamanca, 1996.

Garci-Gómez, M. "The Economy of Mio Cid". en *Romance Epic : Essays on a Medieval Literary Genre*. Kalamazoo: Medieval Inst Michigan University, 1987: 227-236.

Gilman, J. "Tres retratos de la muerte en las Coplas de Jorge Manrique". *Nueva Revista de Filología Hispánica*, 1959, 13(3/4): 305-324.

Gilman, S. *The art of* "La Celestina". Madison:The University of Wisconsin Press, 1956.

Gómez Gómez, José María. "Fernando de Rojas, letrado honorable en Talavera". *Crónicas: Las cumbres de Montalbán*, 2011(17): 9-13.

González Ferrín, E. *Historia general de Al-Ándalus*. Córdoba: Ediciones Almuzara, 2016.

González Rolán, T. , Saquero Suárez-Somonte, P. y Cacerols Pérez, J. J. *Ars moriendi: El 《Ars moriendi》 en sus versiones latina, castellana y catalana : introducción, edición crítica y estudio*. Madrid: Ediciones Clásicas, 2008.

González, A. "El romance: Transmisión oral y transmisión escrita". *Acta Poética*, 2005(26): 1-2.

González-Blanco García, E. "Las raíces del Mester de Clerecía". *Revista de Filología Española* (RFE), 2008, 88(1): 195-207.

Grande Quejigo, F. J. "Un ejemplo de evolución literaria: Romance de El prisionero". *Tejuelo*, 2008(2): 7-12.

Green, O. "Fernando de Rojas, converso and hidalgo". *Hispanic Review*, 1947(15): 384-387.

Harney, M. "Movilidad Social, Rebelión Primitiva y la Emergencia del Estado en el Poema de Mio Cid". en *Mythopoesis: Literature, Totalidad,*

Ideología. Barcelona: Anthropos, 1992: 65-101.

Herlihy, D. "Three Patterns of Social Mobility in Medieval History". *Journal of Interdisciplinary History*, 1973 (Sping): 623-647.

Herrera, J. y Francisco José. *El mundo de la mujer en la materia celestinesca: Personajes y contexto, tesis doctoral*. Granada: Universidad de Granada, 1997.

Iradiel, P. y Moreta, S. *Historia medieval de la España cristiana*. Madrid: Cátedra 1989.

Irigaray, L. *This Sex Which is Not One*. Trans. Lee Eun-min. Seoul: Dongmunsun, 2002.

Isidoro de Sevilla. *Etimologías: Texto latino*. Madrid: Biblioteca de Autores Cristianos, 2009.

Jouini, K. "Las fórmulas de apertura y de clausura en los cuentos populares magrebíes y españoles". *La Revista de Educación*, 2006.

Jung, D. "El elemento oriental en D. Juan Manuel: Síntesis y revaluación". *Comparative Literature*, 1995, 7(1): 1-14.

Kahn, C. *Man's Estate: Masculine Identity in Shakespeare*. Berkeley: U. of California P, 1981.

Kim, Moon-gyu. "Bourgeois Marriage and the Taming of the Shrew: The Taming of the Shrew". *Humanities Research*, 1996(3): 317-336.

Kim, Seun-Wook. "Early Medieval Prose and Arab Literature's Adab". *Journal of Comparative Study of World Literature*, 2008(23): 317-336.

Kim, Wook-dong. *Bakhtin and Dialogism*. Seoul: Nanam Publications, 1990.

Lacan, J. *Desire Theory*. Trans. Gwon Taek-young, Min Seung-gi, Lee Mi-sun. Seoul: Moonye Publishing Co., Ltd., 1994.

Lacarra Lanz, L. "Juglares y afines". en *Historia de los espectáculos en España*, Madrid: Castalia, 1999.

Lacarra, M. E. *Cómo leer* La Celestina. Madrid: Júcar, 1990.

——. *El Poema de* Mío Cid: *Realidad Histórica e Ideológica*, Madrid: Ediciones José Porrúa Turanzas, S. A. 1980.

Ladero Quesada, M. A. *La formación medieval de España: Territorios*.

Regiones. Reinos. Madrid: Alianza Editorial, 2004.

——. *Los mudéjares de Castilla en tiempo de Isabel I*. Valladolid: Instituto Isabel la Católica de Historia Ecleseística, 1969.

——. "Los mudéjares de Castilla en la Baja Edad Media". *Historia. Instituciones. Documentos*, 1978(5): 257-304.

——. "Los mudéjares en los reinos de la Corona de Castilla. Estado actual de su estudio", *Actas del III Simposio Internacional de Mudejarismo*, Madird: Teruel, 1986: 5-20.

Ladrón de Guevara Isasa, M. "La Hidalguía. Su origen y evolución. Las reales chancillerías". *Ascagen*, 2011(6): 35-47.

Larochelle, M. "Romanos, godos y moros en la construcción de la morada vital hispana: reflexiones desde el multiculturalismo y la interculturalidad". *Tinkuy: Boletín de investigación y debate*, 2007(5): 41-50.

Lee, Hee-soo. *Islam*. Seoul: Chunga Books, 2002.

Lida de Malkiel, M. R. *Juan de Mena, poeta del prerrenacimiento español*. México: Publicaciones de la Nueva Revista de Filología Hispánica, 1950.

——. *La idea de la fama en la Edad Media Castellana*. México: FCE, 1952.

——. *La originalidad artítica de* "La Celestina". Buenos Aires: Eudeba, 1962.

——. "Una copla de Jorge Manrique y la tradición de Filón en la literatura española". en *Estudios sobre la literatura española del siglo XV*, Madrid: José Porrúa Turanzas, 1977: 147-178.

Linehan, P. *"At the Spanish Frontier"*: *The Medieval World*. London: Routledge, 2001.

——. *History and Historians of Medieval Spain*. Oxford: Clarendon, 1993.

López Estrada, F. "Mester de clerecía: las palabras y el concepto". *Journal of Spanish Philology*, 1978(2): 165-174.

López Morales, H. "Las églogas de Juan del Encina. Estudio bibliográfico de ediciones antiguas". *Revista de Filología Española*, 2000, 80(1/2): 89-128.

Luna Rodríguez, R. "Tres calas sobre el romance de El Prisionero". *Letras*, 2011, 55(88): 49-66.

MacGrady, D. "Misterio y tradición en el romance del prisionero". en *Actas del X Congreso de la Asociación Internacional de Hispanistas: Barcelona 21-26 de agosto de 1989*. Barcelona: PPU, 1989: 273-282.

Maeztu, R. de. Don Quijote, Don Juan y La Celestina: *Ensayos en simpatía*. Buenos Aires: Espasa-Calpe, 1968.

Manrique, J. *Poesías completas*. Madrid: Edición de Pérez Priego, M. A., 2014.

Manuel, J. *El Conde Lucanor*, *Biblioteca Virtual Miguel de Cervantes*. Madrid: Biblioteca Nacional, 2006.

Marchese, A. y Forradellas, J. *Diccionario de retórica, crítica y terminología literaria*. Barcelona: Ariel, 1989.

Marín, D. "El elemento oriental en D. Juan Manuel: Síntesis y revaluación". *Comparative Literature*, 1995, 7(1): 1-14.

Márquez Villanueva, F. *Orígenes y sociología del tema celestinesco*. Barcelona: Anthropos, 1993.

Martín Rodríguez, J. L. *La Península en la Edad Media*. Barcelona: Teide, 1976.

——. *Manual de Historia de España 2: La España Medieval*. Madrid: Editorial Critica, 1993.

——. "Iglesia y vida religiosa", en *La historia medieval en España. Un balance historiográfico (1968—1998)*. Pamplona: Gobierno de Navarra, 1999.

Martorell, J. *Tirant lo Blanch*. Valencia: Editorial Tirant lo Blanch, 2005.

Menéndez Pelayo, M. *Orígenes de la novela*, Madrid: Librería Editorial de Bailly-Baillière Hijos, 1905.

Menéndez Pidal, R. *Flor nueva de romances viejos*. Madrid: Espasa-Calpe, 1955.

——. *Romancero hispánico (Hispano-portugués, americano y sefardí) Teoría e historia*, 2 vols. Madrid: Espasa-Calpe, 1953.

——. *La España del Cid*, *Vol. I.* 5ta edición. Madrid: Espasa-Calpe, 1956.

——. *Poesía juglaresca y orígenes de las literaturas románicas.* Madrid: Instituto de Estudos Políticos, 1957.

—— *Orígenes de la epopeya española. La epopeya castellana a través de la literatura española.* Madrid: Espasa-Calpe, 1959.

——. *Poesía e historia en el Mío Cid en De primitiva lírica española y antigua épica.* Madrid: Espasa-Calpe, 1968.

——. *Poesía juglaresca y juglares.* Madrid: Espasa-Calpe, 1969.

——. *Historia de la lengua española.* Madrid: Fundación Ramón Menéndez Pidal y Real Academia Española, 2005.

Mignolo, W. D. *Local Histories/Global Designs: Coloniality, subaltern Knowledges, and Border Thinking.* Princeton: Princeton UP, 2000.

Milá y Fontanals, M. *Romancerillo catalán, canciones tradicionales.* Barcelona: A. Verdaguer, 1882.

Mir, J. M. "La marrada africana de Tirant". en *Estudis de llengua i literatura.* Barcelona: Publicacions de l'Abadia de Montserrat, 1989.

Mira Miralles, I. "'Muerte que a todos convidas': La muerte en la literatura hispánica medieval". *Revista de lenguas y literaturas catalana, gallega y vasca.* 2008-2009(14): 291-326.

Mitre Fernández, E. *La España Medieval: Sociedades, Estados, Culturas.* Madrid: Istmo, 1979.

Monsalvo Antón, J. *Historia de la España Medieval.* Salamanca: Ediciones de la Universidad de Salamanca, 2014.

Montaner, A. "El simbolismo jurídico en el Mío Cid". en *Actes du Colloque Cantar de Mio Cid.* Paris: Presses Universitaires de Limoges, 1994.

Moratín, L. F. *Orígenes del teatro español.* Madrid: Rivadeneyra, 1857.

Morreale, M. "Apuntes para la trayectoria que desde el ubi sunt? Lleva hasta el 'que le fueron sino ...?' de Jorge Manrique". *Boletín del instituto Caro y Cuervo*, 1975(3): 471-519.

Moxó y Ortíz de Villabajos, S. *Historia medieval de España.* 3ª ed., 2. V. Madrid: UNED, 1991.

Nicasio, S. M. "La identidad de Fernando de Rojas". en *La Celestina V Centenario. Actas del Congreso Internacional Salamanca*, *Talavera de la Reina*, *Toledo*. La Puebla de Montalbán: Universidad de Castilla-La Mancha, 1999: 23-48.

Oliva, C. y Torres Monreal, F. *Historia básica del arte escénico*. Madrid: Cátedra, 1994.

Ong, W. J. *Orality and Literacy*. Trans. Lee Gi-woo and Lim Myoung-jin. Seoul: Moonye Publishing Co. , Ltd. 2004.

Oronzo, G. *La religiosidad popular en la Alta Edad Media*. Barcelona: Gredos, 1995.

Páramo de Vega, L. "La España de las tres culturas: La convivencia entre judíos, musulmanes y cristianos en la edad media". *Revista Centro Asociado a la UNED Ciudad de la Cerámica*, 2011(11): 157-188.

Pavlovic, M. N. "The Three Aspects on Honour in the Poema de mio Cid". en *Textos épicos castellanos: problemas de edición y crítica*. London: Department of Hispanic Studies, Queen Mary and Westfield College, 2000: 99-116.

Pedraza Jiménez, F. y Rodríguez Cáceres, M. *Las épocas de la literatura española*. Barcelona: Editorial Ariel, 1997.

Pedrosa, J. M. "Tradiciones orales y escritas del romance de El Prisionero: de la canción de la audiencia a la Poesía de Rafael Alberti, Justo Alejo y Antonio Burgos". *E. L. O.* , 2001(7-8): 231-244.

——. "Sobre el origen y evolución de las coplas: de la estrofa al poema, de lo escrito a lo oral". en *La literatura popular impresa en España y en la América colonial: Formas y temas*, *géneros*, *funciones*, *difusión*, *historia y teoría*. Madrid: SEMYR, 2006: 77-93.

Pérez Priego, M. Á. *Juan del Encina y el teatro de su tiempo. En Humanismo y literatura en tiempos de Juan del Encina*. Salamanca: Ediciones Universidad de Salamanca, 1999.

——. *El teatro en el Renacimiento*. Madrid: Ediciones del Laberinto, 2004.

——. "El teatro del Renacimiento: Perspectiva crítica". *Edad de Oro*, 2011

(30): 245-255.

Pérez, J. *La España de los Reyes Católicos*. Madrid: Nerea, 2002.

Prieto de la Iglesia, Mª R. *Fernando de Rojas y* "La Celestina". Barcelona:
Teide, 1991.

Renedo, X. "De libidinosa amor los efectes". *L'Avenç*, 1989(123): 18-23.

——. "Quin mal és ho besar? (Literatura i moral al voltant de la quarta línia
de l'amor)". *Caplletra* 13, 1992: 99-116.

Rico, F. "La clerecía del mester". *Hispanic Review*, 1985, 53(1): 1-23.

——. *Romancero*, edición, prólogo y notas de Paloma Díaz Mas; con un
estudio preliminar de Samuel G. Armistead. Barcelona: Crítica, 1994.

Riu Riu, M. *Edad Media* (*711—1500*). Madrid: Espasa, 1999.

Rodríguez Puértolas, J. "En los ochenta años de Américo Castro". *Revista
Hispánica Moderna*, 1966, 32(3/4): 231-236..

Rubio García, L. *Estudios sobre la Celestina*. Murcia: Departamento de
Filología Románica-Universidad de Murcia, 1985.

Russell, P. E. "Introducción a *La Celestina*". en *La Celestina. Comedia o
Tragicomedia de Calisto y Melibea*. Madrid: Castalia, 1993: 65-164.

Salinas, P. "El 'Cantar de Mío Cid', Poema de la Honra". *Ensayos de
Literatura Hispánica*. Madrid: Aguilar, 1958: 42.

——. *Jorge Manrique o tradición y originalidad*. Buenos Aires: Edit.
Sudamericana, 1962.

Salvador Miguel, N. *Mester de clerecía, marbete caracterizador de un género
literario, Teoría de los géneros literarios*. Madrid: Arco Libros, 1988.

Ruiz, J. *Libro de buen amor*. Madrid: Espasa-Calpe, S. A., 1960.

Sánchez Hernández, S. *Tres églogas para la escena: Encina en Italia*.
Salamanca: Universidad de Salamanca, 2013.

Sánchez. *Hisotira de España*. Madrid: Gredos, 1979.

Santa Puche, S. *Introducción a la literatura de los judíos sefardíes*.
Valencia: Palmart, 1998.

Senabre, R. "La primera edición de las Coplas de Jorge Manrique". en *Serta
Philologica F. Lázaro Carreter*. Madrid: Cátedra, 1983: 509-517.

Serrano y Sanz, M. "Noticias biográficas de Fernando de Rojas, autor de La Celestina, y del impresor Juan de Lucena". *Revista de Archivos Bibliotecas y Museos*, 1902(6): 245-299.

Severin, D. S. *Tracigomedy and Novelistic Discourse in "Celestina"*. Cambridge: Cambridge University Press, 1989.

Smith, C. Estudios Cidianos. Madrid: Cupsa Editorial, 1977.

——. *Poema de Mío Cid*. Madrid: Cátedra, 1998.

——. *Cantar de Mio Cid*. Madrid: RAE, 2011.

Spender, D. *Man Made Language*. London: Routledge, 1988.

Spitzer, L. *Note on the poetic and the empirical 'I' in medieval authors. Estilo y estructura en la literatura espaiola*. Barcelona: Editorial Critica, 1979.

Suárez, L. *Los judíos españoles en la Edad Media*. Barcelona: Rialp, 1980.

Surtz, R. E. *The birth of a theater: dramatic convention in the Spanish theater from Juan del Encina to Lope de Vega*. Madrid: Castalia, 1979.

Uría Maqua, I. *Panorama crítico del mester de clerecía*. Madrid: Editorial Castalia, 2003.

Valdeón Baruque, J. M. *Feudalismo y consolidaciún de los pueblos hispánicos (siglos XI-XV)*. Barcelona: Labor, 1980.

Valdés, J. *Diálogo de la lengua*. Madrid: Cátedra, 1998.

Valle Lersundi, F. del. "Testamento de Fernando de Rojas, autor de La Celestina". *Revista de Filología Española*, 1929(16): 367-388;

Valverde Azula, I. "Documentos referentes a Fernando de Rojas en el Archivo Municipal de Talavera de la Reina". *Celestinesca*, 1992, 16(2): 81-104.

Virgilio, P. M. *Bucólicas. Geórgicas. Apéndice virgiliano*. Madrid: Gredos, 1990.

Vossler, K. *Algunos caracteres de la cultura española*. Madrid: Espasa-Calpe, 1962.

Wacks, D. A. "Reconquist Colonialism and Andalusi Narrative Practice in the Conde Lucanor". Diacritics 36. 3-4: 87-103. Project MUSE. Web 21 Jan. 2011. <http://muse.jhu.edu/>.

Whinnom, K. *The Spanish Sentimental Romance 1440—1550: A Critical Bibliography*. London: Grant & Cutler Ltd, 1983.

——. "El género celestinesco: origen y desarrollo". en *Academia literaria renacentista*, V. *Literatura en la época del Emperador*. Salamanca: Ediciones de la Universidad de Salamanca, 1988: 119-130.

Williams, R. B. *The Staging of Plays in the Spanish Peninsula Prior to 1555*. Iowa City: University of Iowa, 1935.

后　记

　　当我一次又一次打开此书，从头至尾翻阅之时，我的内心总是不平静，我的脑海中浮想联翩。在三十而立，我迎来了人生又一里程碑式的时刻。当学院公布我的课题"西班牙中世纪世俗文学的人本思想"获浙江省哲学社会科学规划重点课题，且我是首个获此级别立项的西班牙语言文学研究人员之时，我受宠若惊，喜忧参半，喜的是作为刚刚入职大学的年轻教师能得到这样高的研究平台和学界认可，忧的是，要以一部专著的形式，作为该课题研究成果的呈现方式。要研究西班牙中世纪世俗文学人本思想相关的九部作品，时代跨度大，作品写作年代、体裁、历史和社会背景如此复杂，真要动起笔来，谈何容易，庆幸地是我终于完成了，也使得科研项目得以结题。

　　因此，在这里，我要发自内心地表达一下我的感谢之意。首先要特别感谢的是我的职场。浙江大学将本书选入"2021 年度浙江大学文科精品力作"，这是对我四年潜心著书的肯定，学校给予的"中央高校基本科研业务专项资金资助"和"浙江大学文科精品力作出版资助计划"使得本书顺利出版。浙江大学外语学院及亚欧语系西班牙语语言文化所，这里雄厚的文化底蕴、浓厚的学术氛围、丰富的研究资源，为我这样初出茅庐的年轻学者，搭建了专业成长的多个平台和阶梯。还要感谢我身边的各级领导、老学者、老前辈，是他们的关怀与重视，关心与信任，教诲与指导，让我不仅悟到了严谨治学、孜孜不倦的浙大"求是"精髓，也学到了具体的科研思路、研究方法。还要特别感谢与我共事的系所领导与教师团队，参与研究与著书的 Salvador Santa Puche 外教和浙江外国语学院的潘金欣老师，是他们一直鼓励和帮助我，还亲力亲为地帮我搜集资料，翻译文章，才促使有些章节得以深化与拓展。书中的序言部分、第二章《囚徒曲》、第五章《悼亡父》、第八章《克里斯蒂诺和费耶阿》的部分章节，凝聚了外国朋友 Salvador Santa Puche 的心血和慷慨相助。而《爱情牢房》的部分章节，得到了同行潘金欣的研究成果的补充。正是这些默默付出不图回报的众多支持者和帮助者，成就了我的专著和课题成果。

在此，我还想表达的是，我赶上了前所未有的好时代。以习近平同志为核心的党中央，对教育和对高校的一次次会议，一系列文件，为学术研究指明了方向。尤其是习近平主席关于"一带一路"的倡议，拉开了包括西班牙语等众多外国语言走向世界舞台的序幕，也掀起了国内外众学者致力于西班牙语言文学研究的热潮，越来越多的西班牙文学作品的翻译与评析、刊物与专著，不仅奠定了业界学者之间相互学习交流的基础，也让本人从中得到了取之不尽用之不竭的思想火花、学术观念、学术营养。本书中所阐述的诸多结论，一方面得益于国内外众多学者对西班牙中世纪文学的成型研究成果，另一方面，也代表了国内相关学者和读者的心声。当然，也有个人不成熟的一家之谈。

无论如何，这本书的写作都将告一段落，但对西班牙中世纪世俗文学人本思想的深入研究而言，这只是冰山一角，要思考的要研究的远远不止如此，未来的研究之路求学之路仍很漫长。

杨　骁

2021 年冬

于杭州

图书在版编目（CIP）数据

中世纪西班牙世俗文学的人本走向 / 杨骁著. —杭
州：浙江大学出版社，2022.3
ISBN 978-7-308-21380-6

Ⅰ. ①中… Ⅱ. ①杨… Ⅲ. ①中世纪文学－文学研究
－西班牙 Ⅳ. ①I551.063

中国版本图书馆 CIP 数据核字（2021）第 090810 号

中世纪西班牙世俗文学的人本走向
杨　骁　著

责任编辑	陆雅娟
责任校对	徐　旸
封面设计	周　灵
出版发行	浙江大学出版社
	（杭州市天目山路 148 号　邮政编码 310007）
	（网址：http://www.zjupress.com）
排　　版	浙江时代出版服务有限公司
印　　刷	杭州高腾印务有限公司
开　　本	710mm×1000mm　1/16
印　　张	20.5
字　　数	266 千
版 印 次	2022 年 3 月第 1 版　2022 年 3 月第 1 次印刷
书　　号	ISBN 978-7-308-21380-6
定　　价	58.00 元